Segredo de Família

Wilson Rossato

Segredo de Família

Benvirá

ISBN 978-85-8240-141-5

DADOS INTERNACIONAIS DE CATALOGAÇÃO NA PUBLICAÇÃO (CIP)
ANGÉLICA ILACQUA CRB-8/7057

Editora Saraiva

Rua Henrique Schaumann, 270
Pinheiros – São Paulo – SP – CEP: 05413-010
PABX (11) 3613-3000

SAC
0800-0117875
De 2ª a 6ª, das 8h30 às 19h30
www.editorasaraiva.com.br/contato

Rossato, Wilson

Segredo de família : romance / Wilson Rossato. – São Paulo : Benvirá, 2015.
296p.

ISBN 978-85-8240-141-5

1. Literatura brasileira I. Título

14-0586 CDD B869

Índice para catálogo sistemático:

1. Literatura brasileira

Diretora editorial	Flávia Alves Bravin
Gerente editorial	Rogério Eduardo Alves
Planejamento editorial	Rita de Cássia S. Puoço
Editoras	Debora Guterman Gisele Folha Mós Luiza Del Monaco Paula Carvalho Tatiana Vieira Allegro
Assistente editorial	Lara Moreira Félix
Produtores editoriais	Alline Garcia Bullara Amanda Maria da Silva Daniela Nogueira Secondo Deborah Mattos Rosana Peroni Fazolari William Rezende Paiva
Comunicação e produção digital	Maurício S. de França Nathalia Setrini Luiz
Suporte editorial	Juliana Bojczuk
Produção gráfica	Liliane Cristina Gomes

Preparação	Maria Silvia Mourão Netto
Diagramação	Nobuca Rachi
Revisão	Johannes C. Bergmann Tulio Kawata
Imagem da capa	Thomas Hoepker/ Magnum Photos
Capa	Roney Camelo
Produção gráfica	Liliane Cristina Gomes
Impressão e acabamento	Intergraf Ind. Gráfica Eireli

1ª edição, 2015

546.352.001.001

Este livro é dedicado aos carequinhas e às suas mães,
que tanto lutam por seus amores.

Nota do autor

Todos os direitos autorais de *Segredo de família* serão revertidos ao Graacc – Grupo de Apoio ao Adolescente e à Criança com Câncer –, como homenagem à minha mãe, Cida Rossato, que faleceu em razão desse mal e admirava o trabalho da instituição.

E não é para menos. O Graacc é referência no tratamento e pesquisa do câncer infantojuvenil e atende anualmente mais de 3 mil crianças e adolescentes com câncer, alcançando índice médio de cura de 70%.

Obrigado pela sua colaboração.

Aproveito também para esclarecer alguns pontos. Todos os personagens da primeira parte do livro são reais, exceto um. Não vou revelar quem, pois assim o leitor terá o prazer da descoberta. Não só personagens, mas fatos, como as viagens realizadas pelos Rossato no vapor *Scrivia* e as cartas para a Itália, de 1886, também são verdadeiros e estão no livro *La Mérica*, de Luis A. de Boni, publicado em 1977.

Prefácio

Quando me pediram para escrever a abertura deste livro, pensei: "Por que agora?", "Por que não respeitam meu momento de introspecção?", "Por que na dor?". Porque essa dor não é para ser respeitada, e sim para ser confrontada, no melhor sentido da palavra.

E é enfrentando esses sentimentos de dor e amor que lutamos sempre e cada vez mais pela evolução da sociedade em que vivemos. Não adianta bancarmos a avestruz e enfiar a cabeça debaixo da terra para não ver o que está a nossa volta. É no âmago da dor e na força de nosso sentimento maior de amor que buscamos a mola propulsora que nos coloca ativos na luta cotidiana de ações que dignificam e sustentam nossa estada neste planeta.

Atitudes como esta de Wilson Rossato – que, ante sua dor pessoal e intransferível, decidiu transformá-la em benefício para crianças e adolescentes com câncer – são fundamentais para que se encontre um sentido maior para o sofrimento. Transferir os direitos autorais desta obra para o Graacc colabora com o fluxo necessário para a ampliação do atendimento e da pesquisa para o combate ao câncer.

É importante agir para que não nos entreguemos às lamentações e lutemos cada vez mais para que menos pessoas venham a sofrer. Só assim sentiremos a realização por não estar de braços cruzados diante do conformismo e do sofrimento. Só assim o caminho evolutivo se concretiza através do amor.

Nicette Bruno

Agradecimentos

Começo estes agradecimentos de uma maneira muito especial: à grande atriz Nicette Bruno, que, apesar de sua recente perda, concordou em escrever a apresentação deste livro. Muito obrigado, dona Nicette.

Ao Graacc, que me deu a chance de homenagear minha mãe, faço um agradecimento por meio de seu Coordenador de Captação de Recursos e Desenvolvimento Institucional, Sérgio Degang, que me recebeu com muita atenção desde o primeiro momento.

Ao doutor Giovanni Gambella, agradeço *in memoriam* pela tradução de *A divina comédia*, lamentando não tê-lo conhecido pessoalmente. Já ao meu mestre de italiano, professor Gianluigi Planezio, da Associação Dante Alighieri, agradeço pelas horas de aprendizado da mais bela língua do mundo.

Também não posso deixar de dizer obrigado ao meu amigo, o arquiteto Ivo de Souza, que tanto me ajudou com os mapas da Cidade Eterna, como também às bibliotecas da Universidade de Brasília e do Senado Federal pelo mar de informações que forneceram.

Agradeço à maravilhosa equipe da editora que cuidou do meu livro com tanto cuidado.

Esta obra contém alguns trechos das dezessete cartas que o irmão do meu bisavô enviou da Colônia Caxias – hoje cidade de Caxias do Sul – e que me ajudaram a entender muita coisa, portanto agradeço a ele também.

O projeto desta obra só pôde ser realizado porque contei com o apoio e o incentivo da minha família e dos meus amigos, a quem sempre serei devedor.

Por fim, não sei como agradecer à minha esposa Andreia, minha primeira leitora, que pacientemente suportou minhas distrações e fases de dúvidas durante a escrita deste livro, e também ao meu filho Igor que, sem saber, me ajudou a resolver vários problemas durante o processo de criação, pois, afinal, ele tem o sangue dos Rossato. E, portanto, também compartilha do segredo.

Prólogo

Foi somente durante o enterro de meu pai que tomei consciência de toda a força e extensão de uma antiga e nebulosa história de família, passando a compreender realmente suas consequências. Embora já tivesse ouvido a mesma história antes, a minha sensação era de que a estava ouvindo pela primeira vez agora, diante do corpo grande, pesado e imóvel do meu pai.

Nenhum dos Rossato veio ao enterro. Minha avó, com seus quase cem anos, velou e enterrou o filho sozinha. Ainda sob a luz baça e os sussurros do velório, permaneci olhando durante um longo tempo para ela, que sempre afirmou saber a verdade. Mas que verdade é essa? A verdade do coração de uma mãe? Acho que não é mais o suficiente. A família precisa ter conhecimento de tudo o que se passou de fato há mais de um século, quando os Rossato saíram do norte da Itália e se instalaram no Brasil. Conhecer a fundo essa tradição de ninguém da família ir ao enterro de seus primogênitos porque meu bisavô, também o mais velho dos filhos, matou o irmão, um religioso. E, desde essa época, nenhum Rossato vai ao enterro dos primogênitos.

Se estou no Aeroporto Internacional de São Paulo neste momento, aguardando o próximo voo para a Itália, é porque preciso saber a verdade sobre essa morte. Descobrir o que aconteceu.

Lembro, durante o velório, que olhei para o rosto de papai, cheio de manchas roxas por causa do infarto fulminante, e que tentei imaginar o que ele pensaria daquilo tudo. Com seu gênio difícil, provavelmente diria que não se importava nem um pouco. Sempre pareceu nem mesmo gostar das histórias da família. Mas eu, sim, agora estava me importando. E muito. Queria, com urgência, ler atentamente os diários de Franco Rossato e tentar entender como é possível que meu bisavô, de quem herdei o nome, possa ter tirado a vida do próprio irmão?

Livro Um

Capítulo 1

Vapor *Scrivia*, 7 de janeiro de 1886.

Franco e eu estávamos lado a lado quando o corpo de uma jovem mãe, embrulhado num lençol de linho sujo e grosseiro, deslizou pela prancha de madeira e caiu no mar. Ouvíamos ao redor apenas o som do oceano em sua imensidão e o choro esparso de crianças, logo abafado. O baque do corpo batendo na água e depois afundando pareceu excessivo, desproporcional ao porte franzino da mulher que passara dias e dias ardendo em febre antes de chegar ao fim. Era a terceira vez que assistíamos a essa cena em nossa viagem do porto de Gênova até a cidade do Rio de Janeiro, capital de um país grande e distante chamado *Brasile*. Duas pessoas já tinham morrido anteriormente: um velho e uma criança que também não resistiram à falta de espaço, comida, água e higiene durante os trinta dias que se levava para atravessar o oceano Atlântico. O murmúrio das rezas, principalmente das mulheres, começou a diminuir gradativamente, assim como a amurada do navio, coalhada de gente para assistir ao "enterro no mar", foi aos poucos ficando livre dos homens que se afastavam fazendo o sinal da cruz.

Enquanto também fazia o sinal, notei que Franco limpava o suor do rosto com seu lenço e o guardava de volta no bolso do hábito, atento ao movimento das pessoas. Lembrei, então, de uma vez em que ele subiu numa pedra muito grande. O vento batia e esvoaçavam seus cabelos que, anos mais tarde, receberiam a tonsura. Franco era um garoto alto para sua idade, ao contrário de nós, seus irmãos, e tinha um porte elegante, com gestos largos e decididos. Entretanto, o que mais chamava a atenção de todos sobre o meu irmão era o seu sorriso. Um sorriso de dentes alvos e perfeitos, certamente, porém, mais do que isso: um sorriso apaziguador, encantador, uma benção, como mamãe gostava de dizer. Todo mundo também sentia vontade de sorrir quando Franco o fazia. Mas, em minha opinião, o que realmente completava o efeito daquele sorriso era o seu olhar. Ele olhava as coisas como se as acariciasse.

Quando garotos, nós brincávamos de rezar missa, iguais às celebrações de domingo do padre Francesco, em Valdagno, e meu irmão divertia os outros garotos com seu latim inventado, fazendo sermões e muitas vezes condenando os pecados cometidos por nós, meninos de nove, dez anos de idade. Por mais terríveis que fossem nossos pecados, ele sempre nos absolvia e abençoava, descendo da pedra e passando a mão em nossas cabeças, pois estávamos todos ajoelhados. Os outros garotos nunca poderiam imaginar como aquelas brincadeiras eram importantes para o menino Franco. Mas eu sim.

Quem não gostava nada disso era nossa mãe, Maria Crosara, que achava pecado Franco imitar um padre, e sempre nos colocava de castigo quando nos flagrava. Na verdade, os castigos nunca demoravam muito porque meu irmão usava seu sorriso para convencer mamãe a nos liberar. E, se algum dia ela estava mais severa, ele sempre intercedia por mim e ela me liberava. Mesmo que ele tivesse seu próprio castigo aumentado por isso.

Franco usava grandes pedras que ficavam perto de casa como púlpito para suas missas e pregações, e a proximidade facilitava mamãe de nos flagrar. Porém, Franco nunca quis mudar suas celebrações de lugar, assim como nunca abandonava um antigo casaco escuro de papai que fazia de batina.

Em Valdagno, falava-se muito sobre Franco e sua vocação, porque parecia claro para todo mundo que ela o levaria a posições muito mais altas do que uma pequena comuna como Valdagno poderia comportar. Só anos mais tarde entendi que, se mamãe ralhava conosco, era porque se sentia obrigada a fazê-lo, mas o que na verdade sentia era um orgulho enorme em ter um filho com sentimento religioso tão forte. Muito cedo, ele foi estudar no seminário de Santo Adriano, a mais de quinhentos quilômetros de distância de casa. Era longe, mas nunca estivemos realmente afastados um do outro. Durante anos, trocamos longas cartas.

De repente, alguém se pôs a rezar alto ao meu lado e me dei conta de que não estava mais em Valdagno, e sim debaixo de um céu de delicado tom de azul, sentindo o vento que trazia um forte cheiro de sal. Ainda consegui ouvir Franco dizer:

– Que Deus, em Sua misericórdia, tenha compaixão desta alma.

Depois, ele fez um gesto de benção sobre o vapor e voltou-se em direção às pessoas que continuavam acompanhando a cerimônia.

– *Pietas est fundamentum omnium virtutum. Deo gratias* – disse Franco em voz alta.

– *Deo gratias* – repeti automaticamente, quase num sussurro. A piedade é o fundamento de todas as virtudes.

– É melhor retornarmos aos nossos afazeres – completou Franco, dirigindo-se aos presentes.

Nesse momento, percebi um vulto grande e acinzentado nas águas transparentes do mar. Um tubarão acompanhava a esteira do navio. Não sei dizer se Franco também o viu, mas, se notou, fingiu que não, porque sabia que chamaria a atenção de todos para o animal atraído pelo corpo da jovem mãe. Ele apenas baixou os olhos e fez outro sinal da cruz.

– *Pietas* – murmurei baixinho.

Aqui e ali, o burburinho de conversas tornou a surgir e, apesar da tristeza por causa de tudo o que acontecera, a monótona paisagem do oceano Atlântico pulsando não mudara e podíamos ouvir o marulhar da água batendo no casco do navio. Só aos poucos os sons e os ruídos da embarcação foram retornando ao normal. Normalidade, em grande parte, criada por homens que nunca tinham visto um navio a vapor em suas vidas e, desde nossa partida, observavam o funcionamento de tudo. Da fumaça e da espuma produzidas pelo vapor aos equipamentos, quase peça por peça, do convés à casa de máquinas, passando por todos os instrumentos marítimos e até mesmo ganchos, argolas e cilindros. Nada escapava à *curiosità* deles.

Na verdade, essa curiosidade era movida mais pela necessidade urgente de se ocupar para esquecer um pouco a angústia e a imensa expectativa que se sente quando abandonamos o lugar onde nascemos e crescemos e vamos ao encontro do desconhecido; ao encontro não só de uma nova terra, mas de uma vida nova. "Como será o *Brasile*? ", todos se perguntavam no navio. A grande maioria daquelas pessoas nunca havia saído de suas comunas, assim como nós, que até hoje só tínhamos navegado pelo rio Agno, que corta Valdagno, e agora atravessávamos o oceano imenso.

A velha Valdagno. Chamá-la de velha não é apenas uma maneira carinhosa de falar. Ela é uma antiquíssima comuna ao norte da Itália, na região do Vêneto, com mais de mil anos. Fundada no ano de 861, ainda no tempo dos romanos, foi citada pela primeira vez em documentos em 1184 pela família Trissino, de origem alemã, dona de todas as terras da região naquela época. Dois castelos foram construídos na área da comuna: um deles desapareceu completamente, mas do outro, chamado Panisacco, ainda restam algumas ruínas. No passado, Valdagno foi anexada tanto pelo Império Austro-Húngaro como pelos franceses, mas em 1866 voltou para o Reino da Itália. Há quem diga que a região onde fica Valdagno é uma das mais lindas do mundo, e acho que é verdade, pois fica no fundo do vale do Agno e tem uma história muito rica.

Durante toda a minha vida, também ouvi histórias sobre a construção da catedral de San Clemente, que contou com a participação de várias gerações de pessoas da família Crosara, de minha mãe. As obras dessa catedral foram iniciadas em 1748 e concluídas somente em 1829, e muitos Crosara foram assistentes do criador da igreja, o arquiteto Giovanni Bassano. Gerações de artesãos especialistas da família trabalharam em suas fundações de nove metros de profundidade, em seus andaimes precários a trinta metros de altura, e na construção de sua abóbada de pedra. Imponente, a catedral é rodeada em três lados por pórticos, e o teto da nave principal foi pintado em estilo barroco. Não por coincidência, nossa casa era perto da catedral. Fico ainda arrepiado quando recordo a história do meu tio mais velho, Gennaro, o que usava um bigode enorme e perdeu a mão esquerda quando um grande bloco de pedra se deslocou e caiu sobre ele. Amputaram-lhe a mão e ele, doente, passou meses de cama. Apesar de tudo, nunca ouvi uma vez sequer esse meu tio reclamar do acidente. Para ele, era o sacrifício que tinha de fazer pela grande obra do Senhor.

E sacrifícios eram comuns entre os Crosara.

Minha mãe nunca falou sobre o problema de papai, como se jamais tivesse existido. Baixinha, cheinha e corajosa, mamãe lutou durante muito tempo contra o vício em álcool que consumia meu pai. Ela sofreu e passou por várias dificuldades em razão do descontrole dele. Uma vez – lembro-me bem daquele dia –, encontrei-o desacordado na rua, caído no chão. Assustado e sem saber direito o que estava acontecendo, corri para casa e contei para minha mãe. Lembro que ela me pediu para não comentar com ninguém o que tinha acontecido. Eu era muito pequeno na época e também logo esqueci. Quem mudou tudo isso foi Franco, tempos depois, quando pediu a interferência do arcanjo Rafael a favor de meu pai. Após o pedido de Franco, papai teve uma febre altíssima, suou muito e teve fortes tremores. Minha mãe rezou muito nesse período. Dias depois, ele já estava bem, de pé, e não podia sequer sentir o cheiro de qualquer bebida alcoólica. Nunca tinha visto uma expressão maior de felicidade no rosto de alguém como no de minha mãe, naquela ocasião.

Durante algum tempo, seus amigos ainda o chamavam para beber.

– Sperandio – chamava um deles –, vamos tomar um vinho?

Meu pai agradecia, mas dizia que não, e o amigo se espantava.

– Não? Mas como?

– Não, obrigado. Parei de beber – dizia papai, apertando uma medalhinha com a imagem do arcanjo Rafael e achando que sua esposa, Maria, o escutava, onde quer que estivesse.

O amigo olhava para ele durante alguns instantes e ia embora, incrédulo.

Meu irmão Franco sempre teve uma relação especial com o arcanjo Rafael, que, para ele, não atuava apenas na cura dos doentes físicos, mas também sobre a saúde do espírito, acalmando os sofrimentos interiores das pessoas.

Desde criança, Franco relatava esse contato estreito com Rafael.

Dessa vez, foi ele quem me despertou no navio. Estava com a mão em meu ombro.

– Você está bem, Antonio? – perguntou, olhando fixamente para mim.

Demorei um instante para perceber a minha própria distração. Acho que sorri.

– Estou bem – respondi. – Lembrava de Valdagno.

Agora quem sorriu foi Franco.

– De Valdagno ou de Rafael? – ele indagou.

Mesmo diante de meu espanto, ele continuou a falar:

– Muitas vezes, meu irmão, nós deixamos nossa terra, mas a terra não nos deixa. Pode levar um tempo até você se adaptar ao novo lugar, à vida nova.

– Você não vai mesmo ficar conosco no *Brasile*?

– Não posso, você sabe. Tenho de voltar para a Itália, a Ordem precisa de mim. Já lhe expliquei e sei que será difícil a mamãe entender, mas voltarei para Roma assim que puder.

Devo ter demonstrado quanto me sentia desapontado e ele passou o braço pelo meu ombro.

– Você me acompanha até o passadiço? É hora da aula de catequese das crianças. Venha comigo.

Concordei e acompanhei Franco. Conforme avançávamos em meio a centenas de pessoas que passavam por nós, muitas pedindo a benção de meu irmão, notei como já estávamos mais habituados ao balanço do navio e caminhávamos pelo tombadilho de pernas abertas e firmes, nos equilibrando. O que víamos há mais de quinze dias eram só água e céu, céu e água, sempre iguais. Mas, graças a Deus, indiferente a essa nossa impressão, a navalha da quilha do *Scrivia* continuava a cortar o oceano sem parar, aproximando-nos cada vez mais da América. Lembro que, no momento de nossa partida do porto de Gênova, vi centenas de lenços e chapéus se agitando no ar, em despedida, e que quando o navio se movimentou pensei estar sonhando, não me parecia verdade que partíamos para o *Brasile*.

Quando passamos por um grupo de espanhóis que chegaram pelo porto de Barcelona, eles cantavam uma canção e pareciam animados. Não consegui entender a letra:

¿Dónde vas con paquetes y listas?
que de prisa te veo correr.
Al Congresso de los anarquistas
por hablar y hacerme entender.

Depois riram e brindaram com o vinho que nos serviam duas vezes por dia durante a viagem.

– Você entende o que eles cantam? – perguntei a Franco.

Ele olhou primeiro para o grupo e depois para mim com o semblante fechado, torceu o nariz e disse, insatisfeito:

– Infelizmente, não é só a palavra do Senhor que vai para as Américas – e se calou.

Resolvi não tocar mais no assunto.

Chegamos ao passadiço e lá estavam mais de trinta crianças de várias idades, quase todas com suas mães, esperando pelo meu irmão, que deu um de seus célebres sorrisos quando viu todas aquelas pessoas reunidas, aguardando para ouvir a palavra de Deus.

Observando as crianças e suas mães, pensei nos italianos que tinham abandonado suas comunas e seu país para se aventurar em um lugar estranho e distante. Assim como minha própria família, milhares e milhares de italianos, todos os anos, deixavam suas casas para fugir da pobreza num país que parecia não ter mais lugar para ninguém. A grande maioria tinha como única opção emigrar para países que precisavam de mão de obra, e só assim poderia sonhar de novo em oferecer uma vida melhor para si e seus filhos.

Não consegui ouvir o que uma criança um pouco mais crescidinha perguntou, mas a resposta de Franco foi bem clara:

– A cruz, meu filho, lembra os quatro pontos cardeais e a orientação. É como uma bússola para nós, e o seu centro representa o ponto para onde tudo converge e de onde tudo se irradia. Com suas duas madeiras, ela une na vertical o Céu e a Terra, e na horizontal, o Oriente e o Ocidente. Seus quatro braços também lembram os quatro elementos cósmicos: ar, água, fogo e terra. Para nós, católicos, a cruz é a imagem por excelência da vida, da árvore da vida, da qual caiu maduro, na Sexta-Feira Santa, o fruto de Jesus. A cruz é como uma estrela a iluminar e pairar sobre os católicos, do berço até a sepultura.

Ao final da aula de catequese, todas as mães vieram se despedir de Franco, beijando-lhe a mão. Fizeram uma fila e ele deu a benção a cada uma delas. Pareciam felizes. Voltamos pelo mesmo caminho da ida e os espanhóis tinham parado de cantar. Agora apenas conversavam e não eram mais do que dez ou doze pessoas, entre homens e mulheres. Dizia-se no navio, para indignação das mulheres, que as anarquistas se revezavam para satisfazer aos espanhóis. Todos eram de todos. Vi, durante a viagem, várias senhoras fazerem o sinal da cruz quando eram obrigadas a passar pelo grupo, uma vez que o espaço no *Scrivia* era apertado, o que tornava impossível evitar encontros. Muitas chegaram a pedir proteção a Franco.

Os espanhóis bebiam muito – como se os italianos não fizessem o mesmo – e arrumavam algumas confusões com outros passageiros. Mais de uma vez, Franco teve de interceder para acalmar os ânimos entre eles.

– Esses anarquistas deviam tomar mais cuidado – ouvi um homem dizer certa vez, enquanto jogava tômbola com os companheiros. – Senão, um deles pode virar comida para tubarão também.

Os outros se contentaram em rir.

Lembrei de papai por causa da bebida. Como estaria ele no *Brasile*? Ele e mamãe, juntamente com nossos irmãos Marcelino e Tereza, já estavam lá há um ano. Espero que não tenha voltado a beber vinho, *grapa*, ou então a bebida forte feita no *Brasile* de cana-de-açúcar, chamada *cagiassa*, como descreve meu irmão Paolo em suas cartas. Paolo, sim, está há dois anos morando no *Brasile* e já é proprietário de terras. Tem um belo lote num lugar chamado Colônia Caxias. Corajoso esse meu irmão. Partiu para o *Brasile* acompanhado apenas da esposa, Rachelle, que estava grávida. Fez com que meus pais e os dois irmãos menores fossem para lá, e agora tanto eu como Franco estamos indo ao encontro deles. Como costumam dizer, ele quer fazer a América.

Nesses dois últimos anos, sei que conseguiu muita coisa. E deverá conseguir muito mais. Sempre foi muito ousado, enérgico, trabalhador, e acabava conduzindo a todos nós. Ou quase. Franco também tem uma personalidade forte. Quando éramos crianças, mamãe dizia que só era possível que os dois brincassem juntos se eu estivesse por perto, porque eu atuava como um conciliador entre ambos. Senão, era impossível.

Paolo disse em uma de suas cartas que, em um mês de *Brasile*, tinha comido mais pêssegos do que em sua vida inteira na Itália. E que, para as laranjas, bastava a pessoa se dar ao trabalho de pegá-las no chão. É disso que os italianos precisavam: terras, temperatura amena, abundância, a possibilidade de viver melhor, de sonhar com o futuro.

E o meu futuro, qual seria? O passado tinha sido duro, e Elisabetta fora a passagem mais difícil. O velho provérbio diz que *acqua passata non macina più,* mas na verdade, se as águas passadas não movem mais o moinho, ao menos deixam marcas nele. Marcas muitas vezes profundas, interferindo para sempre nos moinhos que somos nós mesmos. Se não fosse pela insistência de Paolo através de suas cartas e do conselho amigo de Franco, que também está fazendo essa viagem para me ajudar, acho que não viria para o *Brasile*.

Mesmo nos anos em que Franco ficou fora de casa, estudando no seminário, nosso contato continuou intenso com a correspondência que mantínhamos. Eu sabia tudo o que se passava com ele, e meu irmão sempre tomava conhecimento do que acontecia comigo, mas, acima de tudo, ele me aconselhava. Trocamos centenas de cartas durante esses anos todos. Acompanhei cada passagem da vida de Franco naquele seminário: seus esforços, suas surpresas, sua fé, que aumentava cada dia mais. Ainda tenho muitas dessas cartas comigo. Principalmente as que dizem respeito a Elisabetta.

Mamãe sempre gostou dessa amizade entre dois irmãos, dessa cumplicidade entre Franco e eu. Tentou também diminuir a distância invisível que havia entre nós dois e Paolo, mas hoje vejo que, infelizmente, não conseguiu. Ele é diferente de mim e de Franco, apesar de ambos terem uma personalidade forte. Franco e eu sempre preferíamos brincar juntos, ou com os outros meninos, e Paolo sempre se mantinha distante.

O fato é que a vida toda tive uma ligação maior com Franco; sempre fui mais apegado a ele. Eu o auxiliava em suas missas de menino feitas no seu latim inventado, ficávamos de castigo juntos, corríamos para pular nas águas do Agno, brincávamos o tempo todo um ao lado do outro. Só agora tenho consciência de quanto tempo Franco e eu chegávamos a ficar sem brincar, ou mesmo falar, com Paolo.

Por isso, hoje fico pensando se a própria viagem de Paolo ao *Brasile* não foi fruto de tudo isso. E também se a mudança no destino de nossas vidas não ocorreu por algo mais do que apenas as dificuldades pelas quais passávamos na Itália.

Capítulo 2

Meu irmão Paolo sempre gostou de caçar, apesar dos avisos constantes de minha mãe sobre o perigo que isso representava. Mas o que ele adorava trazer de suas caçadas eram coelhos em grande quantidade para encher o panelão de mamãe. Sentia satisfação em sair para caçar e voltar com o suficiente para alimentar toda a família. Tinha orgulho disso. Ele e seus companheiros de caçada eram especialistas em montar armadilhas para pegar animaizinhos que ficavam assustados quando se viam entre quatro grades feitas de galhos de árvore.

Ele sabia se mover muito bem pelos bosques que circundam Valdagno. A única área que evitava era a das grandes pedras. Uma vez, fui caçar com ele por insistência de mamãe, em uma de suas iniciativas para nos aproximar. Era uma tarde fria de começo de inverno e corríamos atrás de um filhote de cervo desgarrado e perdido. Em uma das vezes em que me aproximei do animal, cheguei a perceber seus olhos tristes por estar longe da mãe. Minha vontade foi de gritar para todos aqueles garotos pararem de perseguir o cervo, deixá-lo em paz; mas, imaginando a reação de Paolo se fizesse isso, fiquei quieto. Porém, algo estranho aconteceu. Quando o filhote estava encurralado e faltava muito pouco para capturá-lo, caí numa velha e esquecida armadilha. Dei um grito de susto e de dor, fazendo os garotos correrem para ver o que havia acontecido, o que possibilitou a fuga do animal. O olhar de Paolo me fuzilava de ódio. Procurei não demonstrar, mas senti uma alegria enorme por ter salvado o pequeno cervo.

No trajeto de volta para casa, Paolo me ajudou a caminhar e passei meu braço direito por seu ombro para não encostar o pé machucado no chão. Ele não disse uma palavra sequer durante o tempo que levamos para voltar para casa. Na verdade, eu até poderia ter caminhado sozinho, mas fingi que estava pior para ele não brigar comigo. Aquele caminho de volta pareceu muito mais longo que o de ida. Os outros garotos se adiantaram e foram embora, todos aborrecidos comigo. Disse a Paolo que o filhote poderia voltar outro dia, mas ele não me respondeu nada, concentrando-se apenas em me amparar para andarmos mais rápido. Como estava frio, não encontramos ninguém passeando pelo bosque naquela tarde.

– O que foi que aconteceu? – mamãe falou assustada quando nos viu chegar.

Senti que Paolo não ia responder nada e me adiantei, ainda com o braço no ombro dele:

– Caí numa armadilha antiga e bati o pé numa pedra. Deve estar muito inchado e minha perna também está arranhada – exagerei.

– *Madonna mia* – respondeu mamãe, me ajudando a sentar e colocando água no fogo.

Paolo resmungou duas ou três palavras e se afastou. Depois de uma pausa silenciosa, ela quis saber:

– Você atrapalhou a caçada? – perguntou mamãe em voz baixa, sem deixar de prestar atenção no que fazia.

– Atrapalhei. O cervo fugiu enquanto eu caía na armadilha.

Mamãe suspirou.

– Esse meu filho é muito sistemático – ela disse. – Mas não se preocupe, vamos cuidar dessa perna – e continuou tirando a meia que, para minha surpresa, realmente tinha um pouco de sangue.

Naquela época, Franco já estava no seminário, e na carta que escrevi para ele contei o que tinha ocorrido. Em sua resposta, ele sequer mencionou o acontecimento e, ao final, me recomendou juízo.

Paolo evitou falar comigo nos dias seguintes, sempre arrumando algo para fazer se eu chegasse para conversar com mamãe ou com meu pai e ele estivesse presente. Estava com raiva porque um filhote de cervo como aquele era difícil de aparecer pela região de Valdagno.

Mas não demorou muito para que ele fosse obrigado a falar comigo novamente. Poucos dias depois, mamãe pediu que Marcelino, o caçula na época, fosse até a casa de dona Giusepinna levar uma medalhinha do arcanjo Rafael que Franco havia mandado especialmente para ela por causa de sua grande amizade com mamãe.

Algum tempo depois, mamãe notou que Marcelino ainda não havia voltado e, com o susto, levou à mão a sua própria medalhinha. Cuidadosamente, como alguém que se prepara da melhor maneira possível para receber um choque, procurou por Marcelino em todos os cantos da casa e depois perguntou para mim e para papai se sabíamos dele. Por último, perguntou para Paolo que, distraidamente, construía mais uma de suas armadilhas para coelhos com gravetos retirados das árvores em volta da casa.

– *Dio Santo, per favore aiutami!* – ela exclamou, pedindo a ajuda do Senhor já chorando.

– O que aconteceu? – perguntou papai alarmado. – Marcelino não está em casa? Diga, Maria, o que aconteceu?

Mamãe quase não conseguia falar.

– Mandei Marcelino à casa de Giusepinna levar a medalhinha que Franco mandou e ele até agora não voltou.

– Ele não podia ter ido sozinho, Maria.

– Eu achei que não havia mal, já fomos e voltamos tantas vezes – disse mamãe, caindo no choro.

Não tendo alternativa, papai abraçou-a e pediu que ela se acalmasse.

Tanto Paolo como eu ficamos paralisados olhando para papai e mamãe abraçados, minha mãe aos soluços.

– O caminho que leva até a casa de dona Giusepinna tem algumas entradas para o bosque. Ele pode ter se confundido e pegado o lado errado – argumentou Paolo agitado. – Nós temos de ser rápidos antes que escureça e ele fique muito assustado. Papai, o senhor fica aqui em casa com a mamãe porque Marcelino pode voltar de uma hora para outra. Antonio, você vai até a casa da dona Giusepinna ver o que aconteceu. Vou sair agora e pedir ao Luigi e ao Pietro que me ajudem a procurar Marcelino no bosque. Nós conhecemos muito bem tudo por lá. Vamos achar meu irmão. Tenho certeza.

Aquele era Paolo Rossato. Prático, enérgico, um homem de ação desde criança. Todos obedecemos de imediato e, depois de uma tarde em que o tempo escorreu vagaroso, Marcelino voltou de mãos dadas com ele. Todos sorriam, inclusive os amigos Luigi e Pietro, que tinham ajudado no que chamaram de "resgate". Marcelino, em sua inocência de menino pequeno, não entendia por que seus pais o beijavam e abraçavam tanto entre lágrimas e sorrisos. Pouco depois, ele contou que tinha visto um coelhinho entrando no bosque e queria ver onde o bicho morava para depois contar a Paolo.

– Não precisava, meu querido – disse papai olhando para Paolo. – Esse seu irmão sabe se cuidar. E não só de si mesmo, como de todos nós. Obrigado, filho – e abraçou Paolo.

Entre os beijos de mamãe, ainda consegui dar alguns tapinhas de reconhecimento no ombro de Paolo. Não se pode deixar de admirar alguém assim. E nem de invejá-lo também.

Durante a viagem no *Scrivia*, vivi vários momentos de encantamento. Um dos meus favoritos era o final do dia. O sol passava a iluminar o mundo como se estivesse vindo de baixo, e todas as tardes se escondia entre nuvens de diferentes formatos que, já rasas, desciam sobre o mar. E, quando toda aquela luz havia mergulhado nas águas do oceano e não era mais vista, tornava ainda mais nítido o contorno das nuvens, enfeitadas por uma franja dourada, em meio às cores do céu que se diluíam em tons delicados. Após o pôr do sol aparecia a lua com seu clarão, suficiente apenas para vermos as águas do mar infinito que nos rodeava.

Era comum ver outros passageiros que, sem ter o que fazer, apenas esperavam o tempo passar. Mas esse não era o caso de Franco. Terminada aquela aula de catequese, ele quis visitar alguns enfermos que necessitavam de cuidados tanto físicos como espirituais, e nos pusemos a andar entre os corredores apertados e escuros procurando pelo sr. Batiston, um homem de sessenta e sete anos, a mesma idade de nosso pai. Seus parentes nos receberam entre sorrisos e lágrimas.

– Como está se sentindo hoje, *signore* Batiston? – perguntou Franco ao homem deitado na cama de baixo de um beliche.

Ele abriu lentamente os olhos e esboçou um sorriso.

– Acho que não vou conhecer a América, frei.

– Não diga isso. O senhor está se recuperando bem e não falta muito para chegarmos ao *Brasile*. Ainda vai beber muito vinho *brasiliano*.

Aí, sim, Batiston abriu um sorriso verdadeiro e começou a tossir.

– Isso é mais uma das grandes perdas, frei – e tossiu. – Depois de passarmos a vida inteira bebendo o bom vinho italiano – a tosse aumentou mais um pouco –, passaremos a beber... – sufocado, não conseguiu completar a frase.

– Tenha calma, senhor Batiston. O senhor precisa descansar. Vou pedir ao arcanjo Rafael por sua saúde.

– Mas, por outro lado, frei, a Itália estava nos roubando a alma antes mesmo de nos tomar o corpo.

– O senhor tem de descansar. Agora durma...

O homem então fechou os olhos e imediatamente começou a ressonar. Franco pegou a mão esquerda do velho entre as suas e começou a fazer uma prece. Depois traçou o sinal da cruz com a ponta dos dedos na testa dele e se levantou. A esposa se aproximou de meu irmão. Tinha os olhos aflitos.

– Deus vai nos ajudar, tenho certeza, e seu marido ainda vai trabalhar muito pelo bem-estar de sua família no *Brasile*.

– Obrigada por vir nos visitar, frei.

– Nem pense nisso, minha filha. Apenas cumpro minha missão. E as crianças estão bem? Não se esqueça de misturar uma colher de vinho na água delas para engrossar o sangue e evitar a febre maligna.

– Não esqueceremos, frei.

A sra. Batiston beijou a mão de Franco e saímos da cabine cheia de gente e abafada. Depois de termos nos distanciado um pouco por aqueles corredores, Franco sussurrou para mim:

– Temo que aquela prancha de madeira, infelizmente, vá ser usada de novo em breve.

Ouvindo essas palavras, o que me veio à mente de imediato foi a lembrança daquele dorso grande e acinzentado rasgando as águas do mar. Procurei tirar essa imagem da cabeça o mais rápido possível.

– *Pietas* – disse baixinho.

Franco olhou para mim e deve ter imaginado o que se passava comigo.

– *Pietas* – repetiu ele.

Escurecia rápido e seria mais uma noite difícil para a sra. Batiston e toda a sua família na cabine do *Scrivia.*

No dia seguinte, acordei preocupado com o que estávamos levando ao *Brasile* por encomenda de Paolo. Após o café, logo cedo, avisei Franco que não o acompanharia em suas visitas naquela manhã porque queria ir até o depósito de bagagens no porão.

– Preciso conferir o material que trouxemos para Paolo – eu disse, apalpando o bolso da calça e sentindo o volume de papéis amassados. – Embarcamos com tudo o que ele pediu, mas preciso ter certeza de que vamos desembarcar com as mesmas coisas.

Franco olhou para mim por um instante antes de falar:

– Você tem razão, precisamos cuidar do que ele pediu. Sabemos como nosso *fratello* é zeloso em relação aos seus bens materiais.

Fingi não notar o tom do comentário de Franco e tirei do bolso as folhas amarfanhadas da última carta de Paolo, enviada da tal Colônia Caxias, mas ele tinha me atingido de alguma maneira. Não era de seu feitio ser irônico.

– Faça isso, meu irmão, que preciso dar minha aula de catequese para outra turma de crianças.

Depois de observá-lo por alguns segundos, tomei o caminho contrário e fui em direção ao compartimento de cargas do navio. Pelo que o pessoal da tripulação me havia informado, o *Scrivia* era um vapor novo, com poucos anos de uso, e fazia o trajeto Gênova-Buenos Aires com escala no Rio de Janeiro. Pesava duas mil e quinhentas toneladas e transportava naquele momento mil quinhentos e noventa passageiros para o novo mundo das Américas, entre eles portugueses, espanhóis e, principalmente, italianos.

Depois de atravessar todo o convés, cheguei à popa, onde ficava a entrada do compartimento de bagagens. Um marinheiro tomava conta do lugar e pediu meus documentos. Queria o passaporte e a minha declaração de bagagem, preenchida em Gênova. Examinou os dois documentos com expressão de quem não estava muito acostumado ao mundo das letras e disse que ficaria com o passaporte enquanto eu estivesse lá dentro. Concordei e guardei a declaração no bolso. Ao abrir a porta, ele me recomendou:

– Cuidado com a escada, *per favore.*

A recomendação não era à toa. O lugar era escuro, apertado e uma escada em espiral, estreita e perigosa, era o começo do caminho que levava às bagagens. Além disso, o local era sufocante, e respirei fundo para começar a descer. De quando em quando, uma lamparina fraca ainda permitia que se enxergasse alguma coisa. Continuei descendo e tive uma impressão que num primeiro momento me divertiu. Naquele lugar estreito e quente, escuro e sufocante, parecia que eu estava descendo ao centro da Terra. E estávamos em alto-mar. Procurei deixar de lado esses pensamentos tolos e me concentrei na descida. Quando finalmente cheguei a algum lugar, pude enxergar melhor e vi uma espécie de salão iluminado, todo subdividido, com a localização das bagagens indicada por letras e números. Então fora por isso que o marinheiro ficara com o passaporte e liberara a declaração de bagagem. Peguei o documento, ajeitando-o para conseguir enxergar algo naquela pouca luz, e li: 7/49-M. Encontrei uma lamparina sobre uma mesinha e, girando o botão, aumentei a claridade para me auxiliar. A procura não demorou muito. Entre inúmeras caixas, caixotes e baús, achei a galeria M, divisória 49, estante 7: Rossato, Antonio e Rossato, Franco.

– *Deo gratias* – exclamei satisfeito.

De repente, ouvi um barulho estranho. Olhei para os lados e, na parte de trás do compartimento, pude notar a luz fraca de uma lamparina sendo apagada. Em seguida, ouvi o rumor do que pareciam ser duas vozes murmurando e o ruído de passos. Uma confusão rápida que não consegui distinguir e, ao fim, uma respiração ofegante. Ainda permaneci durante alguns minutos tentando ouvir mais alguma coisa, mas o silêncio agora era completo, fazendo par com a escuridão novamente. O que pude concluir era que duas pessoas estavam naquele depósito e não queriam ser vistas. Apressei-me em conferir a encomenda de Paolo.

Coloquei a mão no bolso da calça e senti novamente a carta que ele enviara. As folhas estavam amarrotadas de tanto serem lidas e relidas. Verifiquei item por item: três enxadas, quatro machados (dois maiores e dois menores, estes com corte estreito), máquina para fazer macarrão, um conjunto de facas de ponta, uma caçarola, três ferros de plaina, uma sela, seis chapéus, tubos para fazer vela, um relógio, cinco lampiões (usam querosene no *Brasile*), uma pedra do Agno, mudas de espinhos brancos, figueiras agrestes, roseiras, pereiras-de-São-Martinho, cerejeiras e videiras. E as encomendas especiais: quatro rodas de carreta de cinco quintais de tamanho e um pequeno sino para a capela que está sendo construída. Ao final da longa lista vinha a assinatura floreada e esparramada de meu irmão.

Estava tudo lá, sem exceção. Guardei o pequeno maço de papéis de novo no bolso da calça e, com a lamparina na mão direita, vasculhei o local de olhos semicerrados. Não havia mais ninguém por lá. Quem quer que fossem, já tinham escapado sem se deixarem ver. Tornei a pôr a lamparina sobre a mesa e tomei o caminho de volta pelos degraus estreitos e escuros, sentindo como se voltasse à superfície da Terra.

Peguei meu passaporte de volta com o marinheiro, que me perguntou se estava tudo em ordem com a minha bagagem. Respondi que sim e ia comentar, olhando nos olhos dele, que tinha ouvido o barulho de pessoas fugindo do compartimento, evitando ser vistas. Queria saber como isso era possível se havia apenas uma entrada e ele estava de vigia. Entretanto, não perguntei nada. Acho que por serem duas vozes: uma de homem e outra de mulher.

Reuni-me a Franco ao final de mais uma de suas aulas de catequese e novamente o vi cercado por muitas mães ansiosas em cumprimentá-lo. Esperei um pouco e logo ele me perguntou se a bagagem estava ilesa.

– Está tudo em ordem – e continuei a olhar para ele, em dúvida se falava ou não.

– O que foi, aconteceu alguma coisa? – Franco perguntou.

– Não – respondi de imediato, sem saber o que dizer exatamente. Como continuava incerto, desisti. – A bagagem está intacta. Paolo vai receber tudo o que pediu.

– Ótimo – Franco concluiu sem comentar mais nada.

Mas então levantou os olhos e insistiu:

– Foi tudo bem com as bagagens, meu irmão? Você quer me dizer alguma coisa?

Fiz uma pausa.

– Não, está tudo bem. Paolo ficará satisfeito em receber exatamente o material que encomendou.

– Ótimo – repetiu Franco. – Você já disse isso.

Senti certa impaciência no tom de voz de meu irmão. Logo ele, que era uma pessoa tão calma. Talvez fosse a viagem cansativa, ou o seu trabalho como religioso, que tinha aumentado a bordo, ou ainda a expectativa da chegada. Tudo isso somado pode tê-lo deixado cansado. Mas também podia ser porque ele considerava "excessivo" meu cuidado com a encomenda de Paolo. Uma reação dessas vindo de Franco não me espantaria, porque já havia acontecido muitas vezes, desde a nossa meninice. Algo que comecei a notar ainda no nosso embarque no porto de Gênova.

Lembro-me, como se fosse ontem, daquela vez em que Franco saiu do seminário e foi passar o Natal conosco. Fazia um frio intenso e nevava muito naquele final de ano. Era impossível nadar no Agno e já estávamos grandes o bastante para não brincar mais de rezar missa. Ainda mais agora que meu irmão era um seminarista. Em Valdagno, todos estavam orgulhosos dele e mamãe não conseguia conter sua satisfação. Apesar do mau tempo, fizemos inúmeras visitas a amigos e parentes, nas quais dona Maria Crosara, com um orgulho muito mal disfarçado, falava dos estudos do seu querido Franco. Chegava a dar detalhes da vida no mosteiro que meu próprio irmão desconhecia, mas ele não comentava os exageros de mamãe.

Paolo ficava alheio a todo esse movimento. Também a caça aos coelhos já não era mais seu principal interesse, como antes. Seu alvo agora era outro: queria ganhar dinheiro, mudar de vida. Tinha crescido o suficiente para descobrir o mundo além dos limites da nossa porta.

Além do trabalho que todos tínhamos em casa, como cuidar das videiras, das pereiras e das cerejeiras – sem contar os dos porcos e das galinhas que criávamos –, meu irmão Paolo arrumava pequenos serviços em Valdagno para ganhar alguns trocados. Muitas vezes, era esse dinheiro extra que salvava a família durante alguns dias, já que naquela época papai ainda bebia e, muitas vezes, descuidava de tudo. Quando seu dinheiro servia para dar do que comer a todos, Paolo sentia tanto orgulho como nos tempos em que conseguia pegar vários coelhos para o panelão de mamãe.

No Natal daquele ano, tinha arrumado um trabalho na igreja de padre Francisco que renderia um bom dinheiro. Algumas pessoas mais abonadas da comuna estavam pagando para um artesão especialista reformá-la por dentro, e Paolo conseguiu ser contratado por ele, o sr. Massimo, para trabalhar como um de seus assistentes. Todo o serviço fora subdividido em áreas, e Paolo tinha de fazer o conserto e a pintura dos bancos. Quando lhe perguntaram se conseguiria terminar o serviço até o dia de Natal, ele garantiu que sim, mas logo percebeu que seria impossível. E, se não conseguisse, além de perder o dinheiro, ficaria mal com o sr. Massimo, o padre Francesco e, pior ainda, com mamãe, que não gostaria nem um pouco de saber que ele havia falhado na igreja.

Ele então me procurou.

– Por favor – Paolo me pediu.

Acho que nunca tinha ouvido nada assim, vindo dele.

– Pelo amor de Deus – ele apelou.

Com isso, deixei de fazer as visitas aos amigos e parentes com Franco e mamãe e, debaixo daquele frio de dezembro, comecei a consertar e a pintar bancos e mais bancos de igreja. Franco não disse nada, mas pareceu magoado com o fato de eu estar ocupado ajudando Paolo na única oportunidade que havia de nos vermos, depois de ele ficar fora um ano inteiro. Conseguimos completar nossa missão a tempo, mas, na hora de retornar ao seminário, Franco se despediu de mim com um abraço e um olhar tristonho.

De repente, uma explosão de gritos cortou o fio de minhas recordações. Eram exclamações de alguém enfurecido que vinham da popa. Olhamos um para o outro sem entender nada e partimos em direção ao tumulto. Franco suspendeu ligeiramente a barra do hábito para andar com rapidez.

Um círculo de homens agitados tinha se reunido em torno de alguma coisa. Franco abriu caminho entre as pessoas e eu o segui logo atrás. Quando viram que era meu irmão, os homens se afastaram para que ele passasse pela aglomeração. Chegando ao centro da roda, descobrimos o motivo de tanta agitação. Dois homens se encaravam, prontos para brigar. Um deles, que reconheci na hora, era um dos anarquistas do grupo de espanhóis. O outro eu não reconheci, mas deveria ser um dos tantos italianos a bordo. Franco quis intervir de imediato.

– O que é isso, ficaram loucos? Parem com essa briga imediatamente.

Parecia que nenhum dos dois estava disposto a lhe dar ouvidos.

– Parem com isso – ele insistiu.

Só então percebi. O italiano segurava uma faca pequena, talvez um canivete, e o espanhol não tinha nada nas mãos. Seria um assassinato.

Franco se interpôs entre os dois.

– O que está acontecendo aqui?

Ninguém explicou. Os dois homens não deixavam de se encarar, andando em círculos, prontos para o ataque. Estavam tensos, gritando palavras de ódio.

– Chamem o comandante do navio – berrou Franco.

– Esse *disgraziato* – começou a falar o italiano cuspindo fúria nas palavras – manchou minha honra, padre. Que agora vou lavar com sangue. O sangue deste *farabutto*.

O espanhol continuou calado, pronto para se defender, com os olhos fixos nos inimigo.

– Não é assim que se resolvem os problemas – tentou argumentar Franco.

– Deixe os dois, frei – gritou alguém no meio da multidão. – Isso é assunto para homens e não para santos.

Franco reagiu.

– Não há nenhum santo aqui. Somos todos apenas fiéis do Senhor. E ele não aprova o que está acontecendo.

O burburinho de excitação não parava de agitar os homens e podia-se ver alguns até rindo nervosamente.

– Parem com isso, em nome de Deus – tentou novamente.

Dessa vez, a agitação diminuiu. Eu estava ao lado de Franco e vi quando o italiano baixou a guarda, aparentemente desistindo de fazer aquela loucura.

– Assim é melhor – reagiu Franco. – Só com calma é que podemos...

Mas, repentinamente, o italiano se jogou para cima do anarquista, empunhando a faca. Foi tudo muito rápido e só me lembro de ter reagido, conseguindo segurar o braço do agressor no ar. A faca passou de raspão pelo ombro do anarquista, fazendo um corte, e o italiano foi dominado em seguida. Em meio à agitação, o espanhol pôs a mão direita sobre o ombro, uivando de dor. Alguns marinheiros chegaram nessa hora.

– Levem-no para dentro – gritou Franco, apontando para a agitação que crescia em torno do agressor. – E você precisa de cuidados – disse para o espanhol.

Alguns anarquistas chegaram e o levaram.

Restamos Franco e eu, ainda rodeados por alguns italianos que comentavam a tentativa de assassinato.

– Antonio, você foi muito corajoso – disse Franco. – Evitou uma morte, meu irmão. Meus parabéns.

Se eu não estivesse com o ombro dolorido por causa do esforço de tentar segurar o braço do italiano, nem eu mesmo acreditaria.

Dois dias depois, o clima dentro do *Scrivia* tinha mudado completamente. Os marinheiros avisaram que estávamos chegando. Sim, estávamos chegando à América. Todos nós olhávamos agora desconfiados um para o outro, falando pouco, irrequietos, como se estivéssemos esperando a qualquer momento algo inacreditável cair sobre nossas cabeças. Era mesmo incrível, estávamos quase chegando à América.

– *Deo gratias*. Apesar de tudo, fizemos uma boa viagem – disse Franco.

Concordei, percebendo que o grupo de anarquistas estava perto e que o espanhol da briga olhava para nós fixamente, cofiando o bigode para baixo com a mão em concha. Só aí percebi que ele também usava suíças.

Continuei observando um bando de golfinhos que seguia o navio, e ele veio até nós. Pigarreou e começou a falar numa mistura de espanhol e italiano aprendido recentemente:

– Com licença, senhores. Não podia deixar este navio sem vir até aqui agradecer aos dois por terem salvado a minha vida – e apertou a minha mão calorosamente. – Se você não tivesse segurado o braço dele, aquela faca entraria diretamente no meu coração. *Grazie*, jamais esquecerei esse gesto – disse, fazendo menção de sair. – E obrigado também por ter me ajudado duas vezes. Boa sorte na América, amigos.

E saiu.

Não entendi. Duas vezes, ele disse? Talvez tenha sido um problema com a língua. Talvez. Procurei não pensar mais no assunto.

– Veja – disse Franco com a voz emocionada, apontando para o horizonte.

A proa do navio já estava repleta de gente, todos tentando alcançar a amurada. Querendo ser os primeiros a avistar a América. A quilha do *Scrivia* sulcava as águas da baía do Rio de Janeiro, uma das mais belas paisagens do mundo.

– Senhores – disse Franco com voz embargada –, chegamos à terra que, de agora em diante, vamos chamar de *nossa* terra, o *Brasile*.

Era um espetáculo ter a capital do Império à vista: as torres das igrejas, as casas, os edifícios públicos, os conventos e seus campanários. A baía recortada entre pequenos barcos coloridos que boiavam acompanhando a marola, subindo reto nas cristas mais elevadas, desafiando as ondas do mais lindo porto do mundo, em meio a aplausos e saudações.

– A América, a América – gritávamos.

Observando atentamente, víamos que as últimas casas da cidade marcavam, sem nenhuma transição, o começo de uma floresta imensa, e que as árvores realmente eram tão grandes como se dizia.

– *L'America*.

O que antes parecia um sonho tornara-se realidade.

Capítulo 3

– *Dio santo*, eles chegaram – gritou mamãe ao nos ver, enquanto enxugava as mãos no avental e corria para nos abraçar.

E atrás dela, todo o resto da família: meu pai, Sperandio, meu irmão Marcelino, que tinha crescido demais, a caçula, Tereza, e seu sorriso, minha cunhada, Rachelle, com uma criança nos braços, e, por trás de todos, nos olhando satisfeito, Paolo, com a novidade de carregar agora um senhor bigode debaixo do nariz.

– Eles chegaram – exclamava minha mãe, como se precisasse repetir para poder acreditar no que via. – Graças a Deus, meu Deus, obrigada, *grazie*.

E nos abraçava, beijava e chorava de felicidade.

– Que bom que você veio, Antonio. Eu estava com medo de que não viesse – disse ela, olhando-me fixamente nos olhos, o que não entendi bem, porque é verdade que tinha resistido um pouco a vir para o *Brasile*, mas há tempos eles sabiam que eu faria a viagem. – *Grazie mille* – ela repetia, olhando para o alto com as mãos entrelaçadas.

Dei-lhe um longo beijo no rosto e um abraço demorado. Franco fez o mesmo.

– Franco, Antonio, quero mostrar a vocês o meu *pappagallo*, Pippo – dizia Tereza, saltitando de alegria.

– Pippo? Mas que nome bonito para um *pappagallo*. Aposto que foi você quem escolheu.

Ela fez que sim com a cabeça, sorrindo e saltitando, eufórica. Correu para buscar Pippo.

– Como foi a viagem, meus filhos. Muito dura? – perguntou papai, que aparentava estar bem, com os olhos vivos e o corpo rijo. Estava até com a pele queimada, bronzeada.

– Acho que essa viagem será sempre dura, meu pai – respondi –, e para Franco foi pior. Todos queriam a atenção dele o tempo todo.

– É a missão de um homem de Deus, meu filho – disse mamãe, satisfeita.

– A viagem é dura, mas compensa fazê-la – disse finalmente Paolo nos abraçando e deixando seu braço sobre meus ombros. – Essa viagem de navio é cansativa, sofrida, mas, para compensar, você chega neste paraíso chamado *Brasile*. Uma terra maravilhosa, que parece estar apenas esperando pelos italianos, esperando por nós.

Nesse instante, chamou a atenção de todos o choro da criança que estava nos braços de Rachelle. Todos riram.

– E já temos até uma *brasiliana* aqui conosco – declarou Paolo, orgulhoso.

– Como é o nome dela, meu irmão?

– Itália.

– Itália? – Franco e eu nos surpreendemos.

– Sim, dei a ela esse nome para que nunca pense em pôr os pés naquela terra. Para que nunca vá para lá.

– É um belo nome para uma *bambina* – mamãe intercedeu rapidamente.

– Em uma das cartas que mandei para a Itália – Paolo cofiou o bigode –, eu disse que, antes de partir para a América, parecia que partíamos para o desespero. E é verdade, parecia mesmo. Mas o que temos aqui vale o esforço: o calor, as frutas, as terras, as oportunidades compensam tudo, meus irmãos. Lá éramos servos, aqui somos senhores.

Tereza voltou correndo com uma gaiola feita de gravetos – que só podia ter sido feita por Paolo – com Pippo dentro. Ela mostrava o papagaio com orgulho e afirmou que ele sabia falar:

– *Mela, mela* – começou a repetir Pippo.

Todos nós rimos.

– Acho que ele está querendo uma maçã – brincou Franco.

– Guloso, você já comeu – respondeu Tereza.

– Acho que chega desse papagaio por hoje. Está na hora do almoço – disse o velho Sperandio.

– Seu pai tem razão – emendou mamãe. – Leve Pippo para dentro agora, Tereza. Vamos almoçar. Hoje, o almoço é com toda a nossa família reunida.

Meio a contragosto, Tereza obedeceu à mãe e levou Pippo embora.

– Todos à mesa – disse papai.

Rachelle e mamãe trouxeram a comida: sopa, polenta, massa, galinha, carne assada, vinho tinto. Tudo fumegando e com um cheiro delicioso.

– Uma bela mesa, mamãe. Hoje vamos passar bem – brinquei.

– Hoje e sempre, meu irmão – enfatizou Paolo num tom alegre de voz. – No *Brasile* não falta comida para quem trabalha. Aqui, nossa mesa será sempre farta. Experimente este vinho.

Marcelino passou a garrafa para mim.

– Marcelino, meu irmão, sempre tão quieto. Como vai você? Está gostando do *Brasile*? – perguntou Franco sorrindo.

– É diferente da Itália. Acho que é melhor aqui – respondeu, enquanto se servia de polenta.

– Marcelino está me saindo um grande trabalhador – revelou Paolo. – Sabe usar a cabeça e é muito aplicado. Bom esse vinho, não é? Mas, infelizmente, não fomos nós que o fizemos. Tive de comprá-lo. Papai e Marcelino ainda estão trabalhando para melhorar o nosso. E agora, com você aqui, Antonio, com o seu conhecimento e o seu trabalho, tenho certeza de que poderemos fazer o melhor vinho da região. E gente para comprá-lo é o que não faltará.

Só então notei que papai tinha um copo d'água à sua frente.

Mamãe percebeu que eu estava olhando para ele e seu copo e sorriu para mim. Um sorriso parecido com o de vários anos atrás.

– Podemos aumentar bastante a área de plantio das videiras e fazer muito vinho.

– Há alguma igreja por perto, mamãe? – cortou Franco, com certeza para mudar a conversa de Paolo, que não queria parar de falar sobre o mesmo assunto.

– Temos a igreja da colônia, mas fica muito longe. Paolo está construindo uma capela para que todos da região possam frequentá-la. Está ficando muito bonita.

– Por isso pedi para vocês trazerem o sino. Vamos instalá-lo assim que possível. E, por falar nisso, trouxeram tudo o que pedi? Faltou alguma coisa?

– Não – respondi rápido –, trouxemos toda a mercadoria. Aliás, a dificuldade maior foi transportar tudo no lombo das mulas.

– Eu imagino, meu irmão. Não é fácil esse percurso tomando o vaporzinho para cruzar a lagoa dos Patos e depois atravessar Porto Alegre e Charqueadas, até chegar aqui.

– *Madonna mia*, quanto eu sofri para fazer essa mesma viagem um ano atrás – disse mamãe.

– É verdade – concordou papai pensativo.

Itália voltou a chorar e todos riram.

– Mas só faltava essa. A nossa *brasiliana* também dizer que sofreu na viagem – brincou Paolo.

– Ela não, porque estava na minha barriga, mas, dois anos atrás, atravessar o mar e depois cavalgar durante tantos dias seguidos foi um sacrifício enorme. *Santo Dio*, como tudo é longe neste país – disse Rachelle.

– Porque o *Brasile* é grande, é um país muito maior do que a Itália.

– Grande e diferente do nosso – completou Franco.

– É mesmo, na Itália não tem papagaio – lembrou Tereza, fazendo todos rirem.

Paolo sorveu um grande gole de seu vinho.

– Diferente da Itália – disse. – Lá, os cavalos são apenas para os abastados. Aqui – enfatizou –, qualquer um pode ter o seu. Todos andam a cavalo. Bosque aqui chamam de mato, e não há grandes frios ou calores. Aliás, vocês tem de deixar essas roupas de lã e trocar pelas de algodão, senão vão derreter. Eles também não usam suspensórios. Preferem o cinto para poderem carregar a arma.

– Arma? – espantou-se Franco.

– Sim, aqui no *Brasile* todos andam armados, seja com pistolas ou punhais, e sempre atravessados à cintura.

– Que o arcanjo Rafael nos proteja sempre – sussurrou mamãe.

– Por quê? – indaguei.

– Porque o governo, a lei, está sempre longe. Tudo pode acontecer. Então, todo mundo se previne. Fora, é claro, os bugres.

– Bugres?

– Homens selvagens. Andam nus e são perigosos. Há muitos nesta região. Não é à toa que até alguns anos atrás o nome da Colônia Caxias era Campo dos Bugres; eles infestam a região. Tudo por aqui era só mato, onça e bugre.

– Eu já vi uma onça – contou Tereza, mas dessa vez ninguém riu.

– Foi há alguns meses – explicou Paolo rapidamente.

– Seu irmão a espantou com tiros de pistola – completou papai.

– Bugres são homens selvagens, mas também são filhos de Deus – argumentou Franco.

– São pagãos, ferozes e viciados, isso sim, e nós, os pioneiros destas terras, temos o direito de nos defender, de sermos protegidos pelas autoridades deste país – Paolo levantou a voz. – Esses bugres roubam tudo das nossas casas, tudo. O governo criou milícias para colocá-los em um lugar seguro e cada um dos dois mil e oitocentos habitantes desta colônia tem o direito de ser protegido desses selvagens. Senão, pode se repetir o que aconteceu com um agrimensor italiano, certa vez.

– E o que foi? – perguntei.

– O nome dele é Natal Coral e – Paolo pigarreou um pouco – sua mulher foi raptada pelos bugres e devolvida alguns meses depois... grávida.

– *Madonna mia...*

– Que Deus olhe por todos nós – sussurrou Rachelle.

– O que é raptada? – quis saber Tereza.

– Meu bem, vou levar a Itália para dormir, você me ajuda? – disse Rachelle a Tereza.

– Ajudo...

– Isso, *cara mia*, vai com a Itália, vai – concordou mamãe, dando um beijo na filha caçula.

Papai também deu um beijo em Tereza.

Depois que as duas saíram da sala levando Itália, permanecemos durante alguns instantes em silêncio.

– Mas não se preocupem. Com a ajuda de um *brasiliano*, eu e outros proprietários da colônia estamos chamando um grupo de vigias para cuidar de nossas terras. Esses bugres não vão nos fazer mal.

– O que eles fazem com os bugres? – perguntou Franco.

– Eles levam para outras regiões, mostram a eles que é melhor para todos que fiquem em áreas mais distantes das colônias.

– E todos os bugres aceitam a mudança?

– Ah, sim – Paolo pigarreou novamente –, claro que aceitam. Talvez um ou outro seja mais resistente, mas no fim tudo acaba bem.

– O que eles fazem com os bugres que não aceitam a transferência? – Franco insistiu.

– *Non lo so*, realmente, não sei – respondeu Paolo olhando para os lados. – Eles levam os bugres para longe e ponto final. O resto não me interessa.

Olhei para Franco e ele não parecia satisfeito com a resposta de Paolo. Ele achava que nosso irmão estava mentindo, eu podia perceber.

– Criaturas selvagens como os bugres também são filhos de Deus.

– Meu irmão – disse Paolo levantando-se da mesa –, sei que você é religioso, mas, aqui, quem cuida das coisas da terra sou eu. E, para ser sincero, tenho minhas dúvidas se esses bugres são gente como nós. Se eles são pessoas, como você diz.

Por um segundo pareceu não querer acrescentar mais nada, mas em seguida continuou:

– E se hoje esta mesa foi farta para nós é porque agora temos condições de trabalhar, de progredir, sem esses selvagens nos atrapalhando. Durante meses, depois que cheguei aqui, a única coisa que comíamos de manhã, de tarde e de noite era polenta. Era a única coisa que tínhamos para comer, pode ter certeza. Po-len-ta.

E voltou a se sentar, encarando um a um na sala. Ficamos calados durante alguns momentos. Foi mamãe quem quebrou o silêncio:

– Acho que vocês precisam descansar. Franco, Antonio, vou levá-los ao quarto que preparei para os dois. Venham, venham por aqui.

Seguimos mamãe, deixando Paolo e meu pai em silêncio em frente às travessas e aos pratos vazios do almoço.

Mamãe entrou no pequeno quarto, também em silêncio. Mostrou a cama que teríamos de compartilhar, o baú, e abriu a janela. Estava zangada com Franco e, por isso, o silêncio. Se fosse comigo, já teria brigado. Suspirou ao nos ver juntos naquele quarto.

– Há tempos vinha sonhando com isto – ela disse. – *La famiglia* inteira reunida.

E voltou ao silêncio. Franco entendeu.

– Mamãe, sei que poderia ter... me saído melhor com Paolo. Ainda mais porque acabamos de chegar. Por isso, me desculpe – e deu um beijo no rosto dela. – Prometo que vou me esforçar mais.

Ela encarou o filho com um sorriso nos lábios e lhe deu um beijo. Depois se virou para mim e também me beijou.

– Eu acredito, eu sei disso. Agora durmam um pouco, que vocês devem estar cansados – e fechou a porta.

Olhamos um para o outro. Sentíamos pena de mamãe.

De fato me sentia cansado, e depois que deitei, caí num sono pesado. Quando acordei, Franco não estava mais no quarto.

Encontrei-o com mamãe, conversando à mesa do almoço, já limpa e arrumada, e papai e Paolo do lado de fora da casa, fumando. Minha mãe perguntou se eu queria comer alguma coisa.

– Não, obrigado. Almocei muito bem – respondi e fui para junto de papai.

Estando do lado de fora e sem o cansaço da viagem, pude enfim reparar na casa. Apesar do sol já se pondo no fim da tarde, ainda fiquei um pouco ofuscado pela luz forte. Era uma boa casa. O telhado era muito inclinado, de duas águas, feito de tabuinhas como as construções na região alta na Itália. Tinha ainda um galpão aberto de madeira para secar grãos.

– A cozinha é separada da casa por causa do perigo de incêndio – explicou Paolo, notando meu interesse.

– É maior do que a que tínhamos na Itália – comentei.

Paolo deu um sorriso de satisfação e seus olhos brilharam.

– E pretendo ampliá-la ainda mais, meu irmão. Quando comecei, era apenas um cômodo de cinco metros por quatro. Eu revezava o meu tempo entre construir a casa, derrubar todo o mato desta área para poder começar a plantar, e ainda trabalhar para o governo na construção de uma estrada que passa por aqui. Ganhava mil quinhentos e cinquenta réis por quilômetro de estrada construída. Quase morri de tanto trabalhar naqueles meses. *Porca miseria.*

Continuei a caminhar pelo local. Passei pelo galinheiro e depois por um chiqueiro. Paolo riu.

– Nossa mãe é muito boa para criar galinhas e porcos. Não é, pai?

– É sim – limitou-se a dizer papai, sem parar de fumar.

– E qual o tamanho da propriedade? – perguntei.

– Ela tem mil quinhentos e cinquenta por duzentos e cinquenta metros. É o tamanho de todas as colônias por aqui. Daqui a dois meses termino de pagar a nossa.

Acho que fiz uma expressão de surpresa, porque Paolo percebeu.

– É isso mesmo. Comprei por oitocentos mil réis para pagar em dois anos. Colônia de graça só as que ficam muito longe, meu irmão. Não são boas por causa disso.

Continuamos percorrendo a área e notei que as parreiras estavam próximas da casa. Cheguei mais perto para observar as folhas. O parreiral estava cheio, a colheita seria feita no máximo em um mês. Puxei o gomo de um dos cachos e mastiguei.

– Papai está cuidando bem do parreiral. Precisamos apenas melhorar o vinho – dei minha opinião.

Paolo e papai mostraram-se satisfeitos com a minha observação. Fomos ainda ao estábulo, ao paiol e à horta. Depois seguimos para a cozinha, onde já encontramos minha mãe mexendo o panelão de polenta com o fubá borbulhando e espirrando para os lados. Meu pai pegou uma laranja e começou a descascá-la lentamente. Notei, então, um tremor forte em suas mãos. Mas Paolo chamou minha atenção.

– Vendo a senhora fazer polenta agora, mãe, me recordo da primeira polenta que Rachelle fez com a primeira farinha do primeiro milho de nossa colônia. Deus seja louvado!

– *Deo gratias*! – completei.

– Seja louvado – mamãe concluiu.

Então, o breve momento de silêncio foi quebrado pelos gritinhos da *brasiliana* que, do colo da mãe, viu o pai e fez festa. Todos riram e Paolo a pegou no colo.

– *Figlia mia* – disse Paolo, dando-lhe um beijo.

– Estou pensando em fazer um *risi e bisi* para amanhã. O que a senhora acha? – perguntou Rachelle.

– Acho ótimo. Franco e Antonio vão adorar – disse mamãe, depois se dirigindo a mim: – Rachelle é uma cozinheira de mão cheia. Nós demos muita sorte.

Rachelle agradeceu timidamente o elogio e pegou Itália novamente nos braços. Nesse momento, Franco entrou na cozinha e deu um daqueles seus sorrisos quando viu mamãe mexendo o panelão de polenta fervente. Tenho certeza de que se lembrou de Valdagno.

– Franco, venha aqui, por favor – ela disse.

– Pois não, mãe.

– Venha aqui me ajudar, meu filho. Estou cansada. Mexa um pouco essa polenta pra mim – pediu, com um sorriso nos lábios.

Não havia dúvida. Agora ela também se lembrava dos nossos velhos tempos de meninice em Valdagno. Franco era o único que ela deixava mexer o caldeirão com polenta borbulhando. Então, ele arregaçou as mangas do hábito e foi ajudá-la.

Acho que, animado pelas recordações que estávamos tendo, Paolo resolveu também lembrar o nosso passado e fez uma proposta:

– O que acham de fazermos uma caçada?

– Caçada? – Franco repetiu, surpreso.

– Sim, há muita caça nesta região, muito porco do mato e também um animal que vocês não conhecem: o tatu, que tem uma carne deliciosa.

– E coelhos? – provoquei.

Todos riram.

– Não, meu irmão – Paolo respondeu de bom humor. – Não há coelhos por aqui.

Todos se entreolharam sem dizer nada.

– Podemos fazer uma bela caçada, assim vocês conhecem a região e ainda trazemos carne fresca para casa – insistiu ele.

– Acho que eles ainda estão cansados da viagem – interveio mamãe.

– Vocês sabem que eu não posso ir – declarou Franco.

Paolo sabia disso e voltou os olhos para mim.

– Antonio, vamos lá, pelos velhos tempos.

Fazer uma caçada no *Brasile*. Era algo que eu nunca imaginei que faria. E a ideia de matar um só animal que fosse nunca fora agradável para mim. Ao contrário, a ideia de matar um ser vivo me deixava aterrorizado. Engoli em seco, não conseguia pensar no que dizer naquela situação.

Minha mãe entendeu minha aflição.

– Deixe essa caçada para depois, meu filho, numa outra oportunidade – ela disse. – Você ainda nem olhou para a bagagem que eles trouxeram. Gostaria muito de ver o sino que vamos colocar na capela.

– Vamos ver, mãe, não se preocupe. Só gostaria de, pelo menos uma vez, poder fazer uma caçada com meu irmão na nossa nova terra – disse Paolo olhando fixamente para mim.

Acho que ele ainda tinha na cabeça aquele cervo perdido por minha causa em Valdagno.

– Paolo – Franco ainda tentou –, deixe os animais do bosque em paz. Deus os colocou ali para viverem com a natureza. Apenas isso.

– Eu só quero fazer uma caçada com meu irmão. Não vejo problema nenhum. Posso lhe dar a melhor arma que tenho.

– Arma? – repeti surpreso.

– Claro, meu irmão – Paolo riu. – Ou você acha que vamos fazer uma caçada usando armadilhas feitas de gravetos, como antigamente? Temos agora boas armas aqui na colônia.

Olhei para o meu irmão. Ele, com os novos e bastos bigodes que lhe conferiam um aspecto de senhor proprietário, manifestava agora suas ideias e opiniões em tom solene, dando sempre a impressão de que só tinha vantagens e ganhos. Encontrara no *Brasile* tudo o que procurava.

Ouvimos ao longe o choro de Itália em meio ao silêncio.

Como Paolo dissera, era preciso tirar aquelas pesadas roupas de lã e colocar as de algodão, pois o clima era quente. Eu estava suando demais. Papai acendeu outro cigarro e notei novamente suas mãos tremerem muito. Franco olhava para mim e para Paolo, esperando minha resposta.

– Vocês dois parem com essa bobagem. Quem quiser fazer caçada que faça. Quem não quiser, não é obrigado a nada – disse minha mãe numa voz já impaciente, aflita. – *Per l'amore di Dio*, parem com isso. Paolo, deixe seu irmão. Ele não gosta de mexer com armas, é perigoso.

– Mas no *Brasile*, mamãe, às vezes pode ser preciso. Nunca se sabe o que vai acontecer – disse Paolo.

Eu não abrira a boca até então, e agora era a hora de falar alguma coisa. Dar a resposta que fosse.

– Não se preocupe, mamãe. Paolo tem razão. Talvez seja bom aprender a usar uma arma aqui. Nunca se sabe o que pode acontecer – respondi.

Talvez essa minha resposta tenha sido o primeiro de uma série de erros que cometi no *Brasile*.

Capítulo 4

Padre nostro, che sei nei cieli,
sia santificato il tuo nome;
venga il tuo regno;
sia fatta la tua volontà,
come in cielo così in terra.
Dacci oggi il nostro pane quotidiano
e rimetti a noi i nostri debiti,
come noi li rimettiamo ai nostri debitori,
e non ci indurre in tentazione,
ma liberaci dal male.
Amen.

Franco terminou o Pai-Nosso e fez o sinal da cruz, seguido por todos. Passava das oito da manhã e fazia mais de duas horas que o sol nascera. Lá fora, o orvalho sobre o mato já secara – a não ser nas áreas de sombra profunda –, e ouvia-se ainda o farfalhar das árvores, as folhas tocadas pelo vento.

Itália, como sempre a primeira a quebrar o silêncio, foi embalada por Rachelle para ficar quieta. Mamãe também passou afetuosamente a mão por seus cabelinhos para acalmá-la.

– Acho que ela está com fome – disse, com um sorriso nos lábios enquanto continuava a acariciar a netinha.

– Também acho – respondeu Rachelle. – Volto já – e levou a filha para amamentar no quarto do casal.

Ao lado, Marcelino se espreguiçou tanto que chegou a parecer mais alto do que era, e bocejou. Tereza trouxe Pippo para a sala fazendo-lhe sinal para que ficasse quieto. Era domingo, dia de descanso.

Papai saiu para fumar depois de tomar o café da manhã e Paolo trouxe o sino para mamãe vê-lo antes de ser instalado na capela. Apesar de não ser grande, era pesado e meu irmão o pôs rapidamente sobre a mesa.

– Que lindo! – reagiu minha mãe, deslizando a mão sobre o bronze fundido. – E o som dele deve ser ainda mais bonito.

– Eu prometi, *mamma*, e está cumprido – disse Paolo, satisfeito consigo mesmo. – Dentro de poucos dias poderemos escutar o som desse sino, o dia inteiro se quisermos.

– Igreja usa sino pra acordar Deus? – perguntou Tereza de repente e todos riram.

– Não, é ao contrário, meu anjo – Franco respondeu. – O sino é usado para convidar as pessoas a irem ao encontro de Deus na casa Dele, ou seja, na igreja.

– Nossa capela vai ficar linda – suspirou mamãe.

Paolo pediu para Marcelino levar o sino, e ele teve de se esforçar para conseguir carregá-lo até a embalagem de madeira. Voltou satisfeito por ter mostrado que tinha força suficiente para carregar um sino pesado.

– Precisamos preparar tudo para a cerimônia de consagração da capela – explicou Franco com a voz levemente rouca, o que fez com que pigarreasse. – O sino precisa ser colocado de uma maneira que eu...

– A instalação do sino será feita na hora que deve ser feita – cortou Paolo, sem se importar em ter atropelado as palavras do irmão. – As obras da capela ainda não acabaram e, portanto, esse sino só vai para onde deve ir quando tudo estiver pronto. Vou ver se consigo finalizar logo essas obras para poder instalar o sino. Aí, sim, você poderá fazer sua parte.

Mamãe olhou aflita para mim.

– Claro, meu irmão – intercedi rapidamente. – Tudo só poderá ser feito depois que você terminar o seu trabalho. Franco estava pensando apenas na cerimônia de consagração da capela.

– Toda a colônia vai ficar feliz com a capela nova, meu filho. Ela vai ficar cheia, você verá. Faremos uma linda decoração.

– Com muitas flores – gritou Tereza levantando os braços, feliz em dar palpite. – Não é, *mamma?*

– Claro, minha filha. Com muitas flores e muita gente – disse mamãe, apreensiva com o que poderia acontecer dali em diante, dependendo da reação de Franco.

Notei que meu irmão respirou fundo.

– *Mamma* – ele disse e fez uma pausa –, vou para o quarto descansar, com licença – e saiu rápido.

Respiramos aliviados.

– Ele vai dormir – Tereza pareceu surpresa. – Mas nós acabamos de levantar.

– Deixe seu irmão. Vamos pensar na capela, isso sim, querida.

– *Deo gratias* – murmurei.

– Eu posso ajudar na construção da capela – ofereceu-se Marcelino.

– Que bom, meu filho. Será ótimo – aproveitou mamãe, dando um beijo na cabeça do menino.

– Tenho algumas ideias sobre o sino que vão ajudar a colônia. Ele também pode ser útil – afirmou Paolo.

– Como assim? – perguntei, curioso.

– Os sinos podem ser ouvidos à distância, portanto, podem mandar avisos às pessoas. Será necessário criar um código: badaladas rápidas, um significado; badaladas lentas, outro; número de badaladas, e assim por diante.

– E qual é a sua ideia?

Paolo ficou satisfeito em perceber que todos prestavam atenção nele.

– Temos problemas sérios com incêndios aqui na colônia – disse ele, gesticulando bastante – e, muitas vezes, um pode ajudar o outro, mas não sabe disso. O sino pode informar, mesmo a quem está distante, o que está acontecendo. Por exemplo, certo número de badaladas seguidas e uma pausa podem significar o número do travessão onde está ocorrendo o incêndio, alertando a todos sobre o problema...

– Travessão? – repeti, sem saber do que se tratava.

– Os lotes são divididos por travessões e cada um tem um número – Paolo explicou. – Se há um incêndio no travessão sete, serão sete badaladas rápidas e está feito. Todos saberão do problema e sua localização.

– É uma ideia interessante – concordei.

– Pode ajudar a todos nós – disse papai ao entrando em casa depois de fumar. – Paolo já tinha me falado dessa ideia e achei muito boa.

– Vou falar sobre o sino com o diretor da colônia, meu amigo – enfatizou com orgulho –, o engenheiro Manuel Maria de Carvalho.

– Boa, boa – repetiu Pippo para a surpresa de todos. Tereza riu muito e ficou orgulhosa do seu *pappagallo*.

Bem que Paolo já tinha nos falado sobre as mudanças bruscas de tempo no *Brasile*. Pouco depois, uma chuva forte caiu, escurecendo toda a região, e o clima virou, diminuindo o calor. Passei um tempo em silêncio, sentado, ouvindo o barulho da água que caía em grande quantidade sobre o telhado, as plantações e a terra fofa. Durante a longa caminhada, já na província de São Pedro do Rio Grande do Sul, a caminho da Colônia Caxias, observei extensas faixas de terra que se prolongavam entre vales que as penetravam profundamente. Longos declives suaves com leves curvas que se recortavam regularmente e depois se uniam em linhas horizontais. Caminhamos léguas e léguas pela imensidão que nos atraía cada vez mais e perseguíamos os horizontes que sempre recuavam; uma jornada que parecia nunca ter fim. Deus olhou com carinho para essa região meridional do *Brasile*.

A chuva, da mesma forma que veio foi embora. De repente. Em pouco tempo, o céu estava límpido e o sol brilhava de novo. Mal parecia que tinha chovido forte, e as únicas testemunhas disso eram as poças d'água que ficaram aqui e ali.

– Se vocês saírem, não se esqueçam de levar o chapéu. O sol é muito forte aqui – recomendou mamãe, sem desviar os olhos da costura. Ela remendava uma calça de meu pai, ao lado de uma pilha de roupas que aguardavam a vez. Mamãe, quando não estava cuidando dos porcos e das galinhas, cozinhando ou cuidando da casa, dos filhos e do marido, estava "descansando" no remendo das roupas. Seus olhinhos miúdos seguiam infatigavelmente o movimento das mãos.

Mas, para mim, ela estava muito quieta. Tinha a expressão distante, ausente, de quem trabalha automaticamente, sem prestar atenção no que faz. Seus pensamentos pareciam longe. Onde poderiam estar?

– Em Valdagno, meu filho – ela disse.

Levei um susto. Ela sabia que eu a observava e matou minha curiosidade.

– Para você eu posso contar – ela continuou, demorando um pouco ainda para desviar os olhos da costura. – Não posso falar disso com Paolo porque ele fica bravo comigo, mas muitas vezes, quando sento um pouco e o dia é mais tranquilo, lembro de nossa vida em Valdagno. Sei que passamos muitas dificuldades, Santo Cristo como eu sei, mas fico com saudades da nossa comuna. Sinto falta da nossa terra – e voltou os olhos para a costura, mas sem trabalhar.

De repente, percebi como o tempo havia passado para minha mãe. Seus cabelos, a pele, sua postura, uma lentidão maior nos movimentos, o pouco brilho nos olhos.

Aproximei-me de mamãe e dei-lhe um beijo. Sei que deveria consolá-la e dizer-lhe que era melhor viver no *Brasile*, que nossas vidas tinham melhorado muito, que era uma terra onde progrediríamos, que seríamos felizes. Porém, fiquei calado e me limitei a lhe dar um segundo beijo desajeitado. Era domingo, dia da saudade.

– *Santo Dio*, vamos mudar esta conversa – ela disse balançando a cabeça como quem quer espantar maus pensamentos. – Meu filho, se você está pensando em fazer alguma coisa na colônia é melhor que seja na parte da manhã, porque nesta terra, com esta temperatura, se não fizer pela manhã dificilmente fará à tarde. O calor é forte.

– Não estava pensando em nada, mãe. Paolo saiu? Sei que Franco ainda está no quarto.

– Paolo saiu e não sei para onde foi – ela comentou, aproximando-se mais e baixando o tom de voz. – E seu irmão Franco, falou alguma coisa sobre voltar para a Itália?

Os olhos dela tinham perdido o brilho subitamente.

– Falou sim, mãe – respondi, fazendo-lhe um carinho no braço. – Durante a viagem, ele me disse que vai ficar aqui apenas durante algum tempo e depois retorna à Itália. Explicou que a Ordem precisa dele lá.

Mamãe deu um suspiro sentido e disse:

– Deus sabe o que faz. Ele sempre sabe.

– Mamãe, mamãe – Tereza entrou repentinamente, segurando a gaiola com Pippo. – Veja o que eu ensinei pra ele. Fala Pippo, fala. *Campana.*

Pippo olhou para sua dona em silêncio e torceu a cabeça, tentando entender.

– Vamos, Pippo, repita. *Campana.*

– *Campana* – ele finalmente repetiu.

Tereza deu um salto de alegria.

– Ouviu, ouviu? Ele falou direitinho a palavra *campana.*

– Sino? – fiquei curioso. – Por que você está ensinando essa palavra para o *pappagallo*?

Tereza tomou bastante ar para falar.

– É porque assim ele fica repetindo muito e Paolo lembra de colocar o sino logo. Estou com muita vontade de ouvir o sino tocando.

Mamãe e eu rimos e aprovamos a ideia de Tereza, que recebeu um beijo de cada um e saiu com Pippo repetindo:

– *Campana, campana.*

Tereza ainda acenou antes de sair da sala. Mamãe pensou por um instante:

– Seria bom se você fosse até o quarto ver como seu irmão está. Ele foi muito compreensivo, evitando um atrito com Paolo depois do que ele disse. Vá lá e veja se está tudo bem.

Concordei com mamãe e segui para o quarto, onde encontrei Franco escrevendo. Fiz menção de sair, mas ele esboçou um sinal para que eu aguardasse. Terminou suas anotações e se levantou, sentando-se na cama.

– Não queria atrapalhar você – eu disse.

– Não atrapalhou nada. Só estava fazendo algumas anotações em meu diário – e fez sinal para que eu me sentasse também.

– Mamãe está preocupada com você.

– Imagino. Paolo parece nunca medir suas palavras. Vim para cá para não dar uma resposta atravessada ao nosso irmão e magoá-la.

– Foi o que pensei.

Ficamos olhando um para o outro sem saber o que mais comentar sobre o assunto.

– Certamente ela perguntou para você se vou mesmo voltar para a Itália.

Dei um sorriso.

– Você sabe muito bem como ela é; claro que perguntou. E respondi o que você já me disse.

– Melhor assim – Franco resignou-se. – A Ordem realmente espera que eu retorne.

Ficamos novamente em silêncio. Franco pegou sua Bíblia, que estava sobre a cama.

– E você, meu irmão? Acha que vai ficar bem? Acha que vai se adaptar ao novo país, aos seus costumes, ao nosso irmão Paolo?

A resposta era sim para quase tudo. Quase.

– Quando voltar à Itália, incluirei você em minhas orações aos santos anjos.

Fiz um sinal de agradecimento. Sem saber direito por quê, perguntei de repente:

– O que você sabe sobre Elisabetta?

Notei que os dedos de Franco apertaram com força a Bíblia e, em seguida, ele desviou o olhar. Chegou a se levantar e, sem razão aparente, pôs o Livro Sagrado sobre o baú do quarto. Pigarreou.

– Como assim, o que eu sei? – e fez uma pausa antes de continuar a falar. – Sei o que você me contou em suas cartas. Suas próprias cartas. Não está lembrado?

Confirmei com um gesto lento de cabeça, mas continuei a olhar para ele, sem dizer nada. Outra vez, num movimento aleatório, ele tornou a pegar a Bíblia de cima do baú.

– Por que falar sobre isso agora, meu irmão?

Olhei fixamente para ele.

– Porque eu quero saber. Preciso saber.

– Repito – Franco suspirou profundamente. – Tudo o que sei é o que li em suas cartas. Foi você mesmo quem me pôs a par de tudo. Há algo mais que eu deva saber?

– Acho que você – e a minha garganta falhou um pouco nessa hora –, mamãe e Paolo sabem e nunca me contaram – eu disse, sem ter ideia de onde me vinha a coragem de falar desse jeito com meu irmão.

Franco olhou surpreso para mim. Estava recordando um assunto que eles certamente julgavam esquecido. Enterrado. Nunca tivera coragem de falar assim com ele. Vagarosamente, Franco tocou na Bíblia sobre a cama e se levantou, pôs os braços para trás segurando as mãos e olhou pela janela em silêncio, permanecendo assim durante alguns minutos. Respirei fundo e então perguntei:

– O que aconteceu com Elisabetta?

Franco continuou olhando pela janela durante minutos intermináveis, de costas para mim, ainda com os braços para trás. Mas eu conhecia aquela expressão paralisada, os olhos fundos, fixos em algum ponto de um infinito céu azul.

– Tudo o que fizemos foi apenas para o seu bem – ele disse finalmente.

– Então... vocês realmente fizeram alguma coisa – reagi.

Franco voltou ao *silenzio*, e sua mão direita apertava a esquerda com força por trás das costas.

– Quero saber a verdade, meu irmão.

Nesse momento, ele se virou de frente para mim e respirou fundo. Sentou-se ao meu lado e sorriu. Mas era um sorriso amargo.

– Gostaria que essa conversa nunca tivesse começado.

– Eu preciso saber. Afinal, é a minha vida.

– A sua vida e a de todos nós. Somos uma família, não somos?

– Mas isso não dá a vocês o direito de decidirem por mim o que fazer com ela.

Pude perceber pelos olhos de Franco que ele estava espantado. Surpreso com aquela conversa, perplexo por eu estar ali, naquele quarto ainda novo, num país estranho, querendo saber a verdade sobre acontecimentos que há muito pareciam já ter sido esquecidos do outro lado do imenso oceano.

Ele olhou para a Bíblia sobre a cama como quem busca inspiração. Ou coragem.

– *È inutile piangere sul latte versato* – ele recitou enfim.

Eu me sentia com o coração na mão. Nem acreditava ter a audácia de estar colocando meu irmão contra a parede a respeito de um assunto cuja verdade eu mal tinha certeza de realmente querer conhecer a fundo. Talvez eu não devesse mesmo saber a verdade. Talvez aquela conversa realmente não devesse ter começado. Mas agora era tarde.

– É inútil chorar sobre o leite derramado – Franco repetiu, dando um sorriso para me animar, como se adivinhasse o que eu sentia.

Deus do Céu, como não amar uma pessoa assim? Porque, quando a gente sente uma coisa a sério, acha que ninguém mais sente. Porque é difícil exprimir o sentimento. E Franco sabia exatamente o que se passava comigo.

– Por que ela não apareceu no dia em que combinamos fugir juntos?

Franco olhou para o chão antes de responder:

– O pai a convenceu a desistir daquela loucura e ela foi enviada para um convento.

– Convenceu ou forçou a desistir?

– Como quiser. No fundo, as duas coisas podem ser iguais.

– E como ele descobriu tudo?

– Paolo foi até a casa dela e contou tudo para o pai. Convenceu-o de que seria melhor impedir aquela loucura.

– Loucura? Por que vocês insistem em chamar o que eu sentia por Elisabetta de loucura? Por quê?

Franco balançou negativamente a cabeça.

– Ninguém achava que era loucura o que vocês sentiam um pelo outro, mas sim as circunstâncias, o modo como as coisas estavam acontecendo. E, principalmente, as consequências que viriam depois.

– Circunstâncias, mas quais circunstâncias? O fato de a família dela ser ainda mais pobre do que a nossa, na Itália? É isso? Isso vindo de Paolo eu até entendo, mas de você e de mamãe! Não posso acreditar.

Franco levantou da cama com um movimento que denotava impaciência.

– Claro que não é isso, Antonio. Você sabe que não.

– O que é, então, a doença? Eu iria cuidar dela por todos os anos que Deus permitisse. Você sabe disso.

– Mas você sabia que a doença tinha se agravado e que ela não teria muito mais tempo de vida, não sabia?

– Isso era invenção do pai dela – repliquei furioso, falando mais alto. – Aliás, estou vendo agora que não era só invenção dele, mas de todos vocês.

– Não, não era invenção de ninguém, eram os fatos. Infelizmente, era verdade. Ela iria morrer em pouco tempo.

– Mas, mesmo assim, vocês não tinham o direito – gritei, enfurecido. – Não tinham. Eu queria ficar ao lado dela.

– Quando descobriram o plano de fuga de vocês, tudo piorou. O pai dela e Paolo tomaram todas as providências.

– Providências? – repeti a palavra com um gosto amargo na boca. – Você fala como se fôssemos crianças irresponsáveis e vocês tivessem de cuidar de tudo para que nós não nos machucássemos.

– Acho que talvez fosse isso mesmo – disse Franco, colocando a mão em meu ombro.

Furioso, afastei-me de imediato para repelir o gesto dele e alcancei a maçaneta da porta, pronto para sair. Não conseguia ouvir mais nada, queria deixar aquele lugar imediatamente.

Franco também se virou e disse:

– E a gravidez dela? Não foi irresponsabilidade de vocês?

Foi como se alguém tivesse me dado um soco bem no meio dos olhos. Fiquei tonto e a maçaneta acabou servindo como apoio para eu me aprumar. Abriu-se um buraco no chão daquele quarto e tudo foi tragado por ele.

– Ela estava grávida? – perguntei sem acreditar na minha própria ignorância.

Franco respondeu com um aceno positivo.

Meus pensamentos eram uma massa confusa, minha cabeça girava. A primeira coisa que fazia algum sentido em que consegui pensar foi a ligação entre a piora da doença e a gravidez. Desabei na cama.

– Meu Deus! – exclamei num repente.

Franco tossiu duas vezes antes de falar.

– Se vocês fugissem, ela morreria praticamente em seus braços. E o bebê não teria nenhuma chance. Além disso, você sabe, as pessoas falariam mal dela, fariam comentários. O pai de Elisabetta achou por bem levá-la a um convento para evitar comentários e lhe dar uma assistência melhor perto do... – e não conseguiu terminar a frase.

Senti duas lágrimas rolarem pelo rosto.

– E o bebê?

– Infelizmente – Franco fez uma pausa –, Elisabetta teve convulsões muito tempo antes que o bebê estivesse pronto para nascer e ele também não resistiu.

– E por que nunca me contaram nada disso? – eu enxugava as lágrimas na manga da camisa.

– O que sei pelas cartas que Paolo me enviou é que eles aproveitaram a ideia da fuga para afastar vocês. Acharam que, se ela faltasse ao encontro no dia combinado, você ficaria furioso e deixaria de procurá-la durante algum tempo. E foi o que aconteceu. Você não a procurou.

Franco me fez companhia por algum tempo. Uma companhia silenciosa durante parte daquela manhã.

Depois que saí do quarto, ficamos somente eu e o peso de minhas lembranças.

Capítulo 5

O som estridente dos eixos de uma carroça rangendo por falta de graxa me despertou. O dia clareava e as poucas estrelas que ainda restavam no céu pareciam se diluir com o alvorecer. A estrada estava escorregadia por causa da lama resultante da chuva que caíra durante toda a noite e havia dois sulcos profundos cavados pela carroça. O ar estava frio e úmido e a terra encharcada repercutia o som da água respingando por todos os lados. Também ouvi os resmungos do carroceiro, irritado com suas mulas.

Lembro ainda que o vento da noite anterior tinha sido úmido e que o ribombar de um trovão me havia assustado. As nuvens pesadas inchavam e se deslocavam lentas pelo ar, modificando aos poucos seus grossos contornos cinzentos. Ainda acompanhei muitas vezes o som da trovoada rolando pelos céus, extinguindo-se na escuridão da noite. Grossos pingos de água açoitavam o telhado. Depois disso, acho que cochilei.

Elisabetta deve ter se deixado levar para o convento quando se convenceu de que eu não a procuraria mais, depois de ter faltado ao nosso encontro no dia da fuga. Ela achou que eu não lutaria por ela, que não enfrentaria minha família, nem a dela. Que eu não enfrentaria o meu medo.

Talvez ela tivesse mesmo razão.

Olhei para a Bíblia que meu irmão tinha deixado sobre a cama e, com um nó na garganta, procurei um salmo que Franco havia lido para mim durante a viagem. Com as mãos trêmulas comecei a leitura:

– "Compadece-te de mim, ó Deus, segundo a tua benignidade; e, segundo a multidão das tuas misericórdias, apaga as minhas transgressões. Lava-me completamente da minha iniquidade e purifica-me do meu pecado. Pois eu conheço as minhas transgressões e o meu pecado está sempre diante de mim. Pequei contra ti, contra ti somente, e fiz o que é mau perante os teus olhos, de maneira que serás tido por justo no teu falar e puro no teu julgar. Eu nasci na iniquidade, e em pecado me concebeu minha mãe. Eis que te comprazes na verdade no íntimo e no recôndito me fazes conhecer a sabedoria. Purifica-me com hissopo e ficarei limpo, lava-me e ficarei mais alvo do que a neve. Faze-me ouvir júbilo e alegria, para que exultem os ossos que esmagaste. Esconde o rosto dos meus pecados e apaga as minhas iniquidades..." Minhas iniquidades... – repeti em voz alta, com lágrimas nos olhos. Não consegui mais prosseguir com a leitura e fechei a Bíblia.

Saí do quarto já no meio da manhã. O sol brilhava forte e havia poucos vestígios da tempestade da madrugada. As galinhas ciscavam e os porcos se moviam na lerdeza de sua gordura. Ouvia-se perfeitamente o chiado da vassoura de mamãe no piso da casa e, longe dali, um machado executava o seu serviço. A vida seguia. E não poderia ser diferente.

Ninguém veio falar comigo. Portanto, todos sabiam o que havia acontecido.

Encontrei papai trabalhando no parreiral sozinho e não pude deixar de notar suas mãos trêmulas. Ele não disse nada e continuou seu trabalho. Observei-o durante alguns instantes. Tinha o olhar perdido.

– Vocês deixaram bastante espaço no solo para a raiz crescer, pai? Isso é importante para a videira se desenvolver bem – comentei.

Ele parou o serviço e olhou para a parreira com atenção.

– Deixamos sim, *figlio*. Tem bastante espaço.

Examinei os ramos e as folhas detidamente.

– Precisamos fazer alguns enxertos com raízes diferentes, talvez a americana. A condução da vinha está boa, *papà*, mas pode ser melhorada para permitir que a luz do sol chegue mais aos cachos.

Ele continuou olhando a parreira, concentrado.

– Acho que você tem razão, *figlio*.

– Uma boa poda agora pode fazer os nutrientes chegarem aos cachos, melhorando as uvas. Vamos fazer a desponta, a desfolha e quem sabe até – e remexi a folhagem mais interna, dentro da videira – a monda de cachos para melhorar a qualidade das que ficam.

Papai coçou o queixo.

– Se não fizermos isso – continuei –, vamos ter sempre um vinho *magro e debole*. Ainda teremos de passar pela fase do vinho *acerbo*, antes de conseguirmos o que queremos, um vinho *armonioso e delicato*. O vinho que Paolo comprou não é tão bom quanto ele pensa que é. Podemos fazer melhor.

Papai olhou para mim como quem não sabe direito o que pensar. Pôs a mão no meu ombro.

– Tem razão, *figlio*.

Marcelino apareceu com uma garrafa de água nas mãos.

– Chegou quem vai poder nos ajudar muito com essas vinhas. *Grazie, figlio* – e pegou a garrafa das mãos de Marcelino, tirando o chapéu para limpar o suor da testa, e então tomou vários goles.

– Ele cresceu muito nesse último ano, *papà* – comentei.

Papai concordou com um gesto de cabeça enquanto ainda tomava mais um pouco de água. Limpou a boca com a manga da camisa e completou:

– E é forte como um touro. Dá conta de tudo isto aqui, pode acreditar.

Marcelino sorriu.

– Quer aprender sobre vinhedos, uva e vinho, *figlio*? – perguntou papai.

– Claro que quero, *papà*.

– Pois então este é o melhor professor que você pode ter – declarou *papà*, batendo em meu ombro. – Seu irmão conhece muito sobre tudo isso.

– Um pouco, *papà*, um pouco – respondi, modestamente.

– Sperandio, Marcelino, Antonio – ouvimos a voz de mamãe gritando.

Segurei os dois na hora para que não respondessem. Ficaram calados, mesmo sem saber por quê. Queria ouvir novamente a voz de mamãe.

– Sperandio, Marcelino, Antonio – ela repetiu.

Era bom ouvir aqueles gritos, chamando por nós de novo. Até já adivinhava o que ela diria quando chegássemos: "Será possível que...".

– Sperandio, Antonio, Marcelino – gritou, já mais enfezada.

Fiz sinal e corremos para casa. Marcelino chegou primeiro, depois eu e por fim papai, resfolegando.

– Estamos aqui, *mamma* – anunciou Marcelino.

Mamãe olhou braba para nós.

– Mas será possível que vocês não estivessem escutando? – reclamou, enquanto enxugava as mãos no avental. – Precisei chamar três vezes.

– A culpa foi minha, *mamma* – respondi rápido, regozijando-me ainda mais por ter adivinhado certo. – Estava examinando o parreiral e explicando o que devemos fazer para Marcelino e *papà*. Temos muito trabalho pela frente.

Curiosamente, como papai, mamãe olhou para mim como quem não sabe o que pensar, mas parecia satisfeita.

– Você está bem, Antonio? – Franco surgiu de repente, olhando para mim fixamente. Um olhar cheio de significados.

Demorei um instante a mais para responder.

– Estou bem, Franco. Obrigado.

– *Deo gratias* – ele sussurrou.

Mamãe sabia o que significava aquela troca de palavras entre os filhos. Ficamos todos quietos por um momento, mas foi ela mesma quem quebrou o silêncio:

– Paolo saiu e não sei para onde foi. Surgiu um problema na capela e o *brasiliano* que está trabalhando lá precisa saber o que fazer, senão ele não pode instalar o sino. Marcelino, localize o seu irmão para mim, *per favore*. Não quero que nada atrase o sino.

– Pode deixar, *mamma* – respondeu Marcelino já fazendo menção de sair.

– Espere um pouco, Marcelino – e o detive pelo braço. – Vou com você, assim posso conhecer um pouco mais a colônia.

– Muito bem, filho, faça isso – concordou mamãe, alegre com a minha iniciativa.

Marcelino foi buscar os animais e montamos em dois cavalos, um de pelo castanho e o outro preto com pequenas manchas brancas.

– Boa sorte – desejou *papà*.

– O sino vai ficar lindo quando estiver instalado – ouvi ainda mamãe dizer pela centésima vez.

Havia muito tempo não andava a cavalo e me senti um pouco desajeitado sobre o animal. Já Marcelino estava perfeitamente à vontade, como se as quatro poderosas patas fossem extensão de suas pernas. Ele cavalgava com muita velocidade e fiquei com um pouco de receio. Rapidamente ele percebeu e diminuiu o passo. A vegetação baixa era ideal para cavalgadas e pude notar que os cavalos reconheciam o caminho como um chão amigo: as pedras, as árvores, o mato. Passamos por uma floresta de araucárias muito altas, seus troncos lisos e bem torneados coroados por aquela copa que lhes dá a forma de um candelabro gigante. As terras também demonstravam exuberância de produção e se viam as vermelhas e roxas, extremamente férteis, cobertas por mata virgem. Aqui e ali, largas encostas tingidas com o amarelo do trigo plantado por colonos italianos.

Marcelino fez então um gesto com a mão, diminuindo a velocidade do cavalo. Parou e apeou rápido, obrigando-me a fazer o mesmo. Somente então percebi que eu estava arfando.

– Onde estamos? – perguntei.

– É por aqui que Paolo gosta de fazer suas caçadas. A chance maior de encontrarmos nosso irmão é nesta área.

– Caçadas? – repeti de má vontade. – Você acha que ele estaria numa caçada agora?

Marcelino ajeitou o chapéu.

– *Magari.* Tomara que sim, porque aí o encontramos.

De repente, um som forte e grave encheu o ar vindo da mata, e me deu um tremendo susto. Parecia um uivo potente, ou um ronco alto, várias vezes repetido, vindo de pontos diferentes. Tive a nítida impressão de que seríamos atacados.

– O que é isso?

Marcelino não conseguiu evitar um sorriso por causa do meu susto.

– Bugios – respondeu. – São macacos que fazem esse som estranho e assustador. Mas não se preocupe, eles são inofensivos.

Olhei desconfiado para os lados. O barulho era infernal e, subitamente, parou. O silêncio natural da mata pareceu crescer ainda mais e moscas zumbiam por ali, espantadas pelos cavalos que abanavam o rabo e se remexiam nervosos, escavando o chão de terra batida.

– E agora, o que faremos? – perguntei. – Para cá ou para lá? – e indiquei as duas picadas que seguiam mato adentro, uma em cada sentido.

– É melhor irmos por ali – apontou Marcelino.

Mas tive outra ideia.

– Será mais inteligente de nossa parte se nos dividirmos. Cada um segue uma trilha e, se o acharmos, voltamos para cá. Combinado?

– Tem certeza de que quer entrar na mata sozinho? Você ainda não conhece bem esses bosques *brasiliani*.

Marcelino realmente crescera. Já era um homem, falando assim comigo. O menino tinha ficado na Itália.

– Não se preocupe, ficarei bem. Qualquer problema, um berra para o outro.

Ele concordou com um gesto de cabeça, nada mais.

– Então, você vai por ali – apontei – e eu por aqui. *In bocca al lupo.*

– Boa sorte também – ele respondeu, embrenhando-se rapidamente pela picada.

Olhei para a trilha que ele tomara, já arrependido da minha própria ideia. Suspirei. Mas fui adiante para não pensar demais.

O matagal era denso e as árvores muito altas, de copas cheias, tornavam a mata escura e fria, apesar do calor do dia. Era difícil caminhar com tantos galhos, espinhos e raízes enormes pelo chão. Machuquei a mão e levei o dedo sangrando à boca para estancar o sangue. *Mamma* também teria de remendar minhas calças. Já não sabia muito bem aonde ia, se a direção estava certa, e se fazia algum sentido estar ali. Subitamente, o ronco surdo daqueles macacos – de que não lembrava mais o nome – começou a soar novamente. Parecia um cantochão de enterro. Adiantei o passo o mais que pude.

Surpreendi-me com o final abrupto do caminho apertado. Uma intensa claridade chegou até mesmo a me ofuscar por alguns instantes. Era um terreno desmoitado, uma clareira, que dava vista para o belo panorama da região. Em seguida, o terreno fazia um declive longo até ficar plano, terminando a ladeira. Ainda estava maravilhado com aquela paisagem quando notei uma fumaça subindo por entre as árvores. Talvez pudesse ser Paolo. Comecei a descer com cuidado, usando as raízes como apoio para os pés, quando avistei um cavalo. Instintivamente, usei uma das árvores como escudo e parei para observar. Atrás daquele cavalo havia outro e, atrás deste, uma mula. Cavalos demais para ser uma caçada de Paolo. Permaneci calado para poder observar mais e vi então um homem carregando alguma coisa na mula, e depois ouvi vozes. Eram *brasiliani*. O homem terminou de carregar a mula e voltou para não sei onde. Estiquei-me o máximo para tentar observar melhor, mas o ângulo de visão era ruim. Senti uma formiga na minha mão e me livrei dela com um safanão. Foi aí que percebi que a árvore atrás da qual eu me escondia estava inteiramente coberta de formigas e que várias já começavam a circular pelas minhas calças. Fui espantando todas elas com as mãos, tomando cuidado para não fazer muito barulho. De um salto alcancei uma árvore vizinha e depois outra. Tive o cuidado de observar se tinha formigas dessa vez.

Na realidade, tinha dado sorte, porque a mudança favorecera uma visão melhor do que se revelou ser um acampamento. Pude observar uns dez ou doze homens, quase todos usando chapelões, cuidando de seus afazeres ou simplesmente deitados onde houvesse um pouco de sombra. Muitos fumavam e um deles usava cachimbo. Todos, sem exceção, tinham um punhal atravessado na cintura, cintilando à luz do sol. Fiquei com medo de ser descoberto quando um deles veio até um dos cavalos, tocou o lombo do animal, sentindo sua carne lisa, e deu-lhe tapinhas suaves.

Não sabia definir exatamente por quê, mas sentia medo daqueles homens. Decidi observá-los mais um pouco antes de ir embora, antes que percebessem a minha presença. Restos de comida estavam jogados pelo chão e um deles empunhava uma espingarda, espiando a mata. De repente, apontou e atirou. O barulho foi ensurdecedor, assustando os pássaros que saíram em revoada. Depois de um breve momento, ele levantou os braços e gritou, comemorando. Deu alguns passos lentamente e voltou com o que parecia um filhote de porco-do-mato nas mãos. Estava satisfeito com sua pontaria. Ouvi também uma risada estridente vindo de algum lugar.

Primeiro, notei o chapéu e depois, surpreso, a roupa que eu já conhecia. Procurei uma posição melhor para ficar atrás da árvore. Era Paolo. Meu irmão estava lá entre aqueles homens, conversando com eles. Eu não podia escutar uma palavra sequer; no entanto, era fácil perceber que a conversa era amigável. Acho até que vi Paolo sorrindo uma hora. O que ele fazia ali, conversando com aqueles homens? No mínimo, o que se podia dizer, é que eram... estranhos. Ouvi outra gargalhada estridente, mas sem nenhum tiro dessa vez. A gargalhada fora causada pela movimentação de alguém sob uma das árvores. Pareciam ser crianças. Crianças sem roupa. De peles bronzeadas, algumas com pinturas. Só podiam ser filhos de homens selvagens, como Paolo dissera que existiam por toda aquela região. Mas o que elas faziam ali, presas?

Um dos homens foi até a mula, retirou do cesto um saco e foi em direção a Paolo, examinando o conteúdo. Entregou a outro homem, que disse qualquer coisa ao meu irmão e ele, por sua vez, olhou em seguida dentro do saco. Observou detidamente e perguntou algo ao homem que assentiu com a cabeça. Sem falar mais nada, Paolo tirou alguma coisa do bolso da calça e entregou a ele. De onde eu estava, não tinha condições de ter certeza, entretanto parecia que tinha entregado dinheiro. Um maço de notas. O sujeito pegou o dinheiro e fez uma pergunta. Paolo concordou com um gesto de cabeça e pareceu se despedir. Foi até seu cavalo, montou e saiu. Disparou pelo outro lado da mata. Já conhecia bem toda aquela região.

Marcelino devia estar preocupado comigo àquela hora. Já se passara muito tempo desde que nos separáramos para tentar achar Paolo. E eu o tinha encontrado. Talvez não da maneira que gostaria.

Voltei pelo mesmo caminho que percorrera antes, mas dessa vez pouco me importei com as pedras, os espinhos, a umidade ou mesmo o barulho assustador daqueles malditos macacos.

Como eu imaginava, Marcelino estava me esperando no mesmo local onde nos havíamos separado. Estava agitado.

– *Grazie a Dio*, você chegou. Já começava a ficar preocupado. Você demorou demais – ele disse, aliviado. – *Perchè* demorou tanto? Viu alguma coisa?

Eu ia contar sobre os homens estranhos e Paolo, mas fiquei de boca fechada. Achei melhor não falar nada.

– E então? – aguardava Marcelino, ansioso pela minha resposta.

Olhei para meu irmão antes de responder:

– Não encontrei ninguém.

Tenho certeza de que ele estranhou o meu silêncio durante todo o trajeto de volta para casa.

– Ah! Vocês chegaram, que bom! – exclamou mamãe, deixando sua costura de lado para nos receber. – Paolo já conversou com o *brasiliano* e resolveram tudo. A colocação do sino não será atrasada, graças a Deus. Vocês não o encontraram, não foi?

– *Si, mamma* – respondi rápido. – Não encontramos nosso irmão. Ele chegou há muito tempo?

– Não, Paolo chegou há pouco, mas já foi o tempo suficiente para que ele resolvesse o problema da capela.

– Que bom, *mamma* – limitei-me a responder.

Marcelino foi se encontrar com Tereza e fiquei sozinho com mamãe, que continuou seu trabalho. Ficamos em silêncio, tanto eu como ela. Mas minha mãe não deixou passar muito tempo.

– Aconteceu alguma coisa, Antonio? – ela perguntou, levantando os olhos da costura.

Confesso que não vacilei nem por um instante para responder:

– Não, *mamma. Niente*, nada. Estou só um pouco cansado. Acho que é o calor.

– Ah, sim, este calor do *Brasile* deixa todo mundo muito cansado. Mas, sabe, a gente vai se acostumando.

Concordei com a cabeça, vagarosamente. Não queria que o silêncio voltasse e as perguntas de mamãe também, então disse que iria beber água porque estava com sede. Ela concordou, sem tirar os olhos da agulha.

Fui para a cozinha, separada da casa, e encontrei lá Paolo e *papà*. Não gostei de ver meu irmão bebendo vinho na frente do meu pai. Nunca é recomendável fazer isso na frente de quem já foi alcoólatra. Paolo parecia um pouco preocupado.

– Então, você e Marcelino foram atrás de mim?

– Fomos, mamãe estava muito ansiosa para encontrar você. É o sino, você sabe.

– E vocês encontraram alguma coisa? – ele quis saber.

Fingi estranhar a pergunta.

– Não, claro que não. Não encontramos ninguém – respondi.

– Não, claro que não – Paolo repetiu, olhando de maneira desconfiada para mim e depois disfarçando. – Esse vinho está realmente muito bom – disse e pegou o garrafão para encher o copo de novo.

Estranhei um pouco a maneira fácil como ele sorvia a bebida.

– Papai disse que você estava estudando o nosso parreiral. Isso é ótimo – Paolo mudou de assunto.

– Se Marcelino nos ajudar – papai comentou, entusiasmado –, nosso parreiral em pouco tempo será outro. E muito melhor. Poderemos produzir um bom vinho. Melhor até do que esse – e apontou para o garrafão.

Paolo sorriu e encheu seu copo novamente.

– Torço por isso, *papà*, torço por isso.

– Amanhã podemos começar a fazer a poda e os enxertos – propôs papai.

– Ótimo – Paolo limitou-se a dizer enquanto bebia.

Não consegui resistir e perguntei:

– E você, onde estava, Paolo? Marcelino e eu andamos bastante e não conseguimos encontrá-lo.

– Estava fechando alguns negócios – ele respondeu, tranquilamente.

– Com *brasiliani*? – perguntei.

– Sim, com *brasiliani. Perchè*? – ele respondeu, já usando um tom de estranhamento.

– Nada, só curiosidade minha.

– Já sei falar *portoghese* o suficiente para negociar bem com os *brasiliani.*

– Isso é uma coisa que nunca vou conseguir. Falar *portoghese* – comentou papai. – Não consigo memorizar mais as palavras.

– É só uma questão de tempo, *papà* – e Paolo deu tapinhas no ombro dele. – E o senhor ainda vai conversar com os *brasiliani.* Esteja certo.

– *Dal dire al fare c'è di mezzo il mare* – recitou *papà*, suspirando.

Paolo riu e tomou mais um gole de seu vinho, tampou o garrafão e o guardou.

– Ah! Que cabeça... – disse subitamente. – Esqueci de lhe oferecer. Quer vinho? – e abriu o garrafão novamente.

– *No, grazie.*

– Vou ficar feliz, mas muito feliz mesmo, se vocês conseguirem fazer um vinho melhor do que este – disse Paolo, recolocando a rolha no garrafão.

Quase perguntei a ele o que havia dentro daquele saco que o homem lhe mostrara antes que ele tirasse o maço de dinheiro do bolso, mas me contive e permaneci calado.

Papai acendeu um cigarro com dificuldade por causa do tremor nas mãos. Entretanto, tentava agir como se nada estivesse acontecendo.

– E o sino? – perguntei para ganhar tempo.

– Já resolvi o problema. Dentro de mais alguns dias, *mamma* vai ficar escutando esse sino o dia inteiro, se quiser.

Paolo guardou o garrafão para sair da cozinha e eu, ao mesmo tempo em que não queria que ele fosse embora, não sabia como perguntar sobre aqueles homens mal-encarados e o dinheiro que ele lhes dera. Ele ia querer saber por que permaneci escondido na mata. Acho que nem mesmo eu sabia a razão.

– Paolo.

– Sim? – ele me olhou com olhos brilhantes de álcool.

Hesitei.

– Nada.

Capítulo 6

Alguns dias depois, fomos todos acordados pouco antes do alvorecer. Era Oreste Tomazon, o carreteiro, que vinha com a missão de levar Franco para São Marco, outra colônia próxima à de Caxias, onde moravam os Bendinelli.

O velho patriarca, Giácomo Bendinelli, não resistiria muito mais tempo e, como a notícia de que Franco tinha chegado já se espalhara pela região, a família pedia a ele que fosse ministrar o último sacramento ao doente.

– Vá, Franco, pode ir – incentivou mamãe, fazendo o sinal da cruz. – Vá, que Giácomo sempre foi uma pessoa muito boa. *Povero Giacomo.*

– Chegando lá, pedirei ao arcanjo Rafael por ele, mamãe – disse meu irmão.

Franco preparou-se para partir em poucos minutos e me ofereci para ir junto. Mamãe foi rápida.

– Boa ideia, Antonio. Assim, seu irmão não vai sozinho.

Também me aprontei em poucos minutos e, na saída, mamãe nos recomendou levar um forte abraço à família Bendinelli. Papai, Paolo e Marcelino fizeram o mesmo. Tereza ainda dormia.

– Cuidado com a estrada – recomendou Paolo.

O sol começava a brilhar quando Tomazon, Franco e eu tomamos o rumo de São Marco. A carreta era puxada por quatro mulas e estava vazia para poder viajar mais rápido. O carreteiro estalou o arreador, exibiu uma expressão estranha como se quisesse dizer algo, as mulas estremeceram, arrancando, e iniciamos assim a longa jornada. São Marco, padroeiro de Veneza, belo nome para uma colônia.

– A que distância fica esse lugar? – perguntou Franco.

– Vamos levar um dia inteiro de viagem – respondeu Tomazon. – A estrada não está das melhores por causa das últimas chuvas.

– Você trabalha para Paolo? – perguntei.

– Também – respondeu o carreteiro. – Faço carretos para toda esta região. De seu irmão tenho levado muito trigo para o moinho – ele completou. – Esse seu irmão é esperto e trabalhador. A produção dele só aumenta. Ainda vai alcançar cem sacas, você vai ver. Ele tem jeito para a coisa.

Franco e eu nos entreolhamos e não fizemos nenhum comentário. A viagem seguiu em silêncio por um período, mas Tomazon não era o tipo de pessoa que conseguia ficar quieta durante muito tempo.

– Conheço Valdagno também – disse para puxar conversa. – Sou de Castelvecchio e costumava trabalhar pela região.

– Há quanto tempo está no *Brasile?*

– Um par de anos a mais do que vocês. Quer dizer, da chegada de Paolo. Vocês mesmos chegaram há poucos dias, não foi?

– Há duas semanas – respondi.

– É bom ter um homem de Deus por perto, frei. As pessoas estão começando a tomar conhecimento disso agora e ficam muito felizes.

– *Grazie* – agradeceu Franco. – Nós apenas seguimos os caminhos que Deus nos designa. Somos instrumentos Dele.

– Sua mãe sempre falou muito do senhor. Ela tem orgulho da sua vocação.

Franco respondeu com apenas um meio sorriso constrangido. Dona Maria Crosara não tinha jeito mesmo.

– E a irmãzinha de vocês, a Tereza, é uma menina muito esperta. Toda vez que vou lá, ela está com aquele papagaio, o... – e tentou recordar o nome.

– Pippo – completei.

– Isso mesmo, o Pippo. Ela é uma *bambina* muito inteligente. Sem dúvida, muito esperta – repetiu.

Concordamos com sorrisos e meneios de cabeça, enquanto as mulas continuavam sua marcha sem fim, profundas conhecedoras que são dos caminhos e donas das vastas terras do sul do *Brasile*. Uma delas começou a mover os beiços para dentro e para fora de maneira bem ruidosa e achamos graça.

– *Grazie*, Celeste – respondeu Tomazon.

– Celeste? – estranhei.

– É o nome dela. É a mais faladeira das quatro, gosta de uma conversa – explicou, manejando as rédeas.

– Todas têm nome? – Franco perguntou, divertido.

– Sem dúvida. E só respondem se forem chamadas pelo próprio nome. Estão acostumadas desde que nasceram. São as melhores mulas que já tive em toda a minha vida. Estão vendo como são troncudas? – Nós observamos os animais. – As mulas devem ter barriga e pernas grossas. As feias é que são boas, meus amigos. São como as mulheres; as feias é que servem para o trabalho pesado.

Franco meneou a cabeça num tom de leve reprovação e eu apenas ri.

– E quais são os nomes das outras?

Tomazon encheu o pulmão de ar para responder:

– A da frente, à esquerda, é a Maria, a da direita, Paola...

– Paola? Deixe Paolo saber disso – brinquei.

– Mas ele sabe, até uma vez me deu uma garrafa de vinho por causa disso – divertiu-se Tomazon, contando. Ele continuou: – As de trás são a Celeste, que vocês já conhecem, e a Elisabetta, na direita, que me deu um trabalhão danado na hora do parto e...

Meu sorriso desapareceu no mesmo instante. Deus do Céu, era muita coincidência. Franco veio em meu socorro.

– Por que você veio para o *Brasile*, Tomazon?

O carreteiro estranhou a mudança de assunto de maneira tão repentina, mas aparentemente não se importou.

– Pelas mesmas razões de todos que estão aqui, frei, para fugir da Itália, fugir da pobreza e da falta de futuro.

Tomazon continuou a contar sua história, mas pouco prestei atenção. Franco fingia interesse pelo que ele dizia, mas não deixava de me vigiar de rabo de olho. Fiquei calado durante um bom tempo, só observando os urubus em suas lentas evoluções no céu azul imenso.

Franco deixou passar vários minutos e depois me perguntou:

– Você está bem?

– Estou.

– Tem certeza?

Fiz que sim com a cabeça de uma maneira quase imperceptível. Tomazon era um homem experiente e sabia que não deveria fazer determinadas perguntas.

A carreta seguia lentamente pela estrada cheia de pedras e levantava um pó fino que o vento soprava em nossos olhos, fazendo com que piscássemos o tempo todo. O cheiro de graxa recente nos eixos e o cheiro ainda mais forte dos animais, junto com os solavancos bruscos e o sol forte, tornavam a viagem cada vez mais cansativa. Já não sabia dizer onde estávamos e que horas poderiam ser. Sentia sede.

– Este país é muito quente – Franco comentou, quebrando o silêncio.

– O senhor acha isso porque ainda não conhece o minuano – disse Tomazon.

– E o que é?

– É o vento. Gela até a alma – exagerou, mas depois consertou. – Quer dizer, desculpe, frei, é um vento muito frio. Tão frio que parece esfriar até os ossos da gente.

Celeste moveu os beiços novamente, fazendo barulho. Não pudemos deixar de achar graça.

Conforme a carreta avançava, não só ia mudando a paisagem como também os sons da mata. Ora reinava um profundo silêncio, ora a alegre parolagem de papagaios, o que nos fez recordar de Pippo novamente, além da cantoria de um número interminável de pássaros.

– São araquãs, urus, macucos, jacus e outros que nem sei o nome – explicou Tomazon, lendo meus pensamentos. – É uma variedade imensa a de pássaros no *Brasile*. São bonitos, não são?

– Muito – limitou-se Franco a responder, boquiaberto, observando o voo e o pouso de centenas de passarinhos. – Isso me lembra o Sermão aos Pássaros, de São Francisco de Assis. Deus realmente abençoou esta terra – e fez um sinal da cruz com gestos lentos e pensativos.

– São todos nomes dados pelos índios – observei.

– *È vero* – respondeu rápido Tomazon, como se eu tivesse feito uma grande descoberta. – Esses são nomes dados pelos selvagens. Eles conhecem bem cada um desses pássaros, assim como estas matas. E tudo o que acontece nelas. Nossa carreta mesmo, eles devem estar acompanhando.

– Como assim? – surpreendeu-se Franco.

– Não se engane, frei, o senhor pode ter certeza de que algum desses índios está nos seguindo com os olhos; melhor dizendo, vários índios.

– Eles vão nos atacar? – perguntei preocupado.

– Não, só se dermos alguma razão para isso – respondeu Tomazon, sério.

– Estamos há horas na estrada e não percebi nada – estranhei. – Você realmente acha que estamos sendo observados nesse tempo todo?

– Pode ter certeza que sim. Eles já me conhecem de tanto que viajo por esta região, mas não conhecem vocês. Devem estar atentos.

Permanecemos em silêncio, Franco e eu, observando o mato fechado, tentando descobrir nela algum perigo.

– Os índios são espertos e conhecem as matas profundamente. Nem adianta tentar enxergar algum. Eles se confundem com essas árvores e todo o mato. Sabe o que eles fazem para que ninguém saiba em quantos eles estão? – perguntou, sabendo que não haveria resposta; depois, ele mesmo respondeu: – Cada um deles pisa exatamente sobre as pegadas do primeiro para parecer que é apenas um. Ou seja, você nunca sabe com quantos está lidando.

– Eles precisam conhecer as palavras de Deus – disse Franco.

– Para alguns a palavra do Senhor realmente faz efeito, frei, mas para outros, não. Os índios também são diferentes entre si, não são todos iguais, e se dividem em grupos diversos. Alguns grupos são mais pacíficos e aceitam o homem branco, mas outros não aceitam de jeito nenhum. São guerreiros.

De repente, ocorreu-me perguntar:

– E como você sabe tanto sobre os índios?

Tomazon riu.

– Já conversei muito com os bugreiros. Eles sabem tudo a esse respeito.

– Bugreiros? – estranhei.

– Grupos de homens que conhecem os índios profundamente. São contratados pelo governo, ou pelos colonos mesmo, para fazer os bugres saírem das terras que precisam ser cultivadas. Afinal, um bando de homens selvagens não pode impedir o progresso.

Lembrei imediatamente dos pequenos índios amarrados a uma árvore e o grupo de homens estranhos que receberam dinheiro de Paolo. Pelo que Tomazon explicava, aquele era um grupo de bugreiros.

– E como eles fazem isso? – perguntei.

– Fazem o quê?

– Como eles fazem para que os bugres saiam das terras?

Tomazon ganhou tempo antes de responder, mexendo nas rédeas e chamando cada uma de suas mulas pelo nome.

– Os bugres sabem que têm de sair. Se não saem, são expulsos pelos bugreiros – respondeu, prestando uma atenção excessiva a seus arreios e às mulas.

– E para onde vão os índios?

– Para qualquer lugar. Esses selvagens conseguem sobreviver em qualquer canto mesmo. Para eles tanto faz aqui como ali.

– E os bugres que resistem, o que é feito deles? – eu quis saber.

– Eles ficam assustados com as armas dos bugreiros.

– Mas você disse que existem os guerreiros, os que resistem. O que acontece com esses?

Tomazon olhou para os lados, um pouco incomodado antes de falar.

– Os bugreiros... matam todos.

– Deus do Céu – exclamou Franco, surpreso e penalizado. – *Madonna mia*...

– Inclusive as crianças? – perguntei, com medo de ouvir a resposta.

Tomazon já percebera que devia ter ficado de boca fechada, mas agora era tarde.

– As pequenas são levadas para casas de família para trabalhar. São convertidas e fazem os serviços de casa.

– E as maiorzinhas? – insisti.

Tomazon desistiu de colocar panos quentes no assunto.

– Elas são mortas também. Os bugreiros dizem que bugrezinho que já anda com as próprias pernas não presta, só dá problema. E quando crescem vão fazer o mesmo que os adultos. Vão matar.

Nós três, então, ficamos em silêncio por algum tempo. Cada um matutando sobre o assunto a seu modo.

– Você disse que os colonos italianos também contratam os serviços dos bugreiros – quebrei o silêncio.

– *Si, è vero.* Esses bugres têm de deixar as terras para que os colonos possam progredir.

– E quanto se paga para alguém fazer isso?

Tomazon fez um movimento com a boca como se dissesse não ter ideia.

– Só sei que o valor recebido é por cabeça – completou.

– Como assim?

– Os bugreiros cortam as orelhas e mostram ao contratante. O valor é determinado pelo número de orelhas cortadas.

– *Madonna mia...* – repetiu Franco.

Suspirei profundamente. Estava pensando nos indiozinhos da árvore, nos homens mal-encarados, em Paolo.

– Você conhece algum colono por aqui que contrata esses bugreiros?

A pergunta de Franco me deixou assustado, pois sabia qual poderia ser a resposta.

O carreteiro pensou um pouco.

– Não sei, frei, as pessoas não gostam de falar muito sobre isso.

A estrada continuava ruim por ali, mas agora não sentíamos tanto os solavancos. Nem a poeira.

– Que Deus tenha compaixão dessas almas – sussurrou Franco.

A imagem de Paolo entregando dinheiro para o homem não saía da minha cabeça. Precisava saber mais.

– De onde são esses homens, esses... bugreiros?

Tomazon primeiro olhou para Franco e depois para mim, como se avaliasse se deveria continuar falando ou não.

– Normalmente, o grupo é aparentado entre si. Saem juntos para caçar índios e recebem por isso. Às vezes tem até algum índio no meio e já ouvi dizer que um italiano anda fazendo esse serviço também.

– E os bugres não resistem?

– Quando a tribo não foge de medo, os bugreiros surpreendem os índios de madrugada. Seguem a picada deles e passam a noite sem fumar nem conversar, só aguardando a hora certa. Quando o dia está para nascer é que começam a agir. A primeira coisa que fazem é cortar as cordas dos arcos e aí iniciam o abate dos selvagens a tiros e golpes de facão. Muitos preferem só facão para economizar bala – disse Tomazon num único fôlego e depois completou com uma facilidade excessiva, de quem parece gostar do que está contando. – Um deles me disse uma vez que o corpo dos bugres é que nem bananeira, corta macio.

– *Santo Dio* – reagiu Franco, fazendo em seguida um sinal da cruz.

O barulho das rodas da carreta esmagada sob seu próprio peso na estrada de terra pareceu aumentar de repente. Junto com o rumor do meu coração, martelando. O vento quente e empoeirado me despertou de uma leve letargia e

Tomazon chicoteava as mulas que aceleravam a marcha. Já tínhamos percorrido dezenas de quilômetros.

– Mais uma hora e pouco e chegaremos a São Marco – informou o carreteiro.

Franco e eu só fizemos um sinal para responder a ele. Não sabíamos como reagir depois do que ele tinha nos contado. O *Brasile* se revelava também uma terra dura com os seus primeiros habitantes. Um país onde ainda havia muito o que fazer.

Tinha sede. Pedi para beber água e Tomazon abriu uma maleta de couro, parecida com a dos mascates, e me passou um embornal. A água estava morna por causa do calor e só molhei os lábios, cuspindo o resto fora.

– Apesar da chuva dos últimos dias, até que a estrada não está tão ruim – disse Tomazon, para puxar conversa. Porém, não obteve resposta da minha parte, nem de Franco. Apenas Celeste zurrou de leve, concordando com o dono.

Aos poucos fomos percebendo que chegávamos a algum lugar. Antigas casinholas abandonadas vigiavam a estrada, velhos caminhos de cascalho davam em lugar nenhum, árvores cortadas jaziam esquecidas. Um cachorro despertou e rosnou longamente para nós. Na imensidão das terras do *Brasile*, muitas vezes as casas pareciam perdidas em meio a campos imensos onde se esperaria que houvesse ruas marcadas por cercas de madeira e cheiro de comida sendo preparada.

– Aqui é São Marco – informou Tomazon, já resignado com o fato de nada comentarmos. – Vamos direto para a casa do velho Giácomo.

Assentimos, ainda em silêncio.

Rodamos um pouco, observando as casas feitas de madeira, pedra, tijolos domésticos, ou ainda de dois materiais ao mesmo tempo, quase sempre com o telhado dividido em quatro águas e a cozinha separada. Vários muros também eram de pedra. Um morador passou por nós e cumprimentou Tomazon, que retribuiu, levantando o chapéu e fazendo sua saudação em antigo dialeto vêneto.

Logo em seguida paramos em frente a uma casa de pedras talhadas, em dois pavimentos, com o telhado feito de tabuinhas. Tinha janelas com vidros, o que era raro na região, e a porta principal em arco.

– *Questa è la casa del vecchio Giacomo* – disse o carreteiro.

Descemos da carreta e Tomazon deu leves tapinhas no lombo de Celeste. Minhas costas estavam doendo e as pernas, dormentes. Não era costume de Franco reclamar do que fosse, mas também comentou que sentia as costas. O que chamou minha atenção de imediato, quando entramos na propriedade, foi um forno para pão, feito com tijolos, e uma bela estrutura de madeira com cobertura em duas águas.

A porta foi aberta apressadamente e, para minha surpresa, quem apareceu foi uma senhora de feições índias. Usava roupas próprias para uma mulher de sua idade, tinha o cabelo preso e um pequeno crucifixo pendurado no pescoço, sabia falar italiano e pediu que entrássemos. Logo atrás, apareceu uma mulher de semblante pesado que só depois consegui notar que era jovem. Tinha chorado muito. Usava cabelos pretos puxados para o alto num coque, a pele pálida e os pulsos salientes de uma pessoa frágil. Pigarreou para conseguir falar:

– *Buona sera* – disse num tom baixo de voz. – Obrigada por terem vindo. Meu nome é Glória e *papà* está no quarto. Graças a Deus, vai poder receber o último sacramento – e moveu os dedos mostrando um rosário cheio de contas gastas de tanto rezar. – Por aqui, *per favore*.

Entramos no quarto de dormir e as janelas estavam fechadas, mas, pelas frestas da madeira, o que restava de sol ainda àquela hora lançava no chão estreitas faixas amareladas que se interrompiam nos móveis, mostrando uma fina poeira flutuando no ar. Uma grande cruz pendia da parede atrás da cama e o ar tinha o cheiro acre de doença. Chegamos mais perto do doente e então notei que também havia um rapaz no quarto.

– *Papà, papà* – a jovem chamou, quase num sussurro.

Não houve nenhuma reação.

– *Papà, papà* – insistiu ela, preocupada.

O velho Giácomo então piscou, como se estivesse acordando naquele momento, e moveu os lábios sem produzir som.

– *Papá*, veja quem está aqui. É frei Franco, filho de dona Maria Crosara e seu Sperandio. Ele veio até aqui para conversar com o senhor.

Giácomo esboçou um fantasma de sorriso e tossiu. Glória ajeitou suas cobertas.

Franco aproximou-se mais e pegou a mão do doente.

– O Altíssimo está agora conosco neste momento, tenha fé – disse.

Giácomo fez um grande esforço para falar:

– Quero me confessar, frei – sussurrou.

Franco olhou discretamente para os lados e nós, pegos de surpresa, hesitamos, ainda que por um segundo apenas, antes sair do quarto. Meu irmão esperou que nos afastássemos lentamente e então fechou a porta.

Fomos para a sala e Tomazon saiu de imediato para ver suas mulas. O rapaz e a índia permaneceram e Glória tomou assento em uma cadeira de espaldar alto, cruzando as mãos no colo, com um lencinho entre os dedos, junto com o rosário. Ela enxugou duas lágrimas.

– Há quase três anos foi a *mamma* e agora... – disse e não conseguiu falar mais nada.

A porta do quarto permanecia fechada e eu não sabia o que fazer. Nada parecia muito real para mim ali. Era estranho observar o que acontecia, sabendo que, de um momento para o outro, uma pessoa poderia morrer no quarto ao lado.

– Temos de avisar Vincenzo – disse o rapaz, e Glória concordou com um gesto.

Ouvi a voz alta de Tomazon lá fora, falando com as mulas, e a índia perguntou se a patroa queria alguma coisa.

– *No, grazie.*

Então, ficamos todos em silêncio.

De repente, a porta rangeu e foi aberta. Corremos para lá.

Franco estava com expressão preocupada. Entendi que era o peso de um sacramento como a extrema-unção.

Entramos e o corpo já sem vida jazia sobre a cama. Não houve choro, apenas um silêncio assustado em todo o quarto. As faixas amarelas de sol já quase também não existiam. Só um pouco depois ouvi alguns soluços de Glória.

Deixamos que ela, o rapaz e a índia ficassem sozinhos no quarto e saímos em direção à sala.

– É curioso como sempre podemos nos surpreender – refletiu Franco, quase que para si mesmo.

– O que foi? – perguntei.

Aí ele percebeu que tinha pensado em voz alta.

– Nada, meu irmão. Você conhece as regras da confissão.

Simplesmente concordei e não fiz mais perguntas. A minha preocupação agora era outra.

– Temos de voltar para casa – disse.

Nesse instante, Tomazon entrava na sala e ouviu o que eu disse.

– Não podemos. Já é tarde e daqui a pouco ficará escuro. Temos de dormir aqui e partir amanhã cedo.

– Não se preocupem – disse o rapaz, entrando na sala, acompanhado da índia. – Temos um quarto lá em cima que servirá perfeitamente para os três. Maria vai arrumar alguma coisa para vocês comerem e depois vão poder descansar. – Ele estendeu a mão para Franco, segurou a dele e a beijou. – E muito obrigado por ter vindo, frei, papai pôde morrer em paz.

– Foi Deus quem permitiu que isso acontecesse, meu filho.

– Se me derem licença – pediu o rapaz –, vou para o quarto ajudar minha irmã. Fiquem à vontade.

– *Grazie* – respondemos.

Tomazon ainda quis ir lá fora preparar Celeste e as outras mulas para passarem a noite. A índia nos serviu vinho, pão branco, salame, queijo, marmelada e uvas. Rezamos um pouco pelo falecido e depois fomos para o quarto. Eu estava exausto e dormi feito uma pedra.

* * *

Acordamos com o alvorecer. Despedimo-nos de Glória, cujas olheiras profundas lhe davam um aspecto ainda mais frágil. Explicamos que era longo o percurso e que precisávamos voltar para casa. Ela nos agradeceu e pediu para que não nos preocupássemos; o enterro seria à tarde.

– Com a sua vinda, frei, *papà* pôde morrer em paz consigo mesmo – resumiu.

Franco a abençoou e subimos na carreta, onde Tomazon já nos aguardava. Ao primeiro movimento das rédeas, as mulas se puseram em marcha. O ar frio da manhã as convidava a andar depressa. Olhei para as casas de São Marco tentando guardar na lembrança alguma coisa daquela viagem imprevista e cansativa. O mesmo cachorro que tinha rosnado para nós quando chegamos, tornou a rosnar agora e as mulas, outra vez, não se importaram nem um pouco com ele. Observando as árvores que formavam um paredão sem fim em alguns trechos, a estrada era a única brecha aberta em meio ao bosque, com seus bons quatro metros de largura, coberta de raízes e cepos perigosos que atravessavam o chão batido.

– Que São Ricardo nos proteja novamente – exclamou Tomazon.

Olhei para ele sem entender.

– São Ricardo de Toscana é o nosso protetor. *Il protettore* dos carreteiros – explicou.

Celeste, pela primeira vez no dia, concordou com seu dono, zurrando de leve. A mula parecia mesmo se entender com Tomazon.

– Aquela índia que nos serviu na casa do velho Giácomo é uma das que você disse que são levadas às famílias e convertidas?

Satisfeito em perceber que eu não continuaria calado como na viagem de ida, o carreteiro primeiro sacudiu as rédeas e depois respondeu:

– Isso mesmo, aquela é uma caingangue. Os caingangues são mais dóceis, podem ser convertidos, e aquela mulher é um exemplo. Com o tempo, as famílias passam a gostar muito delas, ao contrário dos botocudos, que são guerreiros e não aceitam os brancos de jeito nenhum. São perigosos. Atacam e matam sem piedade – disse, e completou com um sorriso malicioso. – E, para viajar pelas estradas deste mundão como eu faço, peço a proteção de São Ricardo e tomo minhas precauções – e mexeu sob seu assento, tirando um revólver pequeno, prateado, que brilhava ao sol.

Mostrou a arma e em seguida guardou-a novamente, satisfeito.

– Você já a usou? – perguntei.

Ele pensou um pouco antes de responder.

– Já, mas nunca matei ninguém, se é o que quer saber. Só atirei algumas vezes para cima com o objetivo de assustar.

– *Deo gratias* – reagiu Franco.

– E você, o que traz aí? – Tomazon quis saber, apontando para um saco de pano que estava ao meu lado.

– A índia me deu, dizendo que a patroa mandou. É um pequeno farnel para nós. Tem pão branco, queijo, água e algumas laranjas. Eles foram muito atenciosos.

– *Si, tutti buona gente* – concordou o carreteiro. – O velho Giácomo era um bom homem, os filhos também devem ser.

– Que Deus tenha compaixão de sua alma – disse Franco, pensativo.

Tinha sido uma manhã seca, mas nuvens de chuva estavam se acumulando ao sul, para onde estávamos indo. Um vento úmido e forte começou a atravessar os campos. Tomazon parecia preocupado.

Pedi que ele parasse a carreta e me aguardasse um pouco. Depois que desci, me aconselhou:

– Cuidado com o mato alto, tem muita cobra.

Quando voltei, ele observava atentamente o céu.

– Piorou de repente e uma chuva forte está se armando. Vamos ter de nos proteger – avisou.

– Não podemos continuar, mesmo debaixo de chuva? – perguntei.

– Pelo jeito, não – respondeu, olhando para o infinito, cor de chumbo. – A chuva cai com muita força e depois há o perigo dos raios. Temos de parar em algum lugar e encontrar abrigo. Vamos por ali – resolveu, apontando para um pequeno desvio na estrada.

As mulas estavam inquietas por causa do vento forte, que levantava muito pó, e o som de trovões rolava pesadamente pelo céu. Os relâmpagos pareciam se prolongar entre as nuvens. O vento agitava a copa das árvores e criava redemoinhos, atirando para o alto muitas folhas e uma poeira sem fim. Grossos pingos de água fria começaram então a cair sobre a terra fofa e em seguida a chuva desabou completamente. Em poucos minutos, estávamos encharcados e desembarcamos da carreta.

– Ali.

Tomazon avistou algo.

– É logo ali. Eu sabia que não tinha me enganado. Tem um casebre abandonado nesta direção – e indicou a esquerda.

Seguimos o carreteiro, que caminhava à frente, puxando as mulas pelas rédeas. Apareceu de fato uma construção antiga e malconservada, não muito grande, mas com espaço suficiente para os três. Entramos na casa abandonada arfando, como se tivéssemos feito uma longa corrida.

– Essas tempestades são comuns nesta época do ano – Tomazon explicou, como se quisesse justificar aquela chuvarada.

Olhei ao redor. Estava escuro e parecia que ninguém entrava naquele lugar há muito tempo. Só dava para ver melhor quando um relâmpago permitia. Franco também tentava enxergar alguma coisa.

– Graças a Deus, encontramos este lugar – disse.

Desabotoei o meu casaco e o despi, pois estava molhado e frio. Pendurei-o num gancho que avistei na parede. Franco torcia as mangas e as bordas do seu hábito, completamente encharcado.

– Vamos ter de aguardar aqui até a chuva passar – Tomazon explicou. – A sorte, nessas tempestades, é que elas vêm, mas também vão embora rápido.

Eu sentia frio e cruzei os braços com força sobre o peito, tentando me aquecer um pouco. Franco e Tomazon faziam o mesmo. Lembrei de ter pegado o saco com o farnel antes de sair correndo em direção à cabana.

– Olhem o que eu trouxe – e mostrei o conteúdo para os dois. Ficamos frustrados no mesmo instante, pois o pão branco estava completamente ensopado.

– Ainda podemos aproveitar as laranjas – observou Franco.

– E o queijo – completou Tomazon, tentando secá-lo. – Não sabemos quanto tempo ainda levaremos até conseguir voltar para casa.

– Está esfriando muito – queixou-se Franco, cruzando os braços com força.

– Também trouxe algo – e Tomazon tirou uma pequena garrafa do bolso. – É *cagiassa*, vai ajudar a esquentar. Sempre carrego uma garrafinha dessas em minhas viagens. Essa é a aguardente que os *brasiliani* produzem aqui, feita de cana-de-açúcar. Experimentem.

Peguei a garrafa e olhei o conteúdo. Transparente como água, mas com um cheiro forte e adocicado. Se pensasse muito não experimentaria e, por isso, virei a garrafa dando um bom gole. Minha garganta queimou na hora, me engasguei e tossi bastante. O carreteiro achou graça. Não passei a garrafa para meu irmão e Tomazon sabia que não deveria insistir.

– Sempre que um italiano toma *cagiassa* pela primeira vez, a reação é a mesma – comentou Tomazon, achando divertido.

Em seguida, foi ele quem deu um gole, fazendo uma careta e depois parecendo aliviado.

– É bom para esquentar – explicou.

Tossi ainda mais um pouco e notei que Franco me olhava com leve ar de censura. Porém, estranhamente, comecei a sentir uma suave sensação de bem-estar. De fato, já não estava tão frio.

O vento e a chuva batiam furiosamente no telhado frágil do casebre e nós procurávamos evitar as goteiras do lugar. Franco tremia de frio e Tomazon parecia preocupado.

– Pobrezinhas, elas devem estar assustadas – comentou.

Não entendi de imediato e só depois me lembrei que ele estava se referindo às quatro mulas. Pedi a garrafa ao carreteiro e tomei mais um gole de *cagiassa*. A chuva forte demorou mais de uma hora para passar de vez. Quando saímos do casebre, havia muita água empoçada e lama por toda parte. Tomazon foi até a carreta e passou a mão carinhosamente em suas mulas, falando com cada uma delas e deixando Celeste por último.

Só à luz do dia foi que pude reparar melhor no meu irmão. Seu hábito ainda estava muito molhado e sua expressão, cansada. Acho mesmo que estava pálido. Subimos na carreta e voltamos pelo mesmo caminho até a estrada, agora enlameada. Nesse curto trajeto, quase atolamos e Tomazon teve de gritar com suas quatro meninas para não deixarem a carreta parar.

Franco passou o braço entre os meus e pude perceber que tremia de frio. Pus a mão sobre sua testa e ela ardia de febre. Tirei meu casaco e o coloquei sobre seus ombros, apesar de estar úmido. Era a única coisa que podia fazer no momento.

– Meu irmão está com febre – eu disse. – E está tremendo de frio.

– Ele devia ter tomado a *cagiassa*. O que o senhor está sentindo, frei?

Franco não respondeu de imediato.

– Sinto fraqueza e tenho calafrios, mas não se preocupem. Estou pedindo ao arcanjo Rafael que me ajude.

– Se quiser, podemos parar.

– Não é necessário – respondeu Franco com firmeza.

Fiquei preocupado. Afinal, se meu irmão reclamava de algum incômodo, era porque devia ser mais sério do que parecia. Franco era uma rocha, não costumava se lamentar por nada.

Prosseguimos nossa viagem. Tomazon fez as mulas andarem mais rápido. Meia hora depois, Franco colocou para fora o que tinha no estômago.

– Acho que a febre aumentou – eu disse depois de colocar a mão sobre a testa dele novamente. Franco também parecia estar sonolento.

Tomazon parou e colocamos meu irmão deitado na traseira da carreta, onde normalmente vão as mercadorias, e o cobrimos com meu casaco. Além disso, o carreteiro tirou o dele para que servisse de apoio para a cabeça.

"*Mamma* vai levar um susto quando chegarmos", pensei.

Deitado na carreta, Franco ficou agitado e balbuciava algo que não se conseguia entender.

– Ele está com muita febre, está delirando. O que vamos fazer?

Tomazon chicoteou as mulas.

– Tem um lugarejo por aqui, vamos desviar para lá e pedir ajuda – lembrou Tomazon, guiando as quatro mulas para fora da estrada. O caminho tornou-se ainda mais acidentado e passei também para a parte de trás da carreta onde me sentei para colocar a cabeça de Franco no colo. Ele suava muito e minhas costas doíam.

O tempo parecia não passar e os solavancos bruscos nos jogavam de lá para cá. Tomazon só ficava repetindo que já estávamos chegando, que não ia demorar muito. Eu não conseguia enxergar mais a estrada e até mesmo os sons da mata pareciam ter diminuído. Não sabia o que pensar e acariciava os cabelos de meu irmão.

De repente, a carreta estancou e ouvi vozes. Uma era de Tomazon, pedindo ajuda. Abriram a parte de trás e dois homens, falando uma língua estranha, tiraram Franco e o carregaram. Ao lado deles, uma índia velha, encurvada pelos anos, acompanhava tudo com olhos atentos e depois entraram todos em uma casa de madeira. Também saltei da carreta.

– Quem são eles? – perguntei.

– Poloneses. Estão aqui há poucos anos, mas trouxeram muito progresso para a região. Já fiz vários carretos para eles.

– E aquela índia? – estranhei.

Tomazon compreendeu minha preocupação e me pegou pelo braço. O velho carreteiro também parecia cansado.

– Não lembro o nome dela, mas dizem que é melhor do que muito médico. Podemos entrar para ver como o frei está.

Fizemos menção de entrar na casa, mas um homem alto, forte, de pele muito branca, se antecipou e veio conversar com Tomazon. Ele também me cumprimentou e começou a falar numa mistura de polonês e italiano. Por sua vez, o carreteiro respondia usando algumas palavras em português e italiano. Esse *imbroglio* só aumentava a minha ansiedade em ver meu irmão e eu não parava de pensar no arcanjo Rafael, pedindo-lhe a graça de sua intercessão.

Finalmente, conseguimos entrar e encontrei Franco deitado sobre uma cama com a índia ao seu lado. Um pano cobria-lhe a testa e uma pequena panela, que exalava um vapor malcheiroso, chamou minha atenção. A expressão no rosto de meu irmão era tensa, apesar de ele estar inconsciente.

Tentei me lembrar da oração ao arcanjo Rafael que Franco me havia ensinado: "Guardião da saúde e da cura, peço que Vossos raios curativos desçam sobre mim, dando saúde e cura. Guardai meus corpos físico e mental, livrando-me de todas as doenças. Expandi Vossa beleza curativa...".

Aos poucos, a expressão do rosto dele foi se suavizando, tornando-se mais tranquila.

– *Deo gratias* – sussurrei.

Permaneci orando durante alguns minutos e Tomazon ficou ao meu lado, contrito. Torcia para que a índia falasse qualquer coisa, desse alguma informação sobre a saúde de meu irmão, mas não tinha coragem de falar com ela. Não sabia como lhe dirigir a palavra, como formular a pergunta, nem mesmo em que língua deveria falar com ela. Baixinha, encurvada, frágil, seu rosto muito enrugado tinha uma expressão suave, apesar de seus olhos revelarem grande vivacidade. Seus cabelos brancos estavam presos e usava roupas comuns, de mulheres brancas, com enfeites típicos dos índios *brasiliani*.

Tomazon tomou a iniciativa por mim e falou com ela em italiano, de maneira bem pausada. Ela respondeu em voz muito baixa e não entendi nada. Esperei até ele repetir o que a índia lhe tinha dito sobre Franco, depois que ela saiu do quarto sem nem ao menos me olhar.

– Ela disse que seu irmão teve uma febre maligna. Vai ter de passar a noite aqui.

Pensei um pouco.

– O que você acha? – perguntei.

Tomazon suspirou.

– Para ser sincero, não sei. Nunca se sabe quando se trata de um índio – e saiu do quarto.

– *Per l'amore di Dio* – murmurei e continuei orando para o arcanjo Rafael.

Permaneci no quarto, rezando, imerso em recordações nossas. Por Deus, sempre tínhamos sido muito ligados um ao outro. Seria capaz de dar minha vida por ele, como também ele sacrificaria a sua por mim. Se pudesse, estaria no lugar dele, naquela cama. Observei-o mais uma vez e sua expressão era calma, mas eu podia (e talvez só eu pudesse) saber como ele sofria naquele momento.

Distraído com meus pensamentos e lembranças, quase não percebi quando um rapazote de seus treze ou quatorze anos tocou-me de leve no ombro. Disse que um homem estava me chamando. Fiz o sinal da cruz e o segui.

Quando saí da casa, encontrei o carreteiro conversando com o mesmo homem alto que encontráramos antes de entrar. Ao redor dele, algumas pessoas aguardavam para ver o que estava acontecendo. Simpático, ele sorriu para mim e desejou melhoras ao meu irmão.

– O senhor Jablonski é o dono da casa e disse que nós não precisamos nos preocupar. Podemos ficar o tempo que for necessário para a cura do frei – explicou Tomazon.

– *Grazie, grazie mille* – agradeci ao homem que continuava a sorrir.

– Ele também disse – continuou Tomazon – que podemos ficar esta noite num outro quarto. Não é recomendável que fiquemos junto do doente.

– *Grazie* – agradeci, mas tive de discordar. – Agradeço muito ao senhor, mas pretendo ficar com Franco durante toda a noite. Quero velar seu sono.

– Como o senhor achar melhor – o polonês respondeu num sotaque pesado, sem deixar de sorrir. – Vou pedir a minha mulher que prepare alguma coisa para vocês comerem.

Dessa vez, Tomazon se juntou a mim nos agradecimentos. Pedi licença e entrei na casa novamente. A comunidade era pequena e tínhamos atraído a atenção das pessoas. Todos queriam dar uma olhada no frei doente. Ao entrar no quarto, vi uma mulher de cabelos longos e escuros mexendo no pano que cobria a testa de Franco. Senti o cheiro ruim novamente, agora ainda mais intenso.

– Quem é você? O que está fazendo? – perguntei rispidamente.

Ela levou um susto e se virou.

E eu também.

A estranha respondeu alguma coisa que não consegui entender. Na realidade, o que aconteceu é que eu não consegui sequer escutar, porque a moça tinha a cor, os traços e os cabelos de uma índia. E era a mulher mais maravilhosa que eu já havia visto em toda a minha vida.

Capítulo 7

– Aquela índia é uma princesa caingangue.

– Princesa? – repeti incrédulo.

– É o que imagino, não sei bem. *Non capisco bene.* Sei que ela é filha do cacique dos caingangues, um povo bom, trabalhador, pacífico. A maioria deles foi convertida e muitos trabalham para a italianada. A única coisa que sei com certeza é que a família que criou aquela índia foi uma das poucas que voltou para a Itália. Então elas passaram a trabalhar e a viver com os poloneses.

– Elas?

– Sim, ela e a velha que cuidou do seu irmão. Foi a velha quem fez o parto da indiazinha e, por tradição, tem de acompanhá-la e protegê-la pelo resto da vida, porque um cacique é uma espécie de rei ou imperador da tribo. Enquanto for viva, ela tem de servir à moça índia.

Calei-me e afundei em meus pensamentos, permanecendo absorto durante um longo tempo, enquanto a carreta seguia seu caminho. Franco estava deitado atrás, dormindo, e usava roupas emprestadas pelos poloneses. Ele relutara, mas acabou tendo de aceitar tirar o hábito úmido. Também lhe emprestaram uma coberta e meias para os pés. Passei a mão pelo rosto e a lixa da barba por fazer me espetou. Sonolentos, Tomazon e eu oscilávamos ao balanço da carreta que avançava lentamente por um caminho que parecia não ter mais fim. Olhava para trás e a única coisa que ainda chamava minha atenção eram os sulcos profundos que se podiam ver sobre a terra úmida, cavados pelas rodas da nossa carreta.

Depois que chegamos, dormi profundamente e sonhei com ela. Acordei banhado em suor. Sentia uma aflição imensa no sonho porque não conseguia ver nem recordar seu rosto com clareza.

Ao despertar, Tereza estava ao lado da cama me observando atentamente. Dei um sorriso para desmanchar a expressão grave daquele rostinho.

– Bom dia.

– Boa tarde – ela respondeu secamente.

– Boa tarde? Que horas são?

– Não sei. Só sei que já almoçamos.

– Devo ter dormido muito – concluí, passando a mão pelo rosto. Como não sabia mais o que dizer, perguntei pelo papagaio.

– Ele fugiu – respondeu Tereza, séria.

– O quê? Fugiu? Como assim?

– Fugiu, fugindo – disse a caçulinha com a voz embargada.

Ela podia chorar a qualquer instante. Usei um tom de voz cauteloso para perguntar:

– Já procurou em todo lugar?

Tereza fez que sim com a cabeça.

– Já falou com Paolo?

Novamente fez sinal positivo.

– Quer que eu ajude a procurar de novo?

Uma lágrima rolou pelo rosto de minha irmãzinha.

– Calma, meu bem – e a abracei –, nós vamos encontrar Pippo, você vai ver.

– Por que ele fugiu? – ela perguntou com a voz abafada em meu ombro. – Por quê?

Continuei abraçando Tereza, mas nada respondi. Não raro, muitos porquês ao longo da vida são difíceis de responder. Isso ela estava começando a descobrir agora. Dei-lhe um beijo e ela saiu do quarto. Pude trocar de roupa e, enquanto me vestia, recordava a aflição que havia sentido por não me lembrar da índia com clareza. Era estranho não conseguir recordar dos traços de seu rosto. Parecia que algo impedia que isso acontecesse. E também não sabia seu nome, nem sequer perguntara. Só tinha uma impressão forte na mente, sua beleza, seu olhar. Era a única coisa que restara daquele encontro.

Precisava afastar aqueles pensamentos e tratei de abotoar o que faltava na minha camisa e sair do quarto. Na sala, encontrei Marcelino e minha cunhada, Rachelle. Pareciam preocupados.

– E Franco? – perguntei.

– Não está nada bem – respondeu Rachelle. – Sua mãe está com ele. A febre persiste, ele tem tremores e parece até que delirou, não sei dizer ao certo.

Olhei para Marcelino como quem busca confirmação para o que Rachelle dizia. Ele apenas baixou os olhos, confirmando.

Corri para o quarto. *Mamma* e *papà* estavam com Franco, que dormia. Logo percebi os olhos aflitos de mamãe, além das mãos trêmulas de papai na posição de quem fazia uma prece. Abracei-a e ela me apertou com força, com medo.

– Pensei que ele tinha melhorado.

Mamma respondeu sem tirar os olhos de Franco.

– Não sei o que está acontecendo, filho. Achei que ele logo ficaria bom, mas de repente a febre piorou e ele chegou até a falar umas coisas, acho que delirava por causa da febre.

– O que ele dizia?

– Não sei, não dava para entender. Eram alguns grunhidos e umas palavras que não se compreendia.

– O que vamos fazer? – perguntei.

Rezar – *mamma* respondeu, tirando um pedaço de pano de dentro de um recipiente e aplicando na testa de Franco.

De imediato, me lembrei dela.

Daquele olhar.

– O que foi? – perguntou papai.

Não percebi na hora que a pergunta era para mim.

– O quê?

– O que aconteceu, filho? De repente, você ficou distante, parecia estar longe.

– Nada – respondi rápido e constrangido, como se alguém pudesse ler meus pensamentos. – Não foi nada. Acho que ainda estou um pouco cansado da viagem, só isso.

– Vocês chegaram a tempo de encontrar o velho Giácomo vivo? – perguntou mamãe tornando a umedecer o pano sobre a testa de meu irmão.

– Chegamos. Franco pôde lhe dar a extrema-unção.

– *Grazie a Dio* – respondeu *mamma*, suspirando.

– Deixe que eu faço isso – disse *papà*, adiantando-se e pegando o pano das mãos de *mamma*. – Você deve estar cansada. Descanse um pouco.

Mamãe não protestou, o que era sinal de que realmente devia estar exausta. Acomodou-se em uma cadeira que estava no canto do quarto e não conseguia dissimular a aflição em seus olhos. Fui até ela e dei-lhe um beijo na testa.

– A senhora conhece bem Franco, *mamma*, sabe como ele é forte – eu disse, ajoelhado ao seu lado. – Logo ele vai ficar bom, a senhora verá.

De repente, percebi que dizia para minha mãe o mesmo que havia dito a Tereza para consolá-la sobre a fuga do papagaio.

– Precisamos pedir ao arcanjo Rafael pela saúde de Franco – ela disse, angustiada.

Concordei apenas com um gesto de cabeça e puxei a Bíblia de Franco, que estava ao lado. Mesmo sem saber ao certo o que procurar, achei rapidamente o que precisava no Livro Sagrado. Comecei a ler em voz alta:

– Salmo 88. "Ó Senhor, Deus da minha salvação, dia e noite clamo diante de ti. Chegue à tua presença a minha oração, inclina os teus ouvidos ao meu clamor. Pois a minha alma está farta de males, e a minha vida se abeira da morte. Sou contado com os que baixam à cova, sou como um homem sem força, atirado entre os mortos, como os feridos de morte que jazem na sepultura dos quais já não te lembras; são desamparados de tuas mãos..."

Franco começou a tossir e parei a leitura. Mamãe pegou a mão dele e pediu que eu continuasse a ler. Recomecei e, conforme avançava a leitura, a tosse foi diminuindo, diminuindo...

– "... Eles me rodeiam como água de contínuo; a um tempo me circundam. Para longe de mim afastaste amigo e companheiro; os meus conhecidos são trevas" – finalizei.

Fizemos o sinal da cruz e pedimos, cada um a seu modo, pela saúde de Franco. Recoloquei a Bíblia no mesmo lugar e passei o braço em volta dos ombros de mamãe. Pude perceber que ela tremia.

– Ainda não vi Paolo desde que cheguei – eu disse.

Mamãe deu um suspiro cansado.

– De uns tempos para cá, seu irmão sai de casa e demora a voltar. Não explica direito para onde vai e diz o tempo todo que está cuidando de seus negócios. Fico admirada, Antonio, realmente fico admirada e feliz com o progresso que seu irmão está fazendo no *Brasile.* Nem se pode comparar a vida que tínhamos em Valdagno e a que temos aqui. Há muito trabalho, certo que há, mas sentimos que tudo está sempre melhorando, progredindo, ao contrário da velha Valdagno. Mas... – ela fez uma pausa antes de continuar –, às vezes, fico preocupada com Paolo. Ele trabalha muito e está sempre pensando em como ganhar ainda mais. Não sei... só que meu coração de mãe me diz que ele anda se envolvendo com pessoas que não devia.

– Como assim, *mamma*?

Mamãe dessa vez deu um suspiro curto, olhando para baixo, pensativa, e continuou:

– Sei que ele comprou mais terras a certa distância daqui e nesse lugar vivem alguns índios.

– Índios? – espantei-me mais do que deveria.

– Sim, você sabe alguma coisa a respeito disso? – perguntou mamãe, estranhando meu espanto.

– Não, *mamma*, não sei – tentei desconversar. – Não sei de nada. Mas o que têm esses índios?

– Eles impedem que Paolo possa começar a produzir naquelas terras. Já me explicaram que os índios *brasiliani* não ficam fixos em um só lugar e estão constantemente mudando de região, mas isso demora para acontecer e Paolo não quer esperar. Ele quer que os índios saiam rápido.

– E esses índios que estão nesse lugar não aceitam sair de imediato – explicou papai, que até então estava calado. – Eles são chamados caingangues.

– E o que Paolo quer fazer? – perguntei.

Mamma e *papà* se entreolharam.

– Não sabemos – respondeu mamãe num tom de voz vacilante. – A única coisa que sei é que uma vez, poucos dias antes de vocês chegarem, alguns homens estranhos estiveram aqui para conversar com Paolo.

– Estranhos como?

Mamãe pensou um pouco.

– Seu pai não estava aqui – e papai concordou com um aceno. – Tinha saído com o carreteiro, o senhor Tomazon. Só as crianças e eu vimos os três homens.

– E como eles eram? – insisti.

– Estranhos, sujos, mal-encarados, que Deus me perdoe. São pessoas que não inspiram confiança. Usavam chapelões e notei que todos tinham uma adaga na cintura.

"Só podem ser eles", pensei na hora. Os mesmos homens que tinha visto com Paolo, no dia em que o procurava pela mata. Eram os bugreiros. Franco então tossiu e falou alguma coisa incompreensível. *Mamma* levantou-se da cadeira, tirou o pano e encostou a mão na testa dele. Mostrou uma expressão preocupada, molhou o pano e o recolocou sobre a testa de Franco.

– Ele ainda continua muito quente – ela disse, resignada.

– Vou buscar mais erva para fazer uma infusão – falou *papà* de repente, zangado pelo fato de a febre não baixar. Saiu do quarto, visivelmente contrariado.

"Onde está o arcanjo Rafael neste momento?", é a pergunta que ele não fez, mas que certamente gostaria de ter feito.

Depois que papai fechou a porta, ficamos eu e mamãe em silêncio.

– Seu pai está nervoso – ela disse, finalmente.

– Eu sei – respondi sem acrescentar mais nada.

Mamma olhou para o alto e depois fechou os olhos, permanecendo assim durante um tempo. Depois se virou para mim e pediu:

– Antonio, *figlio mio*, leia novamente aquele mesmo salmo, por favor.

Eu abri a Bíblia e comecei a reler o Salmo 88, porém dessa vez mais lentamente, com mais atenção, com devoção.

Depois da leitura, rezamos um pouco, beijei mamãe no rosto e saí do quarto, deixando-a com seu terço nas mãos.

* * *

Na sala, encontrei Rachelle sozinha, apenas aguardando, sentada, sem saber o que fazer.

– Meu pai saiu? – perguntei.

– Saiu com Marcelino – disse, esboçando um leve sorriso constrangido. – Seu Sperandio parece que queria colher umas ervas, não sei bem, e Marcelino foi junto para ajudá-lo. Seu pai parecia... confuso.

– É para fazer uma infusão e aplicar na testa de Franco – expliquei logo, incomodado com a observação. – E Itália?

– Está dormindo – respondeu, aí sim abrindo um sorriso largo de mãe. – Mamou e está dormindo.

– Que bom.

– Tereza está com ela e também adormeceu.

– Tereza?

– Sim, ela estava chorando por causa do papagaio e acho que ficou cansadinha. Acabou dormindo também.

– Tanto melhor.

– E o frei Franco? – ela perguntou.

Num primeiro momento, fiquei sem saber que resposta dar.

– Do mesmo jeito. A febre não quer ceder e estamos preocupados.

– E Paolo que não chega – exclamou minha cunhada com a voz aflita.

– Você sabe para onde ele foi?

– Não sei, eu estava ocupada com Itália na hora e não entendi o que ele falou. A única coisa que ouvi bem é que ele iria demorar um pouco para voltar.

Dei um suspiro resignado. Meu irmão Franco precisava de ajuda e eu não sabia o que fazer.

– Se Tomazon estivesse aqui, talvez ele pudesse nos ajudar. Ele parece conhecer todo mundo – disse em voz baixa, mais para mim mesmo do que para alguém escutar.

– Paolo gosta muito de Tomazon – comentou Rachelle distraidamente.

Nesse instante, *papà* e Marcelino entraram com as mãos cheias de ramos e folhas. Eram as ervas para tentar baixar a febre.

– Há uma também para fazer chá – disse Marcelino.

Foram apressados até o quarto e, menos de um minuto depois, minha mãe, papai e Marcelino foram para a cozinha, na parte de fora da casa. Pediram que eu ficasse com Franco e voltei para o quarto.

Meu irmão dormia, mas era um sono agitado e ele movia o rosto para um lado e para o outro, balbuciando palavras incompreensíveis, trincando os dentes.

Franco sofria e eu podia sentir perfeitamente seu sofrimento. Ajoelhei-me ao lado da cama e comecei a rezar tão intensamente que logo algumas lágrimas brotaram dos meus olhos. Um desespero surdo tomou conta do meu peito. Eu não queria, não podia perder meu irmão.

– "Salva-me, ó Deus, porque as águas me sobem até a alma. Estou atolado em profundo lamaçal que não dá pé, estou nas profundezas das águas e a corrente me submerge. Estou cansado de clamar, secou-me a garganta, os meus olhos desfalecem de tanto esperar por meu Deus..." – de repente, essas palavras brotaram da minha garganta, sem que eu fizesse nenhum esforço para recordá-las. Certamente eram de algum salmo que meu irmão tinha lido para mim. E vinham do fundo do meu coração.

Mamãe voltou sozinha para o quarto com uma panela quente nas mãos. Quando me viu ajoelhado ao lado da cama, passou a mão pelos meus cabelos num gesto de consolo. Levantei-me e fiquei observando enquanto, pela centésima vez, ela pegava o pedaço de pano, mergulhava na infusão de ervas, deixava esfriar um pouco e o aplicava sobre a testa de Franco. Depois de fazer isso, continuou a olhar para o filho doente, que dormia.

– Se Deus nos ajudar agora, filho, vou entender e aceitar que você volte para a Itália. Não vou ficar triste com isso. Não mais – disse, olhando para Franco como se soubesse que ele estava escutando. Duas lágrimas rolaram pelo seu rosto. Ela fez um sinal da cruz e enxugou as lágrimas.

Coloquei minhas mãos sobre os ombros de mamãe para demonstrar meu apoio. Eu sabia quanto era pesado para ela dizer aquelas palavras que apertavam seu coração. Ela segurou minha mão e ficamos os dois, não sei quanto tempo, lado a lado, rezando por Franco.

Deixei mamãe só e voltei para a sala, onde estavam papai, Marcelino, Rachelle, agora embalando Itália, e Tereza, com expressão de quem tinha acabado de acordar.

– Alguma novidade, *figlio*? – *papà* perguntou.

Fiz sinal que não, antes de conseguir falar alguma coisa.

– *No, papà, niente.* Estou preocupado com Franco porque o tempo passa e a febre não cede de jeito nenhum.

– Que Deus nos ajude – sussurrou.

Tereza olhava para nós com curiosidade, mas parecia não entender bem o que estava acontecendo. Bocejou mais uma vez.

– Posso ir lá no quarto? – perguntou olhando para papai.

– É melhor não, *amore mio*. Franco está com muita febre, talvez não seja bom para você – respondeu *papà*.

– Mas eu queria ajudar a mamãe – ela insistiu.

– É melhor não, eu já disse – repetiu meu pai.

– Mas, papai...

– Não, Tereza! Já falei que você não deve ir até lá – gritou papai numa súbita explosão de impaciência com a caçula, o que não era seu hábito.

Tereza fez bico e pareceu que ia começar a chorar. Papai respondeu apenas com uma expressão severa. Sentei-me ao lado dela e dei-lhe um abraço. Depois olhei em seus olhos marejados e expliquei:

– A melhor maneira de você ajudar agora, Tereza, é rezar pela saúde de Franco. Não adianta entrar no quarto, isso não ajuda em nada. Mas uma boa oração que você faça pode chegar ao Céu e ajudar nosso irmão.

Ela concordou dando um sorriso e não insistiu mais, deitando a cabecinha no meu ombro e olhando distraída para Itália, que dormia no colo da mãe.

Todos ficamos em silêncio, preocupados, e Itália começou a chorar forte de repente, sem mais nem menos. Depois de examiná-la, Rachelle pediu licença dizendo que precisava trocar a filha e foi para o quarto. Antes, perguntou:

– Quer me ajudar, Tereza?

A caçulinha fez que sim toda sorridente e seguiu atrás de Rachelle.

Voltamos ao silêncio, agora só entre homens. Era um silêncio exasperante o nosso, talvez por demonstrar nossa impotência diante dos fatos, diante de algo que não compreendíamos, diante de uma verdade que nos amedrontava. Olhei para Marcelino e para papai. Eles também me olharam. Nossos olhares se encontraram e cada um evitou o medo que havia no olhar do outro. As mãos de *papà* estavam trêmulas e ele pigarreou, impaciente por se sentir observado.

– E Paolo? – cortei o silêncio.

Marcelino sabia que a pergunta não era dirigida a ele e permaneceu calado. Papai gostaria que também não fosse para ele e demorou a responder.

– Não sei – disse simplesmente, de cabeça baixa.

– *Papà* – chamou Marcelino, querendo atenção, mas hesitante para falar.

– *Si, figlio.*

– Lembra daquele homem que Paolo conhece, o diretor da colônia?

– Não.

– Como não, *papà*? – Marcelino ficou surpreso.

– Não...

– O nome dele é Manoel e é diretor da colônia, já esteve algumas vezes aqui em casa, com Paolo. Poderíamos pedir ajuda a ele. Posso ir a cavalo até a sede e chego rápido – explicou Marcelino. – Ele deve conhecer alguém que nos ajude.

– Então, vá – respondeu papai, visivelmente confuso.

– Sim, *papà* – concordou Marcelino, agitado. Pegou seu chapéu e cruzou a porta como um raio.

A primeira coisa que pensei foi contar a *mamma* a ideia de Marcelino. Fui até o quarto e, ao entrar, a vi ajeitando o pano sobre a testa de Franco de maneira aflita.

– Aconteceu alguma coisa? – perguntei.

– Ele começou a falar umas coisas estranhas, ficou agitado, angustiado. Mas, graças a Deus, já passou e ele voltou ao normal – ela explicou, arrumando melhor as cobertas sobre meu irmão.

– Coisas estranhas, como assim, *mamma*?

– Estranhas, sem sentido. Falou sobre uma índia gigante.

– O quê? – espantei-me.

– Estava agitado e falou sobre uma índia gigante como uma onda que destrói tudo. Coisas sem sentido. Antonio, estou preocupada com seu irmão. Cada vez mais preocupada – disse com a voz aflita.

Não respondi nada. Um turbilhão de pensamentos agitava minha mente. Uma índia gigante? Deus do Céu!

– Antonio.

Franco me conhecia tanto que podia enxergar através dos meus olhos, penetrar na minha alma?

– Antonio – repetiu *mamma* –, Antonio, o que aconteceu?

Olhei para mamãe como se ela tivesse acabado de chegar. Ou mesmo eu.

– Antonio, você está bem? – ela perguntou, preocupada.

Respirei fundo para poder responder.

– Si, *mamma*. Estou bem.

Só aí percebi que ela estava certa de estranhar minha atitude. Para desviar sua atenção de mim falei rápido:

– Marcelino teve uma ideia e papai aprovou. Ele pegou o cavalo e foi até a sede da colônia pedir ajuda ao diretor.

– Que bom. Foi por isso então que ouvi o galope do cavalo. Paolo tem amizade com o diretor.

– Deus vai nos ajudar, *mamma*.

– Eu sei, filho. Ele sempre nos ajuda.

Peguei sua mão e dei-lhe um beijo para reconfortá-la, mas a ideia de uma índia gigante ainda estava pulsando em minha mente. Com tanta intensidade que ainda me sentia perturbado. Apertei a mão de mamãe com força.

Quase uma hora depois, ouvimos um cavalo chegando. Apenas um. Marcelino entrou em casa com a expressão carregada, tensa. Tirou o chapéu e jogou-o sobre um banco de madeira.

– O diretor não está. Fez uma viagem e só volta dentro de alguns dias – disse.

Eu havia deixado mamãe sozinha no quarto com Franco e estava na sala com *papà*, Rachelle e Tereza. Ainda insisti:

– E não lhe deram mais nenhuma informação?

– Não...

Voltei para o quarto de imediato, mas *mamma* já sabia. Pediu silêncio e colocou a mão sobre a testa de Franco, arrumou as cobertas e sentou-se ao lado do filho, pacientemente. Tinha a Bíblia no colo. De repente, o rangido estridente de um eixo sem graxa fez mamãe apertar com força o Livro Sagrado.

– *Deo gratias* – sussurrou com os olhos fechados.

Saí rápido do quarto e na sala já não encontrei Marcelino, que tinha saído às pressas, deixando a porta aberta. Papai e Rachelle estavam de pé, segurando Tereza, que queria correr atrás do irmão. Itália começou a chorar.

Para meu espanto, o que vi foi a carreta de Tomazon parada em frente à nossa casa com uma flecha espetada na carroceria e Paolo com o braço direito em volta dos ombros de Marcelino, mancando, com suas roupas sujas e o cabelo desgrenhado. Em seguida, olhei para Tomazon, que, ainda em cima da carreta, tinha o casaco rasgado, o rosto coberto de pó e uma expressão cansada.

– O que aconteceu? – perguntei surpreso.

O rosto de Paolo se contorceu de dor enquanto se apoiava ainda mais em Marcelino.

– Os índios nos atacaram na estrada – respondeu ofegante. – Acho que só não morremos porque Deus nos protegeu.

Fiquei atônito.

Todos saíram e Rachelle levou um susto ao ver o marido naquele estado. Paolo tentou acalmar a esposa, dizendo que estava tudo bem.

– Não se preocupe, Rachelle. O pior já passou.

Entramos em casa e fiz sinal para que Tomazon também viesse. Ele desceu vagarosamente da carreta e eu o esperei para entrarmos juntos. *Mamma* veio do quarto para saber o que estava acontecendo e viu o filho mais velho.

– *Madonna mia* – ela disse, surpresa. – O que foi isso? Paolo, o que aconteceu? – e o abraçou.

Paolo e Tomazon se sentaram. Pareciam cansados e meu irmão olhou fixamente para a filha, que voltara a dormir no colo de Rachelle.

– Pensei que nunca mais voltaria a ver a pequena Itália.

– O que houve, filho? – papai perguntou.

– Vocês não querem água? – mamãe ofereceu.

– Queremos – respondeu Paolo rápido. – Vamos beber água e depois precisamos de um bom copo de vinho.

Marcelino e Tereza entenderam o olhar de *mamma* e saíram para buscar a água e o vinho.

– Você disse que foram atacados por índios na estrada? – perguntei.

Um burburinho de surpresa instalou-se na sala. *Papà, mamma* e Rachelle entreolhavam-se espantados.

– Calma, *per favore* – pediu Paolo –, o pior já passou, calma.

– Eu vi uma flecha na carreta de Tomazon – falou papai, que olhou para o carreteiro como se quisesse se certificar do que vira. Tomazon concordou com um gesto de cabeça. Os dois receberam a água e beberam rapidamente.

– Claro que é uma flecha, *papà*. Tivemos sorte por estar enterrada na carreta e não no peito de Tomazon ou no meu.

– *Santo Dio* – exclamou mamãe.

– Agora o vinho, Tereza – disse Paolo, fazendo sinal para que Tomazon também pegasse um copo. Ambos sorveram um bom gole e Paolo deu um suspiro de alívio.

– Onde foi isso? – perguntei.

– Próximo ao rio das Antas. Já estávamos voltando quando vimos, bem no meio do caminho, uma flecha enterrada numa árvore.

– Flecha enterrada? – estranhou papai.

– Esse é o costume dos índios, *signore* Sperandio – interrompeu Tomazon com seu copo de vinho na mão. – Para declarar guerra a alguém, eles colocam uma flecha no caminho da pessoa. Significa que vão atacar.

– *Santo Dio* – repetiu mamãe.

Rachelle começou a embalar Itália com mais intensidade apesar de a menina estar dormindo. Sentou-se e suspirou, nervosa.

– Tiramos nossas armas e continuamos a andar. Naquele lugar não havia onde nos refugiarmos. Nenhuma colônia, casa, nada. Continuamos nosso caminho.

– *Santo Dio*, não posso ouvir o que você conta, meu filho. Fico ainda mais nervosa. Vou para o quarto cuidar de Franco – disse mamãe, dando um beijo na testa de Paolo. – Conte para o seu pai.

– Franco não está bem? – surpreendeu-se Paolo.

– Está com muita febre, tem delirado e está desacordado – explicou *mamma*. – Tenho de voltar ao quarto para cuidar dele.

– Depois também vou para ver Franco – disse Paolo.

Mamãe assentiu com um gesto e saiu da sala.

– É grave, Antonio?

– Acho que sim, ele não está bem.

Paolo tomou outro gole de vinho e olhou para o copo de Tomazon, que estava vazio. Pediu para Marcelino buscar mais.

– E os índios atacaram? – perguntou *papà.*

– Atacaram – disse Paolo fazendo uma pausa, para depois continuar. – Atacaram e atingiram a carreta com aquela flecha que vocês viram. Com o susto, dei um tiro com minha pistola e pulamos da carreta. Na queda, acabei me machucando e Tomazon rasgou a roupa. Depois que estávamos no chão ainda ouvi umas duas vezes o barulho de flechas zunindo pelo ar. Nem sei onde atingiram – concluiu, e depois olhou para Tomazon, que confirmava tudo com um balançar contínuo da cabeça.

– Sentimos muito medo na hora – completou o carreteiro.

– E depois? – perguntou Marcelino, ansioso, com o garrafão de vinho na mão.

– Ficamos um tempo enorme deitados embaixo da carreta, aguardando, com as armas em punho, esperando um novo ataque, mas nada aconteceu.

– Nada? – Marcelino ficou surpreso.

– Absolutamente nada – enfatizou Tomazon.

– Esses selvagens são criaturas muito estranhas – disse Paolo, enchendo seu próprio copo vagarosamente e medindo as palavras. – Depois disso, não aconteceu mais nada. Simplesmente nos deixaram lá, deitados embaixo da carreta por horas, até percebermos que não haveria ataque nenhum.

– Mas como podíamos ter certeza? – emendou o carreteiro. – Ficamos durante horas espreitando o local, com medo de sermos atacados de repente.

Permanecemos todos calados, ainda surpresos e aliviados com o que acontecera. Marcelino quebrou o silêncio.

– Posso ficar com a flecha? – perguntou.

– Com a flecha? – Paolo não entendeu.

– A flecha que está na carreta. Posso tirá-la e guardar como lembrança?

– Ah, sim, pode pegar. Guarde como recordação de um dia difícil para mim e para Tomazon.

– Talvez o dia em que senti mais medo em toda minha vida – confessou Tomazon como se falasse para si mesmo, enquanto sorvia o último gole de vinho de seu copo.

– *Grazie a Dio* tudo acabou bem – disse *papà.*

– *Deo gratias* – completei.

Tomazon levantou-se, olhando primeiramente para Paolo e depois para todos. Tinha o ar cansado.

– Obrigado pelo vinho e por tudo, mas tenho de ir para casa. Devem estar preocupados também. Acho que amanhã não vou trabalhar para poder descansar e dar uma folga também para as *ragazze.*

– Meninas? – estranhou Marcelino.

– É como ele chama as mulas – expliquei.

– Boa noite a todos – despediu-se o carreteiro.

– Vou com o senhor até a carreta para pegar a flecha – disse Marcelino, e saiu com Tomazon.

– *Figlio* – disse *papà* colocando a mão trêmula sobre o ombro de Paolo. – Você e Tomazon foram abençoados hoje. Não podemos esquecer de dar graças ao Senhor.

– Sem dúvida, *papà*. Foi uma benção – concordou Paolo, que bebeu o que restava de seu vinho. – E Franco, como está? Preciso vê-lo e também conversar com mamãe.

– No quarto – indiquei, mais para poder dizer alguma coisa.

– Vou falar com *mamma* – disse Paolo, saindo da sala.

Fui logo atrás dele e, como a tarde caía, encontramos o quarto na penumbra, iluminado apenas pela chama de uma vela acesa sobre o baú. A cera escorria devagar pela beirada da vela e a luz oscilava suavemente, deixando mais clara somente uma parte das paredes. Mas era o suficiente para vermos a expressão triste e cansada de mamãe.

– Como ele está? – perguntou Paolo, olhando para o irmão adormecido. Ele devia ter notado a acentuada palidez do rosto de Franco.

Mamãe inspirou profundamente, demonstrando abatimento. Estava com o terço nas mãos e pronunciou as palavras devagar, em voz baixa:

– Disse novamente coisas incompreensíveis e a febre não abaixa. Não sei mais o que fazer, ou o que pensar – e lágrimas brotaram em seus olhos.

Peguei na mão dela e Paolo beijou-a no alto da cabeça. A mão dela estava úmida, molhada pelo suor e pelas lágrimas.

Franco abriu os olhos de repente.

Paolo e eu ficamos surpresos. Já mamãe reagiu como se um pedido seu tivesse sido atendido, uma benção alcançada. Chegou mais perto de meu irmão e lhe deu um beijo na testa, esboçando enfim um sorriso tímido.

– A febre está cedendo – ela disse.

Franco olhou demoradamente para cada um de nós. Primeiro Paolo, depois eu e, por fim, mamãe. Também observou o quarto na semiescuridão.

– Como você está se sentindo? – perguntou mamãe.

Ele não respondeu de imediato, mas olhou para cada um de nós de novo.

– Fraco – respondeu por fim.

– Sente alguma dor? – perguntou Paolo.

Franco respondeu que não apenas com a cabeça.

– Graças a Deus – suspirou mamãe com um brilho nos olhos.

– *Deo gratias.*

– Estou com sede.

De imediato, mamãe destampou um copo com água pela metade e o encostou nos lábios de Franco. Ele bebeu tudo e mamãe perguntou se ele queria mais.

– *No, grazie.*

– Quer mais alguma coisa?

– Não estou lembrando bem o que aconteceu naquela noite – Franco começou a falar. – Lembro apenas daquela chuva sem fim, do frio que eu sentia, do meu corpo quente, dos calafrios...

– Você não estava nada bem, meu irmão – eu disse, tentando dar um tom mais objetivo do que consolador às minhas palavras. – Tivemos de conversar muito, mas muito mesmo, com seu amigo, o nosso querido arcanjo Rafael.

Franco deu um sorriso. Seus olhos estavam retomando a vivacidade de sempre, tornando a acariciar o que viam. E o sorriso, esse nem se fala: voltara a ter o encanto de sempre.

– Obrigada por mais essa benção, Senhor – proclamou mamãe, de mãos postas.

– Quem precisa descansar agora é a senhora, mamãe – falei seriamente para ela. – Depois de tudo isso, a senhora deve estar exausta.

Ela olhou para nós três.

– O importante é que agora o seu irmão está bem melhor. Posso descansar depois, vocês sabem.

– Só depois mesmo, *mamma* – disse Franco a sério, deixando-nos novamente preocupados. – Só depois, porque agora estou com fome.

Um sorriso solar, enorme, se abriu então no rosto de mamãe. Franco queria comer, voltava ao normal. *Mamma* era a alegria em pessoa e representava ali, naquele momento, a felicidade de todas as mães do *Brasile*, da Itália, do mundo. Beijou Franco como nunca.

– Um belo *brodo*, é isso – reagiu feliz. – O *brodo* mais delicioso que você já tomou em toda a sua vida. É disso que você precisa para se recuperar totalmente.

Ouvimos quando ela anunciou em voz alta a melhora de Franco, assim que cruzou a porta do quarto em direção à cozinha.

Ficamos Paolo e eu junto com nosso irmão. A palidez que há pouco era visível já não existia mais. Sua recuperação era fora do comum.

– Foram as preces a Rafael – disse Franco, como se tivesse acabado de ler meus pensamentos. – O arcanjo as levou todas ao Nosso Senhor.

– *Deo gratias.*

– A capela em breve estará pronta e certamente *mamma* vai querer agradecer por sua cura com uma missa especial – lembrou Paolo.

– Mamãe aguarda com muita ansiedade pela capela.

– O sino que vocês trouxeram ficará perfeito. Praticamente toda a colônia poderá ouvi-lo – disse Paolo com um sorriso triunfante.

Franco e eu também exibimos um esboço de sorriso para acompanhá-lo. Entusiasmado, Paolo começou a andar pelo quarto, falando animadamente sobre a inauguração da capela. Deu alguns passos gesticulando muito e quase apagou a única vela acesa.

– Não sei se estou enxergando bem, meu irmão – cortou Franco. – Mas parece que você está mancando. O que houve?

Paolo parou de andar e apoiou todo o peso sobre uma única perna, deixando a outra levemente suspensa.

– Você tem razão, machuquei minha perna. Mas essa é uma história longa para contar agora. Caí por causa de alguns bugres.

– Bugres? – Franco ficou surpreso. – Curioso. Tenho a lembrança de que sonhei com uma índia. Uma índia gigante. Foi um sonho estranho.

– Índia gigante? – dessa vez foi Paolo quem ficou surpreso. – Como foi esse sonho?

Franco olhou para o alto, como se tentasse visualizar ali suas lembranças.

– Não lembro bem. Era uma índia gigante como uma onda que arrasava tudo. Um sonho estranho, assustador.

– Os bugres são realmente assustadores quando querem – concluiu Paolo, que então olhou para mim. – E você, o que acha disso, Antonio? Não disse nada até agora.

Meu estômago gelou como se algum segredo meu estivesse sendo revelado, e fiquei sem saber o que falar. Um pigarro me atrapalhou para responder:

– Foi apenas um sonho. Nada mais...

Paolo suspirou, demonstrando cansaço.

– Quando o *brodo* estiver pronto, também vou querer um belo prato. Estou com fome.

Acho que deveria ter dito mais alguma coisa, porque o meu silêncio chamou a atenção de Paolo.

– O que aconteceu? Você parece pensativo.

– Nada – balancei a cabeça. – É só impressão. A capela vai ficar muito bonita realmente – disse para desviar a atenção.

– Estou fazendo o melhor que posso, pode ter certeza. Franco rezará muitas e muitas missas em nossa capela.

– Não serão tantas assim, meu irmão – cortou Franco. – Vim para o *Brasile,* sabendo que logo volto para a Itália.

– Voltar para a Itália? Você deve estar brincando. E por que faria isso?

Franco mirou um olhar tenso sobre Paolo. Um olhar que eu já conhecia.

– Por quê? Quem deve estar brincando é você me fazendo uma pergunta dessas. Sou um religioso, pertenço a uma Ordem, cumpro as determinações de meus superiores.

– Diga que você quer ficar aqui – insistiu Paolo.

Os olhos de Franco se estreitaram ainda mais.

– Você só entende o que lhe é conveniente – respondeu Franco, escolhendo as palavras com cuidado para não atiçar ainda mais o fogo.

Paolo também procurou escolher as palavras. Porém, em sentido contrário.

– Você prefere deixar sua família, mesmo sabendo que seria útil aqui no *Brasile*...

Era o momento para eu intervir. O tom mais alto de voz talvez fosse ouvido fora do quarto. Mamãe não podia escutar aquilo.

– Fiquem quietos – falei com rispidez. – *Mamma* não pode ouvir essas barbaridades, pelo amor de Deus.

– ... e não será a primeira vez que faz isso – concluiu Paolo.

Nunca tinha visto em toda a minha vida aquela expressão no rosto de meu irmão Franco. A face vermelha, os olhos injetados, a boca hirsuta, dava a impressão de ter parado de respirar. Sentado na cama, seus músculos estavam retesados e eu podia sentir, sentir mesmo, o esforço enorme que ele fazia para se conter, para não dar uma resposta que poderia levar a uma situação limite e definitiva dentro de nossa família. Uma separação irreversível que faria sofrer a todos e que ninguém merecia.

– Paolo, *per favore* – eu interrompi. – Franco ainda está se recuperando e precisa descansar. Saia agora, *per favore.*

Como um animal que pressente um possível enfrentamento, Paolo não tinha a intenção de sair, mas também sabia que não tinha mais nada a fazer dentro daquele quarto. Com um gesto mínimo retirou a minha mão que estava sobre o seu ombro e trocou um último olhar com Franco, saindo dali em seguida com movimentos que demonstravam uma estranha e despropositada altivez.

– Você está bem? – perguntei depois que a porta foi fechada.

– Não, não estou – respondeu Franco baixando os olhos e recostando o corpo na cabeceira da cama. – Estou péssimo. Gostaria de não ter recobrado a consciência, preferia ainda estar ardendo em febre a ouvir esse tipo de coisa. Santo Deus.

– Não diga isso, a culpa não foi sua. Paolo é um... inconsequente, não pensa antes de falar.

– Não pensa, mas sabe o que fala – cortou Franco.

– *Acha* que sabe, você quer dizer. O que ele sabe? Me diga. Somente o que lhe é conveniente, como você mesmo disse. Ele não considera, e nunca considerou, sua vocação como algo importante, essencial para você mesmo e para nossa família. Só pensa no próprio umbigo, fazendo parecer que é pela família tudo o que faz.

Depois que terminei de falar, de desabafar, calei-me. Talvez arrependido de ter falado mais do que devia. Acho que o único naquela casa que nunca sentia nenhum arrependimento por falar demais era Paolo.

Franco permaneceu calado sobre a cama e eu voltei a me sentar na única cadeira daquele quarto. Ficamos ali na obscuridade, aguardando em silêncio, sabendo que a qualquer instante *mamma* entraria, toda animada, com um prato fumegante de *brodo* nas mãos.

Fingindo que não tinha percebido nada.

Capítulo 8

À noite sonhei com ela novamente. Dessa vez consegui ver bem seu rosto. Os olhos levemente puxados, os cabelos pretos lisos, uma pele azeitonada, a expressão de susto quando lhe falei de maneira ríspida. Era ela! A princesa caingangue. Então despertei e não consegui dormir mais durante o resto da noite. Deitado na cama, repassei mentalmente cada trecho do sonho. Sonho não, do encontro que de fato havia ocorrido. Tentei desesperadamente fixar cada instante na minha memória porque era a única coisa que eu tinha dela. A certa altura, cansado, quis parar de pensar e, no entanto, não conseguia. A imagem de seu rosto não me deixava. Pior que isso, meu coração parecia querer parar em determinados momentos. Procurei rezar para pensar em outras coisas, mas as palavras da oração se perdiam em meio àquela lembrança. A lembrança de que seus olhos brilhantes tinham pousado nos meus.

Percebi a claridade da manhã pelas frestas da janela sem saber ainda o que fazer com essas lembranças. Escutei os primeiros ruídos da casa e logo depois o cheiro de café recém-coado no ar. Era hora de sair da cama, de cuidar de Franco, de cuidar da vida. Troquei de roupa lentamente e os ruídos da casa aumentaram. Ouvi a voz de mamãe e os passos de alguém que já estava lá fora, andando sob o friozinho da manhã.

O melhor a fazer, o mais sensato, era esquecer o sonho, o encontro, a lembrança, o nome que fosse. "Além de tudo", pensei eu, "ela é uma índia".

– Uma índia – repeti em voz alta e abri a porta do quarto. A onda de vozes e o aroma de café tornaram-se ainda mais fortes. – Uma índia – repeti outra vez, baixinho, para me convencer.

Quando entrei na cozinha, *mamma* estava saindo e carregava uma bandeja com pão branco e leite.

– É para o Franco – ela disse, satisfeita. – Ele até já queria levantar da cama, eu é que não deixei. É melhor descansar um pouco mais.

– Diga a ele que depois vou até lá, *mamma* – respondi com um sorriso e mamãe continuou seu caminho.

Quando olho para a mesa, vejo uma gaiola, e dentro dela o papagaio.

– Pippo? – indaguei surpreso.

Tereza, que aguardava quietinha só para ver minha reação, deu uma gostosa risada. Estava feliz da vida.

– Você viu? Você viu? Pippo voltou. Ele voltou para casa.

– Sozinho?

– Sozinho – Tereza respondeu com um grande sorriso nos lábios. – Quando Paolo levantou hoje, encontrou Pippo ao lado da gaiola esperando para entrar.

– Sério?

Ela fez sinal que sim com a cabeça e saltitava de alegria. Passei a mão em sua cabeça, remexendo naquele cabelinho sedoso.

– Sabe o que eu acho? – perguntei fazendo uma expressão de quem sabia algum segredo.

– O quê? – ela me olhou preocupada.

– Acho que foi o arcanjo Rafael quem trouxe Pippo de volta.

Espantada, Tereza me olhou intensamente.

– Você acha mesmo, Antonio? – perguntou com a expressão séria.

Fiquei até com um pouco de pena.

– Acho.

Ela parou para pensar e logo disse:

– Então, vou fazer minhas orações para agradecer ao arcanjo Rafael – disse, já saltitando novamente de alegria.

– Isso mesmo, boa ideia. Faça isso.

E Tereza saiu da cozinha rápida como um raio. Não sem antes pegar a gaiola, agora com Pippo dentro.

Observava Tereza saindo e *papà* ficou ao meu lado com a caneca de café, também olhando sua caçula. De repente, derramou o café. Rapidamente, pousou a caneca sobre a mesa para largá-la. Não conseguia controlar as mãos.

– Desde quando o senhor está assim, *papà*? – perguntei.

Visivelmente constrangido e sem saber o que fazer, respondeu com os olhos baixos e tristes:

– Começou pouco depois que chegamos ao *Brasile*. No começo não dei importância, mas depois os tremores começaram a aumentar.

– E o senhor sente mais alguma coisa?

Papà me olhou um pouco surpreso com a pergunta.

– Sim, muito cansaço no final do dia. Muitas vezes me sinto triste e esqueço as coisas. Às vezes, fico confuso.

– E mamãe, o que diz disso? – quis saber, enquanto pegava um pano e limpava o café derramado.

– Ela acha que é a idade.

– Pode ser – concordei –, mas também deve ser algo mais, senão todas as pessoas com determinada idade sentiriam a mesma coisa.

Papà concordou com a cabeça. Marcelino entrou na cozinha e deu um beijo nele. Notei que suas mãos pararam de tremer quando ele puxou uma cadeira para o filho sentar.

– Pararam de tremer – falei surpreso, olhando para as mãos dele.

– Eu sei, isso acontece sempre. Se faço algum movimento, elas param de tremer. Se paro de me mexer, o tremor retorna.

– Não sei o que dizer, *papà*.

– E eu não sei o que fazer, filho – ele disse, resignado. – O melhor que posso fazer é continuar a trabalhar. Trabalhar sempre, não diminuir meu ritmo.

Assenti apenas com um gesto. Não saberia dizer qualquer palavra que fosse para consolá-lo. Papai sofria em silêncio.

– Peço a Deus apenas que não me deixe inválido, um peso para todos – concluiu com a expressão perdida.

Marcelino e eu não sabíamos o que fazer nem o que dizer. O que *papà* tinha era um mistério.

Mamma voltou do quarto com a bandeja vazia e feliz. Franco estava se recuperando rapidamente. Nem percebeu que estávamos calados.

– Como vamos fazer com aquelas roupas e a manta que emprestaram a Franco? – perguntou mamãe de repente. – Vou lavá-las e depois é preciso que alguém as devolva.

Meu estômago gelou na hora e, ao mesmo tempo, senti uma alegria imensa. *Santo Dio*, as roupas tinham de ser devolvidas e isso significava voltar até lá e ver novamente a princesa. A minha princesa caingangue. A lembrança do olhar dela era tão forte em mim que fiquei com medo de que alguém pudesse notar alguma coisa. E mamãe, de fato, me observava.

– Você vai devolvê-las? – é o que pareceu dizer *mamma* quando movimentou os lábios.

– Não sei – foi o que consegui responder da maneira mais rápida.

– Talvez possamos pedir ao carreteiro para fazer isso em uma de suas...

– Não – cortei *mamma* abruptamente. – Quer dizer, talvez eu possa ir, depende do andamento do serviço com as videiras. Não é, *papà*?

Papai concordou com um gesto de cabeça, apesar de não ter entendido bem a minha preocupação com as videiras.

– Bem, de qualquer maneira vou lavar as roupas. Depois vocês arrumam uma maneira de devolvê-las – concluiu *mamma*, saindo da cozinha.

Respirei aliviado, mas preocupado. Se eu me sentia perturbado pela lembrança de um olhar, o que poderia acontecer se eu a visse novamente?

– O lagar, filho – papai cortou meus pensamentos.

Olhei para ele como se estivesse surpreso em vê-lo. Pigarreei.

– O quê, *papà*?

– O lagar – ele insistiu. – Você acha que devemos construir outro?

Tinha de colocar meus pensamentos em ordem de novo.

– O lagar?

– Sim, o lagar. O que houve?

– *Niente, papà*. O lagar, claro. Devemos sim, devemos construir outro. Um que seja maior e com melhor acabamento.

– Imagino que tenha razão, filho.

– Claro que sim, *papà*. A pisa da uva é uma etapa fundamental no processo de preparação do vinho e o local onde é feita essa pisa tem de estar limpo. Quanto mais intensa e demorada a pisação, melhor o resultado.

Parado para conversar comigo, as mãos de *papà* tremiam e ele as cruzava para tentar disfarçar o tremor. Quanto a mim, ainda me sentia confuso e, no fundo, sabia que essa confusão vinha do fato de já pressentir que logo teria de tomar uma decisão importante. Eu só não sabia ainda quão importante seria.

Quando entrei no quarto encontrei Franco em pé, olhando pela janela, vestindo seu hábito. Ainda estava um pouco pálido, mas seu olhar havia recuperado a vivacidade normal. A Bíblia estava aberta sobre a cama.

– Imagino que você ainda não tenha saído do quarto porque *mamma* não deixa – eu disse ao entrar.

Ele sorriu.

– Já estou bem, só não quero deixá-la contrariada. Você sabe.

– Sei muito bem. Mas sua aparência realmente está bem melhor.

– Graças a Deus. O arcanjo Rafael atendeu aos nossos pedidos, esteja certo. Agora mesmo eu estava lendo uma passagem com ele – e Franco olhou para a Bíblia sobre a cama.

– *Deo gratias* – repeti.

Franco então pegou a Bíblia, fechou-a e sentou-se na cama, pousando-a sobre o colo e acariciando a capa com os dedos.

– Você se recorda de alguma coisa que tenha dito durante a febre? – perguntei. – *Mamma* disse que você falou coisas sem sentido.

– Como o quê?

– Não sei bem, ela disse algo sobre uma onda gigante... uma índia...

– Me recordo apenas do sonho sobre o qual lhe contei. Nada mais. Graças a Deus tudo já passou. Mas por que você está me perguntando isso?

– Por nada – respondi rapidamente. – Apenas curiosidade minha. Só curiosidade.

– Ainda bem que tudo passou.

Concordei com um gesto rápido de cabeça e não comentei mais nada, esperando que ele também fizesse o mesmo.

Ouvimos alguém bater na porta. Três leves toques e sabíamos quem era. Sorridente, Tereza entrou no quarto carregando a gaiola com Pippo. Estava feliz por seu amigo ter voltado. Deixou a gaiola no chão e acomodou-se na cama.

– *Mamma* disse que agora posso visitar você.

– Que bom que você veio me ver – respondeu Franco com um dos seus célebres sorrisos.

– Também vim para poder falar melhor com o arcanjo Rafael.

Franco e eu nos entreolhamos admirados, mas logo me lembrei do que tinha dito a ela.

– Você quer falar com o arcanjo?

– Quero porque o Antonio me disse que foi ele quem trouxe de volta o Pippo e eu quero agradecer a ele.

– Ah, ele disse? – e Franco olhou para mim, divertido.

Tereza realmente gostava daquele papagaio. Enquanto isso, Pippo olhava para nós, curioso, e torcia a cabecinha de um lado para o outro. Parecia saber que estávamos falando dele.

– Eu disse a ela que, da mesma maneira que o arcanjo Rafael tinha vindo para curar você, ele aproveitou e trouxe o Pippo de volta – justifiquei.

Franco pensou um pouco.

– Acho que você tem razão – respondeu com seriedade excessiva, olhando para Tereza, que sorriu. – O arcanjo Rafael cuida de todos nós da família, incluindo Pippo, é claro.

Tereza abriu ainda mais seu sorriso e balançou as pernas de contentamento.

– E como ela poderia agradecer ao arcanjo pela volta de Pippo? – perguntei.

Franco fingiu estar muito concentrado, com a mão no queixo, e deu uma volta pelo quarto.

– Esperem um pouco – e pegou a Bíblia sobre a cama.

Tereza não tirava os olhos do irmão.

– Vejamos – e Franco abriu o Livro Sagrado, virando algumas páginas. – São Mateus nos diz: “Olhai para as aves do céu, que não semeiam, nem regam, nem fazem provimentos nos celeiros e, contudo, Vosso Pai Celestial as sustenta" – virou mais algumas páginas e continuou: – Já no Deuteronômio, ele nos avisa: "Se indo por um caminho achares numa árvore, ou na terra, o ninho de uma ave e a mãe posta sobre os filhos ou sobre os ovos, não apanharás a mãe com os filhotes". Compreendeu, minha querida Tereza?

A caçulinha fez sinal que sim. Seus olhos estavam pregados em Franco.

– Devemos ajudar a Deus sempre protegendo os pássaros – ela disse.

– Isso mesmo – elogiou Franco. – Parabéns, você compreendeu o que a Bíblia quis dizer. À noite, quando você fizer suas orações, apenas agradeça ao arcanjo Rafael e ele ficará satisfeito. Está bem? Agora dê um beijo em mim e outro em Antonio.

Tereza levantou-se da cama e deu um beijo em Franco e depois em mim. Pippo continuava a olhar para nós, balançando a cabeça de um lado para o outro.

– *Ciao* – disse Tereza, saindo do quarto com a gaiola nas mãos.

– *Ciao* – respondemos os dois ao mesmo tempo.

– *Adeo in teneris consuescere multum est.* É cedo que se formam os costumes – disse Franco, e depois se voltou para mim. – E você, o que vai fazer agora? – perguntou.

– Vou ajudar papai com as videiras. Ele está ansioso para começar o trabalho – respondi distraído.

– Mas não foi a isso que me referi.

– Não? Então a quê?

– Aos seus sentimentos em relação à índia.

Levei um susto. Foi como se o chão se abrisse debaixo dos meus pés e eu caísse num precipício sem fim. Estava solto no ar, em queda livre. Um enorme nó na garganta travou minha voz, e o quarto, com tudo o que tinha dentro, desapareceu. Só havia Franco e eu. Nada mais. Tive de respirar fundo para conseguir controlar meu coração, que batia forte, e me sentei na cama. A impossibilidade de falar me silenciava.

Franco me fitava sem dizer palavra. Ficamos em silêncio, não sei dizer por quanto tempo, até que ele resolveu que já era suficiente.

– Eu sinto sua aflição – confessou.

Olhei para ele. Estava lá, mas eu queria que não estivesse, queria que não soubesse, que não me perguntasse. Não queria que aquela forte atração existisse. Que o amor transbordasse. Amor! Pela primeira vez usava essa palavra para mim mesmo. Até agora não tinha admitido o seu significado, as suas consequências. Amor! Meu irmão devia estar achando que eu estava enlouquecendo. Amor! É impossível escondê-lo quando transborda, apesar de nossa vontade.

– Não sei o que fazer – sussurrei.

Franco olhou fundo nos meus olhos.

– Enfrente-o – disse.

– O quê?

Meu irmão me surpreendia pela segunda vez. Mal podia acreditar em suas palavras.

– Sim, você escutou bem o que eu disse. Enfrente esse sentimento. Coloque-o à prova.

Eu não conseguia absorver direito o que ele falava. Estava me sentindo confuso.

– Você deve vê-la novamente, conhecê-la melhor. Conversar com ela. Assim, poderá pensar de maneira mais clara. Conheço você, meu irmão, e sei que será importante para sua paz de espírito.

– Não sei o que pode acontecer.

– Claro que sabe – e Franco passou o braço pelo meu ombro. – Você vai encontrá-la e assim perceberá o que é esse sentimento de fato. Terá consciência de que essa tolice não pode continuar e que tudo foi apenas uma confusão de sentimentos. Afinal, um homem branco não pode amar de verdade uma selvagem. Não é verdade, meu irmão?

Capítulo 9

Um fiapo de conversa, olhares perdidos, meu silêncio inquieto. Bastou isso para que meu irmão soubesse tudo o que se passava em meu coração.

"A loucura é mulher apaixonada, é ignorante e não sabe coisa alguma. Assenta-se à porta de sua casa, nas alturas da cidade, toma uma cadeira para dizer aos que passam e seguem direto o seu caminho: Quem é simples, volte-se para aqui. E aos faltos de senso diz: As águas roubadas são doces, e o pão comido às ocultas é agradável. Eles, porém, não sabem que ali estão os mortos, que os seus convidados estão nas profundezas do inferno", diz Salomão em seus provérbios. O convite da mulher-loucura.

Há uma semana eu olhava para aquela muda de roupas que deviam ser devolvidas e não sabia o que fazer. *Mamma* as havia lavado e estranhava minha demora em ir entregá-las, já que eu me prontificara a fazer isso. Aleguei como motivo o trabalho nas videiras, uma vez que papai estava entusiasmado com o progresso que fazíamos.

– *A goccia a goccia si fa il mare* – dizia ele, feliz, observando o parreiral.

E não era por menos. Desde as primeiras horas da manhã até a luz do dia acabar totalmente, eu me empenhava no trabalho de poda, cortando cada ramo com a consciência de quem cuida de um ser vivo que precisa ser respeitado para crescer e frutificar em toda a sua potencialidade.

Trabalhei duro durante toda a semana e até mesmo Paolo reconheceu isso, comentando que a sua insistência em me convencer a vir para o *Brasile*, através das cartas, começava a mostrar seus primeiros resultados.

– Em poucos anos, teremos o melhor vinho da região – decretou ele com entusiasmo.

Já Franco não dizia nada, mas eu podia sentir o peso do seu olhar sobre mim.

Mamma estava duplamente feliz. Paolo anunciou que as obras na capela estavam terminadas e agora só faltava fazer uma limpeza geral. Ela estava exultante e fazia planos:

– Podemos colocar o sino e marcar a cerimônia de benção. Logo em seguida, a primeira missa. *Figlio*, estou tão feliz!

Fomos todos ajudar na limpeza. Franco coordenava os nossos movimentos como um verdadeiro dono da casa que cuida do seu lar. *Mamma*, Rachelle, Marcelino, Tereza, Franco e eu nos espremíamos na pequena capela para varrer, esfregar, lavar, polir e pôr em ordem aquela pequena casa de Deus. Pippo ficou em um canto, observando tudo.

Paolo passou pela capela e nos viu empenhados em prepará-la para a cerimônia de benção. Sorriu e falou em tom solene, com os polegares cravados nos bolsos do colete:

– Amanhã instalamos o sino.

Os olhos de mamãe brilharam na hora. Aquele sino simbolizava o trabalho e o empenho de todos os Rossato na construção da capela. Rachelle olhou para *mamma* e, ainda limpando as mãos em seu avental, disse com satisfação:

– Para comemorarmos a colocação do sino em nossa capela, amanhã vou fazer para o almoço *fegato alla veneziana* – e olhou para o marido, que concordou com um leve movimento de cabeça.

– Amanhã será um dia especial – disse mamãe com os olhos marejados.

Franco abraçou-a e mamãe pousou a cabeça em seu ombro.

– Claro que será, *mamma*, e ainda mais especial será o domingo quando todos os nossos amigos estiverem aqui conosco e fizermos a cerimônia de benção junto com a primeira missa.

– É verdade, temos de avisar a todos – ela falou depressa, com um tom de preocupação na voz.

– Não se preocupe, *mamma*. Já conversei com o diretor, meu amigo, o doutor Manuel Maria de Carvalho, e ele disse que, pessoalmente, virá à missa e fará a comunicação a todos da colônia.

– Que bom, meu filho. Nós podemos também fazer um... – subitamente mamãe parou de falar e um sorriso emergiu de seus lábios. – Antonio – ela me chamou com um brilho nos olhos –, tive uma ideia. O que você acha de convidarmos aquela família de poloneses que tanto ajudaram Franco? É uma maneira de agradecermos a eles. O que vocês acham?

Franco grudou seus olhos nos meus, no mesmo instante. Ele sabia o que aquilo poderia significar. Permaneci calado e mamãe continuou a falar.

– Você vai até lá para devolver as roupas que eles emprestaram e aproveita para convidá-los para a missa. Acho que será perfeito – ela insistiu. Continuei sem responder e, ainda mais do que todos, Franco aguardava minha resposta.

Tive a clara sensação de estar ultrapassando uma barreira invisível, como um aviso silencioso para não prosseguir, quando disse:

– Está bem, *mamma*. Vou até lá.

* * *

Os sinos são instrumentos de metal geralmente feitos de bronze, mas também podem ter ouro e prata em sua liga para produzir sons diferenciados. Não se sabe quem foi seu idealizador, porém, segundo o relato de Santo Isidoro de Sevilha, falecido no ano de 636, atribui-se sua origem à região da Campânia, na Itália. O sino simboliza o respeito ao chamado divino e representa o ponto de comunicação entre o Céu e a Terra.

– Os sinos falam – completou Franco.

Paolo mandou fazer uma estrutura em madeira reforçada para instalar o nosso sino no alto, em segurança. Ele queria que toda a região o ouvisse. Almoçamos de maneira mais silenciosa que o costume, talvez por respeito ao sino e à capela. A comida de Rachelle estava deliciosa, como sempre, e Paolo tomou muito vinho.

Durante o almoço, ouvi quando Tereza, depois de observar as mãos trêmulas de papai, perguntou se ele não ficava chateado porque elas não paravam de tremer. Ele olhou longamente para a filha e disse:

– Não, minha querida. E sabe por quê? Porque agora eu tenho dez dedos bailarinos – e beijou a caçulinha.

Tomazon chegou na hora combinada. Tinha raspado a lama da carreta e escovado as mulas até que ficassem com a pelagem brilhando. Celeste era a que parecia brilhar mais. O carreteiro cumprimentou a todos e me ajudou a colocar o saco com as roupas na carroceria.

– Vamos voltar aos poloneses, então – disse.

Fiz um sinal positivo com a cabeça e acenamos a todos. As mulas partiram e as últimas palavras de Franco antes da chegada do carreteiro ainda soavam em meus pensamentos: "Se alguém está em dificuldade, ou preocupado, ele deve procurar somente a sua gente. É só ela que pode ajudar, meu irmão".

Como eu me mantinha calado naquele princípio de viagem, Tomazon também permaneceu de boca fechada, o que para ele era muito difícil. Para poder dizer algo, mexia continuamente nas rédeas e chamava suas quatro mulas pelo nome, uma a uma.

– Maria, Paola, Elisabetta, Celeste, vamos, vamos – repetia sem parar.

Dessa vez, o nome Elisabetta não provocou em mim a menor reação. Depois de mais de uma hora é que decidi romper meu silêncio.

– Domingo faremos a cerimônia de benção da capela e Franco celebrará a primeira missa. Gostaríamos que você viesse com toda a sua família.

– Obrigado pelo convite, claro que iremos – respondeu Tomazon, satisfeito. – Será ótimo termos por perto uma capela. Seu irmão Paolo é um homem de palavra. Disse que ia fazer e fez. Aí está a capela.

Preferia não ter de responder nada a ele, mas, compreendendo que deveria dizer algo, murmurei qualquer coisa que desse a impressão de concordar. Celeste, que normalmente teria pelo menos bufado, também ficou quieta.

– Quanto tempo ainda levaremos para chegar? – perguntei para mudar de assunto.

– Perto de umas duas horas. Talvez menos, as meninas estão andando bem.

Decidi me arriscar.

– Você acha que encontraremos aquela índia, a idosa, que tratou de Franco? Ele pediu que eu fizesse um agradecimento especial a ela – menti.

– Certamente que sim. Pelo que sei, dificilmente elas saem de lá.

– Elas?

– Sim, a velha e a outra índia mais jovem.

– Ah, claro.

Não sei se foi apenas impressão minha, mas achei que, quando respondeu, Tomazon também deixou escapar um levíssimo sorriso de ironia. Preferi pensar que era apenas impressão.

As rodas da carreta ressoavam pesadamente no chão de terra batida enquanto tentávamos nos proteger do sol. Notei uma das marcas na madeira da carreta e achei curioso que o carreteiro ainda não tivesse feito nenhuma menção ao ataque dos índios que ele e Paolo tinham sofrido.

– Você deve ter levado um belo susto naquele dia que os bugres atacaram – comentei.

Ele mexeu nas rédeas e chamou por Celeste, antes de responder:

– *Dio Santo*, poucas vezes senti tanto medo em toda a minha vida como naquele dia. *Madonna mia*, não gosto nem de lembrar.

– Por que você acha que foram atacados?

– Não sei. Quem sabe o que se passa na cabeça desses selvagens?

– Paolo está com problemas em relação aos índios?

Tomazon fez um muxoxo como quem não sabe e não se importa com isso. A conversa não estava lhe agradando.

– Ele não fez comentários a respeito. Só sei que aquela flecha poderia ter me matado.

– E a perna, melhorou?

– Que perna? – Tomazon estranhou.

– A que você machucou quando se jogou da carreta para fugir das flechas.

– Ah, sim, está bem melhor.

Parei de falar sobre o assunto e Tomazon também não fez mais nenhuma referência ao ataque dos bugres. Parecia aliviado em não ter de falar mais sobre o assunto. Celeste não fez nenhum barulho para concordar com seu dono e prosseguimos a viagem em silêncio. Um silêncio inquietante, pelo menos para mim, pois lembrei que fora Paolo quem tinha machucado a perna.

– Estamos chegando – informou Tomazon um longo tempo depois e senti um calafrio percorrer minha espinha.

De longe, vi um homem acenar para nós. Pacientemente, ele esperou a carreta percorrer o trecho que faltava. Era o polonês alto e forte, dono da casa, que havia nos ajudado da outra vez. Saltei da carreta já com o saco de roupas na mão. Sorridente, ele pegou as roupas e falei pausadamente, agradecendo por tudo o que ele havia feito por nós. Jablonski, acho que era esse o nome dele, nos convidou a entrar na casa. Sua esposa já nos aguardava e repeti novamente os agradecimentos que ela, como o marido, ouviu com um sorriso nos lábios. Ela pegou as roupas e saiu. Tomazon também fez seus agradecimentos, mas não falava de maneira tão pausada como eu, o que me fez perceber que eu estava exagerando e que o polonês podia nos entender perfeitamente bem. Sua esposa voltou para a sala e nos perguntou se não estávamos com sede. Não pensamos duas vezes para dizer que sim. Depois de beber a água resolvi fazer o convite.

– Senhor Jablonski, no próximo domingo pela manhã, meu irmão Franco vai celebrar a benção e a primeira missa da capela que construímos em nossa colônia. Ficaríamos muito felizes e honrados se o senhor e sua família participassem da cerimônia.

– *Dziekuje bardzo* – respondeu o polonês. – Muito obrigado pelo convite e pode ter certeza de que para nós também será uma honra participar da missa.

Em seguida, Jablonski olhou para a esposa, que saiu da sala como quem entendia o sinal do marido. Ouvimos um tilintar de vidros e logo depois ela reapareceu com uma garrafa e três copos pequenos. O polonês entregou um copo para cada um e pegou a garrafa, mostrando o líquido transparente e límpido.

– Esta é uma garrafa de vodca da Polônia – explicou. – Proponho um brinde em nome de seu irmão e da nova capela – e serviu três doses.

– *Salute* – brindamos e viramos a bebida de um gole.

Não era doce como a *cagiassa*, mas era tão forte quanto. Talvez até mais. Comecei a tossir e Tomazon riu. Jablonski deu uns tapinhas nas minhas costas. Recusei uma segunda dose e tanto o polonês como Tomazon também não repetiram.

Já era hora de partirmos e ainda não tinha visto nenhuma das duas. Se ficasse quieto agora, subiria na carreta, voltaria para casa, e nunca mais veria a princesa caingangue. E tudo não teria mesmo passado de um sonho, de uma confusão, como disse Franco. De uma impressão poderosa, mas que se desvaneceria com o tempo, e a vida continuaria a transcorrer como deveria ser. É claro que Franco tinha razão...

– Aquela senhora índia que tratou do meu irmão – perguntei de repente. – Onde ela está? Franco pediu para eu lhe agradecer pela ajuda. – Eu pronunciava aquelas palavras duvidando até que estivessem saindo da minha boca.

Ao mesmo tempo, sentia novamente aquela sensação de estar ultrapassando um aviso silencioso para não prosseguir. A barreira invisível.

Jablonski sorriu. Ele parecia gostar da velha índia.

– Zia Nham pode ser encontrada logo atrás da nossa cozinha. Elas têm uma pequena casa em nosso terreno. O senhor pode ficar à vontade.

Coloquei o copo na mesa com um movimento estudado e disse para Tomazon:

– Não demoro muito e podemos partir em seguida.

O carreteiro assentiu com um gesto e a mulher do polonês me acompanhou até a porta, indicando o lugar da casa:

– Zia Nham e Maria moram logo ali – disse, apontando para uma casa pequena, de madeira.

"Maria", pensei. "Então esse é o nome dela. Princesa Maria."

Desci os três degraus e contornei a casa, com o sentimento de quem não sabe bem o que está fazendo, só sabe que deve fazer.

Reconheci a velha índia assim que a vi em frente à casa, embaixo de um telhadinho sobre a porta, protegendo-se do sol. Não pareceu surpresa ao me ver.

– Como no sonho – foi a primeira coisa que ela me disse.

Não entendi. Seus olhos estavam fixos nos meus.

– *Naica catê-hure. Jademonguete guai-catê* – disse. – O amanhã chegou, a guerra vai chegar – traduziu em seguida.

– Desculpe... não entendo o que a senhora está dizendo.

– Mas entenderá depois – sentenciou ela.

Continuei sem saber o que dizer.

– Ela está no parreiral – disse Zia Nham.

Olhei em volta e identifiquei um parreiral logo atrás. A velha continuava me olhando fixamente.

– Nem eu, nem ninguém pode mudar as coisas do mundo e do coração. Só cabe a nós aceitar o destino, o sonho.

Olhei para aquele rosto miúdo, enrugado, de olhos pequenos e brilhantes fixos em mim. Em nenhum momento ela pareceu surpresa em me ver e sabia que eu estava à procura da princesa, que agora sei que se chama Maria. A sensação que eu tinha era de que tudo em volta não tinha sentido nem importância, apenas existia. A importância e o sentido de tudo estavam apenas em mim. Ou mais exatamente na decisão que eu tomasse naquela hora.

Deixei a velha índia a se proteger do sol e fui apressado e inquieto em direção ao parreiral. Eu tremia.

Não precisei procurar muito entre as vinhas. Logo vi aqueles cabelos negros em meio às folhas. Corri sem nem mesmo conseguir respirar direito. Quando ela notou que alguém se aproximava, levantou o rosto e pude vê-la bem. Era o mesmo rosto do meu sonho, os mesmos olhos brilhantes que haviam pousado nos meus.

Ficamos um em frente ao outro e a natureza subitamente caiu em silêncio. Eu só conseguia ouvir a minha própria respiração.

Não tinha sido imaginação minha. Ela era linda. A mulher mais linda que eu já tinha visto em toda a minha vida.

Permaneci em frente a ela, parado, encantado, sem saber o que dizer, fascinado por sua beleza, pelo sorriso que ela deu ao me ver.

– *Buona sera* – ela disse para quebrar o silêncio entre nós e baixou os olhos, um pouco envergonhada, mas ainda sorrindo.

– Desculpe, eu... – e não sabia o que dizer. Minha cabeça estava nas nuvens; o meu coração, aos pulos.

– Como está o seu irmão? – ela perguntou com aqueles dentes alvos e perfeitos.

– Ele... – respirei fundo – está bem agora, totalmente curado. Se não fosse por você e Zia Nham não sei o que poderia ter acontecido.

– O frei é um homem muito forte e, além disso, Deus estava ao lado dele.

Eu não conseguia parar de olhá-la intensamente, fascinado.

– Você mora aqui há muito tempo? – perguntei com medo de que o silêncio crescesse entre nós.

– Poucos anos. A família com quem cresci voltou para a Itália e, como já conhecíamos a família Jablonski, moramos na propriedade deles e ajudamos a família.

– Você fala muito bem italiano.

Ela sorriu um pouco constrangida, mas satisfeita. Notei ao lado dela uma tesoura para a poda do parreiral.

– Estou fazendo a mesma coisa em casa – eu disse.

– O quê?

– A poda. Também estou fazendo a poda em nosso parreiral.

– É a hora certa para se fazer.

– Seu nome é Maria, não é?

– É.

– Princesa Maria.

– O quê? – ficou surpresa. – Não entendi.

– Você é filha de um...

– Cacique – ela completou.

– Sim, um cacique. Ele é uma espécie de rei da tribo, não é?

– Não estou entendendo bem o que você está dizendo.

– Não importa, você será sempre uma princesa.

Ela sorriu desconcertada.

– Meu nome é Maria Titi Fongue, filha do cacique Titi Fongue. Anos atrás tive de fugir da nossa tribo com Zia Nham por causa do ataque dos homens que gostam de matar índios.

– Os bugreiros.

– Sim, esse é o nome que dão a eles. Meu pai morreu no ataque e ficamos vários dias escondidas na mata até que essa família italiana nos descobriu e nos ajudou. Eu era pequena, mas lembro de tudo muito bem.

– E Zia Nham?

– Foi ela quem fez o meu parto e, para os caingangues, a mulher que faz o parto do filho de um cacique passa a ter a responsabilidade de proteger e auxiliar esse filho até o dia de sua morte. Ela é, como vocês dizem, a minha madrinha.

– Você ainda se lembra de seu pai?

– Lembro que ele usava um manto de plumas que cobria os ombros indo até a metade das pernas. Ele era alto, tinha cabelos compridos trançados para trás e usava o itaiçá, que é um bastão de madeira, símbolo dos caciques.

Enquanto ela falava, houve momentos em que não a ouvi. Minha atenção fora totalmente tomada por seu rosto, pelo movimento da boca bem desenhada, pelos olhos vivazes. Pelos lábios. Deus do Céu, minha vontade naquele momento era esmagar os meus lábios nos dela, beijá-la como ela nunca tinha sido beijada na vida. Um beijo que amansasse aquele meu coração aos pulos.

– Para o senhor Jablonski – ela disse.

– Como? Desculpe, não entendi – despertei.

Ela sorriu encabulada.

– Você trouxe de volta a roupa para o senhor Jablonski?

– Trouxe. Eles foram muito gentis.

– Eles são maravilhosos.

O silêncio parecia querer se intrometer novamente entre nós e eu não podia permitir.

– Zia Nham falou alguma coisa sobre um sonho quando cheguei. Não entendi. Você sabe alguma coisa disso?

Ela me olhou fixamente antes de falar.

– Sei a que se refere... – mas não concluiu a frase.

Aguardei um pouco, observando-a enquanto ela baixava os olhos e mordia os lábios.

– E o que é? – insisti.

– Nós, os caingangues, acreditamos que as mulheres idosas podem predizer o futuro em sonhos.

– O futuro? – repeti, surpreso.

Ela balançou a cabeça num movimento lento e suave, concordando, mas não falou mais nada.

– E que sonho é esse?

Maria voltou a olhar para mim e senti que se esforçava para falar.

– No sonho, ela previu que você voltaria.

Fiquei mais surpreso ainda. Ela fixou os olhos novamente nos meus.

– E nesse sonho... ela sabe o porquê da minha volta? – perguntei.

Maria novamente baixou os olhos e balançou a cabeça confirmando.

– Ela, então, sabe que na realidade voltei aqui para... ver você?

A princesa Maria ficou calada, de olhos baixos, as mãos cruzadas num gesto tenso. Dessa vez era ela quem se calava.

– Você também sabia – afirmei.

Minha princesa não conseguia esboçar nenhuma reação. Minha garganta estava seca e um nó imenso apertava meu coração. Tive de perguntar:

– E o que você acha disso tudo?

Ela tentou falar, mas não encontrou as palavras de imediato. Respondeu num fiapo de voz:

– A primeira coisa que pensei é que você é um homem branco e eu sou uma índia.

– Também já pensei muito sobre isso – respondi rapidamente. – Mas não é o que quero saber agora.

Os olhos dela encontraram os meus como na primeira vez em que nos vimos ao lado da cama de Franco. Ela sabia o que eu queria dizer.

– Acho... que nós dois perdemos o juízo.

Meu coração parecia querer explodir, saltar do meu peito. Aquilo era um sim? Era um não? Ela aceitava o meu amor?

Peguei sua mão e ela, numa primeira reação, tentou retirá-la, mas logo desistiu. Estávamos agora muito próximos um do outro e eu podia sentir sua respiração intensa, nervosa. As mãos dela eram macias apesar do trabalho pesado que devia fazer no parreiral. Eu estava muito nervoso, porém cada vez mais seguro sobre o que sentia por minha princesa. Nossos corpos agora pareciam colados.

Um vento forte começou a varrer o parreiral e a folhagem se agitou, lançando muito pó no ar.

– Acho que sim – eu disse. – Acho que perdi a cabeça desde aquela hora em que te vi – e apertei ainda mais sua mão.

Ela fitou meus olhos bem lá no fundo.

– Eu também. Depois do susto por você falar comigo daquela...

– Desculpe.

– ... maneira, senti seus olhos em mim e, não sei por quê, comecei a pensar nisso o tempo todo. Depois Zia Nham veio com a história do sonho e aí pude entender. Mas também comecei a pensar que somos diferentes e que isso não pode acontecer.

– Mas aconteceu – afirmei –, e nada poderá mudar isso agora. O mais importante eu já descobri. É o fato de saber que você me quer, que não é apenas loucura minha.

– É uma loucura de nós dois.

– Isso mesmo, uma loucura dos dois.

Agora que eu estava tão próximo da minha princesa, a vontade de esmagar meus lábios nos dela era irresistível. Foi o que fiz. Apertei meu corpo junto ao de Maria. Ela ficou paralisada e tentou recuar. Segurei-a e a beijei. Um beijo longo e apaixonado. No começo ela não sabia o que fazer, mas depois se deixou levar.

De repente, ela tirou o rosto e colocou as duas mãos espalmadas sobre a boca. Parecia assustada. Ainda tentei puxá-la para mim de novo, mas ela resistiu e não forcei. Ela estava realmente assustada. Era o primeiro beijo de uma princesa.

– Você está bem? – perguntei.

Ouvi apenas um suspiro e ela não respondeu de imediato.

– Perdão, eu achei que podia...

– Não precisa me pedir desculpas, eu é que fiquei nervosa – e Maria se virou novamente para mim.

Como era linda a minha princesa caingangue. Seus olhos, sua boca, seus traços delicados. Mal conseguia me conter de felicidade por saber que a minha princesa me aceitava e me queria.

– Eu menti para você – ela disse de repente.

Fiquei olhando para ela sem entender o que isso significava.

– Menti a respeito de meu pai. Ele não morreu durante o ataque e eu ainda o encontro sempre. Está velho, mas ainda é muito forte. Um homem forte e sábio. Só fiquei sabendo que ele estava vivo muito tempo depois, através dos sonhos de Zia Nham.

– E por que você mentiu?

– Não sei. Medo, talvez.

Abracei-a. Seu corpo exalava uma fragrância que me deixou ainda mais perturbado. Naquele momento, achei que nada poderia impedir o amor que eu sentia por aquela mulher, a minha princesa.

– Você não precisa ter medo de nada.
– Mas preciso falar com ele.
– Com seu pai?
– Sim, com meu pai e cacique. Preciso de seu conselho, de seu consentimento.

Minha situação era parecida. A diferença era que não obteria da minha família nenhum conselho, e muito menos seu consentimento. Até Franco, a única possibilidade que poderia existir de aceitação, já se mostrara contrário.

– Quando você pretende falar com ele?
– Primeiro preciso conversar com Zia Nham.
– Você acredita que ele concordará que eu continue a ver você?
– Não sei, mas ele é um homem sábio. E é meu pai.

Suspirei, ainda abraçado a ela.

– Vou procurar meu pai amanhã, depois de falar com Zia Nham.
– E onde ele está agora?
– Os sobreviventes da chacina se reuniram e formaram uma nova tribo em outro local. Agora ficam às margens do rio das Antas.

Muitos vão chamar de loucura, de insanidade, mas eu vou chamar de amor o que senti de imediato ao conhecer Maria Titi Fongue, a minha princesa. Tantos pintores e escritores já falaram sobre esse sentimento tão intenso e, às vezes, devastador, que era estranho levá-lo agora no peito. Era tão forte que pesava também na alma, um medo de que aquilo tudo pudesse não ser verdade.

Segurei delicadamente o queixo dela e não a senti recuar dessa vez. Beijei-a de novo e minha princesa não resistiu mais.

– Eu te amo – sussurrei em seu ouvido.

Muitas vezes olhamos para uma paisagem durante muito tempo e só a vemos de fato quando já não está mais lá. Só depois a assimilamos porque ela passou dos olhos para o coração. E não é apenas com as paisagens que isso acontece em nossas vidas.

Senti o abraço forte da minha princesa e naquele instante pensei que enfrentaria o que quer que fosse para tê-la comigo. Enfrentaria até mesmo o meu passado.

Tomazon parecia inquieto com o meu silêncio durante o trajeto de volta para casa. As mulas, e principalmente Celeste, sofriam com essa inquietação do carreteiro, que usava as palavras, as rédeas e o chicote para exigir mais velocidade delas. Até que no sacolejo forte da carreta por causa de um buraco pôde blasfemar contra a estrada e continuar a falar:

– Tive de ir atrás de você porque estava ficando tarde para pegarmos a estrada.

– Eu sei, acabei demorando muito – respondi.

Ele me olhou com alguma surpresa, como se já não esperasse resposta minha naquela viagem. De vez em quando, olhava também para trás.

– Fui conversar com aquela índia velha e ela começou a falar umas maluquices – comentou, esperando que eu dissesse alguma coisa, mas, como não abri a boca, ele continuou: – Ela só falava de um sonho e ficava repetindo uma frase na língua dos caingangues. Perguntei o que queria dizer e ela me disse que significa "o amanhã chegou, a guerra vai chegar".

Olhei para ele.

– E mais nada?

– Mais nada.

Ele chicoteou uma das mulas:

– A guerra vai chegar – repetiu o carreteiro. – Você tem alguma ideia do que isso quer dizer?

Capítulo 10

Paolo apanhou uma caneca, colocou-a embaixo da torneira e o líquido caiu, fazendo barulho. Com um sorriso nos lábios, olhou para o vinho e depois tomou um gole, estalando a língua.

– Gostaram? – perguntou, satisfeito consigo mesmo. – Trouxe este barril para o dia da inauguração da capela. Todos vão poder beber vinho à vontade.

Ainda estávamos surpresos com a novidade. *Papà* chegou mais perto para examiná-la e passou sua mão trêmula sobre a madeira.

– Um barril como este deve custar muito caro – disse.

– Não se preocupem – Paolo respondeu rapidamente. – É apenas um empréstimo para a festa, depois vou devolvê-lo. É só uma opção para os nossos convidados; quero que todos saiam satisfeitos daqui.

– Será uma celebração para uma nova casa do Senhor e não uma festa – interrompeu Franco, aparentemente insatisfeito com a atitude do irmão.

Paolo olhou duramente para Franco.

– Eu construí essa capela exatamente para isso. Para termos uma casa do Senhor por perto, e não só para nossa família, mas para todos que queiram rezar. E todos têm o direito de comemorar, de beber um bom copo de vinho, saudando a capela erigida pelos Rossato.

Continuaram se encarando duramente até que *mamma* interveio:

– A capela está linda e a celebração será ainda mais bonita. O vinho é apenas para uma confraternização entre todos os nossos amigos – ela definiu, sem tirar os olhos dos dois filhos. – Não precisamos discutir por causa disso.

Franco entendeu que deveria moderar seu tom porque mamãe estava apreensiva. Paolo queria impressionar toda a colônia.

– Temos ainda muito o que fazer – observou papai para mudar de assunto.

– Tem razão, *papà* – emendei em seguida para ajudá-lo. – Temos ainda muito o que fazer e domingo chegará logo. Vamos ao trabalho.

Passei o braço pelos ombros de Franco, conduzindo-o para fora da cozinha. Ainda podíamos ver Paolo enchendo, com gestos premeditadamente lentos, uma nova caneca. Saímos com o gorgolejar do líquido ainda caindo sonoramente.

Tereza nos alcançou com a gaiola de Pippo nas mãos. Estava afogueada e respirou fundo para poder falar.

– Franco, eu queria saber se vou poder levar Pippo na celebração da capela. Ele gostaria muito de ir – disse ela, balançando a cabeça para reforçar a vontade do papagaio.

Franco sorriu.

– Pode levá-lo, mas eu não aconselharia você a fazer isso.

Tereza enrugou a testa sem entender o que o irmão queria dizer. Pippo também olhava para Franco.

– Eu explico – acrescentou Franco. – A capela não é grande e estará cheia de gente. Pippo pode ficar assustado com isso e começar a palrar. Nós não gostaríamos que ele ficasse gritando no meio da cerimônia, gostaríamos?

Tereza só mexeu a cabeça fazendo que não. Parecia desapontada.

– Então, é melhor não levar o Pippo – ela concordou por fim.

– Eu sabia que você iria entender – e Franco deu um beijo na caçulinha, que dessa vez se afastou sem correria. Ela achava que Pippo podia participar de tudo na família.

Deixamos a casa e fomos em direção à capela. O dia estava quente e um mormaço subia da terra fofa. O azul do céu era intenso.

– Você se saiu bem com ela – eu disse. – Aliás, como sempre.

– Gostaria de me sair bem assim com todos e resolver os problemas de uma maneira tranquila, como consigo com nossa irmãzinha.

– Paolo é um homem difícil, sempre foi – respondi. – Você apenas...

– Eu não estou me referindo a Paolo – cortou Franco.

Calei-me.

Não sabíamos o que dizer um ao outro e ficamos observando um pássaro sobre a cerca. Ele alçou voo e, depois de dar um giro pelo céu, voltou a pousar no mesmo lugar, enfiando o bico entre as penas negras e brilhantes.

– Você a encontrou? – perguntou Franco olhando para mim sem pestanejar.

Não achei palavras para responder de imediato. Ele continuou à espera de uma resposta.

– Está mais tranquilo agora?

Aquela pergunta me pareceu até uma ironia. Eu não estava *mais* tranquilo; ao contrário, minha mente estava mais confusa do que nunca. Senti o coração batendo nos ouvidos e a boca seca, de repente.

– Encontrei.

Franco esperava mais palavras, esperava uma resposta inteira. E, o que era mais importante, a resposta que ele queria ouvir.

– E então?

Peguei uma pedra do chão e atirei contra o pássaro preto, mas não acertei. Ele levantou voo e não retornou para o mesmo lugar dessa vez. Franco me observava, estranhando o fato de eu ter atirado uma pedra no pássaro.

– O seu silêncio me deixa preocupado – confessou Franco. – Pode significar justamente o que não quero ouvir de você.

Continuei sem conseguir abrir a boca.

– Venha – disse Franco –, vamos para a capela. Precisamos ouvir a voz dos anjos.

Entramos e a capela estava extraordinariamente mais fresca do que lá fora. Parecia que tínhamos entrado numa catedral.

– Agora sim está melhor – resumiu meu irmão. – Podemos conversar mais tranquilamente.

Fizemos o sinal da cruz e sentamos lado a lado no banco novo.

– Você a encontrou?

Olhei para Franco, que me fitava com atenção. Ele pôs a mão sobre as minhas.

– Encontrei. Ela e a velha índia que cuidou de você.

– E o que aconteceu?

Meu coração estava disparado, minha boca, seca. Tinha de responder algo.

– Pelo amor de Deus, Antonio. Eu preciso saber...

– Nada – quase gritei, mas abaixei o tom de imediato. – Nada, não aconteceu nada. – Eu me levantei do banco. – Você estava certo, como sempre. Foi uma falsa impressão, não poderia haver nada mesmo, somos muito diferentes. Ela é uma... índia. Foi um pouco confuso, mas... nada... nada. Não aconteceu nada.

Franco não sorriu, porém enxerguei a satisfação em seu olhar. Ele certamente estava agradecendo aos santos anjos pela minha resposta. Era o que queria ouvir.

– *Deo gratias* – sussurrou.

Dei um profundo suspiro de cansaço.

– *Chi lascia la strada vecchia per la nuova sa quel che lascia, ma non sa quel che trova* – recitou Franco.

Quem deixa o velho caminho por um novo sabe o que deixa para trás, mas não sabe o que encontrará.

Sem dúvida, eu não sabia o que encontraria porque, pela primeira vez em minha vida, não falei a verdade para o meu irmão Franco.

Menti para ele.

* * *

Encontrei papai no parreiral. Ele pouco podia ajudar no trabalho delicado que a capela agora requeria. Procurava dar a todos nós a impressão de que não se importava nem um pouco com isso, podando as videiras como quem cuida de um filho.

– As mulheres foram para a capela? – perguntou.

– Deixei-as lá e resolvi dar uma volta.

– Essa capela será muito importante para elas.

– Para todos nós, *papà*.

– Claro, para todos nós. Você sabe o que eu quis dizer.

Assenti com um gesto de cabeça. Ele, melhor do que ninguém, conhecia a fé de *mamma*.

– Paolo tem feito um progresso espantoso por estes cantos, *figlio*. Em pouco mais de dois anos ele se tornou dono de terras, um produtor competente, e já está oferecendo à sua comunidade uma capela que tanta falta fazia a todos.

– E vai progredir ainda mais, *papà*.

– E pensar que fui contra quando ele falou em sair de Valdagno pela primeira vez e vir para o *Brasile*. Não sabíamos o que poderíamos encontrar pela frente e, mesmo assim, ele veio sozinho. É um homem de grande coragem.

– Sem dúvida – respondi sem corrigi-lo. Paolo tinha vindo só com a esposa.

– Por isso, quero dar a ele este presente – e se virou em direção ao parreiral. – A melhor uva e o melhor vinho que estas terras possam produzir. Em poucos anos, quero que os nossos brindes sejam feitos com o nosso próprio vinho.

– Será o melhor vinho da região, *papà*. Pode ter certeza.

Acho que há anos não via meu pai dar um sorriso tão largo e satisfeito.

– Que Deus nos ajude. E que Deus permita que nada, nada mesmo, atrapalhe nosso caminho e a felicidade da nossa família.

Concordei com o forte sentimento de responsabilidade de proteger esse desejo de papai.

Entretanto, não tive muito tempo para pensar sobre isso porque um movimento inesperado chamou nossa atenção. Eram dois homens a cavalo, usando chapelões e capas longas apesar do calor, que conversavam com alguém de casa. Adiantamos o passo e vimos que era Marcelino. Os cavalos pareciam agitados e os homens disseram alguma coisa para meu irmão. Antes de chegarmos até eles, viraram-se para nós, fizeram um cumprimento à distância e foram embora em disparada.

Cheguei arfando e perguntei a Marcelino quem eram. Papai apareceu em seguida, ainda mais cansado.

– Não sei. Perguntaram apenas por Paolo e foram embora.

– E nada mais?

– Nada. Quando disse que Paolo não estava, um deles se virou para o outro e disse: "O italiano já deve ter ido para lá". E foram embora.

– Não disseram o que queriam com Paolo?

– Não.

– E não quiseram falar conosco – observou meu pai.

– O que percebi é que os dois levavam espingardas na sela. As capas tentavam esconder, mas eu vi – disse Marcelino, orgulhoso. – E um deles tem uma cicatriz no rosto. Uma cicatriz bem feia.

Só podiam ser os "amigos" de Paolo. Mas o que faziam aqui?

Mamma, Rachelle e Franco saíram da capela e nos viram na frente de casa. Tinham ouvido o tropel de cavalos.

– O que aconteceu, Sperandio? – mamãe perguntou.

– Dois homens estiveram aqui perguntando por Paolo, mas já foram embora.

– Dois homens estranhos – completou Marcelino.

– Por que estranhos? – Franco quis saber.

– Eles carregavam espingardas e um deles tinha uma cicatriz no rosto.

– *Brasiliani?*

– *Si.*

Ninguém sabia bem o que pensar, exceto eu, que presenciara aquele encontro de Paolo com os homens estranhos. E tudo estava ligado aos índios. Isso começava a me amedrontar.

– Vou entrar agora porque Tereza está com Itália – disse Rachelle batendo os tamancos para tirar a terra e entrar em casa.

– Nós também – completou mamãe. – Vamos, Sperandio? Tenho algumas costuras para terminar.

Papai assentiu com um gesto de cabeça. Franco ficou ao meu lado e esperou que todos entrassem.

– O que você acha que isso significa? – Franco indagou. – Homens armados procurando por Paolo.

Eu até podia dizer o que pensava, só não poderia revelar a razão pela qual sentia um profundo medo com o envolvimento de nosso irmão com aquele tipo de gente. A mentira já mostrava seus primeiros desdobramentos.

– Não sei – limitei-me a responder.

– Vou voltar à capela e pedir proteção a todos nós.

Assenti e esperei por alguns momentos que todos retomassem seus afazeres. Só Marcelino continuava ao meu lado.

– Os cavalos estão selados? – perguntei.

– Estão. Os dois.

– Dois?

– Os dois estão prontos para sair.

Entendi. Meu irmãozinho estava ficando esperto.

– Se você não deixar que eu vá, conto para *mamma* o que você quer fazer – disse ele com malícia. – O que prefere?

Ele não me deixava alternativa.

– Você se lembra do caminho que fizemos naquele dia, quando fomos atrás do Paolo?

– Claro.

– Então vamos voltar para lá.

– Vou pegar os cavalos – respondeu Marcelino indo em direção ao estábulo.

Quando o pessoal de casa ouvisse o galope, já estaríamos longe e só teríamos de nos explicar depois, ou melhor, Paolo é que na verdade teria de se explicar muito mais.

Marcelino trouxe os animais e montamos. Eles pareciam estar tão inquietos quanto eu e saímos em disparada.

Dessa vez, pouco reparei no caminho, no mato e nos animais. Meus pensamentos estavam longe demais para isso. Como da vez anterior, Marcelino fez um gesto com a mão para diminuirmos a velocidade e paramos. De repente, os macacos começaram a guinchar e respirei fundo para me acalmar. Parecia ainda mais ensurdecedor do que antes.

– Como é mesmo o nome desses macacos barulhentos?

– Bugios – gritou Marcelino.

Assenti num gesto rápido e entramos no bosque, ou no mato, como dizem os *brasiliani*. Novamente a bifurcação: duas trilhas diferentes, com picadas em direções opostas. Marcelino olhou para mim aguardando minha decisão. Não havia mais sentido em deixar meu irmão sem tomar conhecimento dos fatos. Fiz sinal para ele e entramos juntos pela picada que me levara até o acampamento dos bugreiros na outra vez. Caminhamos entre os espinhos e as raízes, afastando galhos muito folhosos até chegarmos ao terreno desmoitado, onde a forte claridade nos ofuscava. A fumaça entre as árvores também não mudara, o que significava que os bugreiros ainda estavam por lá. Mas o que poderiam estar aguardando há tanto tempo? Apontei na direção da fumaça e, ao mesmo tempo, fiz sinal para que Marcelino continuasse em silêncio. Queria ter certeza de que Paolo estava entre os bugreiros antes que percebessem nossa presença.

– Não encoste naquela árvore – apontei, sussurrando. – Está cheia de formigas enormes.

Agora sim podíamos enxergar a extensão da clareira onde os bugreiros estavam acampados. Os cavalos, as mulas, os chapelões, as armas. Estava tudo lá, como antes. Quase tudo. Procurei por elas, mas não as achei. As crianças indígenas não estavam mais sob a árvore. Voltei a examinar toda a área com os olhos apertados e nada. Realmente não estavam mais lá. Temi pelo que pudesse ter acontecido a elas.

– E agora, o que vamos fazer? – perguntou Marcelino, cortando meus pensamentos.

– Não sei.

– Olhe ali – ele apontou subitamente. – Aquele é o que esteve em casa procurando por Paolo. Veja, o da cicatriz.

Apertei os olhos ainda mais e pude avistar um homem com uma cicatriz enorme no rosto, fumando. Parecia alheio a tudo.

– Você já conhecia este acampamento? – perguntou Marcelino, estranhando meu comportamento.

– Não – menti. Novamente.

Marcelino não pareceu acreditar muito em mim, mas decidiu não insistir. Preferia ficar atento a toda a movimentação e às armas.

De repente, avistei um chapéu conhecido saindo por trás de algumas folhagens. Era ele. Paolo ajeitava as calças e ia em direção a um grupo de bugreiros como quem retoma uma conversa interrompida. O homem da cicatriz não estava mais lá, mas descobri outro homem no grupo que não parecia ser bugreiro.

– Lá está ele – apontei para Marcelino olhar.

Ele procurou um pouco pelo terreno e avistou Paolo. Já ia se levantando quando o segurei.

– Espere um pouco aí, rapaz.

Marcelino não estava entendendo nada.

– É Paolo – disse.

– Eu sei, mas vamos com calma. Esses "amigos" de Paolo são perigosos.

– O que eles poderiam fazer contra nós?

– Não sei, mas devemos ter cuid...

Não tive tempo de terminar a frase antes que um laço de corda grossa envolvesse meu pescoço e me puxasse. Em seguida, outro laço pegou Marcelino e o derrubou com força no chão.

– *Madonna mia* – gritou Marcelino.

Olhamos de onde vinham os laços e lá estava o homem da cicatriz, sorrindo e segurando uma arma, acompanhado de outros dois bugreiros.

– Quietos – ordenou ele.

Os dois bugreiros nos levantaram, passaram a corda pelos nossos braços e nos prenderam. Pareciam satisfeitos, como quem acaba de fazer uma bela caçada. Paolo tinha essa mesma expressão quando era garoto e conseguia apanhar muitos coelhos nos arredores de Valdagno.

– Quem são vocês? – gritou o homem da cicatriz, não reconhecendo Marcelino. O sorriso de vitória já tinha sumido.

– *Paolo è nostro fratello* – esperneou meu assustado irmão.

Os dois bugreiros se entreolharam sem entender nada e depois olharam para o chefe.

– Falem nossa língua, italianos.

– Paolo é nosso irmão – repetiu Marcelino.

Ele levou um tempo até decidir se acreditava ou não. Olhou várias vezes para Marcelino.

– Vamos descer para saber se é verdade o que está dizendo, garoto – e fez sinal para os dois bugreiros.

Eles nos empurraram e começamos a descer o morro com as cordas enroladas nos braços. Durante a descida, alguns bugreiros nos viram e começaram a rir. Paolo estava conversando com aquele outro que não era bugreiro quando nos viu chegando, amarrados e cercados. Ficou atônito.

– *Cosa succede qui?* – espantou-se.

– Esses dois estavam escondidos lá em cima, olhando o nosso acampamento – respondeu o da cicatriz.

– Eles são meus irmãos.

Com um sinal do chefe, os dois bugreiros nos desamarraram.

– Perderam o juízo? O que estão fazendo aqui? – berrou Paolo, que logo depois tentou se controlar. – Não estou entendendo.

– Dois desses... homens estiveram em casa à sua procura. Ficamos preocupados e resolvemos tentar encontrar você – respondi, passando a mão pelo pulso dolorido.

– Eu não sabia que você conhecia tão bem essa região – completou Marcelino.

Paolo demonstrou impaciência mas, ao mesmo tempo, não sabia o que fazer.

– Não foi nada – disse o homem ao seu lado. – Vocês não se machucaram, graças a Deus, e agora está tudo explicado. Não precisamos ficar nervosos.

Paolo tentou ainda mais controlar seu nervosismo.

– Sem dúvida, doutor Manoel, o senhor tem razão. Antes de tudo, deixe-me apresentá-lo. Doutor Manoel Maria de Carvalho, diretor da nossa colônia, meus irmãos Antonio e Marcelino, que o senhor já conhece.

– Antonio – repetiu o diretor. – Foi você quem chegou recentemente da Itália, não é?

– Sou eu mesmo.

– Muito prazer. Pena que estejamos nos conhecendo nestas circunstâncias – e fez um gesto, aludindo ao lugar.

Paolo suspirou, insatisfeito.

– Acho que devemos voltar para casa – disse ele, agora ansioso para sair dali.

– Tem razão – concordou o diretor.

– Comandante – Paolo dirigiu-se a um dos bugreiros, o único que fumava cachimbo –, tenho de voltar para casa, mas acredito que nosso acordo já esteja decidido.

– Está sim. Vosmecê vai ficar satisfeito – respondeu o bugreiro.

– Tenho certeza disso – respondeu Paolo.

– Amanhã mesmo vosmecê terá o resultado – disse o homem, trocando um aperto de mãos com Paolo e depois com o diretor da colônia.

"Amanhã", pensei alarmado. "O que acontecerá amanhã?"

– Antonio, Marcelino – ordenou Paolo –, subam no cavalo do doutor e no meu. Levaremos os dois até onde deixaram as montarias de vocês.

"E a guerra vai chegar", lembrei de repente das palavras de Zia Nham.

Os quatro cavalos seguiam viagem alinhados, sempre que a estrada permitia. Em alguns trechos, tinham de fazer fila indiana por causa das pedras e assim pude observar melhor o diretor da colônia, o tal engenheiro que Paolo sempre citava com tanto orgulho como sendo seu amigo. Era um homem de estatura mediana, usava bigodes, suas roupas pareciam caras e ele quase sempre falava de maneira um pouco pedante, excessivamente educada. Sabia que impressionava meu irmão por ser engenheiro. E, o pior de tudo, estava metido naquela história dos bugreiros.

Durante o caminho de volta, Paolo tentava disfarçar sua profunda irritação por causa dele. Ficou calado durante grande parte do trajeto.

– Seu irmão me disse que você tem um grande conhecimento de uvas e vinhos – disse o diretor, tentando puxar assunto comigo.

– Faço o que posso – respondi.

O silêncio de Paolo indicava seu aborrecimento com a nossa ida até o acampamento dos bugreiros. Senão, ele se derramaria em elogios a mim na frente do diretor.

– Neste último ano, o seu pai até que se esforçou, mas não conseguiu obter resultados muito positivos – comentou o diretor.

– Papai cometeu alguns erros por desconhecimento, mas já estamos corrigindo.

– Teremos então um bom vinho nos próximos anos – disse, com uma animação exagerada.

– É para isso que estamos trabalhando.

Paolo continuava em silêncio, remoendo a irritação por ter sido descoberto. Por sua vez, o diretor não parava de matracar e eu não ouvia mais o que dizia, mas pareciam perguntas, e havia em sua voz um tom brincalhão, como se estivesse comentando coisas engraçadas. Não saberia dizer exatamente o que falava porque meus pensamentos estavam longe.

Subitamente ouvimos um tiro. Um único disparo, cujo som se diluía na distância. Os quatro cavalos estacaram de imediato e percebemos que o barulho tinha vindo dos lados da nossa casa, que já não estava longe àquela altura da viagem.

– Só pode ter vindo de lá – gritou Paolo, chicoteando seu cavalo, que disparou. – Temos de correr.

Fomos logo atrás dele, também em disparada, tentando imaginar o que poderia ter acontecido. Pedíamos a Deus que protegesse nossa família.

Paolo saltou do cavalo antes mesmo que o animal parasse totalmente. Fizemos o mesmo e entramos em casa correndo. Tudo estava quieto demais. Algo tinha acontecido.

– *Mamma, mamma!* – gritei.

O silêncio persistia.

– *Papà!* – berrou Marcelino.

Um barulho de choro vinha da área entre a casa e a cozinha. Corremos para lá e encontramos *mamma* abraçando Tereza e Rachelle. As três choravam enquanto Franco segurava um revólver prateado e *papà* estava sentado em um banco, imóvel, atônito. Marcelino e eu abraçamos as três de imediato.

– O que aconteceu, *mamma*? – perguntou Paolo, ainda assustado.

Mamãe até tentou dizer algo entre soluços, mas não conseguiu. Foi Franco quem falou:

– De quem é esta arma? – perguntou ele, como se já soubesse a resposta.

– É minha – respondeu Paolo.

Meu pai continuava sentado, sem esboçar reação, os olhos perdidos no infinito, parecendo não pensar em nada. Suas mãos tremiam mais do que nunca.

– Você é um irresponsável – acusou Franco.

– O que aconteceu? Digam! – quase implorei.

– Tereza achou essa arma e começou a brincar com ela, que disparou em suas mãos. Graças a Deus, nada aconteceu, mas poderia ter sido uma tragédia! – explicou Franco, ainda com a arma nas mãos.

– Eu só queria mostrar a arma ao Pippo – disse Tereza, chorosa.

Paolo estendeu a mão para Franco querendo o revólver de volta. Franco olhou fixamente para Paolo e não a entregou.

– Esse tipo de coisa tem de ficar muito bem escondida.

– Eu não sei o que aconteceu – defendeu-se Paolo.

– Pois eu sei. Você foi negligente ao guardar essa arma e Tereza a achou. É muita irresponsabilidade.

Mamma soluçou alto.

– Parem vocês dois – disse eu, enquanto dava um beijo na cabeça de mamãe. – Uma discussão agora não vai levar a nada.

Papai continuava sentado, imóvel.

Percebendo que não teria sua arma de volta, Paolo não insistiu. Olhou para todos, como quem se certifica de que está tudo bem. Então chamou por Rachelle. Sua esposa se levantou e o acompanhou até o quarto.

Sentei ao lado de mamãe e a abracei. Tereza ainda tremia de medo.

– Tenham calma, vocês duas. Já passou, tudo já passou – eu repetia para acalmá-las.

– Poderia ter acontecido o pior – *mamma* disse finalmente.

– Mas não aconteceu. Acalme-se, *per favore.*

– Quem vai ficar com essa arma agora sou eu – afirmou Franco. – Mamãe está certa. Poderia ter acontecido o pior. E tudo por causa da negligência de um irresponsável.

– Por favor, Franco. Vamos nos acalmar. Falar dessa maneira não adianta nada agora. Papai precisa de ajuda também.

Franco olhou para *papà*, que continuava imóvel, alheio a tudo. Suas mãos tremiam.

– Você tem razão – ele disse. – Vou guardar a arma e ajudar *papà.*

Só então notei. A gaiola do papagaio estava caída no chão e Pippo, quietinho, observava tudo lá de dentro.

Um silêncio excessivo tomou conta da casa, que demorou a voltar ao normal depois do incidente. Mais tarde encontrei mamãe, em seu canto predileto, costurando algumas roupas. A tensão e a angústia ainda vincavam seu rosto e seus gestos eram lentos.

– Está melhor, *mamma*? – perguntei.

Ela deu um suspiro cansado.

– *Grazie a Dio* nada aconteceu. Tremo só de pensar na tragédia que poderia ter sido. *Madonna mia.*

– *Deo gratias* – sussurrei.

– E o que Franco fez, que Deus me perdoe, com aquela maldita arma? – minha mãe me olhou agoniada.

– Ele guardou em seu baú e ninguém mais vai mexer nela.

– Seu irmão Paolo vai querer de volta mais tarde, você sabe.

– Eu imagino, mas por enquanto vamos deixá-la onde está. É mais seguro.

Mamãe suspirou de novo.

– *Madonna mia*, eu já rezei tanto. Tanto.

Olhei para os lados, tentando adivinhar. Não tinha mais visto Paolo e nem mesmo Rachelle. Com a confusão toda não pensei mais nos bugreiros e no que poderia representar o "acordo" ao qual Paolo se referira, e nem o "amanhã" mencionado pelo bugreiro. Algo estava por acontecer.

– Paolo ainda está no quarto? – perguntei.

– Não, já saiu. Pegou o cavalo e disse que precisava falar com o carreteiro.

Tomazon deveria saber de tudo.

"Amanhã", martelava na minha cabeça.

– Também vou sair – eu disse de repente. – Preciso falar com Paolo.

– O que está havendo, meu filho?

– Nada, *mamma*. Vou precisar da ajuda de Marcelino, a senhora sabe onde ele está?

– Está lá fora com Tereza. O que está acontecendo, Antonio?

– Depois eu conto pra senhora. Preciso ir – eu disse, já saindo da sala.

– Antonio – ainda pude ouvir a voz de minha mãe me chamando num tom preocupado.

Encontrei Tereza e Marcelino conversando no parreiral. Pippo olhou para mim, curioso.

– Você sabe onde posso encontrar Paolo agora? *Mamma* disse que ele saiu para se encontrar com Tomazon.

Marcelino pensou um pouco.

– Talvez ele esteja na bodega.

– Bodega?

– Sim, às vezes ele costuma ir lá. É o ponto de encontro com o carreteiro. Tomam um copo de vinho e saem para fazer o serviço.

– Leve-me até lá.

– Agora? – estranhou Marcelino.

– Sim, quero falar com Paolo.

– Precisamos pegar os cavalos.

– Onde fica essa bod...

– Antonio – a voz de Franco gritando cortou minha pergunta. – Antonio – ele repetiu com energia.

Era fácil adivinhar que mamãe tinha chamado meu irmão para descobrir o que estava acontecendo. A minha urgência em querer falar com Paolo não era comum e ela ainda devia estar relacionando isso ao incidente com a arma. Ela nunca poderia imaginar o verdadeiro motivo.

– Antonio – repetiu ele arfando, enquanto se aproximava, segurando o hábito para poder caminhar depressa. – O que está acontecendo? Mamãe está preocupada. Disse que você quer falar urgente com Paolo. O que houve? Você sabe que já guardei a arma no baú. Paolo pode ainda estar de cabeça quente, é melhor...

– Não é sobre nada disso que quero falar com ele – cortei Franco abruptamente. Começava a me sentir irritado com toda aquela situação.

– Então, o que é, meu irmão?

Minha vontade era não responder nada, deixá-lo falando sozinho. Estava zangado com ele, zangado com o mundo inteiro e comigo mesmo. Eu tinha um sentimento enorme dentro de mim, um amor transbordante, que não podia mostrar, que devia ficar enterrado, guardado só para mim.

– Então, o que é? – insistia Franco.

Será que meu irmão Franco realmente não tinha ideia do que era?

– Olhem! – gritou de repente Marcelino, apontando para longe. – Paolo está voltando.

Olhei e realmente alguém chegava a cavalo. Tive de esperar alguns instantes para ter certeza de que era ele. Aguardamos em silêncio que Paolo viesse até nós. Quando nos viu, estranhou.

– O que aconteceu agora? – perguntou, preocupado.

– Nada – Franco respondeu rapidamente.

– Não é o que está parecendo. O que fazem aqui? Alguém está saindo?

– Não aconteceu nada, acalme-se – respondi.

Paolo suspirou e desmontou. Parecia cansado.

– Franco, depois precisamos conversar sobre aquela arma.

– Por enquanto ela continua onde está – respondeu Franco com firmeza.

Paolo fuzilou-o com os olhos. Não gostou da maneira como o irmão respondeu e respirou fundo para engolir uma resposta. Mesmo ele sabia que não era hora de discutir com ninguém da família. E muito menos com Franco.

– Onde está *mamma*? – perguntou.

– Costurando, lá dentro.

Paolo fuzilou novamente Franco com os olhos e entregou as rédeas de seu cavalo para Marcelino.

– Preciso falar com você, Paolo – eu disse.

Ele nem olhou para mim ao responder:

– Agora preciso me lavar. Estou cheirando a cavalo. Conversamos na hora do jantar – e tomou o caminho da casa.

– Tomara Deus que não seja o que estou pensando – disse Franco de olho em mim e dando um suspiro enfurecido tão leve que só eu escutei. E era mesmo destinado só a mim.

Também fez um rápido sinal da cruz.

Mamma não parava de falar da capela. Listava tudo o que fizera e ainda tinha de fazer para que a cerimônia fosse a mais perfeita possível. Chegava a descrever o que iria acontecer. Via os homens e as mulheres divididos dentro da capela, eles de um lado, elas de outro, e todos acompanhando as palavras de Franco. Emocionava-se só de pensar em todo mundo rezando o Pai-Nosso, para ela a mais bela oração que já existiu.

– *Madonna mia, son tanto felice.*

Ao contrário dela, nós comíamos a polenta calados. Ela não tardou a perceber o mutismo e intuiu que algo não estava bem. Comíamos os bocados enchendo bem a boca para não termos de falar. *Papà* já tinha se recuperado do susto, mas também comia em silêncio, com suas mãos trêmulas, enquanto Tereza dava folhas de *radici* para Pippo comer. Rachelle trazia os pratos e Marcelino a ajudava.

– Paolo, que tipo de negócios você tem com esses homens que chamam de bugreiros? – perguntei de repente, quebrando o silêncio da mesa.

Pego de surpresa, ele engoliu depressa o que tinha na boca e tomou um gole de vinho. Depois olhou para nós, um a um, fez uma pausa e tomou outro gole. Não esperava esse tom de condenação da minha parte diante de todos da família.

– Esses homens têm muita experiência e conhecem bem as matas da região – iniciou, enquanto movimentava seu copo. – Conhecem também os índios e sabem como convencê-los a sair de terras que precisam ser cultivadas. É isso o que fazem e por isso os colonos contratam os serviços deles. Muitos já pagaram, como os Grendene aqui do lado e os Toniazzo, de São Marco.

– Quem são os Toniazzo? – *papà* perguntou.

– Não importa, *papà*. Todos precisam de terras para trabalhar e esses selvagens atrapalham o desenvolvimento da região.

– Mas para que você precisa dos serviços deles se a colônia não sofre nenhuma ameaça? – perguntou Franco.

Paolo tomou outro gole de vinho, mastigando a bebida.

– Comprei novas terras, mas não são aqui na colônia. Preciso começar o cultivo e alguns índios estão atrapalhando. Aqueles bugreiros vão tirá-los de lá.

– Novas terras?

– Sim, era uma surpresa que eu queria fazer. Mas eu também queria contar só depois que esses índios não estivessem mais lá.

– Portanto, esses bugreiros vão "convencer" os índios a sair das terras – disse Franco, acentuando a palavra com ironia.

– Esse é o trabalho deles – respondeu Paolo, aparentemente sem ter percebido a ironia.

– E onde ficam essas terras, esses índios? – perguntei, temendo a resposta.

– Elas ficam às margens do rio das Antas...

"E a guerra vai chegar", ressoou pela minha cabeça a profecia, na mesma hora.

– ... e são terras muito boas, extremamente férteis – concluiu Paolo.

O sonho de Zia Nham. "O amanhã chegou, a guerra vai chegar."

Levantei da cadeira abruptamente e ela caiu para trás, assustando a todos. Com o barulho, Pippo gritou e bateu as asas. Tereza deu um gritinho de surpresa.

– O que foi? – Paolo perguntou, preocupado.

– *Figlio!* – mamãe exclamou, assustada.

Tentava dar alguma ordem aos meus pensamentos para saber o que fazer.

– Antonio, meu filho, o que aconteceu? – insistia *mamma*.

– Deus sabe o que faz – disse Franco, colocando a mão no meu ombro.

– Já não tenho tanta certeza – gritei, afastando o ombro com violência e saindo dali.

Todos ficaram espantados e Paolo se levantou da mesa de repente.

– O que está acontecendo aqui?

Capítulo 11

"E vi a besta e os reis da terra, com os seus exércitos, congregados para pelejarem contra aquele que estava montado no cavalo e contra o seu exército", diz o Apocalipse de João.

Franco estava atônito, como todos naquela sala. Eu tinha reagido de uma maneira violenta e colocado em dúvida a onisciência de Deus. Paolo ainda estava de pé, esperando por uma resposta.

– *Figlio, figlio* – chamava mamãe, aflita.

"E a guerra vai chegar", continuava a ressoar pela minha cabeça.

– Acho que vou ter de perguntar de novo – exclamou Paolo, nervoso. – O que está acontecendo?

Ninguém teve coragem de falar. Não sabíamos o que dizer e mamãe começou a chorar baixinho. Rachelle abraçou-a para consolá-la e papai olhava para todos com os olhos arregalados.

– Nosso irmão Antonio está muito preocupado com os índios que estão em suas terras – explicou então Franco, colocando a mão novamente sobre o meu ombro.

– O quê? – espantou-se Paolo. – Você deve estar brincando, isso não é possível – e deu um sorriso nervoso, olhando para os lados à procura de uma explicação para o que estava acontecendo.

Não tirei o ombro dessa vez e Franco enfrentou o olhar furioso de nosso irmão, que não compreendia a razão de tudo aquilo.

– Preocupado com os bugres, você disse? – perguntou Paolo. – Marcelino, você guardou aquela flecha que estava na carreta do Tomazon, não guardou?

– Está no quarto.

– Pegue-a para mim agora, *per favore.*

Marcelino saiu correndo e voltou em seguida com a flecha, entregando-a ao irmão.

– Vejam isto aqui – e Paolo mostrou a flecha para todos. – Isto aqui acertou a carreta, mas poderia ter acertado o meu coração ou o de Tomazon. Essa era a intenção do bugre quando atirou contra nós – e colocou a flecha sobre a mesa num gesto teatral. – Então, como é possível que alguém possa ficar preocupado com esses assassinos?

Ninguém respondeu, inclusive eu. Franco apertou ainda mais sua mão sobre meu ombro. Ao ver a flecha, mamãe recomeçou a chorar e Rachelle a abraçou de novo.

– E agora – continuou Paolo olhando para todos com firmeza –, aquelas terras são minhas, aliás, são nossas, e vão trazer muito progresso para a família. Vamos deixar de cultivá-las por causa de meia dúzia de selvagens? Um homem de verdade faz o que deve fazer e não o que lhe agrada. Tenho de tomar posse de fato daquelas terras. Elas são minhas, são nossas.

Em seguida, pegou a flecha e fez sinal para que Marcelino a guardasse, o que ele fez de imediato. Paolo, então, saiu da sala sem dizer mais nada e Rachelle pediu licença a todos, indo atrás do marido.

Durante algum tempo ficamos calados e Franco se sentou em uma cadeira. Foi minha mãe quem quebrou o silêncio.

– Eu queria pelo menos entender a razão disso tudo. O porquê dessa desunião entre irmãos, meu Deus...

– Tudo vai passar, *mamma* – disse Franco num tom de quem sabe o que diz. – Tudo vai passar.

Tudo vai realmente passar. *Mas a que preço?*, eu me perguntava.

– Tereza, minha filha, venha comigo. Vamos para o quarto. Você também Sperandio, vamos – chamou *mamma*.

Papà e Tereza obedeceram sem retrucar e foram, silenciosamente, para dentro. Ficamos apenas Franco e eu na sala.

Não sabíamos o que dizer um ao outro.

De repente, ele se levantou e abriu a porta de casa.

– Aonde você vai? – perguntei.

Ele demorou um pouco para responder, olhando-me fixamente nos olhos.

– Vou até a capela rezar por você e por nossa família. Pedirei a Deus que dê discernimento a você para as decisões que tem de tomar – e saiu fechando a porta sem fazer barulho.

Agora eu estava sozinho.

Como nunca estive antes.

* * *

"Pôs longe de mim a meus irmãos e aos que me conhecem, como estranhos se apartaram de mim. Os meus parentes me desampararam e os meus conhecidos se esqueceram de mim." Sozinho na sala, recordei as palavras de Jó.

Também me lembrei de minha princesa. Aquele sorriso, seus olhos, o amor retribuído. Se tudo antes parecia ser apenas imaginação, agora não era mais. O que eu sentia por ela era concreto e, mais do que isso, era correspondido. Ela também se sentiu atraída por mim logo ao me conhecer. Exatamente como eu. E o que é a paixão, senão essa forte e inexplicável atração que uma pessoa sente pela outra? Não reconhece tempo, espaço, condição, raça, idade, religião, o que seja. Quando esse sentimento brota entre duas pessoas, todo o resto do universo é colocado de lado para que a paixão possa fluir. E a minha princesa caingangue já compreendera isso tanto quanto eu. Ela sabia que o fato de eu ter nascido num lugar distante do seu não tornava os nossos corações distantes em nada.

– Cristo – sussurrei, angustiado. – Terei forças para suportar o que está por vir? O que sinto por ela me fará forte o suficiente para enfrentar tudo o que tenho pela frente? – e me ajoelhei ali, no meio da sala. – Senhor, preciso de Vossa compreensão.

E senti uma lágrima rolar pelo meu rosto. Chorei. Não sei quanto tempo permaneci naquela posição, mas uma mão tocou meu ombro e a vozinha sussurrante de Tereza me fez voltar à realidade.

– Antonio, você está doente?

Abri os olhos e vi a expressão curiosa e ao mesmo tempo preocupada da caçula, estranhando encontrar o irmão ajoelhado naquele lugar.

– Você está doente? – insistiu.

Dei um sorriso triste e balancei a cabeça negando. Limpei as lágrimas, que na verdade já tinham secado em meu rosto.

– Não, querida. Estava rezando.

Ela me ajudou a levantar e senti meus joelhos doloridos. Sentei em uma cadeira e ela ficou ao meu lado. Lembrava *mamma* com seus cuidados e seu olhar preocupado.

– Quer que eu pegue água para você?

– Não, querida, não é preciso. Obrigado.

Ela me encarou por um momento, desconfiada.

– Você estava mesmo rezando?

Meu primeiro impulso foi confirmar, dizer que sim, mas também não via mais razão para esconder meus sentimentos.

– Comecei a rezar, mas depois comecei a conversar com Nosso Senhor.

– Você fala de verdade com ele?

– Não falo com a boca, mas sim com o coração. E Ele sempre me escuta.

– E como é que Ele responde?

Apontei para o peito dela.

– Também através do coração.

Tereza deu um sorrisinho e voltou a ter os olhos de *mamma*.

– Eu acho que você deveria ir para a cama agora. Eu vou, senão mamãe pode me dar uma bronca.

– Vá, sim, querida. Eu também vou deitar daqui a pouco.

Ela fez menção de se levantar, mas parou. Olhou para mim e, com aquele olhar igual ao de *mamma*, o que me impressionava cada vez mais, disse pondo a mão no meu ombro:

– Eu sei que sou muito criança para entender certas coisas, como vocês sempre dizem, mas, Antonio, eu também sei que você está sofrendo porque aconteceu alguma coisa.

Espantei-me ao ouvir aquelas palavras da nossa caçulinha, a menina que não largava seu papagaio e andava com ele para cima e para baixo.

– Eu vejo você triste por aí – continuou ela, ainda com a mão sobre o meu ombro. – Parecendo estar aflito, muitas vezes bravo com Paolo.

– Não pensei que se pudesse notar tanto assim o que eu sinto.

– E *mamma* sofre com tudo isso – ela completou.

– *Santo Dio* – suspirei.

Como eu poderia imaginar que Tereza observava e percebia com tanta clareza tudo o que se passava em nossa casa? Estava muito surpreso com a amiga de Pippo.

– Imagino que você também saiba que não faço nada disso de propósito. A última coisa que quero no mundo é ver *mamma* sofrer, mas... é que, às vezes, sentimos e fazemos coisas que estão acima da nossa compreensão. Só Deus tem pleno conhecimento de tudo o que se passa.

– Por isso você gosta de uma índia selvagem?

Fora a surpresa, senti as palavras daquela pergunta, uma por uma, como pedras que fustigavam meu corpo. Estava atônito. Tereza, a pequena Tereza, sabia de tudo. Como isso era possível?

– O que você quer... dizer com isso? – gaguejei.

– Aquele dia em que fui até o quarto para pedir a Franco que me ensinasse como agradecer ao arcanjo Rafael pela volta de Pippo, depois que eu saí me lembrei que não tinha perguntado qual era a melhor oração. Quando voltei, a porta não estava fechada, e vocês dois conversavam. Parecia que alguma coisa tinha acontecido. Fiquei escutando atrás da porta.

– Tereza, isso é feio.

– Eu sei – reconheceu ela com inocência –, mas foi sem querer. Eu juro – e fez uma pausa para completar depois: – Mas eu não contei para ninguém. Nem para o Pippo.

O que eu poderia fazer? O que *deveria* fazer?

– Por que você diz que é uma selvagem?

– Porque Franco falou. Foi ele quem disse, eu lembro.

Era verdade, ele realmente havia dito isso. Tereza tinha escutado tudo atrás da porta, sem percebermos. Ela olhava para mim, curiosa.

– É por isso que você ficou bravo com o Paolo? – perguntou.

Não entendi bem.

– Por que você diz isso?

– Porque ele não gosta dos índios e você gosta de uma índia?

Talvez aquele fosse o resumo de tudo.

– Ela é bonita? – Tereza quis saber.

Não pude deixar de sorrir diante da pergunta dela.

– Muito – respondi. – É a mulher mais linda que já vi em toda a minha vida.

– Tão bonita como as princesas das histórias?

Tereza estava se mostrando uma menina incrível. Fiz sinal que sim e completei:

– Acho que ainda mais.

A caçulinha respirou fundo e prendeu o ar, mostrando-se espantada.

– *Madonna mia* – falou, exatamente da mesma maneira que mamãe. – Então, ela deve ser muito bonita, porque todas as princesas são.

– E ela também é uma princesa – expliquei.

– Princesa? – repetiu Tereza, espantada e incrédula. – É verdade, Antonio?

– É verdade. Ela é filha do rei dos índios, que aqui tem outro nome, mas é como se fosse um rei.

Tereza estava de boca aberta.

– Mas isso deve ser um segredo nosso. Está bem? – completei.

Ela fez sinal que sim, ainda espantada.

– Você não deve contar para ninguém – recomendei.

– Não conto, juro – ela respondeu com os olhos colados em mim, ainda espantada.

Suspirei dando sinais de cansaço. Já era tarde e, apesar disso, Franco ainda não tinha voltado da capela. Todos dormiam, mas Tereza queria saber mais sobre a princesa.

– Ela tem cabelo comprido?

– Tem – respondi intrigado.

– Eu sabia. Todas as princesas têm cabelo comprido.

– Você também é uma princesinha, sabia? – e beijei sua testa.

– *Mamma* também fala isso às vezes.

– Acho melhor irmos para a cama. Amanhã vou ter de sair cedo – expliquei.

– Para encontrar com a sua princesa?

– Também – respondi, simplesmente para não alongar a conversa. – Vá para a cama, está na hora.

– Já vou. *Buona notte* – disse Tereza, coçando os olhinhos.

– *Buona notte* – repeti, sabendo que a minha noite seria longa. E nada boa.

A lua cheia deslizou por trás de uma nuvem com contornos de prata e a temperatura baixou, tornando a noite fria, mas nem de longe parecida com as de Valdagno nessa época do ano, quando éramos obrigados a nos enrolar em grossas mantas de lã e a sempre manter o fogo aceso para não congelarmos. O silêncio da madrugada era quebrado apenas pelo piar de um pássaro.

Não imaginei que Franco tencionava passar a noite toda na capela. A cerimônia de benção seria em poucos dias e *mamma* estava ansiosa para assistir a uma missa celebrada pelo filho. De repente, parei para pensar. Paolo teria escolhido esses dias para os bugreiros atacarem a tribo exatamente por ser perto do dia da benção da capela e assim desviar a nossa atenção? Isso não me surpreenderia. Também me levava a pensar no ataque que ele e Tomazon haviam sofrido dos índios. Sempre achei aquela história estranha, fora de propósito. Ele teve a coragem de enganar a todos nós para justificar a violência planejada contra os índios? A ambição de Paolo em se tornar um próspero senhor de terras no *Brasile* estava tomando caminhos perigosos.

Agora não faltava muito para o dia raiar e eu me sentia cansado, muito cansado. Cansado como nunca estivera antes na minha vida. Não resisti e voltei a me ajoelhar no meio da sala, recomeçando a rezar para pedir proteção, orientação, luz.

"Chama agora! Haverá alguém que te atenda? E para qual dos santos anjos te virarás? Porque a ira do louco o destrói e o zelo do tolo o mata. Bem vi eu o louco lançar raízes, mas logo declarei maldita a sua habitação...", diz o Livro de Jó.

Decidi ir atrás de Franco na capela e levantei-me. Abri a porta e uma lufada de ar frio me acordou, fazendo com que eu retrocedesse. O que faria naquela capela? Ouviria apenas o que já sei, as palavras que já conheço. Vi o rosto de Elisabetta na escuridão da noite e fechei a porta.

Mas também vi o rosto da minha princesa, de Zia Nham, dos bugreiros, dos indiozinhos sob a árvore, o sonho da velha. Todos iriam até o rio das Antas. Uma angústia igual à que senti no dia em que Elisabetta e eu decidimos fugir de

Valdagno tomou meu coração. Aflito, fui até o quarto e, no escuro, abri o baú do meu irmão. Apalpei, mexi e, finalmente, encontrei a arma de Paolo. Quando toquei no metal maciço do revólver, tomei um susto, como se tivesse levado um choque. Um choque de realidade.

– Deus – murmurei. – De novo, não.

Aterrorizado com a ideia de ver o passado acontecer novamente, tomei uma resolução e corri até a sala, abrindo a porta, temendo que, no intervalo de tempo em que não fizesse isso, perdesse a coragem. A chama da lamparina oscilou violentamente com o vento e, dessa vez, nada impediu que eu me movesse. Ao contrário, fui empurrado para fora.

Tomei a direção do estábulo e, sob a luz da lua, consegui encilhar um dos cavalos. Montei e parti de imediato. Uma alegria imensa tomava meu coração.

Iluminado pelo começo de uma aurora que desenhava tons de azul-claro na escuridão do céu, cavalguei durante alguns minutos e olhei para trás. Alguém deve ter ouvido o som do galope e mais uma luz foi acesa na casa. De repente, ouvi o sino tocando.

– Deus do Céu.

Sim, era o nosso sino. O sino de *mamma*.

Franco achou que poderia me deter com o toque do sino. Pensou que poderia me paralisar. Esporeei o cavalo para que corresse ainda mais. O sino logo parou.

Era fácil imaginar o que estava se passando em casa. Todos estavam de pé, em roupas de dormir, atarantados, sem saber o que estava acontecendo. Itália chorava, Tereza chamava pelo papagaio, *mamma* e *papà*, aturdidos, querendo saber o que tinha acontecido. Como se estivessem na minha frente, podia ver Paolo e Franco decidindo por mim sobre a minha vida. Podia ver claramente os dois mandando Marcelino preparar os cavalos, *mamma* rezando, *papà* atônito, com as mãos tremendo. E eles montando para vir atrás de mim.

Franco não teve coragem de tocar novamente o sino. Deve ter até se arrependido de tê-lo feito. Estava irritado e tentou me paralisar com as badaladas, como se o som tivesse o poder de me envolver e me imobilizar. Ele não conseguia imaginar que uma força muito mais poderosa me impulsionava naquele momento. Eu não podia falhar agora com Maria da mesma maneira que tinha falhado antes com Elisabetta.

O caminho era aquele que Marcelino e eu tínhamos feito duas vezes para ir atrás de Paolo. Depois, teria de seguir por outros, desconhecidos, até o rio das Antas. Não sabia explicar por que, mas não me preocupava com isso. Eu conseguiria chegar de qualquer maneira. O dia raiava e a luz inundava a terra, tornando tudo mais fácil. O cavalo continuava em seu trote rápido, indiferente aos meus pensamentos, e ajeitei melhor o revólver na minha cintura.

Meus joelhos apertavam as costelas do animal e suas patas batiam com força a terra crua. Tomado por um sentimento de urgência, até açoitei minha pobre montaria. Minha determinação, o galope decidido do cavalo, o vento batendo no rosto, aquele perfume da terra, retomar as rédeas da minha vida, tudo isso me causava uma alegria estranha, real, a que não estava acostumado. Porém, tudo isso só iria terminar bem se eu conseguisse ter minha princesa caingangue novamente nos braços. Se pudesse beijar novamente aqueles lábios, se ela estivesse em segurança. Apertei ainda mais as costelas do animal.

"Guardião da saúde e da cura, peço que Vossos raios curativos desçam sobre mim dando-me saúde e cura. Guardai meus corpos físico e mental, livrando-me de todas as doenças. Expandi Vossa beleza curativa...", recitei.

Cheguei até o ponto que conhecia, onde Marcelino e eu paramos para seguir Paolo. Daqui em diante, seguiria caminho até o rio das Antas apenas pelas indicações do próprio Marcelino, que já tinha feito o trajeto uma vez para conhecer a região. O cavalo continuava em frente, em meio a uma vegetação baixa que cobria declives suaves onde se alternavam trechos de mato e pinheirais.

"... em meu lar, meus filhos e familiares, no trabalho que executo, para as pessoas com quem convivo diariamente. Afastai a discórdia e ajuda-me a superar conflitos. Arcanjo Rafael, transformai a minha alma e o meu ser, para que eu possa sempre refletir a vossa luz. Que assim seja."

De repente, vi fumaça no horizonte. Não era tão longe como tinha imaginado, o que era pior porque permitia que Maria fizesse com facilidade esse mesmo percurso para encontrar o pai e, sem saber, os bugreiros.

– Deus meu, não permita que isso aconteça – murmurei.

Apertei novamente as ancas do cavalo, que reagiu imprimindo ainda mais velocidade às suas passadas. Ouvi um tiro ecoando ao longe e me assustei.

– Deus...

Observei outro ponto de fumaça e fiquei ainda mais preocupado. Ajeitei o revólver na cintura e perguntei a mim mesmo se teria coragem de usá-lo. Não soube responder.

Mais um tiro ecoou pelo ar.

O cavalo fez um último esforço para chegarmos rápido e parou em frente a um grupo de árvores enormes. O rio das Antas deveria passar por trás desse bosque. Uma proteção natural para os índios, imaginei. Estava desmontando quando observei ainda longe, na linha do horizonte, dois pontinhos em movimento. Dois cavalos fazendo o mesmo trajeto que eu. Não era difícil imaginar quem seriam os cavaleiros. Prendi minha montaria num galho de árvore e dei tapinhas de agradecimento em seu lombo por ele ter me trazido. Olhei novamente para aqueles dois pontinhos que se aproximavam cada vez mais e entrei no mato denso. Saquei o revólver da cintura apesar de não ter a mínima ideia de quando, ou contra quem, deveria usá-lo.

Logo depois daquela parte da mata fechada havia uma clareira e ouvi o relincho fraco de um cavalo. Avancei mais um pouco e pude vê-lo. Ele tinha sangue na cabeça e, de repente, se virou para mim, dobrou os joelhos e caiu lentamente por terra, sangrando ainda mais na cabeça. O pobre animal resistiu por pouco tempo.

Continuei a caminhada e, em outro trecho do mato, já podia ouvir o som das águas do rio correndo com força. Porém, ouvi também gemidos e descobri o corpo de um índio. Tinham cortado sua garganta. Apesar do frio que me correu na espinha continuei avançando, enquanto me protegia entre as árvores. Minha mão tremia segurando o revólver. Mais gemidos e gritos. As árvores terminaram e aí pude ver o que gostaria de nunca ter visto em minha vida. Uma aldeia arrasada, com palhoças queimadas, objetos jogados por toda parte, poças de sangue e corpos espalhados. Pude notar que muitos estavam sem as orelhas e outros ainda gemiam. E, em meio a tudo isso, bugreiros caminhavam entre os corpos com facões na mão. Alguns tinham a expressão carregada e outros zombavam dos índios.

– Deus do Céu – murmurei, sem conseguir conter o meu horror.

Tinha sido uma carnificina.

– Espionando a gente de novo, italiano? – ouvi uma voz atrás de mim.

Era ele, o homem da cicatriz novamente, empunhando uma espingarda apontada para o meu peito.

– Ou é vosmecê quem está trazendo a outra parte do dinheiro? – perguntou.

– Paolo pagou a vocês para fazerem isso? – gritei, desesperado.

O bugreiro continuou me encarando sem responder nada. Comecei a chorar e a pedir a Deus desesperadamente para que Ele não tivesse permitido que Maria tivesse vindo para a aldeia.

– E o cacique? – eu quis saber. – Ele também foi...

O homem da cicatriz não respondeu.

– Ele também foi... morto? – insisti.

Ele continuou me encarando antes de responder:

– Foi um dos primeiros.

Lágrimas começaram a rolar pelo meu rosto. O bugreiro não entendia nada.

– E onde ele está?

– Vosmecê está com o dinheiro, ou não?

– Disso quem cuida é Paolo – respondi, tomado por uma sensação de irrealidade e de nojo por tudo. – Onde está o corpo do cacique?

Contra a vontade, o bugreiro apontou para uma choça semidestruída. Alguns corpos estavam ao redor dela. Lentamente, passo a passo, me aproximei, observando os corpos ensanguentados, retalhados, já sem vida. Vi o de um homem velho, um idoso, que deveria ser o cacique. Tinha uma expressão de muita dor. Continuei a procurar, rezando para não encontrar e, por Deus, eu a vi. Era ela.

– Não!!! – berrei, desesperado, e me ajoelhei, puxando seu corpo para junto do meu. Seu rosto estava sujo, mas era ela, sim, o meu amor, a minha princesa.

Ao mesmo tempo, Franco e Paolo saíram de dentro da mata. Estavam com o rosto afogueado e, de imediato, Franco mostrou-se horrorizado com o que via.

– O que é isso, meu Deus?

– Vosmecê trouxe o dinheiro? – o bugreiro confrontou Paolo de imediato.

– Dinheiro? – surpreendeu-se Franco, encarando o irmão.

– Calem a boca – Paolo ordenou aos bugreiros.

Voltei a olhar para minha princesa e senti um leve arfar do seu peito. Ela ainda estava viva. Viva! Estreitei-a mais ainda junto ao peito e, como por encanto, ela abriu os olhos bem devagar.

– Meu amor... – sussurrei.

Ela então esboçou um sorriso e, lentamente, fechou os olhos. Para sempre.

Eu queria gritar e não conseguia. O meu peito parecia querer explodir, cheio de ódio, desespero, impotência.

Encarei meus dois irmãos e eles entenderam tudo na hora. Paolo desviou seu olhar duro e Franco baixou a cabeça enquanto eu procurava ajuda em seus olhos. Era o fim de tudo, era o fim da minha família. Era o meu próprio fim.

Ainda ajoelhado, com a cabeça de Maria no colo, saquei o revólver da cintura e apontei para Paolo. Todos levaram um susto e o bugreiro também apontou sua espingarda para mim.

– Largue essa arma – gritou Franco.

– Ou eu atiro – completou o bugreiro.

Paolo permaneceu calado como eu.

– Antonio... por favor! – Franco implorou.

O silêncio era quebrado somente pelo piar dos pássaros, indiferentes a tudo.

– Você conseguiu novamente, Paolo – gritei por fim. – Você conseguiu destruir minha vida de novo!

Paolo ouviu calado.

– Antonio... – insistia Franco.

– E agora é um assassino – afirmei pronunciando pausadamente as palavras. – Um assassino...

– Antonio...

– E vai pagar por isso.

– Antonio... por favor. Eu compreendo o que você sente, mas Paolo é nosso irmão.

O bugreiro se movimentou para melhorar sua posição de tiro e Paolo mantinha o silêncio, horrorizado.

– Você destruiu de novo o meu amor...

– Antonio...

– Assassino! – berrei e levantei ainda mais o revólver prateado, que refletiu a luz do sol.

– Antonio, não! – gritou Franco, atirando-se de repente na frente de Paolo para protegê-lo.

Mesmo assim, disparei.

Apertei o maldito gatilho.

Livro Dois

Capítulo 1

Aeroporto di Fiumicino – Roma, 2006.

Sempre gostei de aeroportos. Sempre gostei do barulho, da movimentação, de ver as pessoas circulando com ares de importância, do ambiente, enfim. É um ótimo lugar porque sempre nos dá a sensação e a expectativa de que se está prestes a fazer algo importante. E, dessa vez, eu realmente estava.

Mas quase fiquei sem fala quando o funcionário da alfândega, com meu passaporte em mãos, perguntou o que eu vinha fazer na Itália. Os olhos do homem não paravam de ir e vir entre o documento e eu, como se quisesse adivinhar meus pensamentos. O que eu poderia responder? Que vim à Itália para desenterrar um segredo de 120 anos? Que não acreditava que meu bisavô tivesse matado o próprio irmão? Que um diário antigo poderia revelar toda a verdade que minha avó, há tantos anos, dizia saber? À espera da minha resposta, o italiano fixou os olhos em mim e eu respondi simplesmente que tinha vindo fazer turismo. Ele aceitou minha resposta e de imediato me dispensou, preocupado com o tamanho da fila que o aguardava. Era a primeira vez na minha vida que viajava à Itália e lembrei que meu pai nunca tinha colocado os pés nesta terra.

Um garoto apressado esbarrou seu carrinho na minha mala e o pai pediu desculpas, batendo levemente em meus ombros e levantando a voz para fazer o menino se acalmar. Ele também estava agitado com o ambiente do aeroporto. Num dos vários painéis luminosos espalhados por todo o saguão, vi um com a palavra *Brasile* e estranhei. De fato estava na Itália e agora não poderia mais voltar atrás, mudar de ideia, inventar uma boa razão para não fazer o que tinha de ser feito. Agora era tarde. Já havia tomado essa incumbência para mim e minha avó me aguardava com a resposta.

A resposta de uma vida inteira.

Sem saber bem o que fazer, decidi sair daquele gigantesco aeroporto e ir para o hotel. Havia reservado um quarto perto da sede da Ordem de Santa Maria das

Mercês para facilitar minhas idas até o arquivo onde os documentos de frei Franco Rossato estavam guardados há quatro gerações. Parecia loucura e eu mesmo mal acreditava, mas logo teria acesso aos diários que poderiam provar a inocência de meu bisavô. Ou não.

Tremi ao pensar em voltar ao Brasil sem as informações que minha avó, em seus quase cem anos, tanto aguardava. Seria o fim para ela. Lembrei de suas palavras durante o velório de papai quando notei que não tinha visto ninguém dos Rossato, apenas parentes da família de mamãe. "Seu pai está pagando o preço de um engano, ainda depois de tantos anos, mas agora você vai poder descobrir a verdade."

– *Scusa* – disse um homem que estava com pressa e percebeu que eu, ao contrário, não tinha nenhuma.

Peguei um táxi e dei o endereço ao motorista, que não fez nenhum comentário e guardou minha mala. Durante o trajeto, ele permaneceu calado até a hora em que lhe dirigi a palavra. Depois se sentiu à vontade para conversar.

– *Sei brasiliano*?

– *Si* – respondi, ainda inseguro de falar em italiano.

– Vocês vão ter uma surpresa este ano – afirmou com um sorriso nos lábios e me olhando pelo retrovisor interno.

– Como assim?

– Na Copa do Mundo – ele esclareceu. – Vocês, *brasiliani*, vão ter uma surpresa com a *Azurra*. O Mundial de 2006 será nosso, pode escrever.

Sorri. Coisa que há dias não fazia. Estava tão concentrado em meus problemas que já não me lembrava de mais nada. E, como os brasileiros, os italianos são apaixonados por futebol.

– Não é o que parece – respondi. – Ninguém está acreditando muito na seleção italiana. Só você.

Ele riu. Parecia muito convencido do sucesso do seu time e segurou com força a direção do carro com as duas mãos, enquanto olhava pelo retrovisor os automóveis deixados para trás.

– O futebol é como esta cidade, meu amigo – e fez um gesto largo com o braço direito, como se a apresentasse. – Tem muitos segredos.

"Segredos", pensei. De fato, uma cidade com quase três mil anos tem muitos segredos. E um deles eu estava indo justamente desvendar.

Durante o resto do trajeto, o motorista contou em detalhes por que tinha certeza do que dizia. Quando chegamos, tirou a mala, agradeceu pelo pagamento e foi embora, satisfeito.

Park Hotel Ginevra é onde reservei um quarto. Distante apenas dois quarteirões da sede da Ordem de Santa Maria das Mercês, era o lugar ideal por sua proximidade, o que facilitaria minhas idas – que imaginava que seriam muitas – até os arquivos da congregação. O bairro parecia residencial e era muito arborizado, com pouco tráfego. Um porteiro correu para pegar minha mala e me encaminhou ao balcão de entrada. Mostrei meu passaporte, a recepcionista sorriu e eu preenchi os papéis. Ela me entregou a chave do quarto e depois dei uma gorjeta ao rapaz, que pôs a mala sobre a cama. Ao entrar, a primeira coisa que notei foi o aparelho de telefone. Precisava fazer uma chamada.

Pedi à telefonista que fizesse a ligação e, enquanto aguardava, percebi que o quarto tinha passado por uma reforma recente. O telefone tocou apenas uma vez e pude ouvir a voz da minha mulher:

– Antonio, como foi de viagem? Você está bem?

– Foi tudo ótimo – respondi, e gostei de ouvir a voz dela. Parecia próxima, apesar de toda a distância. – A viagem foi tranquila.

– Você já foi até a sede da Ordem? – ela perguntou já sabendo a resposta.

– Não, acabei de chegar. E por aí, tudo bem?

– Estamos – respondeu em voz baixa enquanto eu a imaginava naquele instante afagando a própria barriga de seis meses de gravidez.

– Esta viagem veio em hora imprópria – comentei, talvez pela centésima vez –, mas tinha de fazê-la. É até estranho dizer isso... são cento e vinte anos de espera e...

– Eu sei, querido, não se preocupe – ela me cortou, compreensiva. – Eu estou ótima e o bebê também. Faça o que tem de fazer, leve o tempo que precisar.

– Obrigado, querida.

– Sua avó ligou querendo notícias suas.

– Como ela está?

– Bem, você a conhece. É uma mulher muito forte – e fez uma pequena pausa –, mas está muito preocupada.

– Preocupada com o quê?

– Não sei bem. Apesar de lúcida, sua avó fica um pouco confusa quando o assunto é essa história da acusação de assassinato do tio pelo próprio irmão, seu pai. Diz umas coisas meio sem sentido.

– São quase cem anos de idade, querida.

– Eu sei, e acho inclusive que ela é muito forte e muito lúcida para alguém com essa idade, mas parece ter medo de algo, fala como se tudo tivesse acontecido ontem e ainda houvesse perigo em decorrência disso. Ligou para cá e pediu para você tomar cuidado.

Dei um sorriso e Carolina adivinhou.

– Não ria – ela disse.

Ela me conhecia perfeitamente.

– Não estou rindo – retorqui. – Só acho curiosa essa preocupação de minha avó. Fiquei impressionado com o fato de ninguém da família ir ao enterro do meu pai por causa de uma história tão antiga e quero desvendá-la. Saber o que houve cento e vinte anos atrás. Corrigir um erro ou, então, aceitar o que aconteceu. Mas saber a verdade.

– Eu sei, meu amor, talvez eu tenha ficado um pouco impressionada com o jeito de sua avó falar.

– Não precisa se preocupar comigo. Vou mergulhar naqueles arquivos antigos e voltar para o Brasil com a resposta. Acho que o maior perigo que pode existir é a quantidade de poeira que deve ter naquele lugar.

– E se sua avó ligar novamente?

– Diga a ela que estou bem e que em poucos dias a resposta que ela aguarda há tantos anos será dada.

– Cuide-se, meu amor.

– Vocês dois também se cuidem – eu disse, imaginando novamente Carolina passando a mão carinhosamente sobre a própria barrigona.

– Um beijo. Estou com saudades.

– Eu também. Um grande beijo – me despedi e recoloquei o fone no gancho.

Ri novamente, pensando em minha avó e seu medo. Minha preocupação maior era descobrir que de fato meu bisavô tinha matado seu irmão cento e vinte anos atrás e depois ter de contar isso a ela. Essa, sim, seria uma tarefa árdua.

A idade avançada deixa as pessoas confusas. Que perigo poderia existir em fazer uma pesquisa nos velhos arquivos de uma ordem religiosa?

Capítulo 2

Depois de pedir informações à recepcionista do hotel, que, com toda a paciência e falando devagar, me explicou o caminho que eu deveria fazer para chegar à sede da Ordem das Mercês, saí para a rua sob um sol ameno e uma temperatura agradável, uma manhã típica para se dar um bom passeio. A morena italiana, dona de um belo sorriso, tinha ido comigo até a entrada do hotel para mostrar a rua e, ao final da explicação, comentou que sua mãe era devota de Nossa Senhora das Mercês. Deve ter imaginado que eu era algum tipo de estudioso e estava indo à sede da Ordem para pesquisar. De certa maneira, ela não estava errada.

Subindo pela arborizada Via di San Giovanni della Croce, a rua do hotel, cruzei com algumas mães levando seus bebês para passear e fiquei imaginando que Carolina logo faria o mesmo pelas ruas de São Paulo. Aquele bairro de Aurelio, como explicara a recepcionista, era ideal para famílias por ser residencial, ter pouco movimento e ser muito arborizado. Tudo isso perto do Vaticano. Poucos carros iam e vinham por ali.

Passei por dois religiosos que caminhavam em sentido contrário e imaginei estar chegando ao meu objetivo. Prédios baixos com escritórios dominavam a quadra que terminava num portão de ferro com um interfone e uma câmera de vigilância. Apertei o botão e aguardei um pouco. Uma voz atendeu e eu disse que era do Brasil e precisava conversar com alguém sobre o Instituto Histórico. Tive dificuldade em entender o que ele dizia, mas abriram o portão e, pelo que pude compreender, era só seguir em frente e falar com alguém na recepção. O lugar era florido e segui por um caminho ladeado por jardineiras. Entrei no prédio e, por trás de um enorme quadro de Santa Maria das Mercês, pintado em cores intensas, que contrastavam com os tons escuros do mobiliário antigo, um jovem e atencioso frei perguntou como poderia me ajudar. Expliquei.

– *Archivi segreti?* – ele levou um susto. – Arquivos secretos? – repetiu incrédulo, movimentando a boca para baixo e contraindo os olhos. Ficou me encarando por alguns segundos e pediu licença para falar com outra pessoa, me deixando sozinho. Pude observar, então, a quantidade espantosa de detalhes que havia no quadro de Santa Maria, e sua beleza. Ela parecia olhar bondosamente para mim.

O jovem frei voltou, seguido por outro mais velho, de semblante preocupado. Apertava as mãos num gesto nervoso e me cumprimentou com um sorriso forçado. O jovem frei ficou quieto, apenas acompanhando a conversa. Ele parecia ainda espantado e, ao mesmo tempo, curioso.

– Acho que não entendi bem o que o senhor deseja – disse o superior, de imediato.

– *Buongiorno* – respondi. – É simples. O Instituto Histórico da Ordem das Mercês conserva em segredo, de acordo com seus critérios, documentos por quatro gerações. Neste ano de 2006, completam-se cento e vinte anos do arquivamento de alguns documentos oriundos do Brasil. Portanto, sei que agora tenho direito a ter acesso a eles.

O frei mais velho olhou para o jovem e depois voltou a me encarar:

– E o senhor chama isso de simples?

Achei graça na expressão do frei.

– Talvez eu tenha me expressado mal, não falo italiano fluentemente – justifiquei-me.

O frei pensou por um momento.

– O senhor me acompanhe, *per favore* – disse tomando a direção de um corredor pouco iluminado.

Deixamos o jovem frei, que continuava a nos observar, curioso com aquela história. Era fácil adivinhar que ele receberia algumas explicações mais tarde.

O corredor seguiu mal iluminado até que o frei abriu uma das portas, revelando uma sala com muita luz. Entramos e ele pediu que eu me sentasse em uma cadeira em frente ao que parecia ser sua mesa de trabalho.

– Só mais um momento, por favor. – Ele pegou o telefone, digitou apenas duas teclas e conversou com alguém numa língua que não consegui reconhecer.

Pôs o fone no gancho e voltou a olhar para mim:

– Ele já está vindo – explicou, como se eu soubesse do que ele estava falando.

Foi apenas um minuto, mas pareceu durar muito mais.

– *Buongiorno* – cumprimentou outro frei, ainda mais velho, que entrou na sala. De imediato, o primeiro se levantou da cadeira. Fiz o mesmo.

Sem cerimônia, o frei que acabara de chegar se instalou na cadeira de espaldar alto atrás da escrivaninha e perguntou:

– Foi o senhor que nos enviou uma carta pedindo autorização para olhar documentos referentes a 1886 que vieram do sul do *Brasile*?

– Da cidade de Caxias do Sul, para ser mais preciso – completei.

– E qual era o nome do frei que produziu esses documentos na época?

– Frei Franco Rossato, senhor.

– Ele estava no *Brasile* nesse ano?

– Sim, senhor.

– E o seu nome, por favor, qual é?

– Antonio Rossato Júnior – respondi.

Os dois freis se entreolharam. Pareciam preocupados e pouco dispostos a ajudar. Pediram para ver meu passaporte. Mostrei-lhes e, enquanto examinavam o documento, resolvi falar abertamente sobre o que procurava.

– Na verdade, frei – comecei, falando pausadamente para que pudéssemos nos entender bem. – O que procuro são provas de que frei Franco Rossato não foi morto pelo próprio irmão. Desde aquela época, toda a família acha que foi isso o que ocorreu, mas acredito que não seja verdade. Ele não foi morto pelo próprio irmão e chegou até mesmo a voltar à Itália.

– Qual é o nome do irmão que teria cometido o assassinato?

– Antonio Rossato – respondi.

Os freis se entreolharam novamente.

– O mesmo nome que o seu – notou o frei mais velho, enquanto me devolvia o passaporte, que guardei no bolso do paletó.

– Tenho o mesmo nome de meu pai. O nome Antonio foi dado a ele por minha avó em homenagem ao pai, pois ela sempre acreditou não ser verdade a acusação de seu pai ser o responsável pela morte do irmão.

– É uma acusação gravíssima – resumiu o frei. – E o senhor acredita que pode encontrar provas de que não foi seu bisavô quem matou o irmão? Ou melhor, que não houve sequer um assassinato, já que está dizendo que frei Rossato teria voltado à Itália?

– Exatamente, senhor.

O frei mais velho deu um suspiro de cansaço e olhou para o companheiro, pigarreou e disse:

– Frei Calloni, acompanhe o senhor Antonio Rossato até os arquivos do Instituto. As condições já foram todas preenchidas.

– Aos arquivos secretos? – perguntei ansioso.

– Aos arquivos – corrigiu prontamente o frei. – Qualquer nomenclatura a mais é invenção de pessoas que não conhecem o nosso trabalho, senhor Rossato.

– Claro – concordei com humildade, interessado apenas em entrar no tal arquivo. Fosse secreto ou não.

– Se o senhor me dá licença, tenho ainda muito trabalho a fazer. Frei Calloni lhe prestará toda a assistência.

– Obrigado, frei – e lhe estendi a mão.

– *In bocca al lupo*, como dizemos aqui na Itália. Boa sorte – disse e saiu da sala me deixando com frei Calloni, que, após a saída de seu superior, cruzou os braços sobre o peito, pigarreou e olhou fixamente para mim, falando em voz baixa:

– Imagino que deva ser difícil para sua família permanecer com uma dúvida como essa. Não saber se alguém do próprio sangue matou o irmão deve incomodar a todos.

– E muito mais à minha avó – completei.

– A filha do homem acusado.

– Exatamente.

– Mas imagino que você também deva estar preocupado com o resultado. Sua avó deve acalentar uma determinada resposta há anos e se... não for bem assim? Qual a idade dela?

– Quase cem anos.

Ele suspirou como quem diz "uau".

– Não invejo sua situação, meu caro. Ela é bem difícil.

– Já pensei nisso muitas vezes e não sei o que fazer. Se eu descobrir que a verdade é a que não queremos, minha avó não vai resistir. Já me arrependi de ter me deixado levar por esse sentimento de justiça. Ela tem uma crença absoluta na inocência do pai. Mas e se não for bem assim?

A pergunta ficou no ar. Passei os olhos novamente por aquele mobiliário antigo à procura de uma resposta. Frei Calloni continuava na minha frente de braços cruzados.

– Talvez possamos ajudá-lo – afirmou ele subitamente.

Fiquei surpreso. Ele me olhava fixamente e não abri a boca.

– Talvez possamos ajudar você e sua família proibindo a sua entrada em nossos arquivos – disse o frei, descruzando os braços e apoiando-se na escrivaninha. – Se você não puder entrar, não descobrirá nada e sua avó não sofrerá.

Entendi aonde ele queria chegar.

– E se realmente ele for inocente? – argumentei.

O frei levantou as sobrancelhas, permanecendo assim durante alguns instantes.

– Você tem essa opção. A escolha é sua. O que estou querendo dizer é que, se quiser, podemos criar obstáculos que lhe servirão para justificar a impossibilidade de descobrir o que aconteceu cento e vinte anos atrás e, assim, poupar sua avó.

– Seria uma mentira – argumentei.

– Não pensamos dessa maneira. Essas normas são muito antigas e, frequentemente, cabem interpretações sobre sua aplicação.

Frei Calloni voltou a cruzar os braços, aguardando uma resposta minha.

– Só queremos ajudar você e sua família – completou.

A proposta vinha mesmo a calhar, pois poderia voltar ao Brasil com a melhor das justificativas: fui proibido de ter acesso aos arquivos. Ponto final. Ela sofreria, porém infinitamente menos se eu descobrisse que...

– Não – respondi. – Agradeço sua oferta, mas prefiro enfrentar a verdade. Quero entrar naquele arquivo e saber o que se passou com os Rossato mais de um século atrás. Conhecer as bases sobre as quais construímos nossa família.

Frei Calloni permaneceu imóvel durante alguns segundos, de braços cruzados, o olhar fixo, parado. Devia estar certo que eu aceitaria sua oferta.

– Tem certeza disso? – ainda perguntou.

– Tenho – respondi, com uma firmeza na voz que eu mesmo não compreendia. Talvez o sangue que corria em minhas veias tivesse falado mais alto. Meu coração, por sinal, batia como nunca em meu peito.

– Confesso que estou surpreso – admitiu frei Calloni.

– Confesso que também estou, frei. Confesso que também estou.

O religioso então deu de ombros, não compreendendo o que eu queria dizer e suspirou.

– *Signore* Rossato, por favor, siga-me até o arquivo. É do outro lado deste prédio.

Anuí com um movimento de cabeça e saímos da sala, voltando ao corredor mal iluminado. Seguimos por ele e dobramos à direita, onde outro quadro de Santa Maria, este ainda maior, dominava a parede. Se fosse em outra ocasião, teria parado e ficaria por horas examinando os detalhes da obra. Entretanto, agora não tínhamos tempo para isso. Continuamos por esse outro corredor que era mais bem iluminado em determinado ponto e depois voltava a ficar mal iluminado. Não havia nenhuma referência aos arquivos e fizemos todo o caminho em silêncio. O frei, provavelmente, estava remoendo o seu fracasso em me convencer.

Ele abriu uma porta e entramos. Era uma saleta de espera onde outro frei trabalhava em frente a um computador. Frei Calloni me apresentou a ele.

– Frei Bardini, este é o senhor Rossato. Ele foi autorizado a fazer as pesquisas históricas que necessita em nossos arquivos. Por favor, explique a ele as regras que nos norteiam e o ajude no que for necessário.

– Claro, frei, vou providenciar tudo.

– *Grazie* – respondeu frei Calloni, virando-se depois para mim. – *In bocca al lupo, signore Rossato*. Muito boa sorte ao senhor. Que Deus permita que os fatos tenham sido da maneira como esperamos. Até logo.

– Até logo e obrigado, frei – respondi simplesmente.

Ainda fiquei observando a figura esguia de frei Calloni se afastando por alguns instantes, quando o outro frei começou a falar:

– Não há muito o que dizer, na verdade, senhor Rossato. Apenas que é proibida a saída de material do arquivo em qualquer circunstância e que podemos providenciar uma cópia do que for estritamente necessário ao senhor. Há papel e lápis para anotações que queira fazer e uma câmera de vídeo está constantemente ligada na área em que estiver sentado. A manipulação só deve ser feita com um par de luvas cirúrgicas para proteger o material. O senhor poderá vir quantas vezes quiser e o expediente termina diariamente às 17 horas, quando o senhor deverá se retirar.

– Compreendo.

– O que exatamente o senhor procura?

– Um material que deve ter entrado para o arquivo em 1886, proveniente do sul do Brasil.

– Ah... o material reservado – ele reagiu com preocupação. – Completou quatro gerações para poder ser feita a consulta pública.

– Exatamente – respondi, torcendo para que ele não criasse mais nenhum tipo de dificuldade.

– Pois bem. E qual é o nome do frei em questão?

– Frei Franco Rossato.

– Seu parente?

– Sim, irmão de meu bisavô.

– Interessante – resumiu ele, abrindo a porta que estava logo atrás de nós. – O senhor é *brasiliano*?

– Sou.

Entramos em um grande salão com pé-direito muito alto e enormes estantes de aço, todas divididas e numeradas. Não eram estantes comuns, porque cada divisória possuía uma portinhola de vidro para proteger os documentos do pó e da umidade.

– Vejamos. Frei Rossato Franco, 1886. Será fácil localizá-lo. Estava mexendo com o material há pouco mais de um mês.

– E por quê? – indaguei.

– Pelo simples fato de que passou a ser material de consulta livre, quando antes era reservado. Sua sistematização agora será diferente dentro do arquivo.

– Entendo.

Frei Brandini abriu uma das portinholas e mostrou seu conteúdo. Eram pastas e mais pastas, todas iguais, feitas de um material que não soube identificar com precisão. Ele as retirou da estante com minha ajuda e as colocamos sobre uma mesa estranhamente nova em um lugar como aquele, e com uma luminária suspensa.

– O senhor vai ter muito trabalho – comentou.

Olhei para as pastas intrigado e, ao mesmo tempo, encantado por imaginar que lá poderia encontrar respostas a dúvidas que persistiam há mais de um século na família.

– *Buona fortuna* – disse o frei.

Não respondi e me sentei com os olhos fixos nas pastas, abrindo a primeira, apreensivo, sem saber bem o que poderia encontrar naqueles papéis velhos.

Capítulo 3

A principal razão que me levou a cruzar o oceano e insistir em ler papéis tão antigos, que Deus me perdoe, não foi acalmar a inquietação e a dúvida de tantos anos de minha avó. A verdade seja dita. Foi, sim, para vingar meu pai, embora ele mesmo se importasse pouco com o fato. Mas eu não conseguia admitir e aceitar que ninguém dos Rossato tivesse ido ao velório de meu pai, que ninguém lhe tivesse rendido as últimas homenagens por causa de um suposto assassinato de cem anos atrás. Quero buscar a verdade nesses papéis antigos. Acho que, mais do que o próprio assassinato, o que alimenta isso tudo é a dúvida sobre a existência ou não dessa morte. O corpo de Franco Rossato nunca foi encontrado, e há documentos da época nesses arquivos na Itália. Como seria possível isso acontecer se, realmente, ele tivesse morrido em 1886 no interior do Rio Grande do Sul?

Mistérios que agora eu estava muito perto de desvendar.

Sentei-me numa cadeira pesada de madeira e vesti com cuidado as luvas cirúrgicas de látex. Notei uma segunda lâmpada ao lado, que acendi para iluminar bem o local. Por onde começar? Observei que as caixas, feitas de papelão, estavam numeradas e abri a de número um. O que encontrei foi um exemplar antigo da Bíblia, impressa em 1871 na Itália, com um desgaste forte nas bordas indicando um uso intenso do Livro Sagrado. Guardei-a e abri a pasta número dois. Continha apenas um envelope grande de papel grosso que abri em seguida, encontrando um bom número de cartas. Pude perceber que já tinham sido catalogadas por datas que iam de 1878 a 1884 e que metade delas tinha sido enviada de Valdagno. Comecei a lê-las apesar da dificuldade por causa da letra, da antiguidade do papel e da própria língua. Eram cartas trocadas entre meu bisavô e seu irmão frei, Franco Rossato. Pelo que pude entender, eram do tempo em que frei Franco ainda estava no seminário e eles trocavam ideias e informações sobre a vida de cada um no seminário e em Valdagno.

Por essas cartas fiquei sabendo que o irmão deles, Paolo, era um exímio caçador e sabia preparar como ninguém armadilhas para capturar pequenos animais. Que certo dia, um dos irmãos, de nome Marcelino, se perdeu na mata em Valdagno e todos passaram por um grande susto. Não compreendi bem o que falavam quando surgia um nome de mulher – Elisabetta –, a quem meu bisavô dirigia palavras de carinho. Conforme seguia em frente com a leitura das cartas, percebia que era muito mais do que carinho e que, na verdade, ele era apaixonado pela mulher. No entanto, por algum motivo, esse sentimento não pôde seguir adiante. Algo de terrível aconteceu e os dois tiveram de se separar. Pela maneira como trocavam cartas, o frei era confidente do meu bisavô. Como pode ser possível que ele o tenha assassinado?

Fechei a caixa número dois com uma sensação estranha por estar devassando a vida de alguém, mesmo sendo da família e tendo vivido há mais de um século. Era um sentimento confuso, um misto de curiosidade e constrangimento por estar escarafunchando a vida desse parente. Abri a caixa número três e encontrei mais cartas. Dessa vez, os papéis estavam catalogados por datas que iam de 1885 a 1886, data da viagem ao Brasil. Entre as cartas trocadas por Antonio e Franco havia uma de Paolo Rossato endereçada ao frei. Finalizada por uma assinatura floreada e esparramada, a carta do final de 1885 dizia que outra igual tinha sido enviada para Antonio e incluía uma longa lista de coisas a serem levadas para o Brasil, como enxadas, machados e máquina de fazer macarrão. Dava recomendações expressas de que nada poderia ser esquecido e de que Franco deveria ajudar Antonio, já que ele ainda estava relutante em ir para a América.

Também descobri naqueles papéis com mais de cento e vinte anos de idade que a mãe de meu bisavô, uma senhora chamada Maria Crosara, era profundamente religiosa e que toda a sua família (melhor dizendo, *nossa* família) tinha trabalhado na construção da catedral de San Clemente, em Valdagno, e que um dos seus irmãos perdera a mão quando um bloco de pedra caíra sobre ele. O texto narrava como Maria Crosara passara noites e noites rezando pela recuperação do irmão. Falava da sua alegria quando seus pedidos foram atendidos e Gennaro melhorou, podendo voltar ao trabalho na catedral e assim continuar a obra do Senhor.

Olhei para o meu relógio, acertado com o horário italiano, e percebi que já haviam se passado mais de três horas desde que eu sentara para examinar os papéis. Sentia os músculos das costas endurecidos e me alonguei, primeiramente sentado e depois em pé. Observei as pastas que já examinara e as que faltavam. A diferença era grande e eu teria de voltar, no mínimo, nos próximos dois dias. Para poder oferecer detalhes à minha avó, fizera pequenas anotações do conteúdo desses arquivos e me sentia incomodado com o uso das luvas cirúrgicas. Pensei em tirá-las, mas me contive. Lembrei que, como o frei mesmo dissera, havia uma câmera de vídeo ligada o tempo todo e eles veriam que eu tinha tirado as luvas.

Examinei o local de maneira discreta e rapidamente localizei a câmera. Pela posição, eles tinham uma ampla e detalhada visão de onde eu estava. Tornei a me sentar e peguei outra caixa imaculadamente limpa e funcional. Os arquivos históricos da Ordem eram diferentes do que tinha imaginado. Pensei que encontraria um depósito de papéis velhos, desorganizados e empoeirados. Ao contrário, era um arquivo moderno, informatizado e sem um traço sequer de poeira. E, ainda por cima, com câmeras vigiando toda e qualquer movimentação.

Quando levantei a tampa da caixa, algo saiu rolando de dentro dela e caiu sobre o tampo da mesa. Rapidamente, por puro reflexo, trouxe o objeto com o braço para junto do meu peito e coloquei a caixa numa posição que atrapalhasse a visão da câmera. Mexi com os papéis calmamente para simular a continuidade da leitura e só então baixei a cabeça para ver o que tinha descoberto. Não consegui identificar o objeto de imediato, mas pareciam dois broches atados a um longo cordão. Arrumei os papéis e me remexi na cadeira para poder observar melhor. Abri e fechei a caixa de novo. Pude olhar melhor e aí identifiquei o objeto. Era um escapulário com a imagem da Virgem em ambos os lados e um cordão, que parecia ser de couro, unindo os dois. "Conservaram o escapulário de frei Franco também na caixa", pensei de imediato. Entretanto, conferi a lista que cada caixa possuía na tampa, relacionando seu conteúdo, e nada constava sobre um escapulário. Achei estranho e mexi na caixa para ver se encontrava mais alguma coisa e nada. Apenas os papéis antigos que constavam na relação da tampa.

– Estranho – repeti, num murmúrio.

Pensei duas vezes, mas não muito mais do que isso e, discretamente, coloquei o escapulário no bolso do meu paletó ao lado do passaporte. Não tinha muito tempo para escolher o bolso, se queria fazer isso sem ser notado. A impressão que tive era de que a câmera me olhava com mais atenção do que antes.

– Bobagem – murmurei de novo.

Depois que estivesse longe dali, aí sim, poderia examinar melhor o escapulário. Era estranho que não constasse na relação, mas continuei com a leitura das cartas.

Estava na quarta caixa e ainda havia muito mais material. Frei Franco gostava de escrever e registrava em diários, cartas e listas tudo o que lhe acontecia e pensava. Parecia querer deixar o legado de suas impressões sobre o mundo, mesmo depois que não estivesse mais nele. Tinha uma caligrafia miúda, mas legível, e cometia poucos erros, pois quase não havia rasuras nos textos. As cartas eram sempre longas e muito detalhadas porque na época era a única maneira que havia para as pessoas poderem se comunicar. Portanto, tinham de dizer tudo o que queriam para aproveitar o máximo cada correspondência. Outro cuidado que o frei teve foi dar continuidade a cada um dos diários. Ele sempre fazia referências ligando o fim de um e o começo do outro, de maneira que havia uma sequência que o leitor poderia acompanhar sem a menor dificuldade.

Levantei-me para beber água e esticar um pouco as pernas. Podia apostar que os freis seguiam cada movimento meu. Até agora não entendia por que tentaram me convencer a não olhar esses arquivos. Não tinham nada de mais.

Depois de três horas de leitura, minha atenção já não era a mesma e senti fome. Meu corpo reagia às condições a que estava submetido. Era hora de ir embora e descansar no hotel para voltar no dia seguinte. Talvez por isso os textos também não batessem entre o último diário da pasta número sete e o primeiro da pasta oito. Ele teria falhado dessa vez? Reabri os dois diários e pisquei os olhos várias vezes enquanto massageava minha nuca. Li novamente e havia ali uma clara descontinuidade, o que não acontecia nos diários anteriores. Outra curiosidade era um poema na última página do diário da pasta sete. Peguei papel e lápis e copiei fielmente o texto. Frei Franco, pelo que pude perceber lendo centenas de suas cartas, não era um poeta. Escrevia muito bem, mas não era dado a fazer versos. Aquele poema parecia ser único em todo o material. Outra coisa que me chamou a atenção foi a letra. A caligrafia entre os diários tinha uma diferença notável. Isso parecia querer dizer alguma coisa, ou talvez a única coisa que quisesse dizer era que eu estava cansado.

Chamei os freis e o próprio Calloni veio falar comigo. Teria me acompanhado o tempo todo?

– Frei – eu disse, ostentando um sorriso cansado –, acho que está faltando um diário do frei Rossato.

– *Come mai*? – surpreendeu-se. – Como assim?

Apontei para os diários abertos e passei o dedo indicador pelas linhas. Tinha até esquecido que usava luvas cirúrgicas de látex.

– Todos os diários formam uma sequência entre eles – expliquei com calma. – Menos esses dois.

Ele olhou atentamente para os diários e comentou:

– Isso provavelmente não significa nada. Afinal, estamos falando de textos com mais de cento e vinte anos de idade.

O pior é que talvez ele tivesse razão. Eu podia estar apenas muito cansado. Mais do que eu mesmo imaginava. Porém, insisti:

– Acho, realmente, que falta um diário.

Pela fisionomia do religioso, percebi que ele não estava nada satisfeito com aquela minha observação.

– Temos de verificar – ele disse, olhando as caixas sete e oito. Examinou a relação e, satisfeito, mostrou que o material constava lá. Nada faltava.

– Entre um e outro, deve existir mais um diário. Fica claro quando se lê – insisti.

Ele suspirou.

– Então teremos de estudar o assunto, *signore* Rossato – disse resignadamente. – Queremos lembrá-lo que não falta muito para fecharmos os arquivos por hoje.

– Eu sei, frei, e também estou cansado. Vou para o hotel agora e volto amanhã pela manhã.

– Como o senhor achar melhor. Não gostaria de deixar o telefone de onde está? Para o caso de querermos falar com o senhor.

Pensei que talvez fosse uma boa ideia. Tirei do bolso um cartão que havia apanhado de uma bandeja na entrada do hotel e o entreguei a ele.

– O hotel é perto daqui.

Ele leu o cartão e depois ficou segurando-o enquanto nos despedíamos.

– *A domani* – ele disse.

– Até amanhã – respondi.

Durante o caminho de volta ao hotel, estava me sentindo tão cansado que mal reparei no que via pelo caminho. Quando cheguei, outra atendente me deu a chave, e esta não tinha o mesmo sorriso bonito da primeira. Fui de imediato para o quarto e a primeira coisa para a qual olhei foi o telefone. Queria ligar para Carolina e contar as coisas que tinha descoberto hoje, perguntar como ela e o bebê estavam. Entretanto, sentia-me tão cansado que resolvi deitar um pouco antes de fazer a ligação. Cheguei a sonhar com mosteiros e freis.

Acordei assustado. Que horas poderiam ser? Dei um suspiro de alívio depois de olhar o relógio. Havia se passado apenas uma hora. Tinha sido apenas um cochilo longo e já estava me sentindo bem melhor. Fui até o banheiro lavar o rosto e me lembrei do escapulário. Tirei-o do bolso do paletó e sentei na cama para observá-lo melhor. As duas medalhas eram feitas de osso. Isso mesmo. Osso trabalhado delicadamente, mostrando a figura da Virgem Nossa Senhora, e os cordões que os uniam eram de um couro sujo pelo passar dos anos. Devia ser uma peça antiga. Se ela não estava na relação de documentos, como teria ido parar ali? Guardei-o novamente no bolso do paletó.

Liguei para Carolina e relatei tudo o que havia acontecido durante o dia. Adorava contar as coisas para ela e depois ouvir sua opinião. E agora que estava grávida, parecia ser ainda mais especial. Ela se despediu pedindo para que eu tomasse cuidado e não se referiu a minha avó.

– *Meno male* – disse eu para o quarto vazio.

Era quase hora do jantar e resolvi me preparar para descer. Abri a mala e arrumei algumas peças para usá-las naquele momento e no dia seguinte, quando o telefone tocou. Era a atendente dizendo que havia um senhor aguardando no saguão para falar comigo.

– Este aqui é o apartamento dezessete. Deve haver algum engano – respondi despreocupadamente.

Ela pediu um minuto e depois voltou ao telefone. Estava correta, era o quarto dezessete, e a pessoa queria falar com o *signore* Rossato.

Estranhei. Quem poderia querer falar comigo em Roma?

– Qual é o nome dele? – perguntei.

Ela pediu outro minuto.

– Molina, *signore* Molina.

Não tinha a menor ideia de quem fosse e respondi que desceria em cinco minutos. Quando acabei de colocar o fone no gancho, imaginei quem seria: um frei à minha procura. Talvez tivesse esquecido algo nos arquivos da Ordem.

Vesti o paletó e desci.

O elevador demorou e arrumei o colarinho enquanto imaginava que encontraria o frei. Mas, se era alguém da Ordem, por que ela não usou a palavra "frei" para apresentar o homem? Roma mostrava-se uma cidade cheia de mistérios, brinquei comigo mesmo e ri sozinho.

Assim que saí do elevador, dirigi-me à entrada do hotel e quem encontrei foi um homem de idade, um senhor de estatura mediana, olhos claros e cabelos grisalhos sob uma *coppola*, o típico boné italiano. Porém, o que chamava a atenção nele eram as suíças. Enormes, cultivadas há anos num rosto redondo e avermelhado. Olhou para mim como se já me conhecesse.

– *Signore* Rossato, *che piacere* – e estendeu uma mão vigorosa para mim. – Preciso muito conversar com o senhor.

Olhei novamente para o homem. Seus olhinhos azuis estavam fixos em mim e aquelas suíças não deixavam de chamar minha atenção. Fiz sinal para nos encaminharmos para os sofás do hotel.

– Vamos nos sentar, por favor – pedi.

Ocupamos duas poltronas, uma em frente à outra, e ele novamente fixou os olhos em mim como se quisesse me reconhecer, certificar-se de alguns detalhes. Fiquei um pouco impaciente com aquilo.

– Nós nos conhecemos, senhor...?

– Molina, Francesco Molina – respondeu, notando minha impaciência. – O senhor deve estar intrigado com a minha visita.

– Ainda bem que o senhor percebeu – ironizei. – Estou há menos de vinte e quatro horas em Roma e tenho muito mais perguntas do que respostas. E deveria ser o contrário.

– Então, vou lhe fazer mais uma, senhor Rossato. Já descobriu se o seu bisavô realmente matou o próprio irmão, cento e vinte anos atrás?

Fiquei paralisado e permaneci assim durante alguns instantes, mirando aqueles olhinhos azuis que pareciam ter penetrado o fundo de minha mente. Quem era aquele homem? Como sabia disso? Molina não é um sobrenome espanhol? O que ele quer? Em apenas um segundo fiz todas essas perguntas a mim mesmo, mas não consegui abrir a boca. E os olhinhos azuis continuavam fincados em mim, perscrutando minha alma, avaliando a minha reação.

– Quem é o senhor, como sabe disso? – consegui finalmente dizer.

– É uma longa história, Rossato. Tem exatamente cento e vinte anos.

Comecei a achar que ele era algum velho maluco. Aquele olhar, as suíças enormes... mas estava a par da história da minha família e do motivo de eu ter vindo a Roma.

– O senhor é italiano? – perguntei.

– Sim, sou romano. Você deve estar estranhando o sobrenome Molina, que é espanhol.

Eu estava estranhando tudo, mas aquiesci com um simples movimento de cabeça.

– Meu avô era espanhol, por isso o sobrenome. Ele foi um anarquista que morou durante poucos anos no *Brasile* e depois retornou à Espanha, migrando posteriormente para a Itália. Portanto, como vê, não sou um romano genuíno, porque, reza a lenda, o genuíno romano tem sete gerações de história em Roma. É muito tempo... – e parou de falar, observando-me, como se esperasse alguma reação da minha parte ao que ele havia dito.

Não conseguia imaginar o que poderia ser... espere. Anarquista espanhol? Vapor *Scrivia*, viagem para o *Brasile*... briga a bordo, um anarquista quase foi esfaqueado no coração. Eu tinha lido sobre isso à tarde, num dos diários de frei Franco. Deus do Céu! Ele era o neto do tal anarquista?

– Exatamente – ele respondeu, adivinhando meus pensamentos. – Imagino, pelo tempo que passou no Instituto Histórico da Ordem, que tenha lido sobre o marido traído no *Scrivia*.

– Marido traído? – estranhei.

Molina deu uma gostosa risada.

– Será que os freis eram tão ingênuos assim e ele não escreveu sobre isso? Meu avô adorava se vangloriar. O italiano que tentou matá-lo descobriu que ele estava se encontrando com a esposa dele no depósito de carga do vapor. Por isso a tentativa de assassinato que...

– Que meu bisavô impediu – concluí a frase, surpreso.

– Certo. E a quem meu avô foi grato pelo resto de sua vida.

– Espere um pouco – percebi de repente. – O senhor disse "pelo tempo que passou no Instituto Histórico". Então... ficou me observando esse tempo todo?

Ele anuiu somente com um gesto.

– E por quê? – perguntei. – Não estou entendendo nada.

– Mas vai entender – e ele se inclinou para a frente na poltrona para ficar um pouco mais perto de mim. – Vim aqui para ajudá-lo.

Continuei olhando para ele. Não conseguia dizer o que fosse porque um milhão de coisas passava pela minha cabeça ao mesmo tempo. Enchi os pulmões de ar e cruzei os braços.

– Entendo que esteja confuso.

– Pode ter certeza disso – concordei.

Percebi que ele me observava, notando alguma coisa em mim.

– O que foi? – perguntei.

– É espantoso.

– O quê?

– É espantoso como você é parecido com seu pai. A mesma posição para sentar, o mesmo jeito.

– Meu pai? – espantei-me. – O senhor conheceu meu pai? Onde?

– Sentado exatamente onde você está. A decoração era outra, mas a disposição das poltronas é a mesma.

Eu estava pasmo com o que ele dizia.

– Quer dizer, aqui em Roma? O senhor conheceu meu pai neste hotel? Impossível. Meu pai nunca esteve na Itália. Não sei quem o senhor é e essa brincadeira já está me cansando. – Levantei-me da poltrona com um impulso impaciente.

– Há vinte anos. Há exatamente vinte anos seu pai esteve aqui em Roma tentando fazer o mesmo que você, agora.

Minha vontade era dar um murro naquela cara redonda e vermelha, naquelas suíças ao lado dos olhos azuis.

– Deixe-me ver seu passaporte. Quero lhe mostrar algo – disse o velho esticando o braço. – Vamos, me dê o passaporte. Quero lhe mostrar algo.

Olhando para ele com desconfiança, peguei o passaporte no bolso do paletó e, ao puxá-lo, o escapulário que estava junto caiu sobre o tapete bege.

– O que é isso? – ele perguntou, já o alcançando com a mão e examinando a peça.

– Achei na caixa onde guardam os documentos. Não constava da relação e eu...

– Deus do Céu! – exclamou alarmado, ainda examinando o escapulário. – Meu Deus... – e me fitou com os olhos esbugalhados.

– O que está acontecendo...

– Você deve sair deste hotel imediatamente – falou assustado. – Tem de sair *agora*.

Capítulo 4

Eu deveria ter dado mesmo um murro naquela cara redonda e vermelha.

– Você é louco ou o quê? – respondi rispidamente, sem paciência.

– Rossato – disse ele, respirando fundo –, sei que deve ser difícil aceitar assim de repente uma informação dessas, mas acredite em mim. Você precisa sair deste hotel agora. Não é seguro para você permanecer aqui. Deixou algum endereço, telefone, ou o que seja, com a Ordem?

Ainda pensei se deveria responder a essa pergunta.

– Deixei o cartão do hotel com eles – respondi por fim.

– Não há dúvida, você precisa sair.

Levantei da poltrona e observei a atendente que conversava com um homem de terno escuro. Tentava ganhar tempo, raciocinar um pouco.

– Cara, acho que você é louco.

Molina então estendeu a mão direita com o escapulário balançando entre os dedos e os fios de couro pendendo.

– Esse escapulário é a prova de que alguém já visitou os arquivos, procurando pela mesma coisa que você: o diário. Essa pessoa deve tê-lo deixado cair sem perceber. Se eles estão atrás do diário de frei Franco é porque, como desconfiamos há tanto tempo, lá há segredos que até hoje não querem que sejam descobertos.

Ele era louco mesmo.

– Segredos? O único segredo que pode existir é o que vim descobrir. Se meu bisavô realmente matou o irmão. O que isso poderia interessar a outras pessoas? É apenas uma questão de família. Pelo jeito, atravessei o oceano para ficar discutindo com um lunático.

– Os segredos que esse diário contém são muito maiores do que a possibilidade de seu bisavô ter ou não assassinado o próprio irmão – respondeu Molina, ainda mostrando o escapulário com a mão fechada, apertada com tanta força que os nós dos dedos estavam brancos. – Você precisa acreditar em mim.

Suspirei impaciente.

– *Scusa* – pediu o homem de terno escuro que há pouco conversava com a atendente. – Com licença e perdão por interrompê-los. É o *signore* Rossato do quarto dezessete, não é?

Fiz sinal que sim.

– Meu nome é Renzi e sou o gerente do hotel. Tenho de lhe pedir imensas desculpas, mas serei obrigado a trocar o senhor de quarto. Se aceitar o quarto vinte e cinco, ele estará à sua disposição. E, para compensar o inconveniente, não lhe cobraremos a primeira diária.

– Por que isso? – perguntei.

– Houve um problema com o quarto, senhor.

– Acho que tenho o direito de saber o que aconteceu.

– Claro, o senhor tem razão. Bem, por sorte, a arrumadeira descobriu um pequeno vazamento de gás no aquecedor do banheiro. Tão pequeno que era difícil detectá-lo, mas poderia ser fatal durante a noite. Por isso, pedimos ao senhor que mude de quarto.

De imediato, Molina fincou os olhos em mim. Aqueles olhos azuis queriam dizer que ele tinha razão. Aquela era uma prova disso.

Respondi ao gerente, porém olhando para Molina:

– Está bem, aceito. Depois transfiro minha bagagem.

– Obrigado, senhor. E mais uma vez o hotel lhe pede desculpas pelo transtorno. A hora que o senhor quiser, envio alguém para ajudá-lo. Com licença – e saiu, voltando para sua sala atrás do balcão de atendimento.

– Não é apenas uma coincidência – disse Molina depois que o gerente se afastou. – Você tem de acreditar em mim.

– Vazamento de gás. Incrível – sussurrei.

– Eles são capazes de muito mais, pode ter certeza.

– Continuo achando difícil acreditar nessa coisa toda. Escapulário, segredos... um vazamento de gás proposital? – e levantei a voz, irritado. – Alguém está querendo me fazer de idiota?

– Não, claro que não. E se eu dissesse a você que aquela cicatriz que seu pai tinha no lado direito do peito foi feita por eles, vinte anos atrás?

Baixei os olhos. Como era possível que ele soubesse disso? Eu era um adolescente quando aquilo aconteceu e meu pai era discretíssimo em relação àquela marca no peito. Nunca mais o vi sem camisa e não comentava o ocorrido com ninguém. Proibia que falássemos a respeito.

– Aquela cicatriz aconteceu num acidente – respondi.

– Onde? – Molina perguntou rápido.

– Em uma viagem de férias, quando meu pai e minha mãe foram conhecer a... – parei de falar subitamente, duvidando de uma certeza que tivera a vida inteira – a... Amazônia. Deus do Céu!

– A viagem durou duas semanas – completou Molina.

Concordei, atônito.

– E, como lembrança, você ganhou uma camiseta com estampa de araras coloridas – me fez lembrar.

Passei a mão pela nuca e ela estava dura e tensa. Também não era para menos: eu estava descobrindo uma nova versão da minha própria vida.

– Não pude nem pegar minhas roupas – protestei.

Molina fez um sinal discreto, indicando o motorista, para não conversarmos durante o trajeto do Ginevra até a casa dele. Parecia mais um exagero daquele homem de suíças enormes.

– Não se preocupe – respondeu ele sem olhar para mim, observando apenas o movimento da rua. – O mais importante é você estar com seu passaporte. As roupas nós damos um jeito.

Voltei também minha atenção para a rua, já que não devíamos conversar dentro do táxi. O movimento de carros era grande e passávamos por prédios, igrejas, monumentos, grupos de pessoas zanzando por toda parte. Eu estava em Roma, Itália, *il Belpaese*, e, na verdade, mal tinha me dado conta disso. A preocupação em descobrir a verdade, a correria, a sucessão de fatos uns sobre os outros, não me haviam deixado tempo nem para sentir certo temor, aquele friozinho na barriga de quando se está em um lugar novo, numa terra diferente da nossa.

Com o silêncio, o motorista também não se atrevia a abrir a boca e prosseguíamos viagem sem trocar palavra. O táxi rodava para longe do centro da Cidade Eterna por um caminho tortuoso, cheio de curvas, retornos e cruzamentos. Passamos por uma ponte de nome Garibaldi, muito movimentada àquela hora, e continuamos por uma larga avenida cujo nome não consegui descobrir. O táxi entrou por ruas menores e fez mais algumas voltas, o que nos levou a um bairro residencial com casas bonitas e bem cuidadas, confortáveis, mas sem ostentação. Molina apontou ao motorista uma casa amarela com jardim na frente. O carro parou e abri a porta, olhando ao meu redor, enquanto Molina pagava a corrida. Não havia o que tirar do porta-malas, pois eu tinha saído do hotel apenas com a roupa do corpo. A atendente ainda tentou chamar o gerente para falar conosco, entretanto, fomos mais rápidos e o homem, atônito, não nos alcançou.

Mas não era só ele. Eu também me sentia aturdido com tudo que estava acontecendo. Ainda me perguntava se fizera bem em dar ouvidos a um estranho como Molina. Ele abriu a porta da casa e disse:

– *Per favore*, vamos entrar. Precisamos conversar. E muito.

Uma sensação de conforto me envolveu de repente. Não sei dizer se era a enorme quantidade de quadros pendurados nas paredes, os tapetes, os móveis antiquados, o odor levemente adocicado de fumo no ar, a meia-luz do local, ou se tudo isso junto, mas de imediato me senti confortável naquele ambiente.

– Sente-se, por favor. Vou preparar um chá. Ou prefere um café?

– O chá está bom, obrigado.

– Só um minuto – e Molina saiu da sala.

Prestei atenção aos sons da casa para descobrir se havia mais alguém lá e não consegui ouvir nada. Voltei a observar os quadros. Eram pinturas variadas, de gêneros diferentes, de diversas épocas, umas com molduras extravagantes, outras não, porém todas de bom gosto. Entre elas, uma pintura delicada de Nossa Senhora. Estava entretido em notar os detalhes da tela quando Molina retornou à sala.

– Também gosto muito desse quadro. O pintor foi muito feliz ao criá-lo. É a Nossa Senhora das Mercês.

Ouvi um barulho e olhei para ele interrogativamente.

Ele entendeu meu estranhamento, porque o som da porta sendo destrancada e aberta de maneira apressada e abrupta cortou a conversa e, um instante depois, um jovem que chamava pelo pai parou de falar e olhou surpreso para mim. Vestia uniforme de escola e carregava uma mochila.

– Igor, este é um amigo do papai, *signore* Rossato.

– *Piacere* – e ele me estendeu a mão timidamente.

– O jantar vai atrasar um pouco hoje. É melhor você ir para o seu quarto se trocar e lavar as mãos.

– *Si, papà* – e o jovem foi para dentro levando sua pesada mochila, não sem antes dar uma olhada em mim, de alto a baixo, para tentar descobrir quem eu era.

– Acabou de completar quinze anos e quer ser desenhista. E tem mesmo jeito para a coisa.

– É alto para a idade – notei.

Molina deu um sorriso.

– Esses meninos estão crescendo demais hoje em dia. Mas sei que não notou apenas isso. Imagino que esteja achando que ele é muito novo para alguém da minha idade.

Realmente tinha pensado nisso.

– É comum na minha família os homens terem filhos em idade tardia – explicou Molina. – No meu caso foi o único filho. Minha mulher morreu quando ele era muito pequeno.

– Sinto muito.

– Eu também, ela era uma mulher excepcional. Foi por causa de Madeleine que abandonei a vida religiosa e a Ordem.

Olhei para ele, surpreso.

– É isso mesmo, pertenci à Ordem de Nossa Senhora das Mercês e abandonei a vida religiosa depois que conheci Madeleine, com quem casei. Foram anos difíceis aqueles, um período de dúvidas, mas também de muitas alegrias. A maior delas, o senhor acaba de conhecer.

– Eu ainda estou muito confuso com essa história toda.

– É compreensível – e Molina levantou-se da poltrona. – O chá já deve estar no ponto – e foi para a cozinha, de onde voltou com duas xícaras fumegantes em uma pequena bandeja.

– Meu nome completo é Francesco Antonio Molina. Não é apenas Antonio Molina porque as leis italianas não consentem que o filho tenha o mesmo nome do pai. Por isso, Francesco. Se nós dois nos chamamos Antonio não é apenas uma coincidência. Em ambos os casos, são uma homenagem ao seu bisavô Antonio Rossato.

A xícara de chá ficou parada no ar durante alguns instantes até começar a queimar meus dedos. Recoloquei-a rapidamente no pires.

– A história da facada no *Scrivia* – concluí, depois de pensar um pouco.

– Essa mesmo. Meu avô sentiu-se tão grato por ter sua vida salva pelo seu bisavô que colocou no filho o nome de Antonio. E meu pai, por sua vez, querendo agradar ao meu avô, que já estava muito velhinho quando nasci, colocou Antonio como segundo nome para mim, apesar de esse não ser um costume muito comum na Itália.

– Ainda não entendo como...

– Eles nunca deixaram de ter contato. Na verdade, esse contato ficou ainda mais estreito depois que frei Franco voltou à Itália após o seu "assassinato" no meio da floresta *brasiliana*.

– Então, não houve mesmo nenhum assassinato! – exclamei ansioso.

– Não, claro que não; o tiro pegou de raspão no ombro do frei. E acho até que era o que ele precisava.

– Como assim? – perguntei ainda mais surpreso.

– Criaram a história do assassinato e do desaparecimento do corpo porque era costume dos índios caingangues do *Brasile* darem sumiço nos inimigos que matavam. Com isso, o frei pôde voltar para a Itália sem que soubessem.

– E quem não deveria saber? – perguntei.

– A própria Ordem.

Tentei juntar as peças do quebra-cabeça, mas ainda não se encaixavam. Diante do meu mutismo, Molina continuou a falar.

– Foi um grande sofrimento, principalmente para a mãe do frei, entretanto, foi também uma opção dele para se proteger e manter seus escritos a salvo.

– Escritos? Você quer dizer o diário.

– Exato.

– Pude perceber que falta algo naquele material. Falta uma parte. Mas só quem lê os vários diários consegue perceber indícios de que há algo mais.

– Esse "algo mais", como você disse, é o que mais interessa. São essas informações históricas que podem mudar a vida de muita gente até hoje.

– E como isso é possível? – indaguei, levantando-me da poltrona e indo até perto do quadro da Virgem. – Como informações de um diário escrito em 1886 podem alterar alguma coisa em 2006?

– Você se esquece de um fato importante para a Itália neste ano – suspirou Molina.

– E o que é?

– As disputadíssimas eleições gerais italianas.

Voltei minha atenção para a Virgem. Ela parecia olhar para mim, como no quadro que há na sede da Ordem. O artista era um mestre e havia dado traços excepcionalmente delicados a Nossa Senhora das Mercês, fazendo com que qualquer um ficasse enternecido ao admirá-la. Quase pedi a ela que clareasse um pouco as coisas para mim. Estava me sentindo submerso num rio caudaloso, de águas velozes, mas turvas. Suficientemente turvas para que eu não conseguisse enxergar a realidade lá fora.

– Eleições? – repeti pausadamente.

– Entendo sua surpresa, mas vou lhe explicar tudo – respondeu Molina, fazendo uma pequena pausa antes de recomeçar a falar. – A Ordem nasceu de um sonho de Pedro Nolasco, na verdade, uma intervenção de Maria Santíssima, no ano de 1218. O nome original era Ordem Real e Militar de Nossa Senhora das Mercês da Redenção dos Cativos e tinha como objetivo defender a fé mediante o resgate dos cristãos que tivessem sido capturados pelos muçulmanos. Portanto, ela nasceu como uma ordem religiosa redentora, de caráter militar. Seu escudo era formado heraldicamente pela cruz branca sobre fundo vermelho e pelas armas reais de Jaime I, da casa de Aragão, que participou de sua fundação. A técnica empregada pela Ordem para o uso de cavalos e de sapatos, por exemplo, era igual à dos templários e o título de mestre, para designar o hierarca supremo. Uma denominação que, à época, somente as ordens militares usavam.

– Ela vai completar 800 anos de existência – concluí, impressionado.

– Correto. A Ordem já existia muito tempo antes inclusive de seu país ser descoberto e, durante os primeiros cem anos de sua existência, foi um instituto religioso leigo. Leigo e fortemente militar. Com o tempo, deu-se a desmilitarização da instituição, o que desagradou a um grupo de devotos que não aceitavam de maneira nenhuma que a Ordem se transformasse em mais uma instituição meramente religiosa. Criaram, assim, uma organização paramilitar que já teve várias denominações: Vigilantes de Maria, Escravos das Mercês, Justiça Mariana e mais alguns outros, ao longo dos séculos. A questão é que esses homens são fanáticos religiosos radicais capazes de fazer o que for necessário para alcançar seus objetivos. São fundamentalistas perigosos que vivem à sombra da instituição.

– E a Ordem, o que ela faz a respeito?

– Oficialmente eles desaprovam e, em determinadas épocas, até mesmo contestam a existência deles, mas na prática são lenientes em relação a esse grupo. Muitos religiosos até o apoiam discretamente.

– E frei Franco Rossato esteve envolvido com esses fanáticos? – perguntei, quase certo da resposta.

– Esteve – Molina respondeu rápido, mas fez uma pausa antes de prosseguir. – Esteve envolvido na tentativa de acabar com esse grupo, cento e vinte anos atrás.

Comecei a perceber o rumo que a história estava tomando. O irmão de meu bisavô combatia um grupo de fanáticos no final do século XIX, grupo que continua agindo até hoje. A história de sua morte foi montada apenas para encobrir algo muito maior do que imigrantes italianos pobres podiam imaginar.

– Continuo sem entender o que isso tem a ver com as eleições italianas deste ano.

– Esse grupo tem influência suficiente para ajudar a eleger candidatos conservadores, muitos deles envolvidos com a Máfia e os novos fascistas. Esse diário tem informações que podem desmoralizá-lo, atrapalhando seus objetivos, pois a coincidência da abertura dos arquivos agora será fatal para esses radicais em uma época de eleição disputada voto a voto.

Recostei-me na poltrona e respirei fundo. Se aquele homem não fosse louco, isso significava que minha avó sempre esteve certa. Desviei os olhos que mantinha sobre Molina para o quadro da Virgem, que continuava a me observar afetuosamente. Só então reparei que a sala estava mais escura do que antes.

– *Papà, ho fame* – disse Igor entrando repentinamente, com expressão de sofrimento. – Estou com fome.

– Você tem razão, filho, é hora de comer – reagiu Molina dando um sorriso compreensivo. – Mas hoje estou sem tempo para cozinhar e nós três vamos ter de nos contentar com comida congelada. Com licença, Rossato – e seguiu em direção à cozinha.

Quanto a mim, permaneci sentado e pensativo, absolutamente imóvel naquela sala escura.

Capítulo 5

Eu estava com tanta fome que não saberia dizer se a lasanha congelada era realmente boa ou não. Eu a engolia vorazmente entre generosos goles de vinho tinto. Molina e o filho notaram, mas não fizeram nenhum comentário. Achei bom que o garoto falasse sobre o seu trabalho de escola enquanto eu podia ficar calado, apenas concentrado em comer.

Ainda estávamos à mesa, depois de termos acabado de jantar, saboreando os últimos goles do vinho, quando Igor pediu licença para ir ao seu quarto cuidar da pesquisa. Esperei que ele saísse para comentar:

– Parece ser um bom garoto. Parabéns, você soube educá-lo muito bem.

– *Grazie* – respondeu Molina, bebendo o último gole de sua taça e me oferecendo mais. Fiz sinal que não. – Ele é um ótimo menino. Tem muito da mãe, apesar de, praticamente, não tê-la conhecido.

– Deve ter sido difícil para você.

– Muito. Muito mesmo. Minha vida sofreu muitas reviravoltas, mas, graças a Deus, tenho meu filho comigo. Larguei a vida religiosa por amor a uma mulher que, infelizmente, nos deixou cedo demais. Igor tinha apenas dois anos de idade, e tive de me refazer para educá-lo. Vivemos muito bem e temos um ótimo relacionamento.

– O que você faz agora que não pertence mais à Ordem?

– Trabalho como professor de História em uma escola da região e faço revisões para uma editora de Roma. Não posso me queixar. E você, o que faz no *Brasile*?

– Sou jornalista.

– É uma bela profissão. Pretende escrever sobre tudo isso que está acontecendo aqui na Itália com você e sua família?

Fiz um sinal de dúvida.

– Ainda não sei. Teria de consultar antes minha avó para saber.

Molina fez então sinal com a mão, indicando que eu continuasse a falar e foi até um aparelho de som. Apertou o botão e de imediato os primeiros movimentos de uma ópera brotaram das caixas.

– Conhece? – perguntou ele.

Escutei por alguns instantes e fiz sinal que não.

– É o *Beijo da fada*, de Stravinsky, compositor de quem gosto muito. Aliás, chamei meu filho de Igor por causa dele, Igor Stravinsky. Madeleine também gostava muito.

Continuei sem entender e Molina esperou, com os braços levantados como se fosse reger uma orquestra, pelos acordes mais altos da música, que logo preencheram a sala. Chegou mais perto de mim e disse:

– Agora podemos conversar melhor.

Diante da minha expressão de quem não estava entendendo nada, ele explicou:

– Por precaução é melhor que ninguém nos ouça a partir de agora. Podem ter grampeado a sala.

– Você acha isso possível? – perguntei surpreso.

– Não seria a primeira vez – ele respondeu tranquilamente.

Olhei para os móveis como se tudo pudesse ter ouvidos. Até mesmo a Virgem, com sua expressão amorosa, poderia estar querendo nos ouvir. Conforme o ditado, se você está em Roma, faça como os romanos. No meu caso, literalmente.

– E tudo o que conversamos até agora? Eles podem ter ouvido.

– Tudo o que falamos até agora eles já sabem – respondeu Molina seguro de si. – Temos de conversar agora sobre o que eles não sabem.

Fiz sinal de ter entendido, mas não tinha a menor ideia de como fazer isso. O que eles não sabem?

– Diga o que você achou dos diários, como classificaria o autor se não soubesse quem é?

Pensei um pouco.

– Apesar de não ter lido tudo – respondi, esforçando-me para ser bem entendido por causa da música alta. – Percebe-se que o autor tem uma boa formação cultural e escreve com desenvoltura. Sabe ressaltar os pontos principais das histórias que conta e, claro, nota-se que os escritos são de uma pessoa religiosa. Não posso esconder que tive certa dificuldade para compreender tudo. Entretanto, uma coisa está bem clara para mim: ele não deixou registrado diretamente, porém percebe-se que ele sinaliza a falta de uma parte, de um pedaço que não foi deixado junto com os outros de propósito, mas que existe. E, se existe, é onde estão as tais informações.

– *Complimenti* – disse Molina. – Parabéns, você resumiu muito bem toda a questão. Esses escritos, que podemos também chamar de diário, existem e estão em algum lugar. Mas onde?

Procurei no bolso do paletó e tirei o escapulário que tanto preocupara Molina no hotel Ginevra. Parecia ser uma peça antiga, talvez pudesse significar algo.

– E o que me diz disso? – perguntei.

Molina pegou o escapulário, agora num gesto lento, e voltou a examiná-lo sem demonstrar entusiasmo.

– Esse escapulário não vai nos ajudar em nada com relação a isso. É importante sabermos que eles já têm conhecimento de que você veio e tentaram chegar ao diário antes, mas não conseguiram.

– E como você pode ter tanta certeza disso?

– A resposta é simples. Aquele vazamento de gás no banheiro do hotel não foi apenas coincidência. Foi provocado pelos fundamentalistas.

– Meu Deus – sussurrei.

– Há outro problema agora, também – disse Molina, devolvendo o escapulário.

– E qual é?

– Esse escapulário é uma peça muito importante para eles. Não sei nem como deixaram que se perdesse. Segundo alguns, as duas peças do escapulário foram feitas com ossos dos primeiros criadores das milícias ainda no primeiro século de sua existência. E foram confeccionados apenas sete escapulários que vão sendo herdados ao longo do tempo pelos milicianos mais corajosos, os mais combativos. Quem perdeu esse escapulário vai querê-lo de volta, com certeza.

Stravinsky continuava tocando em alto e bom som sem que eu conseguisse prestar atenção numa nota sequer. Para dizer a verdade, se aquela música não estivesse nos protegendo de ouvidos indesejados (se é que realmente estavam nos vigiando), eu preferiria o silêncio para conseguir concatenar melhor as ideias. Antes, eu achava que viria a Roma apenas para mexer em papéis mortos e, em vez disso, o que encontrei foram pessoas vivas até demais, que desejam pôr as mãos nesses mesmos papéis.

– Eles que peguem o escapulário, não preciso ficar aqui – respondi de repente para Molina, que olhou surpreso para mim. – Vou ser pai pela primeira vez em poucos meses, tenho uma vida no Brasil, uma esposa, meu trabalho, e já sei o que preciso saber. Por que insistir nessa loucura? Amanhã volto ao Instituto Histórico da Ordem, entrego o escapulário e sigo direto para o aeroporto. Em poucas horas estarei de volta ao Brasil e à minha vida.

Francesco Antonio Molina permaneceu sentado me observando, não sei durante quanto tempo, sem abrir a boca. Já estava me sentindo incomodado não só com aquele olhar, mas com Stravinsky, com a casa, e também com uma Roma que não estava fazendo mais sentido para mim. Além de todas aquelas histórias malucas que pareciam ter saído de um filme de suspense.

E ainda mais: aquele era um desafio que eu não estava disposto a enfrentar.

Capítulo 6

– Esta agora é a Sinfonia dos Salmos – Molina comentou, quebrando o silêncio –, uma das minhas favoritas. – Ele ouviu mais um pouco antes de continuar: – E pensar que toda essa beleza foi criada por um autodidata. Sabe o que isso significa? Que Stravinsky nasceu com a alma feita de música e harmonia.

Voltou a prestar atenção na sinfonia, parecendo não se importar comigo.

– Você até agora não perguntou nada sobre seu pai – ele disse, quebrando novamente o silêncio. – Saber da cicatriz foi o que convenceu você a sair do hotel, mas até agora não fez uma pergunta sequer sobre ele. Por quê?

Eu queria que os acordes da sinfonia fossem suficientes como resposta, porém não eram. Instintivamente, procurei pelo olhar da Virgem, que sabia ser acolhedor, amoroso.

– Venha aqui, tenho de lhe mostrar algo – Molina disse, levantando-se da poltrona e dirigindo-se até uma estante da sala onde havia uma televisão e, ao lado, um velho aparelho de vídeo. Ele então abriu uma das gavetas do móvel, tirou de dentro uma fita VHS, certificou-se do seu conteúdo, e ligou o aparelho e a televisão. Apareceram aquelas faixas coloridas de ajuste de imagem.

– Se você quiser, depois rebobino para você assistir novamente.

Esperei intrigado durante poucos segundos. De repente, apareceu a imagem de meu pai, num *close* fechado, mostrando da altura do peito até sua cabeça calva. Estava com seus óculos e vestia uma camisa azul-clara, com uma caneta no bolso. Tinha a expressão séria, compenetrada, e deveria estar com cinquenta e poucos anos. Dava para se notar que havia uma estante de madeira por trás dele. A mesma onde estavam os aparelhos agora.

– Esse vídeo é de 1986? – perguntei confuso e assustado.

– É – respondeu Molina simplesmente.

Fiquei com os olhos pregados na tela, sentindo um misto de surpresa e ansiedade em saber o que ele poderia falar, descobrir o porquê de ter gravado esse vídeo, vinte anos atrás. E, ainda mais, saber como era possível que eu estivesse ali em Roma assistindo a um vídeo antigo de meu pai.

Ele começou a falar, com a expressão dura de quem não está acostumado a falar para uma câmera:

"Não posso saber quem vai assistir a esta gravação no ano de 2006", iniciou meu pai olhando diretamente para mim. "Não sei se, em vinte anos, serei eu mesmo, ou meu filho Antonio."

Parei de respirar de repente, meu estômago gelou e uma confusão imensa tomou conta da minha cabeça, que senti girar, rodopiar. O que era aquilo, meu Deus?

– Desligue isso – ordenei.

– O quê?

– Desligue, por favor – implorei.

Ele desligou o videocassete, mas deixou a TV ligada, fazendo barulho. Por fim, desligou-a também.

– Você está bem? – perguntou.

Enchi completamente os pulmões de ar e dei um profundo suspiro, enquanto procurava a poltrona para me sentar. Meu estômago ainda estava gelado.

– Surpreso com a gravação – concluiu Molina, olhando para mim até com certa compaixão.

Fiz apenas um aceno afirmativo com a cabeça.

– Foi feita nesta mesma sala – informou ele, com tapinhas afetuosos no aparelho de televisão. – Seu pai era um homem muito previdente, tinha um senso prático das coisas.

Santo Cristo, como eu sabia disso.

– Ele imaginava que a tentativa de conhecer os arquivos quando completassem cem anos poderia falhar – Molina continuou, ignorando que eu ainda não conseguia prestar muita atenção ao que ele dizia. – Mas isso é importante, você deve assistir.

Ele esperou calmamente que eu desse alguma resposta.

– Você ainda tem vinho?

– O quê?

– Acho que não vou recusar mais um pouco daquele vinho, agora.

Ele sorriu e foi até a mesa. Abriu a garrafa, encheu novamente a taça e trouxe para mim. Minhas mãos tremiam quando a segurei.

– Isso tudo é completamente novo e estranho para mim – disse, depois de ter tomado um gole.

– Você não estava a par da história da família? – perguntou Molina sem desconfiar de como eu me sentia e quanto achava aquela pergunta sem propósito.

Era meu pai quem sempre fugia das histórias de família, era ele quem parecia nem gostar que lembrássemos de suas raízes italianas. E agora tudo aquilo acontecia na própria Itália e eu descobria outro homem, com interesses contrários aos que sempre aparentou ter. Tudo aquilo estava me parecendo um sonho estranho. Um pesadelo do qual eu não poderia acordar depois.

– Para mim nunca houve história de família nenhuma – respondi por fim. – Apenas vagos comentários que ouvia em algumas tardes de domingo, quando parte da família se reunia depois do almoço. Nunca algo grande como agora parece ser. É muito estranho tudo isso. E como, me diga, como é possível que ele pudesse saber que vinte anos depois eu estaria aqui, vendo este vídeo no lugar dele, se nunca tomei conhecimento de nada, se nunca tive consciência dessa história toda?

Molina não deu nenhuma resposta. Apenas permaneceu de pé, com a mão sobre a TV, e uma expressão de quem não sabia o que dizer.

O aparelho de som, emudecido, começou a tocar uma nova sinfonia e, dessa vez, Molina não disse qual era.

– O melhor que temos a fazer é assistir ao vídeo – aconselhou.

Ainda contrariado, concordei e ele ligou a televisão. Em seguida, começou a preparar o aparelho de VHS que, provavelmente, estava ali há vinte anos apenas com aquele objetivo: refazer a vida de um sujeito que tinha pensado ter o controle dela.

A barra de cores surgiu novamente e logo em seguida papai. Respirei fundo. Dessa vez, notei que ele não tinha feito a barba no dia daquela gravação.

"Não posso saber quem vai assistir a esta gravação no ano de 2006. Não sei se, em vinte anos, serei eu mesmo, ou meu filho Antonio", repetiu ele com toda a segurança de quem sabia o que tinha de acontecer vinte anos depois. E que, de fato, estava acontecendo. Eu estava em Roma, na frente daquela televisão, assistindo a um vídeo de 1986.

"Filho, tenho muito o que lhe explicar", disse papai olhando diretamente para mim. "No exato momento em que faço esta gravação, você é um garoto que gosta de jogar futebol com os amigos, mas daqui a vinte anos, ou seja, agora, enquanto me assiste ao lado do meu grande amigo Molina, você é um homem adulto, provavelmente casado, talvez com filhos. Deve estar perguntando a si mesmo que diabos está acontecendo, estranhando toda a situação na qual se envolveu desde que pousou no aeroporto de Roma. Você também nunca soube que estive aqui na Itália com sua mãe para descobrir o que se passou um século atrás com meu avô. Eu tinha de tentar. Os regulamentos da Ordem de Nossa Senhora das Mercês dizem que as informações geradas por seus membros, e que forem consideradas sigilosas, deverão ter seu acesso proibido durante quatro gerações. Qual é o espaço de tempo de quatro gerações? Cem ou 120 anos? Vim para cá com a esperança de que houvesse abertura suficiente para que isso fosse discutido e, quem sabe, eu então conseguisse chegar aos documentos daquela época. Mas não foi o que aconteceu. Para minha surpresa, encontrei uma resistência muito maior do que poderia supor. Não quiseram autorizar meu acesso aos documentos do frei Franco Rossato e quando tentei argumentar sobre a tese da aplicabilidade de uma contagem de vinte e cinco anos para cada geração em vez de trinta, reagiram de maneira ríspida e impaciente, surdos à minha argumentação. Insisti nessa tese durante vários dias até que sofri um assalto em pleno centro de Roma."

Nesse ponto da gravação levei um susto e vi meu pai colocando a mão no peito e desabotoando sua camisa azul. Abriu dois botões e, com a mão em concha segurando o tecido, mostrou para a câmera a marca no peito. Era igual à marca que eu conhecia, só que mais nova, ainda fresca, sinal recente de um gesto violento. Ela combinava perfeitamente com o tom de voz irônico quando ele pronunciara a palavra "assalto".

"O curioso do assalto é que o ladrão não levou nada. Tanto de mim como de sua mãe. Ele aproveitou que estávamos um pouco afastados das outras pessoas e nos abordou, fez um sinal como se estivesse exigindo a minha bolsa, aquela de couro onde sempre guardo a máquina fotográfica e os documentos. Em seguida, sem esperar, ele me golpeou no peito. No hospital, o médico disse não ter conseguido distinguir que tipo de objeto o agressor tinha usado por causa do formato em "U" do ferimento, e descartou que fosse uma faca ou canivete. Disse também que poderia ter sido bem pior, pois foi do lado direito e não do esquerdo, o que teria sido fatal. Como você deve imaginar, não comentei com ele que não achava a escolha do lado para o golpe apenas uma questão de sorte, mas sim de cálculo. Aquele golpe fora um aviso, meu filho."

De imediato, pensei no vazamento de gás no banheiro do hotel. Também um aviso. Olhei rapidamente para Molina e ele estava absorto vendo o vídeo, apesar de já tê-lo não só visto, como ajudado a realizá-lo. O grande amigo de meu pai, como ele mesmo disse. Papai abotoou a camisa e voltou a falar:

"Como você deve ter acabado de saber, os fundamentalistas, esses radicais religiosos que gravitam em torno da Ordem há séculos, acham que têm o direito divino de fazer o que quiserem, supostamente em nome da fé em Maria. Foram eles que deram o aviso para que eu não insistisse com a tese dos cem anos para a abertura dos documentos do frei Franco Rossato. Sua mãe, assustada, me fez prometer que não iríamos mais à sede da Ordem para tentar ler os documentos. Com isso, teve fim o objetivo daquela viagem. A única alternativa que me restava era esperar mais duas décadas para então completar as quatro gerações de trinta anos e retornar à Itália para pesquisar os documentos. Eles não poderiam mais se negar a abrir os arquivos e por isso pensei em gravar este vídeo. A princípio Molina foi contra, porque argumentou ser desnecessário, mas se você está assistindo agora, filho, é porque eu tinha mais razão do que ele e este vídeo está sendo útil. Molina, meu amigo, obrigado por tudo. *Grazie*."

Olhei novamente para Molina e ele agora estava de cabeça baixa, com os olhos fixos num ponto no chão, cofiando aquelas suas suíças extravagantes.

"E se você, Antonio, ainda não conhece Stravinsky, garanto que vai aprender muito sobre ele ao lado de Molina. Queira ou não", disse papai sorrindo, provocando em Molina um riso que pareceu mais um ronco forte e repentino. Em seguida, papai continuou:

"Ele agora está passando por uma fase difícil, e estou me referindo a 1986. É um gigantesco conflito interno que, se Deus quiser, será resolvido da melhor maneira possível para ele. Sei que este meu ferimento aumenta seu desapontamento em relação à Ordem e que ele talvez acabe tomando uma atitude mais drástica que mude sua vida, mas tenho certeza de que será uma decisão consciente e serena. Rezarei por isso, tenha certeza, meu amigo."

– *Grazie, amico mio* – respondeu Molina à tela da televisão.

Continuamos a assistir ao vídeo e papai passou a mão pelo rosto, raspando a barba não feita naquele dia. Só aí imaginei por quê: ele devia estar com dor no braço por causa do ferimento.

"Antonio, sei que nunca falei com você sobre o seu bisavô e nem mesmo sobre a nossa ascendência italiana, mas isso foi por uma questão de segurança", e nesse ponto ele fez uma longa pausa. "Segurança sim, porque temia pelo que pudesse acontecer a você, a seus irmãos, a sua mãe – que pouco depois ficou sabendo de sua terrível doença –, enfim, à nossa família. Isso pode parecer um exagero, afinal o Brasil é um país distante daqui, mas só quem já levou uma estocada no peito como aviso é que pode ter noção do efeito disso sobre uma pessoa. O temor que se instala em sua mente, em sua alma. Por isso, esperei pelo que seria o momento certo. E, pelo visto, o momento certo é agora. Você já deve ter tido um primeiro contato com a Ordem e está ao lado de Molina, assistindo a este vídeo, o que é um bom sinal e demonstra que você está no caminho certo para descobrir enfim o que queremos. A confirmação de que seu bisavô Antonio Rossato não matou o próprio irmão e revelar os segredos que esses radicais, esses verdadeiros bandidos escondidos atrás de uma ordem religiosa, tanto temem."

Observei Molina e ele não tirava os olhos da tela. "Curioso meu pai não saber", pensei. Ou pelo menos não ter a certeza histórica de que seu avô não havia assassinado ninguém e eu, porém, já ter essa certeza. Como ele não sabia disso àquela altura e eu já ouvira a confirmação da boca do próprio Molina? Continuamos a assistir ao vídeo.

"Quero que você continue o que comecei, meu filho. Desde sempre ouvi minha mãe defender o pai dessa terrível acusação. Não conseguirei levar para ela a tão aguardada resposta que sempre quis ouvir. Claro que não sei se estarei aqui na Itália daqui vinte anos, e a probabilidade de sua avó conhecer a verdade é menor ainda, mas independentemente de qualquer coisa, filho, eu lhe peço: continue com o trabalho, prossiga com o esforço, descubra a verdade e revele o segredo dos Rossato. Mais uma vez, obrigado por tudo, meu amigo Molina. Nunca vou poder lhe agradecer tudo o que fez e fará por mim e pela minha família. E você, Antonio, o que de melhor um pai pode desejar a um filho, eu desejo para você. Sei que não vai me desapontar. Tenho certeza. Fiquem com Deus."

E a barra de cores da tela reapareceu depois de um último segundo com a imagem do olhar de papai. Um olhar pesaroso, como se soubesse que os próximos vinte anos não fossem fazer muita diferença para ele. Era engraçado ouvi-lo dizer que sabia que não iria desapontá-lo. Parecia outro homem o da tela.

Molina tossiu duas vezes e se levantou para desligar a televisão e o velho aparelho de VHS. Permanecemos em silêncio durante algum tempo. Quer dizer, silêncio entre nós, porque Stravinsky continuava com suas sinfonias. Molina tossiu de novo.

– O que vamos fazer agora? – perguntei sem muita convicção.

Com a fita na mão, Molina não respondeu de imediato. Parecia ainda estar emocionado em rever o velho amigo.

– Talvez devêssemos descansar um pouco e amanhã pela manhã definimos o que fazer – ele sugeriu.

– Você acha que não devo voltar ao Arquivo Histórico da Ordem?

– Isso está totalmente fora de questão; é como se você voltasse para a jaula dos leões.

– Mas seria um elemento-surpresa. Eles não devem estar esperando uma atitude dessas – retruquei.

– Pode até ser, mas o que você ganharia com isso? O que nos interessa agora é justamente o que não está lá. Os escritos, o diário com as informações, as provas históricas que vão atrapalhar os planos deles. De resto, é o dia a dia da rotina de uma colônia italiana no *Brasile*, cento e vinte anos atrás.

Ele tinha razão. A minha ida até lá seria uma surpresa, mas, e depois disso, qual seria a utilidade de um gesto desses? Teria de me conformar: a viagem que planejara para a Itália não existia mais. Aliás, nunca tinha existido. Eu é que não sabia.

– Não podemos nos afobar e meter os pés pelas mãos, pois é isso que eles querem. Nossa precipitação agora só interessa a eles. Vamos descansar um pouco e amanhã voltamos a discutir o assunto. Está bem assim?

– Acho que você tem razão. Preciso pôr as ideias no lugar – respondi.

De imediato, Molina foi até o aparelho de som e o desligou, emudecendo Stravinsky e deixando a sala estranhamente silenciosa. Em seguida, levou-me até um quarto onde disse que eu poderia ficar à vontade. Ali havia tudo o que eu precisava, inclusive algumas roupas à minha disposição. Agradeci e ele foi para o quarto do filho ver como Igor estava.

– *Buona notte* – desejou.

Fechei a porta e me deitei na cama do jeito que estava. Acho que só tirei os sapatos. Queria apenas pensar um pouco antes de me ajeitar para dormir. Comecei a repassar mentalmente tudo o que havia acontecido naquele dia não só para retomar o fio dos acontecimentos, mas para poder compreender tudo o que se passava. De repente, me surgiu uma dúvida. Será que aquele quarto onde eu estava também fora ocupado por meu pai vinte anos antes? A dúvida não perdurou muito tempo porque adormeci de roupa e tudo.

Acordei com o barulho de passos e vozes. Eram Igor e Molina que sussurravam enquanto tomavam as providências para mais um dia de escola. Também senti o aroma de café fresco. Tomei uma ducha rápida e peguei uma das camisas que estavam no armário. Escolhi a que mais combinava com o meu paletó e saí do quarto.

Igor vestia o uniforme da escola e já estava com a mochila às costas.

– *Buongiorno* – eu disse.

– *Buongiorno* – respondeu, dando um beijo no pai e saindo.

– Vamos tomar café? Acabei de fazer – sugeriu Molina, apontando para uma típica cafeteira italiana, *la Moka*. – Igor já foi para a aula, o colégio é perto daqui.

Sentei e me servi de café. Tomei um gole. Estava quente e forte como gosto. Bebi outro gole e comentei:

– Dormi como uma pedra.

– Você estava cansado, é natural. Experimente isto aqui, acho que vai gostar – e colocou à minha frente um prato com um pão encorpado, de cor clara, bonito.

– O que é? – perguntei enquanto já cortava uma fatia.

– É *maritozzo*, um típico pão doce italiano.

Realmente era muito bom.

– Gostaria de lhe fazer uma pergunta.

Molina levou um dedo aos lábios e fez sinal de que iria à sala. Foi até o aparelho de som e o ligou. Ao contrário do que eu pensava, não ouvi uma sinfonia de Stravinsky dessa vez, mas a voz de um locutor italiano.

– É sempre melhor tomarmos cuidado – advertiu.

Fiz sinal de que concordava e, ao mesmo tempo, não sabia como começar a desenvolver o pensamento para chegar à pergunta que queria fazer.

– Diga, o que deseja saber?

Tomei mais um gole de café para ganhar tempo.

– Estive pensando sobre o vídeo, sobre meu pai – iniciei, uma fatia de pão doce nas mãos –, e não entendi muito bem quando ele disse que precisava confirmar que Antonio Rossato não havia matado o irmão. Como ele poderia ainda ter alguma dúvida, depois de tudo que se passou?

Molina ouviu atentamente a minha pergunta e acomodou-se melhor na cadeira. Cofiou as suíças.

– É porque a única certeza que havia na época era a do coração de uma filha que adorava o pai, a sua avó. O conhecimento objetivo dos fatos nós não tínhamos ainda.

– Mas se fui o primeiro a ter acesso aos diários, como você pode afirmar agora que meu bisavô não matou o irmão? Naquela época, vocês ainda não tinham essa informação?

– De fato, naquela época ainda não tínhamos certeza de nada, depois é que soubemos de tudo.

– Como?

Molina deu um sorriso amarelo.

– Na verdade, você não foi o primeiro a ler os diários do frei. Sem que ninguém soubesse, consegui ler parte deles. O suficiente para ter certeza de tudo o que realmente aconteceu.

– E contou ao meu pai?

– Naturalmente. Isso foi, mais ou menos, um ano depois da visita dele à Itália. Entretanto, continuávamos sem provas, sem documentos que pudessem atestar essa conclusão.

– E você podia ler os diários por pertencer à Ordem?

– Não, não podia. Foi uma irregularidade.

– E por que fez isso?

Molina limpou a garganta para continuar a falar:

– Há algum tempo eu já vinha me questionando sobre minha vida religiosa. Depois do atentado ao seu pai fiquei mais desgostoso ainda. Poucos meses depois, conheci Madeleine e o restante você pode imaginar. Antes de tomar uma atitude a respeito da Ordem, consegui ler parte dos diários. Achava que devia isso a seu pai.

– Entendo – respondi, colocando minha mão sobre seu ombro. – E parece que os Molina sempre acham que estão devendo alguma coisa aos Rossato – completei, com um sorriso constrangido.

Molina devolveu o mesmo sorriso.

– Realmente, parece. Depois daquele episódio no *Scrivia*, meu avô nunca mais perdeu contato com os Rossato. Tanto com o seu bisavô Antonio, como com frei Franco. E olhe que eles tinham profundas diferenças. Afinal, o frei era um homem religioso e meu avô, um anarquista. E tudo isso sobreviveu ao tempo. Essa amizade foi transmitida para o meu pai e depois para mim. – Ele fez uma pausa, com o olhar perdido. – Mas acho que há outro elemento importante nessa amizade, que também perdura por mais de um século.

– E o que é?

– A indignação.

Fiz um gesto como quem não havia entendido.

– A indignação de ambos os lados em relação a esses fundamentalistas que se aproveitam de uma entidade religiosa tão importante para sobreviver e promover esse fanatismo descabido, nocivo. Acho que foi isso que cimentou essa proximidade entre as duas famílias ao longo de mais de um século.

Olhei atentamente para Molina, tentando compreender melhor o que ele dizia, percebendo intuitivamente que aquela era realmente a razão para essa amizade tão longeva entre famílias diferentes, de países distintos, de pensamentos diversos.

– E eu sou o próximo dessa linhagem – concluí.

Molina fez um gesto concordando para depois apontar o dedo indicador em minha direção.

– E quis o destino que sua participação fosse a mais importante na luta contra os fundamentalistas.

– Como assim?

– As eleições, meu caro Rossato. Como já lhe disse, este ano temos eleições na Itália.

O rádio tocava há horas, intercalando música italiana e narração dos locutores, o que impedia que pudéssemos ser ouvidos, no caso de termos sido realmente grampeados. Porém, quanto mais a história avançava, quanto mais eu tomava conhecimento dos fatos, mais eu acreditava que realmente isso era possível.

Saí da cozinha e fui à sala porque precisava ver o quadro da Virgem e sentir aquele olhar amoroso sobre mim para me reconfortar dos últimos três dias, que tinham sido muito cansativos e estressantes, desconectados de tudo o que eu já havia conhecido na minha vida. Santa Maria olhava para mim com desvelo.

Na imagem do quadro de fundo escuro, uma luz incidia sobre ela, que usava um véu de cor clara, produzindo uma leve sombra em parte de seu rosto delicado. Ela mantinha os olhos baixos, as mãos postas em prece, com uma expressão tão doce que não era possível acreditar que fosse obra apenas das mãos de um artista. Eram, sim, mãos encantadas que haviam feito o trabalho de reproduzir o rosto da mãe de Jesus, a mãe de todos nós.

– *Deo gratias* – sussurrei de repente sem pensar, como se usasse aquelas duas palavras há muito tempo.

– O que você disse? – perguntou Molina.

– Nada. Nem sei bem por que disse isso. Não sei de onde saiu.

– Também gosto muito desse quadro de Nossa Senhora. Faz a gente pensar, refletir – ele disse com os olhos fixos na tela.

– Sem dúvida, é belíssimo. E o curioso é que, desde que cheguei a Roma, o que menos tive foi tempo, paz de espírito, para poder refletir.

Molina deu dois tapinhas consoladores em meu ombro para dizer que sabia perfeitamente como eu me sentia e ficamos os dois em silêncio, admirando o quadro da Virgem durante um longo tempo.

– Tudo isso que está acontecendo é muito novo para você, não é? – perguntou meu anfitrião sem olhar para mim, ainda com os olhos fixos em Nossa Senhora. – E tudo muito rápido.

Continuei também só olhando para a tela.

– Vim para cá com uma ideia na cabeça que, por sua vez, era baseada na experiência que sempre tive em relação a minha família. Mas quando chego aqui descubro outra história, muito mais complexa, perigosa, outro mundo, outra... família.

– Compreendo, você tem toda a razão. As consequências do que fizermos agora poderão ser muito grandes e muito extensas. Pessoas ligadas aos fundamentalistas poderão ter postos importantes na Itália e isso pode significar um retrocesso imenso. Poderá significar até mesmo a divisão da península.

– Tudo soa irreal para mim, um sonho ruim, um pesadelo do qual quero acordar.

– Mas você viu e ouviu seu pai. Essa gravação foi realizada com o objetivo de mostrar a você a importância de tudo isso. Você tem agora uma enorme responsabilidade.

Responsabilidade. Era engraçado ouvir essa palavra nesse momento. Como também foi engraçado ouvir da boca de meu pai que ele sabia que eu não iria desapontá-lo. Era o oposto do que tinha sido durante toda a nossa vida. Eu sempre parecia ser para ele o filho que só sabia desapontá-lo, que conseguia sempre decepcioná-lo. E agora, numa gravação de vídeo, numa merda de gravação com mais de vinte anos, ele vinha querer mudar tudo o que sempre fora?

Dei um longo suspiro de cansaço e fui até a janela da sala olhar para fora e tentar não pensar mais em meu pai, Molina, a Ordem e até mesmo a Itália.

Porém, isso era impossível. Um pedaço, um pedacinho de Roma estava lá na minha frente, uma parte das casas de Roma, de suas ruas, seus automóveis, suas árvores, dos moradores de Roma. Tudo estava lá agora, como estivera em 1986 e também em 1886. Sempre.

– Coloque Stravinsky novamente, por favor – pedi.

– O quê? – Molina reagiu, incrédulo.

– Desligue o rádio e ponha Stravinsky. Gostaria de ouvir novamente a *Sinfonia dos salmos*.

Mesmo sem entender muito bem, Molina foi até o aparelho e desligou o rádio. Por instantes, um silêncio estranho, imenso, que parecia não mais existir no mundo, invadiu a sala. Mas isso foi somente durante alguns segundos porque, logo depois, os primeiros acordes da sinfonia expulsaram aquela aparente calma.

– Também era a sinfonia favorita de seu pai – disse Molina de maneira meio sussurrada, como se falasse consigo mesmo, como quem não quer nada.

Mas ele queria.

E como queria. Queria que eu esquecesse que tenho uma casa, um trabalho, uma esposa, que vou ter um filho... uma nova vida que não será, juro, criada em meio a mentiras sem sentido. Lembrei de meu pai no caixão durante o velório, das marcas roxas em seu rosto, de ter imaginado que ele pouco se importaria com tudo isso. Que ingenuidade a minha. Eu simplesmente ignorava toda essa outra vida dele, como quem desconhece um universo paralelo.

Respirei fundo e me ouvi dizer:

– Dê uma olhada neste papel – e tirei do bolso do paletó uma folha. – É o único poema que encontrei no meio de todos os escritos de frei Franco Rossato. Talvez signifique algo que nos ajude a encontrar o diário.

Capítulo 7

Dos prantos ao lugar então cheguei;
Notas de dor, gemidos lancinantes,
Que me empalideceram, escutei:

Lugar de trevas densas, abundantes,
Bradando qual um mar em tempestade,
Se batido por ventos ululantes.

A tormenta infernal que jamais há de
Cessar, arrasta, em rápido correr,
As almas que fustiga sem piedade.

– Mas esse é um trecho da *Divina comédia* – notou Molina em um misto de espanto e curiosidade.

– De Dante?

– Isso mesmo. Vamos dar uma olhada – e foi até uma estante onde, depois de correr os olhos e os dedos pelas lombadas de velhos livros, puxou um exemplar grande, de capa escura. Abriu e folheou algumas páginas, finalmente detendo-se em uma. Leu essa página vagarosamente e depois olhou para mim. – Eu sabia, só podia ser. É o canto número cinco do *Inferno* de Dante. Dê uma olhada – e me passou o livro. – A partir da linha vinte e cinco.

Li os versos atentamente.

– É verdade, mas os últimos dois tercetos abaixo são diferentes – notei.

– Diferentes? Como assim? Deixe-me ver – espantou-se, tomando o livro de volta e o papel com minha anotação para examiná-los com atenção.

– É verdade, a cópia vai da linha vinte e cinco até a trinta e três. Já da trinta e quatro à trinta e nove é outro texto.

– Veja como muda o...

De repente, Molina fez um sinal para que eu me calasse. Foi até o aparelho de som e aumentou o volume. Já não tocava mais a *Sinfonia dos salmos*.

Li os dois tercetos diferentes depois que ele fez outro sinal:

A verdade que faz os enlouquecidos tremer,
Ao chão de três eras dos malditos
Inclementes clementes foi confiada de ter.

A clemência laureana, sejam benditos.
Os cantos de nosso poeta maior hoje
Foram ao encontro de nossos aflitos.

– Como eles não perceberam isso? – perguntei intrigado.

– Alguém já disse que os melhores segredos estão escondidos à vista de todos. Repita a leitura desses dois tercetos.

Repeti e Molina coçou suas suíças com vigor, vagando pela sala, agitado.

– O que precisamos saber está aí, nesses versos que se misturam com os de Dante Alighieri.

Dei um suspiro e olhei novamente para o papel. Seria então um...?

– Com certeza é um código – confirmou Molina, adivinhando meus pensamentos. – Frei Franco foi muito esperto e fez como Dante Alighieri. Escreveu os versos em *terza rima*, ou seja, o verso central do terceto sempre rima com o primeiro e o terceiro verso do seguinte, dificultando a descoberta de que se trata de um texto diferente do original. A chave está aí, tenho certeza.

– Nesses seis versos está a localização do que falta nos diários? – perguntei, cheio de dúvidas.

– Exatamente. Precisamos estudá-los e seguir suas indicações. Ao final delas creio que vamos encontrar os escritos.

Devo ter demonstrado o meu ceticismo de alguma maneira. Talvez no olhar.

– Não duvide do que estou falando, meu caro Rossato. Você realmente descobriu a chave. Por que um frei mudaria o texto do grande Dante Alighieri de maneira camuflada em seu diário, senão para mandar um recado, uma mensagem cifrada para quem o descobrisse?

– Depois de cento e vinte anos?

– Ele não podia adivinhar que esses escritos seriam proibidos pela Ordem durante todo esse tempo. E muito menos que ainda existiriam pessoas interessadas em lê-los.

– Tudo isso é difícil de acreditar – resumi meus sentimentos. – Um frei que finge morrer assassinado pelo próprio irmão, usando a *Divina comédia* para deixar pistas de seus escritos que ainda podem interferir na sociedade, mesmo passados cento e vinte anos. Tudo isso é muito fantasioso.

Ainda com o papel nas mãos, Molina foi até a estante e pegou a velha fita de VHS, mostrando-a para mim.

– Você não acredita no que viu aqui?

Apenas baixei os olhos como resposta.

– O vazamento de gás do hotel, os versos que você mesmo copiou em meio a papéis com mais de um século, a história de sua família. Tudo isso leva a quê? Você mesmo afirmou que, lendo os diários, fica muito claro que ele deixou indícios de que falta algo ali. E onde está o que falta? Ninguém sabe. A pista, a chave do segredo está aqui, Rossato – e balançou no ar o papel onde estavam anotados os tercetos de Dante. – Aqui, nestas palavras em verso. E cabe a nós descobrir essa chave.

"Você precisa aprender a se abrir um pouco mais, Antonio. Às vezes, parece duvidar de tudo e de todos, meu filho. Parece desconfiar até de si mesmo", lembrei de meu pai falando comigo numa das poucas vezes em que me deu um conselho, e não uma reprimenda, numa ocasião em que estávamos apenas eu e ele. Procurei afastar aquelas lembranças rapidamente.

Molina ainda esperava por algum comentário meu, com o braço erguido, segurando o papel.

– Você tem razão. Estupidez minha chegar até este ponto e agora duvidar de tudo – eu disse com um suspiro. – Você tem ideia de onde podemos começar?

Molina sorriu.

– Com isto aqui. – Ele se sentou na poltrona, colocando o papel sobre a mesinha de centro. Apontou para um verso: "Inclementes clementes".

– E o que significa?

– Os papas Clemente VII e Clemente IX tiveram papéis importantes na história, no que tange a prejudicar a organização dos fundamentalistas.

– De que maneira?

– Em 1530, o papa Clemente VII exigiu que fossem os próprios frades mercedários que recolhessem as esmolas que a Ordem arrecadava, proibindo o emprego de recolhedores. Isso foi um golpe para os fundamentalistas porque evitou o desvio de muito dinheiro na época, já que a maioria desses recolhedores eram indicados pelos fundamentalistas. Foi um golpe duro, que eles levaram anos para absorver. Já Clemente IX limitou a criação de novas confrarias em 1668, o que representou outro revés nas atividades dos radicais, que as criavam livremente de acordo com suas necessidades. Criavam e abandonavam confrarias de leigos de maneira descontrolada a fim de obter lucros.

– E o que isso quer dizer exatamente?

– Os dois Clementes foram inclementes com eles. E se juntarmos isso ao verso "ao chão de três eras dos malditos", fica claro que ele só pode estar se referindo à Basílica de San Clemente, perto do Coliseu.

– E como você pode ter tanta certeza?

– Por causa da citação do chão de três eras. San Clemente é conhecida exatamente porque abriga em seu edifício a sequência de três eras: exemplos da arquitetura romana clássica, da era cristã primitiva e da Idade Média. É um caso especial em termos históricos.

– E fica perto do Coliseu?

– A uns trezentos metros.

– San Clemente – repeti, querendo me acostumar com a ideia.

– E, se você juntar as primeiras palavras do primeiro verso e as últimas do terceiro obterá: "a verdade foi confiada de ter" – acrescentou Molina.

– Exato.

– A Basílica de San Clemente é uma das dezoito igrejas de Roma que existem desde o século I. Segundo a lenda, o papa Clemente, o primeiro a adotar o nome e o terceiro depois de São Pedro, foi atirado ao mar Negro com uma âncora amarrada aos pés.

– Pelo jeito, não foram muito "clementes" com ele – e dei um sorriso nervoso que Molina ignorou.

– O que ainda não entendo – prosseguiu Molina – é como poderemos achar os escritos dentro da basílica. É um lugar que não pode ser tocado, é um patrimônio histórico.

– Talvez fosse diferente em 1886.

– Provavelmente, mas, mesmo assim, como faremos para descobrir os escritos? Não consigo imaginar.

– Devemos ir até a basílica – sugeri. – Quem sabe conseguimos descobrir alguma pista, examinando o lugar.

Molina pensou um pouco.

– É a única alternativa, mas seremos seguidos.

Tive a impressão de que estava sendo encurralado, de que um laço invisível estreitava minha garganta.

– Não podemos arriscar que descubram San Clemente.

– Ele está atento a todos os nossos movimentos, pode ter certeza.

– Ele quem? – eu quis saber.

Molina cofiou suas suíças nervosamente antes de responder.

– O Operador.

– Operador? – estranhei. – E quem é ele?

– Ninguém o conhece.

– Então como pode ter tanta certeza de que é apenas um homem que nos vigia?

– Esses fundamentalistas trabalham pelo sistema de células, como as organizações terroristas. Lembra-se das Brigadas Vermelhas, do Baader-Meinhof, ou mesmo dos grupos clandestinos durante a ditadura militar em seu país? De onde você acha que essas organizações modernas tiraram o modelo para operar? Na ponta dessa cadeia de células está aquele a quem chamam de Operador, ou seja, a pessoa que vai fazer o serviço. Normalmente, o serviço sujo. E ele sempre trabalha sozinho. Tem toda a assistência do grupo, mas decide e opera de acordo com sua análise da situação. Ele é autônomo. É contra esse homem que vamos lutar para recuperar os escritos do frei e não deixar que caiam nas mãos dos fundamentalistas. Inclusive, você já tem um ponto de contato com ele.

Eu? – espantei-me.

– O escapulário que você encontrou na caixa de documentos. Com certeza é dele.

Tirei o escapulário que guardara no bolso do paletó. Parecia mais pesado.

– É dele?

– Com a mais absoluta certeza. O espantoso é ele tê-lo perdido. Deve estar desesperado atrás desse escapulário, é muito valioso.

Olhei de novo para aquelas duas peças interligadas por um cordão de couro, tentando entender por que seria tão valioso.

– Seu valor é histórico, simbólico, espiritual – explicou Molina.

Depositei a peça na mesinha de centro, observando-a.

– Mas acho que ele não sabe que o escapulário está em seu poder – completou Molina.

– E por que você acha isso?

– Ele não deve ter ideia de onde o perdeu e muito menos que foi no Instituto Histórico. Mais precisamente na caixa de documentos que lia com tanta atenção.

– Esse "Operador", como você o chama, deve estar procurando o escapulário – notei.

– Como um ensandecido, pode ter certeza. Para ele, é uma vergonha imensa tê-lo perdido. Se ele não achá-lo poderá até mesmo cometer suicídio pela vergonha de ter perdido o escapulário.

Molina percebeu o meu espanto diante do que ele dizia e completou:

– Lembre-se, esses homens são radicais. A mente deles trabalha numa sintonia diferente da nossa. Precisamos ter muito cuidado ao lidar com eles. Nunca podemos esperar reações normais de extremistas.

– Então, devemos usar esse escapulário como trunfo, algo com o qual podemos negociar – concluí.

– Exato, é essa a ideia. Na verdade, a nossa única chance.

Tenso, comecei a suar e tirei o lenço do bolso de paletó, enxugando meu rosto. Pude então perceber como minhas mãos tremiam. Molina completou:

– Será uma surpresa para ele o fato de termos o escapulário. E vamos fazer disso uma vantagem. Uma grande vantagem.

Mamãe me contou uma vez, muitos anos atrás, que um empregado da empresa onde meu pai trabalhava, onde ele foi gerente grande parte de sua vida, ficou insatisfeito por ter sido demitido em razão de alguma irregularidade. Apanhou um abridor de cartas sobre a mesa e ameaçou papai, que saiu correndo. O homem acabou sendo contido pelos empregados e a história terminou aí, não tendo outras consequências.

Mas quando eu era garoto ficava imaginando a cena de meu pai fugindo assustado, talvez até derrubando a cadeira para sair do alcance do tal empregado. E sentia prazer com isso. Não, a palavra correta não era "prazer". Sentia conforto. Acho essa palavra mais adequada. Conforto em saber que meu pai também já tinha fugido por medo de uma situação qualquer. Ou, talvez, a mistura desses dois sentimentos; até hoje, não sei dizer.

Contudo, depois que fiquei mais velho, entendi que seria a reação normal de qualquer pessoa e que meu pai não fugiu de um problema e sim de uma mão armada, enfurecida por se ver sem trabalho. Diferentemente de mim, que fugi ao longo de toda a minha vida de qualquer coisa que pudesse significar um enfrentamento dos meus medos. E ele sabia muito bem disso.

Certa vez, quando fui ao México, enviado pelo jornal onde trabalhava, papai, surpreso, me perguntou se eu não sentira medo por ter feito a viagem sozinho. Respondi que não, porque não via razão nenhuma em sentir medo. Porém, aquela pergunta dele ficou repercutindo na minha cabeça durante muito tempo como um enigma, que só desvendei depois de tomar consciência de como ele me via. E de quanto tinha razão.

– Estamos em dois e ele é apenas um – disse eu de repente, após um longo silêncio. – A melhor coisa a fazer é nos dividirmos. Ele poderá seguir apenas um de nós, deixando o outro livre.

Molina apenas coçou as suíças como resposta.

– Podemos sair ao mesmo tempo de sua casa obrigando-o a decidir rapidamente quem vai seguir – completei.

Ainda coçando as suíças Molina respondeu:

– Muito provavelmente ele vai seguir você, não a mim.

Concordei com um gesto lento de cabeça.

– Você terá de tomar cuidado – adicionou.

– Pode estar certo de que tomarei.

Molina se levantou e foi até o aparelho de som, aumentando mais um pouco o volume. Depois voltou a se sentar na poltrona.

– Posso ir para San Clemente tentar descobrir alguma coisa e você tenta despistar o Operador – ele propôs.

– Como faremos para nos comunicar? Estou sem celular.

– Espere um pouco – pediu Molina, que saiu da sala e voltou em seguida. – Como pensei, Igor deixou novamente o celular em casa. A escola não permite seu uso durante o horário das aulas e ele acaba não querendo levar. Tome, fique com ele – e estendeu o braço segurando o aparelho. – Verifique a bateria.

Apanhei o aparelho e liguei. A bateria estava cheia.

Está o.k.

– Agora já podemos nos falar. Meu número está na agenda como *papà*.

– E o que vamos fazer? – perguntei, ainda sem ter a mínima ideia de como agir.

– É simples. Como você mesmo sugeriu, vamos sair de casa juntos e aí tomamos rumos contrários, forçando-o a fazer uma escolha rápida de quem seguir. E certamente será você o escolhido. Por segurança, farei um caminho tortuoso até a Basílica de San Clemente.

– Mas e eu?

– Você vai brincar de turista – afirmou Molina, sério.

– Brincar de turista? Não entendi.

Aí sim ele deu um sorriso.

– Tomamos caminhos diferentes e você deve dar a impressão inicial de que sabe para onde está indo, mas depois vá parando em pontos turísticos e junte-se aos turistas, acompanhe a explicação dos guias. Aproveite, já que você não conhece Roma.

– Enquanto isso você estará na basílica.

– Exato.

– E depois, o que faremos?

– Um problema de cada vez, meu caro Rossato. Um problema de cada vez.

Enquanto Molina trancava a porta da casa, lembrei-me:

– E seu filho, Igor?

– Ele passa o dia inteiro na escola. Tenho de estar de volta somente no final da tarde – disse, ajeitando a *coppola* na cabeça para sair.

Fomos até a frente da casa e, sem nem ao menos nos despedirmos, ele tomou a esquerda da rua e eu, o rumo contrário. Em passos firmes, fui pela calçada acompanhando o caminho que Molina descrevera para mim. Ainda podia ouvir os passos dele por alguns instantes e depois segui adiante. A árvore florida, a casa verde, um estranho portão rosa, uma placa de trânsito amassada, cachorros mal-humorados em um quintal. Tudo deixado para trás com passadas rápidas. Estaria realmente sendo seguido? Não tinha condições de saber. E se o Operador tivesse decidido o contrário e seguia Molina e não a mim? Conforme combinamos, ainda não podia ligar para ele, pois devíamos esperar até nos misturarmos a outras pessoas. Enquanto isso, deixava para trás também um simpático café, uma placa com propaganda da Sky, um muro comprido e mais dois cachorros mal-humorados.

Conforme ele descreveu, cheguei a um ponto de táxi e entrei no primeiro da fila. O motorista entrou em seguida.

– *Dove vuoi andare, signore*?

Para onde quero ir? Fiquei com vontade de responder ao motorista que fosse para São Paulo. Eu deveria ir para qualquer lugar, menos para a Basílica de San Clemente.

O táxi partiu e olhei para trás, tentando identificar qualquer coisa que fosse, qualquer indício de que estivesse sendo seguido. Nada. Não conseguia perceber absolutamente nada. Se o Operador estava atrás de mim, estava completamente invisível.

– *Sei brasiliano?* – o motorista perguntou.

– *Si*.

– Vocês terão uma surpresa este ano.

Achei que já tinha ouvido aquilo antes. A Copa do Mundo estava mesmo chegando. O carro deslizava pelas ruas de Roma e eu mal escutava o que o motorista dizia durante o trajeto, dessa vez. Só despertei dos meus pensamentos quando ele anunciou que tínhamos chegado ao destino. Procurei identificar onde estávamos e consegui ler uma placa: via Ottaviano. O movimento de carros e pessoas era intenso e o taxista manobrou seu Fiat. Paguei e desci na Piazza del Risorgimento. Estava às portas do Vaticano. Era o lugar ideal para tentar despistar o Operador e ganhar tempo. Parei ao lado de um grupo de turistas portugueses e olhei ao redor, tentando descobrir alguma coisa, uma suspeita que fosse, para ter certeza de que estava sendo seguido. Gente, muita gente agitada circulava com o trânsito pesado ao fundo e guias, com lenços coloridos pendurados numa haste para se identificar, tentavam colocar suas turmas em ordem para cumprir os horários.

Deixei a turma de portugueses e segui a muralha da Cidade do Vaticano até virar à esquerda e entrar na Viale Vaticano. Havia uma longa fila e esperei minha vez junto a uma família de loiríssimos suecos, em que o pai carregava um bebê às costas e a mãe segurava a mão da filha. Passamos pela segurança e me perguntei se o Operador estaria armado. Talvez ali conseguisse descobrir alguma coisa. Atrasei meu passo, deixando que a família sueca passasse à minha frente e fiquei atento a qualquer movimento ou conversa que pudesse despertar atenção. Tudo transcorria calmamente.

Avistei novamente o grupo de turistas portugueses e decidi me juntar a eles. Conversei com o guia do museu que vi um senhor do grupo contratando e, ao falar com ele, usei um tom de voz que pudesse ser ouvido por todos. Logo os portugueses vieram me cumprimentar por falarmos a mesma língua e me acolheram como se já fizesse parte do grupo. Como disse o poeta Fernando Pessoa, sua pátria é sua língua.

– Também é a primeira vez que vem ao Vaticano, meu filho? – perguntou uma das senhoras do grupo, com forte sotaque lusitano, e usando um lenço estampado sobre os cabelos curtos e grisalhos. – Eu sonhei a minha vida toda com esta viagem, mas só agora pudemos fazê-la. Louvado seja Jesus Cristo.

– Amém – respondi.

A senhora apontou para uma fileira de guardas suíços postados para fazer a segurança da entrada do Vaticano.

– E aqueles guardas são iguais aos que vi tantas vezes nas fotografias das revistas – disse ela, encantada. – Li que esse uniforme foi desenhado pelo próprio Michelangelo – completou.

Nesse momento, o guia que nos atendia pigarreou e começou a falar uma mistura de italiano e português, com algumas pitadas de espanhol. Os ingressos já haviam sido providenciados e subimos pela escada rolante, ficando encantados com a visão da cúpula de São Pedro. Mário, o nosso guia, um homem de meia-idade com uma mancha de nascença na testa e cabelo que começava a rarear, olhou para cada um de nós como quem pede silêncio e atenção:

– *Amici,* a Cidade do Vaticano é um estado soberano desde 1929 com o Tratado de Latrão, celebrado entre o papa Pio XI e Benito Mussolini. Tem aproximadamente mil habitantes e possui sua própria estação de rádio, seu jornal diário, serviço postal, serviço de segurança e a famosa Guarda Suíça do Papa, composta de jovens católicos suíços que observam o celibato durante o seu serviço. Acredita-se que São Pedro tenha sido enterrado em um cemitério pagão na colina do Vaticano e por isso ali foi erguida uma basílica para venerar seu nome e o comando da Igreja Católica. Os museus do Vaticano, que vamos começar a visitar agora, são o maior complexo museológico do mundo. É difícil perceber se estamos em Roma ou no Vaticano porque a região ao redor da Cidade do Vaticano, conhecida como *Borgo*, é um dos distritos mais movimentados da cidade, com hotéis, restaurantes, turistas e peregrinos – explicou e depois girou o corpo e seguiu em direção a um amplo salão onde recomeçou a falar. – A Pinacoteca é uma galeria com obras que vão do início do Alto Renascimento até o século XIX. Observem atentamente esta – e apontou para um quadro. – É uma obra do século XII, ou seja, tem oitocentos anos, e trata-se do *Juízo Final*, de Nicoló e Giovanni, uma de tantas obras fantásticas destes museus.

Enquanto todos prestavam atenção no quadro, atentei às pessoas ao redor. Tentava descobrir algum vestígio de quem poderia ser o Operador. Notei um homem de preto que parecia nos observar. Ele olhava para uma obra, mas era fácil perceber que tinha escolhido uma em que eu estava em seu raio de visão e, portanto, podia continuar me observando. Afastei-me um pouco para testar minha teoria e tive a impressão de que ele me seguia com os olhos. Voltei para minha posição inicial e ele voltou a observar o quadro também. De repente, uma mulher de mãos dadas com um menino de seis ou sete anos chegou perto dele, trocaram algumas palavras e saíram do salão. Definitivamente, não era o Operador. Frustrado com meu engano, juntei-me novamente ao grupo, que já tinha passado para outra sala. Mário continuava a falar:

– Esta é a única pintura de Leonardo da Vinci em Roma, *São Jerônimo no deserto*, pintada em 1480 e, mesmo danificada e inacabada, revela toda a maestria de Da Vinci no desenho da anatomia humana. Nesta obra notável, ele mostra o santo sofrendo em seu ascetismo no deserto.

Caminhamos mais um pouco e mudamos de sala. A opulência e a riqueza das salas eram estonteantes, com suas pinturas, esculturas, estátuas, artefatos e relíquias, sem falar no mobiliário e na decoração. As senhoras do grupo já começavam a demonstrar certo cansaço.

Continuamos seguindo Mário, cuja marca de nascença na testa agora estava mais visível. A marca tinha uma cor vermelha um pouco mais forte. Imaginei que fosse por causa do esforço físico que estava fazendo. Ele nos guiou por umas escadas estreitas que saíam da sala de Rafael e anunciou que seguíamos em direção à Capela Sistina, o que produziu um murmúrio de satisfação no grupo.

É impressionante mesmo. Quando olhamos os afrescos do teto, perdemos a fala e mesmo o cansaço das senhoras portuguesas parecia ter desaparecido. Do teto, passamos à parede do altar onde está pintado o Juízo Final. Uma delas não resistiu e começou a chorar.

– Meu Deus do Céu!

Mário esperou que nos acalmássemos diante de toda aquela beleza e só então recomeçou a falar:

– A Capela Sistina deve seu nome ao papa Sisto IV, que encomendou sua construção em 1471, e é o cenário do conclave de cardeais para a eleição de um novo pontífice. As paredes da capela foram decoradas por diversos pintores importantes do Renascimento, como Pinturicchio, Botticelli, Perugino e Ghirlandaio.

Porém, todos foram ofuscados pelos afrescos do teto, de Michelangelo, encomendados pelo papa Júlio II, em 1508. Os afrescos do teto e a pintura na parede do altar são, provavelmente, as obras mais vistas do mundo. Ambas apresentam cenas do Velho Testamento, e o teto conta, em nove cenas, três histórias do Livro do Gênesis: a Criação do Universo, a Criação do Homem e a Vida de Noé.

Fez outra pausa para podermos respirar diante das obras e prosseguiu:

– Já na parede do altar, O Juízo Final tem no centro Cristo, que gesticula furiosamente contra os condenados ao mundo das trevas. São Pedro carrega suas chaves e, surpreso, observa a cena enquanto Maria desvia os olhos. Embaixo de Cristo vocês podem ver um grupo de anjos tocando suas trombetas, despertando os mortos do sono. À esquerda, os mortos despertam nos túmulos e ascendem aos Céus, ou são levados por cordas ou pela nuca por anjos, que os conduzem à presença de Cristo. À direita, na base, Caronte, o barqueiro guardião do mundo subterrâneo, aponta seu remo contra as almas condenadas que caem do barco para as profundezas do Inferno.

Depois que o guia parou de falar, instalou-se um profundo silêncio no grupo. Estávamos todos emocionados com a narração de Mário, que usou um tom de voz grave e compassado. Ao final, todos fizeram o sinal da cruz. Por alguns minutos, esqueci-me da Basílica de San Clemente, de Molina, do Operador, da Ordem, de frei Rossato e seu diário. Mas, infelizmente, foi apenas durante alguns instantes e a consciência da realidade não demorou a retornar. Acompanhei o grupo de portugueses para fora da Capela Sistina e algumas das senhoras ainda tinham os olhos marejados.

– Vamos seguir agora para a Basílica de São Pedro – explicou o guia, apontando o caminho.

Olhei para aquele mundo de pessoas que visitavam a Capela Sistina. Eram centenas de cabeças grisalhas, calvas, loiras, morenas, grandes, pequenas. E uma delas deveria ser do Operador. Há horas eu perambulava pelo Vaticano e nem sinal dele. Molina estaria correto? Ele realmente agia sozinho e teria me escolhido para seguir? O Operador não podia fazer nada no meio de tanta gente. Além disso, precisava de mim: ele também queria os escritos de frei Franco.

Pensei em Carolina e no bebê, pois ela devia estar preocupada por eu não ter ligado mais. Resolvi telefonar para minha mulher assim que saísse dali. Não contaria a ela o que de fato estava acontecendo; diria apenas que continuava indo ao Instituto Histórico da Ordem. Seria melhor para ela, para o bebê e também para mim.

O celular tocou e levei um susto. Por sorte, já estava fora da Capela Sistina.

– Descobriu alguma coisa? – já atendi perguntando. Não citei nomes porque talvez até os celulares estivessem sendo monitorados.

– Nada – respondeu secamente Molina. – E não tenho boas notícias – completou com a voz vacilante.

– O que aconteceu?

– Telefonaram da escola do meu filho. Ele compareceu às aulas na parte da manhã, mas depois do almoço não participou das atividades. Ligaram para mim querendo saber se aconteceu alguma coisa – e Molina parou de falar.

– E? – perguntei confuso, sem saber o que dizer.

– Não tenho a mínima ideia de onde meu filho está – resumiu Molina num tom amargo.

– Talvez ele tenha saído com amigos e esteja matando as aulas, como costumamos dizer no Brasil – eu disse, na tentativa de acreditar no melhor.

– Não – Molina respondeu, fazendo uma longa pausa que me deixou ainda mais aflito. – Conheço meu filho, ele não agiria assim.

– O que você acha que... aconteceu?

– Meu filho foi sequestrado. Igor está nas mãos do Operador.

Capítulo 8

Voltei para a casa de Molina o mais rápido possível. As senhoras portuguesas do grupo de turismo não devem ter entendido nada, porque as abandonei de repente, deixando de conhecer o principal santuário da Igreja Católica no mundo, além de não ver a *Pietà* de Michelangelo.

Molina já estava em casa quando cheguei. As cortinas tinham sido cerradas, deixando a sala à meia-luz, e uma música suave ocupava o ambiente. Sentado no sofá, ele pôs o telefone à sua frente sobre a mesinha de centro. Cofiava suas suíças lentamente.

– Espero que não se importe, coloquei novamente Stravinsky. Ele me ajuda a pensar – disse.

Fiz apenas um sinal concordando e me sentindo até um pouco constrangido. Afinal, era um pai preocupado com a vida de seu filho. Sentei-me na poltrona e também fiquei observando o aparelho de telefone. Molina deu então um suspiro cansado e impaciente.

– Acho que já falei que ele é um bom desenhista, não falei? Adora desenhar e fica horas fazendo seus trabalhos, entretido, concentrado. Nasceu com jeito para desenho, sabe como é, com a mão. Esse talento ele deve ter herdado da família de Madeleine. Eu mal consigo desenhar um ponto numa folha em branco. Os primeiro desenhos dele eram tão bons para a idade que tinha na época que achei que fossem de outra pessoa. Ele gosta muito daqueles desenhos japoneses, os mangás – e parou de falar, dando outro suspiro.

– Tem tanta certeza assim de que ele foi sequestrado? – perguntei.

Só então Molina tirou os olhos do telefone e os fixou em mim.

– Absoluta. O Operador é um homem eficiente.

– Você o conhece?

– Conhecer propriamente, não. Ninguém sabe quem é o Operador. Quem atacou seu pai vinte anos atrás, por exemplo, não foi tão duro.

De imediato, lembrei das imagens do velho aparelho de vídeo. Papai abrindo sua camisa para mostrar o ferimento e seu olhar atônito com tudo o que estava lhe acontecendo, vinte anos atrás. Provavelmente, a mesma surpresa que senti hoje.

Parecia uma loucura, entretanto, ali em Roma, com meu pai morto há pouco tempo, estava me sentindo mais próximo dele do que nunca. Uma sensação de cumplicidade que raramente compartilhávamos, uma compreensão, da minha parte, que antes não tinha com as atitudes dele.

De repente, o telefone tocou e o som pareceu mais alto do que nunca, rascante. Molina deixou que tocasse duas vezes.

– Lembre-se de que temos o escapulário – ele disse, antes de levantar o receptor.

Eu estava nervoso.

– *Pronto* – disse Molina.

E depois disso não falou mais uma palavra sequer. Só notei seu olhar triste, concordando com tudo que o desgraçado falava do outro lado da linha. Recolocou o fone no gancho ainda em silêncio.

– Então era ele mesmo – concluí.

– Disse que Igor voltará em segurança para casa se dentro de uma hora estivermos na Piazza Bocca della Verità com os escritos do frei.

Pisquei os olhos por não estar certo do que estava acontecendo.

– Ele pensa que temos o diário conosco?

– Exato, e isso era fácil de imaginar.

– Mas você nada disse sobre o escapulário – argumentei.

– No momento, o Operador está com tudo a favor dele e podíamos pôr o nosso maior trunfo a perder se eu contasse. Ele teria tempo de pensar no que fazer. Podemos surpreendê-lo na *piazza*.

– E onde fica isso?

– É a Praça da Boca da Verdade, onde fica a Basílica de Santa Maria in Cosmedin. Na verdade, trata-se de uma antiquíssima boca de bueiro, ainda da Roma Antiga, com o formato de um rosto barbudo. Séculos depois, na Idade Média, acreditava-se que era capaz de engolir a mão de quem mentisse. Por isso o nome.

– Temos uma hora para chegar até lá – disse eu.

– O tempo é suficiente. E o escapulário?

Tirei-o do bolso do paletó e mostrei. Ele me pareceu muito mais pesado agora do que antes.

– Podemos ir – disse Molina, levantando-se com dificuldade. – E que Deus nos ajude.

* * *

Durante o trajeto de ida até a *piazza* dentro de um táxi, comecei a me sentir aflito com o silêncio de Molina. Era natural que ele não quisesse falar numa situação como aquela, mas eu, sim.

– Molina... – iniciei um pouco hesitante. – Não sei nem como falar isto, mas... acho que... bem, o que quero dizer é que sinto muito, muito mesmo, por tudo o que está acontecendo com seu filho e com você. Não era nada disso que eu esperava encontrar quando pensei em vir a Roma. E agora seu filho nessa situação, nas mãos de um louco – nesse momento percebi o olhar curioso do motorista pelo espelho retrovisor – que faz ameaças por causa de papéis que, para mim, tinham importância apenas por causa da minha avó. Acho que... isso resume tudo o que sinto.

Estávamos sentados muito próximos um do outro no táxi. Molina cofiava suas suíças e demorou um pouco a reagir. Para minha surpresa, o que vi foi um sorriso no rosto dele. Um sorriso de desdém, de menosprezo. Eu não estava entendendo nada.

– Você acredita mesmo que é a causa de tudo, Rossato? Pois não é. Você é apenas mais uma peça nesse sistema todo, meu caro amigo – e Molina abriu sua janela para entrar ar no veículo, observando os transeuntes lá fora. – Meu avô foi um anarquista espanhol. E você sabe o que isso significa? Que ele lutava contra a opressão do Estado, a opressão dos poderosos. Podemos fazer considerações diferentes sobre o anarquismo hoje, mas uma coisa não muda. A eterna batalha contra os que querem subjugar os outros, contra os predadores que consomem a todos nós em qualquer parte do mundo. E essa luta pode ser levada adiante, seja através de um movimento político como o anarquismo, seja através da atividade religiosa, ou de qualquer outra maneira. O importante é lutar. E é isso o que meu avô fazia e ensinou a meu pai, que por sua vez ensinou para mim. Se o que nos cabe neste pedaço do mundo é combater o bom combate contra esses fundamentalistas, então é isso o que temos de fazer.

Percebi novamente o motorista nos observando pelo espelho retrovisor e, provavelmente, ele não ouvia uma conversa como aquela todos os dias. Por sorte, logo anunciou que estávamos chegando e manobrou para descermos. Fui o primeiro a saltar.

A praça era grande e notei duas construções, uma circular e a outra retangular, além de uma igreja com uma torre alta. O sol banhava todo o espaço, repleto de pessoas circulando. O Operador queria continuar no anonimato misturando-se a tanta gente.

Molina adivinhou minha curiosidade e apontou para as construções.

– A redonda é o templo de Vesta e a retangular, o templo de Portunus, ambos templos romanos do século II. A igreja é a Basílica de Santa Maria in Cosmedin, construída na Idade Média. A Boca da Verdade fica ao lado da entrada da basílica. Vamos até lá.

Cruzamos a praça lotada e notei as colunas do templo redondo. Eram de um mármore envelhecido, partido em alguns lugares e esburacado em outros. Estavam ali há simplesmente dezoito séculos! Tive de acelerar o passo para conseguir acompanhar Molina.

La Bocca della Verità. Era uma peça redonda, grande, e a mim pareceu ter a expressão do rosto de um velho barbudo e surpreso. Um casal tirava fotos ao lado dela. A garota colocava a mão na boca e o rapaz registrava, pedindo para que ela sorrisse. Depois ignoraram a basílica e prosseguiram seu caminho.

– Seria bom que você me desse o escapulário – pediu Molina.

Entreguei-o a ele, que o guardou no bolso da jaqueta. Ficamos os dois olhando para aquela enorme tampa de bueiro da Antiga Roma.

– O que fazemos agora? – perguntei.

Molina consultou o relógio.

– Faltam menos de dez minutos para completar uma hora. Vamos aguardar.

– Você tem uma arma? – me ocorreu perguntar de repente.

– Não poderia usá-la – respondeu Molina.

– Entendo – anuí.

Percorri a *piazza* com os olhos por toda a sua extensão e ao longe consegui ver uma ponte. A mão dos carros parecia invertida e fiz sinal para Molina, apontando para ela.

– É a ponte Palatino. Também conhecida como ponte Inglesa por causa da mão de tráfego invertida – e fez uma pausa antes de continuar a falar. – E você, usa algum tipo de arma?

– Também não. Já tive oportunidade de usar, mas nunca quis.

– Como seu pai – comentou Molina casualmente.

Senti um aperto na garganta. Meu pai estava sendo uma presença constante naqueles dias.

Subitamente, o celular de Molina começou a tocar e ele ficou com uma expressão preocupada. Atendeu rápido.

– *Si!* – escutou por alguns instantes e desligou. – Ele mandou deixar os escritos na Bocca della Verità e entrarmos na basílica.

– E o que faremos?

– Só a segunda parte. Entrar na basílica – determinou Molina.

O silêncio do lugar logo nos envolveu. Sempre achei incrível como as igrejas podem ser silenciosas mesmo que estejam em uma área de movimento intenso. São sempre um oásis para quem precisa de um pouco de paz. De imediato, fiquei impressionado com o altar muito alto e totalmente em mármore, o lindo piso colorido e a decoração, simples. Não havia ninguém na basílica naquela hora.

– O telefone não vai demorar a tocar de novo – disse Molina em tom baixo.

E de fato o celular logo fez barulho.

– *Pronto* – atendeu Molina. – Não, vocês estão enganados. Nós não temos os escritos do frei Franco Rossato... acalme-se, é verdade o que digo. Não temos os escritos, mas temos o que você está procurando. O escapulário. Não estou mentindo. Veja – e tirou do bolso o escapulário levantando-o no ar, de braços abertos, parecendo um louco. – Vê? Está comigo e sei que você precisa dele, da mesma maneira que preciso do meu filho. Quero negociar com você. Exatamente. Quero uma prova de que meu filho está bem...

De repente, Molina desligou o telefone e olhou para o alto da basílica, em algum ponto perdido no teto alto.

– O que foi que... – tentei perguntar, e ele fez sinal para eu me calar.

Ficamos alguns instantes em silêncio, numa espera tensa que eu não sabia do quê. Podia sentir a aflição nos olhos do meu amigo.

– *Papà, papà* – ouvimos uma espécie de eco dentro da igreja, sem conseguirmos distinguir de onde vinha exatamente. Era a voz de Igor. O celular de Medina tocou novamente e ele atendeu rápido.

– Dentro de uma hora nas Termas de Caracala? Está bem, aí faremos a troca.

Molina não precisou explicar nada dessa vez.

– Você confia nele? – perguntei.

– Não – Molina respondeu secamente –, mas não temos alternativa. E a única garantia que possuímos é este escapulário – disse, mostrando-o para mim com uma expressão triste e resignada e guardando-o em seguida no bolso da jaqueta. – Precisamos continuar confiando em Deus.

Molina disse que as Termas de Caracala não eram longe da basílica e decidimos ir a pé. Viramos na Via della Greca e logo pegamos a Via del Circo Massimo.

– Não entendo o porquê de ele escolher as Termas de Caracala – comentou. – É uma área muito grande e aberta, as ruínas são enormes. Ele ficará exposto.

– E por que ele não quis fazer a troca já na basílica? Afinal, ouvimos a voz do seu filho e temos o escapulário conosco – argumentei.

– Para ganhar tempo. Ele ficou surpreso e, sem um plano definido, quis ganhar tempo e se preparar para fazer a troca com segurança. Ou talvez, pior.

– Como assim?

Notei a expressão preocupada de Molina.

– Talvez ele tente pegar de volta o escapulário sem devolver Igor e aí exija os escritos do frei.

– Você acha que ele seria capaz disso?

– Não tenho a menor dúvida. Ele acha que o escapulário é naturalmente dele e nós é que estamos com o que é de sua propriedade. Ele não vai querer ficar sem o seu grande trunfo.

– E o que faremos?

– Ainda não sei – suspirou Molina, enquanto me apontava o caminho para atravessarmos outra *piazza* e seguirmos pela Vialle delle Terme di Caracalla. Já estávamos chegando.

– Talvez fosse melhor irmos até a polícia e contarmos tudo. Eles vão poder nos ajudar – sugeri.

– Nem pensar – Molina foi enfático. – Isso colocaria Igor em risco. Tornar públicas as atividades desses fundamentalistas e expor a Ordem seria a nossa pior opção. Tenho até receio de pensar no que poderia acontecer.

– Entendo.

Ele procurava não demonstrar, mas eu podia perceber em seus olhos o medo de perder o filho. Lembrei de Carolina e de nosso filho ainda em sua barriga. Tinha planejado telefonar para ela e não o fiz. Devia estar preocupada.

Molina consultou o relógio.

– Estamos perto? – perguntei.

– A entrada fica à direita; mais cinco minutos e estaremos lá.

Passávamos por baixo de uma árvore quando parei e me apoiei nela. Dei um suspiro.

– O que aconteceu? – Molina estranhou.

Não sabia bem o que dizer.

– Eu... na verdade, estou com medo, Molina. Estou preocupado com seu filho e com você. Estou com medo de que saia alguma coisa errada.

Molina olhou para mim com carinho e colocou a mão no meu ombro.

– Eu agradeço a você pela preocupação. Agradeço hoje a você como agradeci vinte anos atrás ao seu pai, porque na época ele também me ajudou muito. E nossa amizade continuou até a hora em que... bem, até a hora em que ele se foi.

– Mas papai era um homem vigoroso, seguro de si – retorqui.

Molina esboçou um sorriso.

– Essa é a visão do filho. Um filho que sempre teve seu pai em conta máxima. Porém, não era bem assim.

Preguei os olhos em Molina naquele mesmo instante. O que ele queria dizer?

– Seu pai também tinha medo, como você tem agora. E lutava contra esse medo da mesma maneira que você está lutando hoje. Vocês têm o mesmo olhar, o mesmo...

O celular tocou e Molina atendeu de imediato.

– *Figlio*? – havia surpresa em sua voz. – *Dove sei? Dove sei?* Onde você está? – repetia transtornado.

Escutou durante poucos segundos e desligou.

– O Operador mandou entrarmos nas termas. Ele quer o escapulário de volta – explicou Molina, visivelmente abalado por ter ouvido a voz do filho.

– Ele sabe que estamos por perto – concluí.

– Sabe.

– E como isso é possível?

– Não temos tempo para perguntas, temos de entrar agora.

As Termas de Caracala são realmente monumentais. Impressionam mesmo a quem já viu as milhares de fotos que estão disponíveis na internet, como eu. São um dos maiores exemplos da grandiosidade da arquitetura romana. Li uma vez que eram um complexo esportivo com ginásios, jardins, piscinas, além das termas de águas quentes e frias com capacidade para receber até mil e quinhentas pessoas. E foi construída por um dos piores governantes que Roma já teve, o imperador Caracalla.

Passamos pelo imenso portal e seguimos em frente por um grande corredor em meio a ruínas de quase mil e oitocentos anos. Vi alguns fragmentos de mosaicos da época expostos, mas tive de correr para conseguir alcançar Molina. Ele estava enfurecido.

Chegamos onde antes era um grande salão com partes de um piso belo e bem conservado. O celular de Molina tocou novamente e ele atendeu. Não falou nada e desligou.

– O Operador mandou ficarmos aqui, e quer que eu estenda o braço segurando o escapulário.

– Ele está nos observando de alguma maneira – comentei, enquanto examinava os arredores.

Molina ergueu o braço direito e o escapulário pendeu pelo cordão de couro. Depois girou o corpo numa volta completa para que não houvesse dúvida sobre a autenticidade da peça. O celular tocou novamente.

– O.k., estou aguardando. Quando ele chegar, deixo o escapulário e saímos de imediato – e desligou.

– O que ele disse?

– Tenho de deixar o escapulário aqui no centro do salão. – E sacou um lenço do bolso da jaqueta. – Igor virá caminhando por ali – e apontou para outro corredor menor, entre as ruínas. – Em seguida, todos os três devemos sair rapidamente, sem olhar para trás. Se pararmos, ele disse que Igor estará sob mira.

– Mira? – espantei-me. – Você não disse que o Operador sempre age sozinho?

– Disse. É um blefe, mas não podemos arriscar.

Molina estendeu o lenço branco sobre o piso e colocou o escapulário no centro. Olhou para os lados e ficamos aguardando. Durante alguns minutos observamos cada pontinho de cabeça ao longe para tentar reconhecer o garoto. Se eu estava me sentindo angustiado naquele momento, Molina devia estar em frangalhos.

– *Papà* – ouvimos uma voz de repente às nossas costas e nos viramos. Era Igor, que correu para os braços do pai. Um abraço forte, angustiado, feliz, aliviado, cheio de lágrimas.

– *Figlio mio, figlio mio* – repetia Molina.

– Estou bem, papai, estou bem – repetia Igor.

Molina não largava o filho, e as lágrimas ainda corriam de seus olhos quando fui obrigado a lembrar a ele que tínhamos de sair. Ele fez um sinal de concordância com a cabeça e deu a mão para Igor.

– *Andiamo via.*

Começamos a marchar em passos rápidos rumo à saída. Tentei ainda, disfarçadamente, mover a cabeça para enxergar alguma coisa.

– Nem tente, não podemos brincar com o Operador. – Ele apertou ainda mais forte a mão do filho.

– Ele não exigiu os escritos do frei?

– Nosso trato foi a troca simples do escapulário por Igor. Eu já lhe disse que o escapulário é muito importante para ele.

– E pensar que esse louco está a poucos passos de nós – comentei enquanto continuávamos caminhando rápido, e Molina percebeu algo em minha voz que denunciou uma atitude que eu mesmo não sabia que tomaria.

– Não faça nenhuma loucura... Deus do Céu! – ele gritou.

E saí correndo feito um louco de volta ao salão. Calculei que, pela distância, o Operador estaria pegando seu escapulário e, num momento de loucura, quis ficar cara a cara com ele. Talvez Molina nunca me perdoasse pelo que estava fazendo, mas mesmo assim corri.

Entrei no salão e vi apenas o lenço branco no chão, já sem o escapulário. Também vi um vulto, rápido como um raio, se esgueirando em meio às ruínas. Corri atrás dele, que logo percebeu estar sendo seguido. Se estivesse armado, eu estaria perdido. Ele conhecia bem aquelas ruínas e achei que podia perdê-lo. Ouvi o som de passadas fortes e pulei sobre um muro conseguindo, por um segundo apenas, ver o corpo de um homem alto, vestindo uma jaqueta preta, se esgueirar novamente. Contornei a mureta esperando vê-lo outra vez, mas nada. Sumira, desaparecera, como por encanto. Não entendi como. Ouvi a voz de Molina ao longe, me chamando.

– Aqui – gritei, respondendo e acenando com os braços. – Podem vir, ele desapareceu. – E comecei a examinar o local.

Molina chegou esbaforido com o filho e tinha uma expressão pesada, contrariado por eu ter arriscado a vida de todos com aquela corrida impulsiva.

– Você nunca deveria ter feito isso.

Eu nem lhe respondi porque descobri o que parecia ser uma grande tampa de bueiro entre as ruínas. Examinei-a e deu a impressão de ter sido removida recentemente. Tive um estalo e agarrei a borda: ela não era tão pesada como parecia.

– Vejam isso – disse espantado, enquanto punha a tampa de lado e uma escada em espiral aparecia aos nossos pés.

– É um bueiro, *papà*? – perguntou Igor.

Molina coçou as suíças.

– Só pode ser – respondi por ele.

Meu amigo pareceu falar contra a própria vontade:

– É, sim – suspirou. – É uma das ramificações dos esgotos que servem as termas. Vão todas desembocar na Cloaca Massima.

– O que é isso? – perguntei.

– É uma intrincada e bem-sucedida rede de águas e esgoto que os romanos criaram para Roma, dois mil anos atrás.

– E onde esse canal vai dar?

– Só Deus sabe.

Olhei para o bueiro, para a escada de pedra em espiral e para a escuridão daquele lugar.

– Ele ainda deve estar aí dentro – disse, sem tirar os olhos daquele breu.

– Não faça outra loucura – advertiu Molina.

Olhei então para os dois: Igor e Molina. Eu mesmo não acreditava no que estava fazendo. Pus o pé no primeiro degrau para testar a escada.

– Não! – gritou Molina. – Isso é loucura!

Olhei de novo para Igor e depois para o meu amigo.

– Você não disse que meu pai lutava contra a sua covardia? Acho que agora é a minha vez – falei, colocando o outro pé no segundo degrau.

– Não é assim que vamos... – tentou ainda argumentar Molina.

Mas não deu tempo.

Desci as escadas rapidamente, desaparecendo entre as ruínas das Termas de Caracala e me embrenhando na mais profunda escuridão.

Capítulo 9

Quando alcancei o chão, lembrei-me do celular de Igor e liguei o aparelho, que então iluminou uma espécie de saleta de pedra úmida e viscosa. Ainda podia ouvir o som abafado da voz de Molina chamando pelo meu nome. Descobri outra escada de pedra, essa mais curta, que dava para um corredor comprido e parcialmente iluminado por aberturas no alto por onde escoava uma luz tênue, porém suficiente para não deixar o lugar totalmente escuro.

O cheiro era ruim, uma mistura de fezes, carniça e lixo, num ambiente abafado e úmido. Molhei os sapatos e decidi seguir em frente, porque se demorasse demais nunca iria alcançar o Operador. Apertando os botões do celular, iluminava o túnel cujas pilastras sempre em arco sustentavam o teto sob o piso da rua, há dois mil anos. Já tinha perdido a noção da profundidade em que poderia estar. Atravessei um declive onde um aguaceiro pardacento e malcheiroso rumorejava por uma abertura escura, uma espécie de fossa. O suor gotejava da minha testa e, sob o paletó, minha camisa já estava encharcada de suor. Fiquei torcendo para que a bateria daquele celular durasse o bastante até eu sair dali. No canto de uma curva acentuada à direita, encontrei uma ânfora quebrada, que deveria ter séculos de idade, ao lado de sacos plásticos de supermercado.

Comecei a caminhar o mais rápido possível, prestando atenção onde pisava porque uma queda ali poderia ser fatal. Também vi tubulações despejando água limpa de nascentes subterrâneas naquele esgoto, o que não impedia que imensas poças de uma água espumosa e fedorenta dominassem trechos inteiros do canal. O calor tornara-se sufocante e eu mal podia respirar.

Ouvi um barulho em algum lugar, um baque surdo, pesado, que movimentou muita água. Pensei de imediato no Operador. Se fosse ele, isso queria dizer que não estava longe e talvez eu pudesse alcançá-lo. Eu não sabia direito o que fazer, mas tinha de fazê-lo. Acelerei o passo sem me importar com o calor e a falta de ar, sem me importar também com o que poderia acontecer se eu encontrasse de fato o Operador.

No entanto, o baque não se repetiu e a luz do celular tornou-se mais fraca, indicando que a bateria estava acabando. Aquele canal dava a impressão de não ter fim e a água malcheirosa parecia penetrar meus ossos. O Operador devia ter percebido que estava sendo seguido ali dentro e correu para não ser alcançado. Ele conhecia aquele labirinto, eu não. Continuei caminhando e encontrei uma pilha de detritos: lama grossa, ossos, pedaços de cerâmica e muito lixo, quase entupindo a cloaca. Era possível perceber que o duto abobadado do esgoto continuava através do breu do outro lado e enterrei o pé naquele entulho para escalar e, ao mesmo tempo, contornar a pilha. Não conseguia parar de pensar que logo ficaria sem bateria.

Contornei a massa de sujeira e a visão do breu me levou a sentir uma onda de terror. Se eu não descobrisse logo uma saída, poderia ficar ali para sempre, junto com os dois mil anos de lixo e esgoto de Roma.

Desliguei o celular para economizar bateria, me apoiei numa parede que não conseguia ver e, na medida do possível, enchi o pulmão de ar, mesmo que fétido, para me acalmar e me concentrar em um único objetivo: sair da Cloaca Massima.

– Que Deus me ajude – sussurrei.

O nível da água lamacenta aumentou e comecei a caminhar com maior dificuldade. Resolvi andar no escuro, mesmo que lentamente, para economizar energia, e só ligava o celular em rápidos momentos, apenas para ter uma ideia do que tinha pela frente. Em uma dessas vezes, percebi um rato morto que flutuava na lama ao meu lado. Com o susto, dei um salto para me afastar dele e quase derrubei o celular na água nojenta.

Meus olhos ficaram marejados, eu não sabia o que fazer. Não tinha ideia de onde estava, não conseguia descobrir a saída, logo ficaria totalmente sem luz, me sentia sufocar. Minha estupidez de ter entrado nos esgotos de Roma iria me custar tão caro assim?

– Pai! – gritei para o breu ao meu redor. – Será que vou desapontar você de novo, pai? Você lutou contra o seu medo e venceu. E quando chegou minha vez... A nossa família vai continuar pensando que houve um assassino entre nós? E Carolina? E o meu filho que vai nascer? Pai, me ajude! – repeti para mim mesmo. Estava me sentindo fraco, de corpo e de espírito. Esmorecia rapidamente em meio àquele lodo e à desesperança de encontrar uma saída.

Subitamente, um silêncio absurdo tomou conta do lugar e pensei que fosse perder os sentidos, mas, ao contrário, palavras começaram, não sei como, a brotar dos meus lábios:

"Guardião da saúde e da cura, peço que Vossos raios curativos desçam sobre mim dando-me saúde e cura. Guardai meus corpos físico e mental, livrando-me de todas as doenças. Expandi Vossa beleza curativa..."

Aos poucos fui me sentindo mais fortalecido, respirando melhor, com uma disposição que ainda há pouco não sentia.

– Guardai meus corpos físico e mental – repeti em voz alta em meio à escuridão.

Sem saber ainda o que estava acontecendo, mais palavras brotaram dos meus lábios: "Salva-me ó Deus, porque as águas me sobem até a alma. Estou atolado nas profundezas das águas e a corrente me submerge. Estou cansado de clamar, secou-me a garganta, os meus olhos desfalecem de tanto esperar por meu Deus...".

Minhas lágrimas se misturavam ao lodo e, de súbito, percebi um raio de luz.

– Tem de ser verdade – sussurrei.

De repente, de novo. Um raio tênue cortou a escuridão, reacendendo minha esperança.

Levantei o celular e apertei qualquer botão. O aparelho se iluminou fracamente e comecei a gritar com o que ainda tinha de forças:

– *Aiuto!* Socorro! *Aiuto!* – e movimentei os braços para que a luz do celular tivesse movimento. – *Aiuto! Aiuto!*

A luz do celular repentinamente apagou. Fim de linha, a bateria estava a zero. A escuridão de agora em diante seria total.

– *Aiuto!* – gritei ainda mais forte, desesperado.

Nenhuma resposta veio, nem mesmo o raio de luz. Apenas silêncio e escuridão. Quanto tempo eu conseguiria resistir naquele canal? Estava sendo enterrado vivo.

Também comecei a sentir frio e...

Uma luz, de repente. Vi de novo aquela luz fraquinha, não podia ser ilusão. E de novo; era ela, novamente. Depois um barulho e de novo outra luz, dessa vez bem mais forte. Vi ainda uma segunda e depois uma terceira. Deus do Céu, as luzes eram de verdade.

– *Aiuto!* – gritei com as forças que me restavam.

Agora sim ouvi um conjunto de vozes gritando entre si, o rumor de passadas na água suja e luzes de lanterna que pareciam imensas naquela hora.

– *Andiamo, andiamo* – ouvi alguém dizer.

– *La luce* – disse outra voz.

Um instante de silêncio, e uma luz fortíssima iluminou todo o canal, permitindo que eles descobrissem onde eu estava.

– *Deo gratias* – sussurrei. Depois, não vi mais nada.

* * *

A primeira coisa que notei foi o rosto desfocado de um bebê e acho que era o do meu filho. Não podia ser, ele ainda estava na barriga da minha mulher. Que loucura eu estava dizendo, meu Deus!

Na verdade, vi dois rostos, talvez até três, em meio à névoa da vista turva que só aos poucos ia se acostumando à luz. E não só à luz, mas ao ar fresco, a lençóis secos, a um cheiro bom de limpeza. Compreendi que estava em um hospital e os dois rostos eram de Igor e Molina. O terceiro era de um médico que começou a fazer perguntas. Qual era o meu nome? Como eu estava me sentindo? Onde doía? Respondi todas e os três pareceram ficar satisfeitos.

Surgiu então o rosto de uma enfermeira que me deu um comprimido e água, e foi embora em seguida. O engraçado é que a achei parecida com a funcionária do hotel. Talvez fosse por causa do sorriso bonito.

– Você teve sorte, Rossato – afirmou Molina logo depois que o médico saiu dizendo que tinha de ver outro paciente.

Ainda levei alguns segundos para conseguir concatenar as ideias.

– Como vim parar aqui? – perguntei, esforçando-me para falar.

Molina deu um sorriso antes de responder:

– Pelas mãos de Nossa Senhora das Mercês, pode ter certeza – e voltou a sorrir. – Os homens que encontraram você lá embaixo, lembra? – fiz sinal que sim. – Eles são de uma empresa chamada Roma Sotterranea e fazem o trabalho de mapeamento dos antigos canais da Cloaca Massima. Eles estavam descendo para mais uma expedição e encontraram você.

Tudo o que Molina dizia, eu levava alguns segundos a mais para entender completamente. Acho que era o efeito dos remédios.

– E como vocês me localizaram aqui?

– Pelo celular do Igor que você não largou, mesmo depois de ter perdido os sentidos. Por sorte, o aparelho ainda funcionava e eles puderam acessar a agenda de telefones.

Mais alguns segundos para processar as informações e senti que algo repuxava o meu couro cabeludo.

– É o curativo que eles fizeram – explicou Molina. – Você bateu a cabeça quando desmaiou.

Passei a mão no curativo; era grande e espesso. Meio exagerado.

– A enfermeira disse para você não mexer – avisou Igor, que não tinha falado nada até então.

Tirei a mão enquanto Molina continuava a falar.

– O curioso é o local onde você foi parar – disse, cofiando as suíças.

– E onde era?

– Você estava a poucos metros do Coliseu, no canal que recolhe o esgoto e leva para o duto central. Você chegou a ver o Operador?

Forcei pela memória.

– Apenas por um instante, antes de entrar no bueiro. Dentro do esgoto tive a impressão de escutar alguma coisa, mas não tenho certeza.

– E como ele é?

– Foi apenas um instante, como eu disse, e só deu para notar que é um homem alto e estava usando uma jaqueta escura, talvez preta.

– E os cabelos?

Suspirei enquanto pensava.

– Escuros, acho. Devem ser castanhos.

Molina ficou processando aquela informação durante alguns segundos.

– Você acha que ele saiu do esgoto por um dos bueiros do Coliseu? – perguntei.

– É uma possibilidade – Molina tornou a cofiar as suíças. – Mas também existe outra possibilidade.

– Qual?

Molina me olhou preocupado.

– Aqueles canais que levam até o Coliseu também passam exatamente pela Basílica de San Clemente.

Entendi o olhar de preocupação.

– Talvez seja coincidência – retorqui.

– Eu também gostaria que fosse, pode ter certeza.

Notei então que Igor parecia cansado.

– O que vamos fazer agora? – eu quis saber.

– Passar a noite no hospital. O médico disse que você está bem, mas vai passar uma noite aqui, em observação. Como não quero deixar Igor sozinho, nós vamos ficar esta noite aqui com você.

– Mas não é necessário – tentei argumentar.

– Não seja tolo, claro que é necessário. Ainda mais agora que você viu o Operador.

– Foi apenas por um instante.

– Você sabe disso, mas ele não. O Operador pode achar que você o reconheceria.

Molina tinha razão.

– Instalei você em um quarto particular por causa disso. Igor e eu podemos dormir nas camas dos acompanhantes. É um quarto muito confortável.

– E caro, imagino.

Molina sorriu divertido.

– Igual ao pai – comentou ainda sorrindo –, mas não precisa se preocupar, pois não sou eu quem está pagando. É a Ordem que vai desembolsar o que for necessário.

– O quê? – reagi espantado.

O sorriso de Molina tornou-se irônico.

– Eles me conhecem aqui ainda como frei e assinei a fatura em nome da Ordem. Não foram eles os causadores de tudo isso? Nada mais justo que paguem, pelo menos esta conta – e riu. – Filho, é melhor você se lavar primeiro. Temos de nos preparar para dormir.

Igor assentiu e foi ao banheiro.

Deitado, fiquei observando os dois de boca aberta.

O estádio estava lotado. Milhares de pessoas aguardavam o início da corrida de revezamento. Eu sentia certo desconforto por vestir uma roupa de malha colorida, ou melhor, de um tecido diferente colado à pele e muito leve. O estranho é que eram apenas dois participantes: eu e um homem que não conseguia identificar, cujo rosto não conseguia ver. O juiz mandou que ficássemos na posição para a largada e nos preparamos. Quando o tiro de ar comprimido soou, o meu adversário saiu correndo como se fosse um daqueles desenhos animados da tevê, fazendo um redemoinho com as pernas, enquanto eu lutava para desgrudar do lugar. Era uma sensação de impotência muito grande e, com esforço, consegui dar os primeiros passos. Estranhamente, apesar da minha lentidão, consegui alcançar o meu adversário, que desenvolvia uma velocidade espantosa. Os espectadores gritavam incentivando a disputa, entretanto não pareciam torcer para ninguém. De repente, identifiquei uma mulher no meio de toda aquela gente. Era Carolina, que segurava dois bebês, um em cada braço. Levei um susto e quase caí, mas consegui me reequilibrar a tempo e continuar na disputa ferrenha pelo primeiro lugar. Ouvi gritos de ovação a meu nome e me esforcei ainda mais, tornando-me mais lento e, ao mesmo tempo, conseguindo ultrapassar o meu adversário. Lembrei que tinha de passar o bastão porque era uma corrida de revezamento e, no entanto, não tinha para quem passar. Era o contrário. O meu parceiro de time, que estava parado, é quem ia passar o seu bastão para mim. Fiz a última volta já estendendo o braço direito para pegar o bastão quando vi o rosto do meu companheiro de equipe. Era o meu pai, que usava a mesma roupa ridícula que eu e tinha as manchas roxas no rosto por causa do infarto. Com a surpresa, diminui a velocidade e o meu adversário desconhecido conseguiu me ultrapassar. Papai virou o rosto para não ver a ultrapassagem.

Acordei assustado e ofegante, mas acho que não fiz muito barulho porque Igor e Molina continuavam dormindo tranquilamente.

Despertei ouvindo uma música muito baixinha. Podia apostar que era Stravinsky porque aquela não era mais a cama do hospital e sim a do quarto na casa de Molina. Pus a mão na cabeça e o curativo enorme não estava mais lá, tendo sido substituído por outro menor, mas o corte ainda doía um pouco. Levantei-me e percebi que havia um roupão sobre a cama. Também vi um par de chinelos. Quando abri a porta do quarto, o som da música clássica aumentou bastante.

– *Buongiorno* – disse Molina com voz alegre. – Você dormiu bastante.

– Não lembro nem de ter vindo para cá – respondi esfregando os olhos.

– Eu sei, Igor e eu tivemos um trabalhão para trazê-lo para casa – e apontou para o ar. – Gosta? É Stravinsky.

Concordei, fazendo um sinal com a cabeça.

– Sendo ou não de sua preferência, meu amigo Rossato – e aumentou um pouco o volume. – Igor e eu demos uma busca geral na sala e, por mais incrível que possa parecer, não encontramos nada. Nem vestígio de microfone. Precisamos continuar com a música.

Concordei fazendo um sinal e Molina olhava para mim atentamente; sabia que a minha consciência só ia retornando aos poucos.

– Sente-se e coma alguma coisa com Igor – disse apontando para o filho, que mordia um sanduíche. – Ao lado do copo de leite tem um comprimido, que o médico mandou você tomar.

– *Buongiorno*, Igor – cumprimentei-o enquanto sentava e erguia o copo de leite morno.

– *Buongiorno* – ele respondeu com um sorriso tímido.

– Estou lhe devendo um celular – disse eu, enquanto engolia o comprimido com um gole de leite.

– Não se preocupe com isso.

– Claro que tenho de me preocupar. E quer saber? Se não fosse o seu celular, provavelmente eu não estaria aqui agora. Estaria lá no fundo da Cloaca Massima.

– Você realmente se arriscou demais – disse Molina. – Aquilo foi uma loucura e não tive tempo de impedi-lo.

Acabei tomando todo o leite.

– Agora sou obrigado a concordar. Foi um impulso estúpido da minha parte.

– Quer café?

– Quero, obrigado.

Ele me serviu uma xícara.

– Você ainda tem aquele pão doce? Achei muito bom.

– O *maritozzo*? Só um minuto – e o garoto foi para a cozinha, voltando com uma cestinha.

Dei uma mordida e o café também estava muito bom.

– Quando sairmos, podemos passar em uma loja para comprar outro celular, está bem?

Igor concordou enquanto dava uma mordida em seu sanduíche.

– Conversei bastante com Igor sobre o Operador, mas, infelizmente, ele não tem muito o que dizer. Talvez tenha sido melhor assim porque, graças a Deus, ele pôde voltar para casa a salvo – disse Molina.

– Imagino que você também tenha vindo pelos canais de esgoto. É a única explicação para ter aparecido de repente atrás de nós nas Termas de Caracala.

– É verdade – concordou Igor.

– Você chegou a ver o Operador?

– Muito pouco. Passei a maior parte do tempo vendado. Ele só tirou a venda quando estávamos nos canais e lá é muito escuro. Durante o pouco tempo que pude olhar para ele, o homem usava óculos escuros. A única coisa que consegui observar é que ele é alto.

– Também notei isso durante o instante em que consegui vê-lo. Ele usava uma jaqueta preta?

Igor forçou a memória por um instante.

– Acho que sim. E conhecia muito bem os canais, andávamos rápido – completou.

– Ele deve usar esses canais há anos – comentou Molina.

Ficamos então calados, cada um pensando à sua maneira em tudo o que havia acontecido. Lembrei de Carolina e senti uma necessidade incrível de falar com a minha mulher, de saber como ela e o bebê estavam. Sentia saudades dela, do Brasil, da minha vida de sempre.

– Enquanto você dormia – Molina cortou meus pensamentos –, recebemos um telefonema surpreendente.

– Como assim?

Molina ajeitou-se melhor na cadeira e olhou para mim, enigmático.

– Recebi um telefonema da Ordem. Querem falar com você.

Surpreso, devolvi o mesmo olhar enigmático para ele.

– Talvez seja uma armadilha.

Molina balançou a cabeça.

– Não creio, conheço bem a Ordem. O telefonema é verdadeiro. Os superiores realmente querem falar com você.

– O que você acha?

Molina deu um longo suspiro.

– Na verdade, não temos muitas alternativas. Seria bom você aceitar.

Tomei um último gole de café para poder ganhar tempo e raciocinar. Na realidade, não havia mesmo muito o que pensar.

– Ligue para eles e marque o horário – respondi. – A minha única exigência é que você me acompanhe. Nós temos de conversar com eles juntos.

– Vou ligar agora – afirmou Molina, pegando o aparelho de telefone.

Só mais tarde percebi que havia esquecido novamente de telefonar para minha mulher.

Na hora marcada, estávamos em frente ao grande quadro de Nossa Senhora das Mercês, pintado em cores intensas que contrastavam com os tons escuros do mobiliário antigo. Demos nossos nomes e, dessa vez, o jovem frei nos encaminhou rapidamente pelo corredor pouco iluminado até a sala onde eu já havia estado. Ofuscados pela luz repentina, entramos e cumprimentamos o frei cujo nome eu não recordava.

– *Grazie a Dio*. Graças a Deus vocês vieram – ele logo disse.

– Porém, devo confessar, frei, não estou me sentindo muito confortável aqui – falei.

O frei me observou durante um segundo antes de responder:

– Compreendo, senhor Rossato. Entendo o que sente e temos de nos desculpar por isso. Um momento, por favor – e pegou o telefone, dizendo duas ou três palavras numa língua que não entendi. Ele desligou em seguida.

Molina não fez nenhum comentário.

– Frei Bertotti já está a caminho – explicou nosso anfitrião.

Calloni, frei Calloni, lembrei o nome dele. O frei mais velho, então, era Bertotti. Mas isso não tinha importância, pois Molina conhecia todos muito bem.

Levantamos quando o frei mais velho entrou na sala. Fez sinal para que nos acomodássemos novamente e frei Calloni cedeu a cadeira de espaldar alto atrás da escrivaninha, ficando de pé ao seu lado.

– Graças ao bom Deus que o senhor está bem – disse o frei olhando para mim e depois dirigindo o olhar para Molina. – Há quantos anos não nos vemos, irmão.

– Há muitos anos, frei Bertotti – Molina respondeu de maneira simpática, fazendo um gesto para enfatizar o que dizia.

– Sim, muito tempo – concordou o frei pigarreando em seguida para entrar no assunto que interessava a todos nós. – Temos procurado acompanhar o que está acontecendo com os senhores e queremos enfatizar, de maneira mais simples e honesta, que não concordamos com nada do que está ocorrendo – e fez uma pausa para observar nossas reações. – Não só não concordamos como condenamos qualquer ato de violência perpetrado por pessoas que se aproveitam da Ordem há séculos, dizendo-se seguidores. E a quem estamos combatendo e tentando impedir de agir, para acabar com essa organização fundamentalista instalada no seio da nossa instituição.

Tanto eu como Molina permanecemos calados enquanto o frei falava.

– Por isso o chamamos aqui. Senhor Rossato, frei Molina, gostaríamos que vocês nos ajudassem a frear as atividades desses homens, principalmente desse a quem chamam de Operador. Achamos que já é mais do que necessário que seja dado um basta a todo esse absurdo.

– E de que maneira pensam em fazer isso? – perguntou Molina quebrando o nosso mutismo.

Frei Bertotti pigarreou novamente.

– Da maneira que for necessária. Mesmo que para isso tenhamos, e que Deus nos perdoe, de empregar métodos com os quais não concordamos em ocasiões normais, já que, entendemos nós, esta é uma ocasião excepcional. E para isso precisamos da ajuda de vocês.

– O senhor poderia ser mais específico? – perguntei.

– O que frei Bertotti quis dizer – dessa vez foi frei Calloni quem tomou a palavra – é que o julgamento final dessa pessoa denominada Operador só poderá ser feito por Deus. Porém, antes disso, precisamos fazer com que seja julgado pela justiça dos homens.

– Envolver a polícia, o senhor quer dizer – resumi.

– Exatamente, senhor Rossato – confirmou frei Bertotti. – Não gostamos de envolver a justiça dos homens nas coisas da Ordem, mas achamos que desta vez devemos abrir uma exceção e pedir ajuda.

– Entendo – respondeu Molina. – Realmente, é uma grande mudança na maneira de pensar da Ordem.

– E como faremos isso? – eu quis saber.

Os dois freis se entreolharam antes de Calloni retomar a palavra.

– A ideia é alertar a polícia sobre o que está acontecendo e chamar a atenção desse homem. No momento certo, os policiais fazem a prisão.

– Uma armadilha para o Operador, os senhores querem dizer.

– Se prefere chamar assim, senhor Rossato.

– E o que atrairia a atenção dele? – Molina perguntou.

– O que ele mais quer agora. Os escritos do frei Franco Rossato.

Dessa vez fui eu quem trocou olhares com Molina.

– Os senhores têm o diário que falta? – indaguei, um pouco confuso com a firmeza das palavras do frei.

– Não, claro que não – respondeu frei Bertotti, o que deixou tanto Molina como eu aliviados. – O plano é passarmos a falsa impressão de termos descoberto onde estão os escritos para que ele tente roubá-los. A polícia estará em alerta e assim poderá prendê-lo. A Ordem não deve tolerar atos de violência em seu nome.

Troquei novamente olhares com Molina, que pigarreou antes de falar.

– E quem entrará em contato com os *carabinieri,* frei?

– A Ordem, naturalmente. Será um contato de instituição para instituição. Não envolveremos nomes.

A ideia parecia ótima, mas eu estava com a impressão de que ainda faltava saber alguma coisa sobre o plano. Molina devia estar pensando o mesmo pelo que pude depreender de seu silêncio.

– Como os senhores nunca conseguiram descobrir onde estão esses escritos? – ousei perguntar de repente.

Frei Bertotti cruzou os braços e depois levou a mão direita ao queixo. Parecia escolher as palavras para essa resposta.

– A verdade, senhor Rossato, é que nunca demos a esses escritos a importância que eles realmente parecem ter. Os fundamentalistas sabiam mais do que nós. Pensávamos ser apenas mais um diário entre tantos que nossos freis escrevem ao longo dos tempos. Só atentamos para sua importância depois que esse homem, a quem chamam de Operador, começou a agir em função dele. E, de fato, esses escritos podem ter informações que talvez nos levem a situações... digamos... difíceis.

Por incrível que pudesse parecer, a Ordem estava na mesma situação que eu anteriormente. Não sabia o que tinha nas mãos.

– A ideia, senhor Rossato, é que nós podemos ajudá-lo, assim como o senhor pode nos ajudar – interferiu frei Calloni.

– Exatamente como? – perguntei.

– O senhor nos diz o que sabe e nós o ajudamos a recuperar o diário. O senhor descobre o que precisa e a Ordem recupera esse documento para conservá-lo da melhor maneira possível.

Então a impressão não era falsa. Eles também queriam colocar uma pedra sobre o assunto e ao mesmo tempo acabar com o que lhes causava constrangimento: as ações violentas do Operador.

Senti os olhos de Molina pregados em mim. De propósito, não olhei para ele, prestando atenção ora em frei Bertotti, ora em frei Calloni. O silêncio dominou a sala bem iluminada por longos segundos de expectativa. Aguardavam minha resposta. Alguém pigarreou e frei Calloni trocou de lado, mas permaneceu em pé junto à cadeira de espaldar alto.

– Senhor Rossato, o que nos diz? – cobrou o frei mais velho.

– Concordo – respondi secamente.

Podia sentir ainda os olhos de Molina pregados às minhas costas. Continuei evitando olhar para ele.

– A conclusão a que cheguei, depois de ler os diários e de ligar fatos dos quais vocês nunca poderiam ter ciência, pois se trata de acontecimentos familiares, é que os escritos foram guardados secretamente em algum ponto da Basílica de San Giovanni in Laterano.

Outro silêncio e, dessa vez, de estranhamento.

– Tem certeza? – reagiu frei Bertotti.

– Seria um lugar estranho para isso – notou o outro.

Molina permaneceu calado.

– Temos a mais absoluta certeza, não é, Molina? – e então olhei para o meu amigo, que respondeu com um gesto de compreensão e cumplicidade:

– Penso que todas as pistas nos levam para lá. É onde a procura deve começar – disse.

Dei um suspiro de alívio. Molina talvez até não concordasse, mas sustentou minha mentira aos freis.

Deo gratias.

– Você enlouqueceu? – foi a primeira coisa que Molina disse ao entrarmos no táxi de volta para casa. – Você me fez mentir para os freis da minha Ordem.

– Pensei que você tinha largado a vida religiosa há muitos anos – respondi com ironia.

Meu amigo olhou então para mim com ar de surpresa, estranhando a resposta. Ao mesmo tempo, me arrependi de ter falado com ele naquele tom. Não era a minha maneira de agir; eu estava realmente cansado.

– Desculpe – disse, tentando encontrar as palavras. – Eu não queria falar com você dessa maneira, me perdoe.

– Está bem, não se preocupe. Mas se você mentiu é porque não confia na Ordem. E você não pode acreditar que eles estejam agindo de acordo com o Operador. Isso é loucura. Você perdeu a noção das coisas se chegou a pensar isso.

A cidade de Roma corria lá fora tanto quanto meus pensamentos. Aquele trânsito caótico simbolizava bem o meu estado de espírito.

– Você deve ter razão, foi um gesto impensado da minha parte pôr a Ordem em dúvida. E o que faremos agora? Voltamos e explicamos que foi tudo um engano? Levamos os *carabinieri* para a Basílica de San Clemente?

Molina também passou alguns segundos olhando o trânsito congestionado pela janela do táxi antes de responder:

– Não. É bom deixarmos como está por enquanto. Deus que me perdoe por dizer isso, mas talvez tenha sido melhor.

O pássaro de fogo era o nome da peça de Stravinsky que tocava dessa vez na casa de Molina. E o volume estava bem alto para garantir que ninguém nos ouviria.

Igor estava distraído, mexendo em seu novo aparelho celular.

– *Ti piace questo telefonino?* – perguntei.

– *Si, grazie* – ele respondeu, levantando a voz por causa do volume da música.

Sentado no sofá, Molina estava absorto em pensamentos.

– Preocupado? – puxei assunto.

Meu rechonchudo amigo cruzou os braços e suspirou.

– O frei disse que logo entrariam em contato com os *carabinieri*. Depois disso nos informariam para irmos até a basílica.

– Mas se o Operador notar a presença de policiais na área, não chegará nem perto.

– Os *carabinieri* não estarão lá de maneira ostensiva; em vez disso, vão se passar por operários trabalhando.

– E o que faremos em relação ao diário? – perguntei, preocupado com como sustentar a mentira.

Molina me olhou ainda com certo ar de censura.

– Temos de manter o que você disse.

– Como?

– Vamos "descobrir" os diários e atrair o Operador, depois explicamos aos freis que fizemos isso porque estávamos preocupados em não deixar os escritos caírem nas mãos erradas. Se conseguirmos capturar o Operador, eles não vão se importar por terem sido enganados.

– E se não conseguirmos?

– Não sei. E não estou muito preocupado com isso. O que me preocupa é outra coisa.

– O quê?

Molina franziu a testa e cofiou as suíças antes de falar:

– Frei Bertotti não contou a você, em nenhum momento da nossa conversa, que ele conheceu seu pai.

Lembrei-me do vídeo antigo e de meu pai dizer que tinha argumentado com os freis sobre qual seria a extensão de tempo de quatro gerações.

– E o outro frei, o Calloni?

– Provavelmente ainda estava servindo em algum lugar antes de ser chamado para trabalhar na sede. Mas frei Bertotti eu tenho certeza, pois estava junto com seu pai.

– Talvez ele tenha esquecido – argumentei.

– Impossível. Apesar da idade, está muito lúcido e garanto que a memória dele também. Ele realmente não quis falar sobre o assunto.

– E por quê?

– Não sei, e isso me preocupa.

O telefone fixo tocou. Os freis tinham sido rápidos.

– *Pronto* – atendeu Molina. – *Si, non c'è dubio. Grazie* – e desligou.

– Eles usaram o telefone fixo para ligar – notei.

– Para termos certeza de que o Operador saiba de todos os nossos movimentos. Vamos – e Molina se levantou do sofá com agilidade. – Não temos muito tempo agora. Igor, por favor, aproveitando seu telefone novo, chame um táxi para nós e peça que não demore. Os *carabinieri* já estão a caminho.

A Basílica de San Giovanni in Laterano é dedicada a São João de Latrão e foi a sede da Igreja Católica antes da criação do Estado do Vaticano. Lá está o túmulo de bronze de Martinho V, o papa que, em 1419, foi o responsável pela volta do papado de Avignon para Roma. Além disso, abriga o mais antigo batistério do mundo cristão, construído no século V. Eu a tinha escolhido como o suposto esconderijo do diário porque havia lido sobre a basílica antes de vir para Roma. Foi o único lugar que me ocorreu na hora.

E realmente a basílica impressionava pelo tamanho, pela fileira de estátuas dos apóstolos no alto e pelas portas enormes. Quando chegamos, os freis Bertotti e Calloni já estavam lá, acompanhados por um religioso mais jovem. Fizemos o sinal da cruz ao entrar e os cumprimentamos. Operários faziam o trabalho de manutenção e todos usavam uniforme cinza com letras coloridas nas costas. Também tinham vetado o acesso de turistas à basílica.

– São eles? – perguntei.

– São – respondeu baixinho frei Calloni.

Os dois pareciam bastante nervosos.

– Isso pode demorar dias – comentou Molina.

– Podemos levar o tempo que quisermos – respondeu frei Bertotti. – A basílica permanecerá fechada e esses homens estarão à nossa disposição pelo tempo que for necessário. Não se preocupem com isso, senhores. Nós só gostaríamos de saber como o senhor – e fez um ligeiro sinal para mim – conseguiu descobrir, em sua leitura dos diários do frei Franco, que os escritos estão escondidos aqui nesta basílica.

Minha resposta não demorou muito.

– Peço desculpas aos senhores, mas me reservo o direito de não falar sobre isso. É um segredo de família e assim deve permanecer.

Os freis se entreolharam demonstrando insatisfação, porém nada podiam fazer. Eram obrigados a acreditar em mim, se quisessem deter o Operador.

– Muito bem, *signore* Rossato. É um direito que lhe assiste – respondeu o frei mais velho num tom de voz de quem tenta esconder sua contrariedade. – Então vamos rezar para que tudo corra bem.

– Amém, frei – respondi simplesmente.

O trabalho não era fácil. Permanecer horas seguidas dentro de uma basílica enorme fingindo estar procurando algo que não existe exigia uma concentração imensa porque sabíamos que estávamos sendo vigiados. E não eram poucos os vigias: os *carabinieri* disfarçados, os freis e, com certeza, o próprio Operador.

Inspecionamos a igreja detalhadamente. Durante alguns minutos até eu cheguei a pensar que realmente procurávamos pelos escritos naquela basílica. Os freis Bertotti e Calloni nos observavam, curiosos, porque medíamos, apalpávamos, puxávamos, empurrávamos, torcíamos, fuçávamos cada pedaço, cada detalhe, cada reentrância do prédio. Depois de três horas daquele teatro, Molina aproveitou que observávamos, na ala direita, uma coluna com o fragmento do afresco de Giotto e perguntou:

– Hora de encontrarmos algo, o que acha?

– É um tiro no escuro, mas não temos mesmo muitas opções. Trouxe a pasta de couro?

– É um couro velho e deve enganar os freis pelo menos durante algum tempo.

– O que importa é atrair o Operador. Depois nos explicamos, se for necessário.

– Quem anuncia a grande descoberta?

Dei um sorriso. E acho que foi um sorriso irônico.

– Frei – gritei. – Frei, venha até aqui, *per favore*.

Ouvimos passos atropelados e ansiosos. Os dois religiosos contornaram a coluna e nos viram com uma pasta pequena de couro nas mãos.

– São os escritos? – perguntou assombrado frei Bertotti.

– Graças a Deus encontramos – completou o outro frei.

– Ainda não abrimos a pasta, pois queremos abri-la junto com vocês, mas, ao que tudo indica, devem ser mesmo os escritos do frei Franco Rossato.

Eles chegaram mais perto, sem desviar os olhos da pasta.

– Tem até, já um tanto apagadas, as letras F e R impressas no couro – menti.

– Abra – ordenou frei Bertotti.

– Talvez não seja seguro fazer isso aqui – advertiu Molina preocupado.

– Abra, a responsabilidade é minha – insistiu o religioso.

Olhei para Molina. Não esperávamos que ele quisesse analisar o material lá mesmo, dentro da basílica. Tinha de arranjar um bom motivo para fazer isso longe dali.

Mas não precisei. De repente, a basílica ficou no escuro e nesse exato momento alguém me empurrou com toda a força.

Capítulo 10

O golpe foi tão violento que me jogou longe. Entretanto, ele não conseguiu o que queria porque, ao receber a pancada, segurei a pasta com força e fui para o chão com ela. Senti uma forte dor no joelho direito. Ouvi ainda a voz de Molina gritando, surpreso, e o som de golpes rápidos no ar. Logo em seguida, gritos e passos atropelados dos *carabinieri* vindo em nossa direção depois de acenderem as lanternas. Talvez eu também tenha ouvido a voz dos freis e, um segundo depois, novos golpes no ar, um grunhido de raiva de Molina, outro sibilo e o gemido grave de alguém ferido que sente muita dor. Um novo tropel de passos, a luz de lanternas, e a iluminação sendo restabelecida em seguida. Ainda caído com a pasta nas mãos, vi agentes da polícia desligando as lanternas, os dois freis juntos aterrorizados e Molina de joelhos, segurando seu ombro esquerdo, com a expressão de quem sente muita dor.

Com a pasta apertada junto ao peito, levantei rápido e procurei algum sinal, o que quer que fosse que pudesse representar um movimento suspeito, um indício, um vestígio. Nada. Era como se ele não tivesse passado por ali. Mas passou, deixando como marca de sua passagem o ombro ensanguentado de Molina. Um dos *carabinieri* acionou de imediato a ambulância e fez Molina deitar para lhe prestar os primeiros socorros. Corri para perto do meu amigo, que me olhou com expressão de dor e frustração.

O Operador quase tinha conseguido o que queria. Quase.

Molina foi instalado no mesmo quarto que eu ocupara quando me tiraram dos esgotos de Roma. A enfermeira de sorriso bonito e o mesmo médico vieram atendê-lo. Ele olhou durante alguns instantes para mim e disse:

– Não sei o que você e seu amigo estão tentando fazer, porém sugiro que procurem um hobby mais saudável – brincou, com um meio sorriso nos lábios. –

Mas não se preocupe – completou logo em seguida –, ele vai ficar bem. O objeto perfurante não atingiu o coração. O anjo da guarda de vocês é forte.

De imediato, recordei a oração que fiz nos canais de esgoto. O médico podia até achar que estava apenas brincando, mas eu agora sabia que a proteção era verdadeira.

– Curioso é o formato do ferimento – notou, coçando o queixo. – Com certeza não foi feito com faca ou canivete porque tem a forma de "U" – disse o médico antes de pedir licença e sair.

Levei um susto. Lembrei-me de meu pai falando de seu ferimento, naquela velha fita em VHS. O ferimento era igual, a diferença era o lado. Enquanto o ataque ao meu pai fora no ombro direito para servir apenas como aviso, o ataque a Molina fora do lado do coração. Um golpe que poderia ter sido fatal.

O que me levou a pensar em outra possibilidade. Seria o mesmo homem de vinte anos atrás? Quando o vi por um instante nas Termas de Caracala não foi possível perceber quase nada. Apenas que era um homem alto e de cabelos escuros, usando uma jaqueta preta. Não dava para ter noção de sua idade. Cheguei a sentir um arrepio ao imaginar que pudesse ser a mesma pessoa.

Molina se mexeu na cama, balbuciou alguma coisa e despertou. Imediatamente fixou os olhos em mim.

– A última recordação que tenho é uma dor intensa no ombro – ele disse, tentando olhar para o próprio ombro, o que lhe causou dor. – Humm... e uma confusão de vozes e movimentos. O que o médico disse?

– Que o seu anjo da guarda é forte – respondi sorrindo.

Molina devolveu o sorriso, mas dessa vez o sorriso não conseguiu alcançar seus olhos.

– E a pasta com os supostos escritos? – perguntou.

– Continua comigo. Ao ser empurrado, me agarrei a ela e o Operador não conseguiu pegá-la.

– Os freis não exigiram que você a devolvesse?

– Tentaram. Argumentei que nossas vidas estão em risco e por isso precisamos da pasta como garantia. Prometi devolvê-la ao Instituto Histórico assim que possível.

Molina tentou mudar de posição na cama, sentiu dor e ajeitei os travesseiros para ele. A enfermeira chegou e tomou sua temperatura, dizendo que ele estava um pouco febril, o que era normal em suas condições. Deu um sorriso e saiu.

– Igor está bem?

– Um pouco contrariado porque não gostou da ideia de ficar na Ordem.

– Imagino, mas ele vai entender. É para a própria segurança dele.

– O médico contou uma coisa interessante sobre o seu ferimento – disse eu, ansioso para ver a reação do meu amigo.

– E o que é?

– Ele disse que o seu ferimento tem o formato de "U".

Molina não pareceu nem um pouco surpreso.

– Você se lembrou do ferimento do seu pai, não foi?

Balancei a cabeça concordando e esperando que ele completasse a frase. Ele sabia o que eu queria.

– É isso mesmo, Rossato – ele continuou, olhando fixamente para mim. – O homem que atacou seu pai há vinte anos é o mesmo que você perseguiu pelos canais de esgoto e que me feriu agora na basílica.

– Canalha – sussurrei enfurecido.

– É o mesmo homem – e completou: – Vinte anos mais experiente, vinte anos mais letal.

Fiquei furioso de uma tal maneira que eu mesmo me surpreendi com minha reação. Porém, ao mesmo tempo, estava me sentindo satisfeito. Satisfeito por estar verdadeiramente furioso, porque isso significava uma forte ligação entre meu pai e mim. E, pela primeira vez na vida, me sentia feliz com isso.

A enfermeira voltou ao quarto.

– É melhor o senhor deixar o nosso paciente descansar um pouco – ela disse.

– Claro, só vou me despedir dele – respondi e esperei que ela saísse do quarto.

– Para onde você vai? – Molina perguntou.

Demorei para responder.

– Não sei. Preciso pensar um pouco, preciso de uma orientação.

– Vá com Deus, meu amigo.

Fiz sinal que sim e fechei a porta. Tinha um agente dos *carabinieri* de guarda na entrada.

Decidi dar uma volta para espairecer um pouco.

Caminhei a esmo durante não sei quanto tempo depois que saí do hospital e cruzei com centenas de pessoas durante o percurso. Eram romanos indo ao trabalho, turistas vasculhando a cidade, padres e freiras caminhando de um lado para o outro. Roma é uma cidade movimentada, barulhenta, linda, misteriosa. Tem uma atmosfera sem igual, difícil de explicar, porque ao mesmo tempo em que é uma metrópole monumental e agitada, também é encantadoramente tranquila e reflexiva, com sua enorme quantidade de museus e igrejas. É uma cidade com quase três mil anos de história, onde o antigo e o moderno convivem lado a lado intensamente.

Pensei em como Carolina gostaria de fazer uma viagem como essa. Ela adoraria percorrer as ruas de Roma, perambular pela cidade, perder-se nas alamedas e andar sem rumo pelas sinuosas ruelas ainda da época medieval. Ia querer visitar todas as igrejas e museus, ver todos os monumentos, experimentar todos os pratos, assistir a todos os espetáculos, comprar o que pudesse. Sair correndo atrás do tempo. Eu estava com saudades dela e do nosso bebê.

Sem perceber, parei em frente a uma igreja. Diferente de tantas em Roma, essa era pequena, simples, sem turistas para visitá-la e frequentada apenas por seus fiéis. Entrei e sentei no banco da frente, próximo ao altar, e contemplei Jesus na cruz. Precisava de uma orientação sobre o que fazer em relação a tudo o que vinha acontecendo na minha vida nesses poucos dias em que estava na Cidade Eterna. Rezei o Pai-Nosso. O silêncio do lugar aquietou um pouco meu coração e passei a respirar melhor, mais profundamente, com calma. Papai não costumava frequentar igrejas, não gostava de padres, mas imaginei-o ali, sentado ao meu lado, no primeiro banco, conversando comigo. Imaginei-o ajeitando os óculos no nariz, usando o indicador num gesto lento, o que sempre me deu uma impressão de seriedade sobre o assunto que estivesse falando. Depois iria cruzar os braços para descruzá-los em seguida, como era de seu costume. Tinha também o hábito de dizer "A verdade dos fatos é a seguinte", e fazer uma avaliação detalhada do que estivesse ocorrendo no momento. Será que ele agora saberia avaliar bem o que estava acontecendo para poder me dizer qual era a verdade dos fatos?

Senti meus olhos marejarem.

Ajoelhei-me e rezei com fé, com mais fé agora do que em qualquer outro momento da minha vida, numa obediência total a Deus e Seus desígnios. As palavras brotavam da minha boca aos borbotões, entre preces e pensamentos, e permaneci ajoelhado, contrito, e de cabeça baixa mais tempo do que imaginei, pois quando levantei o rosto é que percebi um homem sentado no mesmo banco, apenas um pouco afastado. Percebi então que era o padre daquela paróquia. Ele sorriu para mim, mas continuou sentado no mesmo lugar e não fez menção de se levantar.

Eu não sabia o que dizer e me desculpei.

– Desculpar-se? – ele disse sem perder o sorriso. – Desculpar-se de quê, meu filho? De estar na casa de Deus rezando? Conversando com o dono da casa?

Sorri, ainda um pouco encabulado, e me sentei no banco. Ele se levantou e veio para perto de mim. Só aí pude perceber que já era um senhor de idade, apesar de sua aparente jovialidade.

– Não quis interromper, meu filho – disse enquanto se sentava ao meu lado. – Você rezava com muita devoção.

Olhei diretamente para o rosto dele, que voltou a sorrir para mim. Sua expressão era tranquilizadora.

Olhei para os lados e não havia ninguém na igreja. A luz também já não era a mesma. Fiz menção de me levantar, mas ele se antecipou e, com um movimento leve, me reteve.

– Falei que você rezava, porém também percebi, se você me permite dizer, que havia lágrimas misturadas às preces.

Voltei a ficar um pouco encabulado, porém isso logo passou. A expressão do padre era suave e segura.

Ia abrindo a boca e falando, mas me contive. Pigarreei.

– Eu já ia me desculpar de novo – brinquei. – Estou me tornando repetitivo.

O padre sorriu.

– Meu nome é Lorenzo e o seu?

– Antonio.

– *Brasiliano?*

– *Si.*

– Vocês vão ter uma surpresa na Copa do Mundo deste ano – disse, de repente.

Dei uma gargalhada nervosa na igreja e segurei o riso em seguida, envergonhado. Percebi que ele ficou surpreso com a minha reação. Não esperava que eu fosse achar tão engraçado.

– Acho que agora vale um pedido de desculpas, padre. Me perdoe.

– Tudo bem, meu filho. Vocês, *brasiliani*, são mesmo sempre muito autoconfiantes no futebol.

Sorri e fiquei sem jeito de lhe falar dos taxistas de Roma.

– Mora aqui ou está apenas visitando a Cidade Eterna? – ele quis continuar a conversa.

Estranhei a pergunta, já que parecia sem sentido àquela altura dos acontecimentos. A resposta simples deveria ser "Apenas visitando", mas, ao mesmo tempo, não havia por que dizer só isso. Nesses poucos dias na Itália, eu já tinha vivido tantas coisas, incluindo as descobertas sobre meu pai, que uma resposta simples como aquela não fazia sentido. Pigarreei de novo.

– Parece que vivo aqui há anos – desabafei.

– São os mistérios de Roma – resumiu o padre.

Ficamos os dois calados. O silêncio tomou conta da igreja e, ao mesmo tempo que eu tinha vontade de falar alguma coisa, também queria me levantar dali e sair. Fugir da minha própria vontade de falar.

Acho que o padre Lorenzo compreendeu tudo que se passava no fundo da minha alma e parou de sorrir, olhando diretamente para os meus olhos.

– Se você quiser ir embora, meu filho, sinta-se à vontade em fazê-lo. Porém, se quiser me contar alguma coisa, saiba que não estou aqui para julgar quem quer que seja – disse.

Enchi os pulmões de ar e olhei para aquela expressão suave que me observava atentamente. E comecei a falar.

– Onde você está agora? – perguntou Carolina com voz preocupada.

– Acabei de sair de uma igreja.

– Da Ordem?

– Sim – respondi para não ter de me explicar muito ao telefone.

– Como estão as pesquisas? Você demorou a ligar, querido.

– Desculpe, meu amor. Eu ando realmente muito ocupado. Você nem imagina. E você, como está? Tudo bem com o nosso bebê?

– Engordei mais um quilo e o médico disse que o desenvolvimento está sendo absolutamente normal.

– Que bom, meu amor.

– Tenho uma surpresa para você hoje – disse num tom de voz mais leve.

– O que é?

– Sua avó está aqui comigo. Ela está muito feliz em poder conversar com você aí na Itália. Vou passar o telefone para ela.

Ouvi uma conversa ao fundo e depois a voz de minha avó. Ela começou a falar alto, como se fosse preciso por eu estar longe.

– Alô, Antonio, como você está?

– Bem, vovó, muito bem – e afastei um pouco o fone do ouvido.

– Estou muito orgulhosa de você, meu filho – ela disse já num tom de voz mais baixo.

– O que é isso, vovó. Estou fazendo apenas o que deve ser feito.

– E a prova de que meu pai não matou ninguém, Antonio, já encontrou?

Não respondi de imediato, não sabia bem o que dizer.

– Encontrou, Antonio? – insistiu minha avó.

– Está faltando um diário – decidi falar.

– O que você disse? Não entendi.

– Está faltando apenas um diário. E é nele que está tudo o que precisamos saber.

– Seu bisavô não matou ninguém, você sabe – reagiu ela, chorosa.

– Eu sei – aumentei o tom de voz. – Nós sabemos e isso está claro nos diários, pois há textos escritos depois da suposta morte do frei Franco.

– Graças a Deus.

– O diário que ainda não consegui encontrar é o que vai explicar tudo, absolutamente tudo o que aconteceu em 1886. É a explicação para o que houve, vovó.

– Deus seja louvado, meu filho.

– Vou encontrar esse diário, a senhora pode ficar tranquila.

– E onde ele está? Aí em Roma ou em Valdagno?

Ela não estava entendendo nada.

– Em Roma, vovó, mas não se preocupe. Só volto para o Brasil com o que precisamos. Passe o telefone para a Carolina, por favor.

– Fique com Deus, meu filho – despediu-se minha avó. – Um grande beijo, se cuide.

Ouvi novamente um barulho de conversa.

– Sua avó ficou nervosa.

– Imagino. Diga a ela que está tudo bem, que volto logo com tudo o que ela quer.

– Não se preocupe, eu converso com ela. E você sabe, de verdade, quando volta?

– Ainda não, mas espero que logo, meu amor. Estou com saudades.

– Eu também, se cuide.

– Um beijo em você e no nosso bebê.

– Te amo – ela disse e desligou o telefone.

Demorei a pôr o receptor de volta no aparelho. Não conseguia parar de pensar em Carolina, no bebê, em minha avó e em como poderia resolver logo tudo isso.

A conversa com o padre Lorenzo tinha me ajudado a colocar em ordem meus pensamentos. E a perceber ainda mais quão perigoso é um fanático como o Operador.

Tentamos fazer com que a saída de Molina do hospital fosse a mais discreta possível, mas não tivemos sucesso, porque havia muitos *carabinieri* para fazer sua proteção. Vários homens de uniforme ficaram posicionados ao longo dos corredores durante a transferência do meu amigo de uma cadeira de rodas para a viatura oficial. Molina mostrou-se surpreso com todo aquele aparato.

Médicos, enfermeiras e as pessoas que circulavam pelo hospital paravam para olhar e comentar sobre o homem de suíças enormes que tinha recebido alta e saía com escolta da polícia. Cheguei a ouvir alguém dizendo "Chefão da Máfia" no meio do caminho. Durante o trajeto até a casa de Molina trocamos poucas palavras entre nós e com o oficial que nos acompanhava. A chegada foi mais discreta porque a viatura veio primeiro e só depois os outros *carabinieri*. Os vizinhos devem ter estranhado a novidade.

– E o meu filho? – foi a primeira coisa que Molina perguntou assim que entramos.

– Já está a caminho, senhor – respondeu o oficial. Uma viatura está trazendo o rapaz e deve chegar aqui em pouco tempo.

– *Grazie.*

O oficial então se despediu e foi embora. Ainda o vi pela janela trocando algumas palavras com dois *carabinieri* que permaneceriam para cuidar de nossa proteção.

Molina não quis ir para a cama e o acomodei na poltrona da sala. Por sua expressão, pude perceber que ainda sentia dor.

– Estou cansado de ficar deitado, prefiro passar um tempo aqui na sala – justificou-se.

Liguei o aparelho de som e já aos primeiros acordes ele reconheceu a música, dando um sorriso.

– *A sagração da primavera.* Uma das minhas favoritas. – Ele suspirou. – Você sabia que o público francês ficou chocado na primeira apresentação, em 1913? É fantástica – e fez silêncio para apreciar a música.

Entretanto, o encantamento durou pouco.

– Você acha que ainda estamos grampeados? – perguntou Molina.

– Acredito que não. Os *carabinieri* fizeram uma varredura em toda a casa e descobriram microfones escondidos na sala. Agora estamos limpos.

– Inacreditável como o Operador conseguiu fazer uma coisa dessas. Dentro da minha própria casa.

– É um homem perigoso.

– Às vezes, acho que não é um homem – disse Molina com o olhar perdido. – É um... não sei explicar.

Entendia perfeitamente o que o meu amigo queria dizer. Eu sentia o mesmo. Não comentei nada e permanecemos quietos, concentrados em ouvir Stravinsky. Ele fechou os olhos e acho que rezou um pouco.

Ouvimos um motor de carro sendo desligado em frente à casa e olhei pela janela. Era Igor que chegava, acompanhado de um oficial. Ele abriu a porta e foi abraçar o pai de imediato, enquanto o policial me cumprimentava e já pedia para se retirar.

– Cuidado com o ombro, ainda dói – ouvi Molina dizendo para o filho enquanto eu fechava a porta.

– Levei um susto e tanto quando me contaram, *papà.* E esses *carabinieri* que estão lá fora?

– Vão ficar aqui, pelo menos durante algum tempo – respondi enquanto abaixava o volume do som.

– Quem fez isso com você, *papà*? – Igor perguntou com expressão preocupada.

Molina ajeitou-se na poltrona, comovido com a preocupação do filho. Passou a mão pelos cabelos do rapaz, despenteando-o.

– Ainda não sabemos – mentiu –, mas a polícia está investigando. Acho que logo vamos descobrir esse bandido.

– Não foi o mesmo que me sequestrou?

Molina sorriu. Os pais sempre procuram esquecer que os filhos crescem e passam a entender as coisas. E ainda mais ele, que viveu na pele um acontecimento violento e traumático como ficar nas mãos de um bandido, de um louco. Molina procurou as palavras certas:

– Certamente que foi. Aquele homem é um doente e a polícia está trabalhando para capturá-lo. Tenho certeza de que vão conseguir, é só uma questão de tempo.

Eu queria ter aquela mesma certeza que Molina apresentava ao filho.

– E agora, *papà*, o que vamos fazer? – perguntou o garoto com os olhos postos no pai.

Molina olhou para mim antes de responder e passou novamente a mão pela cabeça do filho.

– Nada. Vamos apenas aguardar que a polícia faça seu trabalho.

– *Si, papá.*

– E lá na Ordem, tudo bem? Você foi bem tratado?

Igor deu de ombros.

– Um pouco chato, mas foi tudo bem. Os freis até que tentaram ser legais.

– Tentam e não conseguem, não é isso? – perguntou Molina divertido com a observação do filho.

– É... mais ou menos.

Molina e eu rimos.

– Pode ir para o quarto, filho. Eu sei que você está louco para mexer no seu computador. Quando for a hora de comer, eu chamo.

– Está bem, *papà* – ele deu um beijo no pai e saiu correndo para o quarto.

Molina fez uma expressão de dor.

– Doeu quando eu ri. Pelo jeito, vou ficar ainda muito tempo de molho – e acariciou o próprio ombro.

– O ferimento foi profundo, poderia ter atingido o coração. – Pigarreei um pouco antes de continuar. – Em seus escritos, frei Franco cita muito a proteção do arcanjo Rafael. Acho que, se o golpe não atingiu seu coração, não foi apenas uma questão de sorte. Algo mais aconteceu. E esse algo mais se chama Rafael.

Molina fez uma pausa antes de falar, me observando atentamente.

– Fico feliz que você pense assim.

– Eu... – e olhei para o quadro da Virgem – há muito tempo mantenho uma relação, vamos dizer, distante com a igreja, com a fé, com Deus. Contudo, sinto que algo está mudando em mim. Algo que vem do fundo do meu coração. Uma vontade de estar mais perto de Deus, da fé.

Não sei qual foi a reação de Molina a essa minha confissão porque mantive os olhos baixos, um pouco constrangido, e ele não disse nada na hora. O quadro da Virgem me parecia ainda mais belo. Continuei a falar:

– Quando estava nos canais da Cloaca Massima e tinha, praticamente, perdido a esperança de sair de lá com vida, palavras começaram a brotar de dentro de mim e era uma oração pedindo ajuda. Logo depois, os homens me encontraram.

Molina continuou em silêncio.

– Assim que você levou o golpe na Basílica de San Giovanni in Laterano, comecei a rezar por você e a pedir a Rafael que intercedesse. E aí está você, se recuperando e vendo novamente seu filho. A minha visão sobre coisas da fé está mudando. E é uma... – parei de falar.

– Continue, por favor.

– E é uma... sensação maravilhosa – completei.

O olhar de Molina ficou ainda mais doce.

– Você não é o primeiro e nem será o último homem sobre a Terra que reencontra o caminho do Senhor depois de passar anos sem se importar com Ele. E isso é muito bonito, demonstra uma fé madura, serena, verdadeira. Você foi tocado pelo Espírito Santo – disse Molina com a voz calma, mas firme. Fez sinal para que eu me aproximasse dele. – Venha até aqui, quero lhe dar um abraço.

Aproximei-me da poltrona e me ajoelhei para que ele pudesse me abraçar com apenas um dos braços. Senti que lágrimas rolaram dos olhos dele, mas eu me segurei e não chorei. Não deixei que acontecesse. Apesar de querer muito.

Mais tarde, estava no quarto, olhando uma foto que sempre carrego na carteira de Carolina com barrigão, quando ouvi os gritos de Molina:

– Rossato, *vieni qui subito*.

Levei um susto e guardei a foto, saindo do quarto num instante. Encontrei Molina sentado em sua poltrona com o telefone na mão e a expressão aflita. Igor também correu para ver o pai.

– *Cos'è successo, papà*? – perguntou o garoto assustado, antes que eu pudesse falar.

– *Santo Dio* – sussurrou Molina.

– O que aconteceu? – insisti.

Molina olhou lentamente primeiro para o filho e depois para mim. Parecia assustado.

– Acabei de falar com frei Bertotti e ele disse que frei Calloni desapareceu.

– Desapareceu, como assim? – espantei-me.

– É isso mesmo que você escutou. Há dois dias ele saiu para visitar o irmão e os sobrinhos, como faz toda semana, e não voltou mais. Os parentes disseram que ele fez a visita normalmente e ia voltar à sede da Ordem. Ninguém sabe onde ele está.

– Você acha que...

– Não tenho a menor dúvida. Ele resolveu mudar a estratégia e atacar pelo outro flanco. Por um lado que ninguém esperava que ele pudesse ter coragem. Atacar um membro da própria Ordem. Isso nunca aconteceu antes.

– Calma, *papà* – Igor pediu.

– Eu estou bem, filho, pode ficar tranquilo.

– E agora? – indaguei.

– Frei Bertotti está muito assustado, não sabe como proceder.

– Ele já fez algum contato?

– Não...

Lembrei-me da falsa pasta. O pior era pensar que o frei estava correndo risco por causa de um diário que não existia. Ou melhor, existia, mas ainda estava longe de nossas mãos.

– Certamente já vasculharam em todos os lugares: hospitais, delegacias, parentes, amigos – ainda tentei ter uma esperança.

– Não tenha dúvida. Há dois dias que procuram pelo frei. Ele simplesmente desapareceu.

– E o que podemos fazer?

Molina não me escutou de tão absorto que estava em seus próprios pensamentos.

– O Operador foi longe demais dessa vez – disse praticamente num sussurro. – Atacar um membro da própria Ordem é sinal de insanidade total, demonstra que perdeu completamente a noção das coisas. Isso é preocupante.

– Nunca aconteceu antes?

– Nunca. Jamais na história da instituição um fundamentalista atacou ou feriu um membro da própria Ordem. Ao contrário até. Alguns operadores já chegaram a dar a vida para proteger a Ordem.

– Mas ele atacou você – retruquei.

– Eu não pertenço mais à Ordem e, para um fundamentalista como ele, sou considerado um traidor. Alguém que não merece a menor confiança.

– Entendo. Por isso você está sendo tão castigado. Primeiro o sequestro de Igor e depois a tentativa de assassinato.

– Exato. Aquele homem está louco, Rossato – Molina afirmou olhando fixamente para mim. – E de um louco se pode esperar tudo.

Um silêncio pesado tomou conta da sala e Igor voltou ao seu quarto. Molina, com o ar perdido, não parava de acariciar o ombro ferido.

O telefone tocou e atendi o mais rápido possível.

– *Pronto. Si, aspetta um attimo per favore* – e passei o fone para Molina.

– Querem falar com você. É da Ordem.

– Já? – surpreendeu-se Molina. – Não faz muito tempo que conversei com frei Bertotti – pegou o fone e respirou fundo. – *Pronto. Si, sono io. Si... ho capito. Grazie* – e desligou.

– O que disseram?

– Querem nos ver na sede agora. O Operador fez o primeiro contato.

– E? – fiquei com a pergunta no ar.

– Querem que levemos a pasta de couro com o suposto diário de frei Franco.

– Eles vão descobrir que foi tudo uma mentira.

– Pode ser – resignou-se Molina, acariciando o ombro ferido –, mas não temos alternativa. Pegue a pasta de couro e chame um carro de praça.

Observava o movimentado trânsito de Roma ao lado de Molina, no táxi, quando me lembrei de meu pai. Acho que lembrei dele por causa de uma curiosidade. Papai também gostava de ficar em absoluto silêncio quando estava dentro de um táxi. Ele não falava e não gostava que se conversasse durante a corrida. Nunca disse isso, porém era sempre a mesma história quando precisávamos de um. Jamais entendi a razão disso, mas agora, lembrando desse detalhe, imaginei o velho sentado ali, ao lado do motorista, em silêncio, segurando com o braço direito a alça de apoio do veículo e observando as ruas e os automóveis. Volta e meia faria para o motorista uma ou outra observação casual sobre o trânsito e depois olharia para trás para verificar se tudo corria bem, logo voltando a observar os carros. O tempo todo segurando a alça de apoio do táxi.

Sempre me impressionava quando via o grande quadro de Santa Maria das Mercês na entrada da sede da Ordem. E dessa vez não foi diferente. Em seguida, os corredores escuros e depois entramos na sala que nunca sabia dizer se pertencia a frei Bertotti ou a frei Calloni. Agora, de qualquer maneira, só estava o primeiro. E muito nervoso. Não se levantou para nos cumprimentar, permanecendo imóvel, abatido. Não havia nem mesmo feito a barba e percebi que suas mãos tremiam. Ao lado dele, um religioso que eu ainda não conhecia.

– Frei Zanella – apresentou, sem nenhuma formalidade. – Ele está me ajudando, na falta do... – e não conseguiu continuar a falar.

– *Piacere* – respondemos.

Molina pigarreou antes de começar a falar.

– Frei Bertotti, os seus dois telefonemas foram muito próximos um do outro. O primeiro me avisando do desaparecimento e o segundo do contato do Operador. Isso significa que o senhor protelou muito em me dar o primeiro aviso – disse num leve tom de censura e esperou por uma resposta que não veio. Continuou a falar. – Talvez poderíamos ter sido mais úteis se o senhor tivesse...

– O senhor não pertence mais a esta Ordem, senhor Molina – cortou frei Bertotti com nervosismo, sem olhar para ninguém. – Portanto, não se sinta obrigado a nada. Chamei-o porque vocês têm em seu poder os escritos que aquele louco tanto quer. E o senhor sabe tanto quanto eu que aquele homem é perigoso. Se chegou a ponto de colocar a vida de alguém da Ordem em risco é porque enlouqueceu completamente e está fora de controle. Precisamos do diário para dar a ele.

Molina e eu trocamos olhares de culpa e angústia.

– Frei Bertotti – retrucou Molina num tom de voz firme –, não vou discutir com o senhor a minha saída da Ordem nem o fim da minha vida religiosa, porque isso não conta agora e não irá ajudar em nada frei Calloni a voltar com saúde à Ordem, à qual sou eternamente grato por tudo que fez por mim.

– Acho que não é o momento para discutirmos isso – interveio pela primeira vez frei Zanella. – Devemos nos limitar à questão principal, frei Bertotti, senhor Molina. A negociação que deve ser feita com o Operador para que frei Calloni volte em segurança.

Tanto Molina como o frei ficaram em silêncio, constrangidos com as palavras do religioso. Resolvi também ajudar a desanuviar o clima.

– O que o Operador disse exatamente, frei? – perguntei.

Frei Bertotti não respondeu de imediato. Parecia ainda abalado e pigarreou, piscando muito e se remexendo na cadeira.

– Ele disse que ia ligar apenas mais uma vez para tratar dos detalhes da entrega do diário. Se isso não acontecer, o segundo telefonema será apenas para comunicar onde o... corpo de frei Calloni deverá ser encontrado.

– *Santo Dio* – murmurou Molina.

– E a que horas ele vai telefonar novamente?

Frei Bertotti precisou pigarrear novamente para ter voz.

– Às quinze horas – respondeu. – Por isso os chamei com tanta pressa.

Consultei o relógio de parede da sala. Faltavam apenas cinco minutos para as quinze horas.

– Precisamos saber o que dizer para ele. Vocês trouxeram os escritos? – frei Zanella quis saber.

– Trouxemos – respondi e mostrei a pasta de couro, olhando para Molina, que não correspondeu a meu olhar.

– *Grazie a Dio* – reagiu o velho religioso.

– Mas é falso – Molina decidiu confessar.

– O quê? – os dois reagiram ao mesmo tempo, olhando para nós espantados.

– Na verdade, não descobrimos nada. Isto aqui – e tomou a pasta da minha mão, mostrando-a –, este "diário" é apenas uma pasta de couro antiga sem nada dentro. Não temos os escritos.

Frei Bertotti olhou então para mim como quem tivesse acabado de ouvir a sentença de morte de seu confrade. Não acreditava no que estava ouvindo.

– Nós mentimos – completei.

Então o telefone tocou.

Capítulo 11

Paralisados com o toque do telefone, os freis estavam em estado de choque.

– Atenda, frei – instruí.

Ele não reagiu. Apenas desviou o olhar aterrorizado do telefone para mim.

– Atenda – repeti.

O frei pôs a mão no aparelho, mas não atendeu.

– Coragem, atenda – falei mais uma vez, impaciente. – E diga que temos o diário.

– Mas é mentira – retrucou.

– Nós não temos alternativa agora. Atenda esse telefone e diga isso, se quiser ver frei Calloni vivo! – gritei.

Depois de uma breve hesitação, frei Bertotti tirou o fone do gancho, cessando o barulho irritante. Num gesto lento, levou-o ao ouvido.

– *Pronto.*

Todos demos um suspiro de alívio.

– *Si...*

O Operador estava na linha.

– *Abbiamo il diario...*

O canalha.

– *Ho capito. Si...* – e desligou, novamente com um gesto lento.

O suspense durou mais um segundo.

– O que ele disse? – perguntou Molina ansioso.

Frei Bertotti olhou para cada um de nós assustado, antes de falar. Sua expressão era desoladora.

– Nós temos uma hora para entregar o diário. Senão, ele voltará a ligar dentro de uma hora e cinco minutos neste mesmo telefone apenas para informar onde o corpo do frei estará. Se ele perceber qualquer sinal de polícia, frei Calloni vai pagar com a vida – disse em tom baixo, quase um fiapo de voz.

– Desgraçado – murmurei.

– E onde o diário deve ser entregue?

– No Jardim Zoológico de Roma.

Pensei ter ouvido mal.

– Jardim Zoológico? – repeti surpreso.

– Exatamente.

Olhei para Molina em busca de respostas.

– Ele é louco – adiantou-se frei Zanella –, mas é inteligente. O zoológico é uma área aberta, lotada de pessoas, principalmente crianças, e seria arriscado preparar uma cilada ou qualquer tipo de armadilha para ele. E também não haveria tempo. Ele nos deu apenas uma hora.

– E dentro do zoológico, onde a pasta deve ser deixada?

– Na área destinada aos animais da América do Sul.

– Não entendi.

Molina deu um riso nervoso.

– Onde fica o *Brasile,* meu amigo? – perguntou.

– Claro – e aí percebi a minha distração. – Na América do Sul – falei, dando um forte suspiro. – Ele ainda se dá ao luxo de fazer esses joguinhos conosco. Canalha.

– Canalha ou não, louco ou não, ele é o nosso inimigo. E um inimigo perigoso.

Fiz que sim com a cabeça, mas me sentia inconformado. Ninguém conseguia deter aquele insano. Levantei da cadeira e fiquei me perguntando quanto tempo ainda continuaria aquela corrida desenfreada atrás de um diário escrito 120 anos atrás. Quando é que teria a chance de voltar ao Brasil para rever Carolina e acompanhar o final da gravidez? Ao vir para a Itália, nunca imaginei que permaneceria tanto tempo. Fui para perto de uma estante cheia de livros antigos e enxuguei o suor da testa, apesar de não estar quente. Olhei para todos aqueles livros antigos, pesados e de capas escuras, e comecei a pensar que eu não precisava estar ali, que aquela história poderia continuar sem mim.

– Senhores – frei Bertotti pediu a palavra depois de ter ficado em silêncio durante um longo período –, ele quer que eu vá até o zoológico levando o diário pessoalmente e apenas uma pessoa poderá me acompanhar até o ponto de entrega.

– O Operador não quer ninguém correndo atrás dele – notou frei Zanella.

– Mas o ponto não é esse – atalhou frei Bertotti com a voz alterada. Então, ele percebeu o próprio nervosismo e procurou baixar o tom de voz. – A questão é que não temos o verdadeiro diário e aquele louco pode tirar a vida de frei Calloni por isso – olhou para cada um de nós como se procurasse uma solução em nossos olhos. Porém, ninguém a tinha.

"Eles criaram esse monstro e agora não sabem como controlá-lo", pensei.

Parecendo ter adivinhado meus pensamentos, o velho religioso continuava a olhar para nós três, mas fixou por mais tempo em mim seus olhos tristes e assustados. Precisava desesperadamente de uma resposta.

– Só temos uma alternativa – sentenciou Molina, abrindo pelo menos uma esperança em nossos corações. – Escolhermos um dos diários de frei Franco do Instituto Histórico e o colocamos na pasta de couro. Depois disso, é rezar para que ele acredite que tem o que quer e devolva frei Calloni com vida.

Ninguém respondeu de imediato.

– E precisamos fazer isso rápido. Agora temos menos de uma hora – completou Molina.

– Talvez seja realmente a única solução – reagiu frei Zanella.

– Talvez não – corrigi. – Essa é a única saída que temos.

Automaticamente, olhamos todos para frei Bertotti à espera de uma resposta. Ele estava buscando forças para poder responder.

– Que Deus seja misericordioso conosco. Frei Zanella, por favor, acompanhe o senhor Rossato até o Instituto Histórico e escolha um exemplar dos diários. Enquanto isso, providenciarei o carro que vai nos levar.

– Sim, senhor – respondeu o frei, já fazendo sinal para que eu o acompanhasse. Frei Bertotti e Molina permaneceram na sala.

Seguimos pelo corredor mal iluminado, passando pelo quadro de Santa Maria, que sempre me deixava com vontade de parar para examiná-lo em detalhe. Mais uma vez não tive tempo para isso. Continuamos pelo corredor e abrimos a porta que eu já conhecia. Na saleta estava o mesmo frei da vez anterior, que me olhou com desconfiança. Não conseguia lembrar o nome dele.

– Frei Bardini – disse frei Zanella, resolvendo o meu problema –, o senhor Rossato e eu vamos levar um exemplar dos escritos de frei Franco Rossato dos arquivos. Temos a permissão de frei Bertotti.

– Eu sei, ele acabou de me ligar – respondeu, sem tirar os olhos desconfiados de mim. E não posso dizer que ele não tivesse certa razão em fazer isso. – As caixas já estão separadas sobre a mesa.

– *Grazie.*

Entramos no grande salão de pé-direito alto e suas enormes estantes de aço. As caixas de papelão especial já estavam sobre a mesa de trabalho. Lembrei da figura esguia de frei Calloni se afastando, na primeira vez em que estive nos arquivos. Que Deus o proteja.

– Temos pouco tempo para escolher – notou o frei abrindo as caixas.

Peguei a caixa de número três e um exemplar dos diários com a data de 1886, ano da chegada de meu bisavô e seu irmão frei ao Brasil.

– Com este talvez possamos enganá-lo – afirmei sem tirar os olhos de uma capa de papelão velho e deteriorado.

– Se você sabe que esse exemplar não é o que precisamos é porque sabe o que procura. E conhece o caminho para chegar até o verdadeiro – comentou frei Zanella com uma ponta de astúcia no tom de voz.

Meu coração deu um salto quando ele disse isso. O frei jogava verde para tentar colher maduro. Passei o diário para que ele o pusesse dentro de um envelope e usei um tom firme de voz para responder.

– Sei que falta um diário dentro dessa coleção de escritos. Quem se der ao trabalho de ler o material percebe isso claramente, mas não sei onde ele está. Frei Franco deve tê-lo guardado com toda a segurança, já que o julgam assim tão importante até hoje.

O frei fechou o envelope em silêncio.

– E você, não o julga importante? – perguntou, ainda usando o mesmo tom.

– Não – respondi secamente.

Ele fez uma expressão de quem não estava entendendo.

– Vim para a Itália apenas com a intenção de provar que meu bisavô não matou o próprio irmão. E o que descobri é que poderia rever o meu próprio passado.

Frei Zanella pareceu entender menos ainda.

– Vamos embora – finalizei, cortando assim qualquer observação que ele pudesse fazer. – Nosso tempo está se esgotando.

Deixamos apressadamente a sala do arquivo do Instituto Histórico, ainda sob o olhar desconfiado de frei Bardini, e passamos novamente pelo quadro de Santa Maria das Mercês. Tenho certeza de que ela sabia perfeitamente o significado do que eu acabara de dizer.

A primeira metade do trajeto da sede da Ordem até o Zoológico foi feito em silêncio por todos nós. Quem guiava era um jovem frei muito gordo que suava bastante. Apesar da pouca idade, dirigia como um motorista velho e cuidadoso.

Frei Bertotti estava agarrado à pasta de couro já com o diário dentro. Foi ele quem quebrou o silêncio.

– Quem irá me acompanhar lá dentro se ele exige apenas uma pessoa comigo?

Olhei para Molina ao meu lado e para frei Zanella, que estava no banco da frente, ao lado do motorista.

– O mais jovem de todos nós é você, Rossato. Se for necessário algum tipo de reação física, você está mais apto. Além do mais, meu ombro ainda dói muito.

A pergunta tinha sido feita por delicadeza porque todos nós sabíamos que só eu poderia acompanhar o frei. O carro avançava e entramos numa espécie de parque com muitas árvores, lagos e jardins. O ar também era mais frio.

– Onde estamos? – perguntei.

– Acabamos de entrar na Villa Borghese e daqui a pouco estaremos na Via del Giardino Zoologico, que nos levará até o Zoo. Este parque é considerado um dos lugares mais agradáveis de Roma.

– Pena que não para nós, agora – suspirei.

O veículo fez a manobra e estacionou em frente à entrada da Fondazione Bioparco di Roma, como dizia a placa. O jovem frei abriu a porta de correr. Saí primeiro e estendi a mão para ajudar frei Bertotti a descer. Junto conosco, um ônibus escolar estacionava para desembarcar umas três dezenas de agitados *bambini.*

– Que Deus os proteja – desejou frei Zanella.

– Está com o celular? – perguntou Molina.

Fiz sinal que sim.

– *In bocca al lupo* – disse ele.

Dei o braço para o velho frei se apoiar em mim e nos misturamos à agitada turma de alunos que ia passear no Zoo. Um pouco de confusão na bilheteria com a correria das crianças e conseguimos entrar. À nossa direita, o que encontramos de imediato foi o espaço das girafas, que nos observavam do alto, mastigando placidamente. À esquerda, e um pouco mais adiante, os bisões europeus. Procurei por uma placa indicativa.

– Estamos perto, frei. A área da América do Sul é ali adiante.

Caminhamos mais um pouco e as zebras chamaram logo nossa atenção para depois percebermos o grupo de antas que ficava em frente e simbolizava a América do Sul. Várias delas circulavam por um amplo espaço com lago artificial. Frei Bertotti e eu paramos no ponto onde havia um cartaz com informações sobre o animal.

Exatamente nesse momento, meu celular tocou.

– *Pronto* – atendi rápido. Era ele. De imediato, olhei para todos os lados do parque na esperança de conseguir vislumbrar alguma coisa, de notar algum suspeito, mas só avistei crianças e adultos caminhando, balões coloridos e um trenzinho verde e branco circulando. Prestei o máximo de atenção possível não só ao que ele dizia, mas à própria voz para poder identificá-la mais tarde. – *Si, abbiamo il diario. Si... ok* – e desliguei.

– O que ele disse? Onde está frei Calloni? – perguntou um ansioso frei Bertotti.

Peguei a pasta de couro e apontei o trenzinho que vinha em nossa direção.

– Vê o trem? Ele mandou colocar a pasta no último banco e depois devemos permanecer parados aqui até segunda ordem – expliquei, fazendo sinal para o homem vestido de maquinista.

Esperei o trenzinho parar totalmente e, como ele havia dito ao telefone, o último banco estava vazio. Depositei a pasta ali e fiz sinal ao motorista de que desistira de embarcar e ele continuou seu percurso. O frei e eu estávamos paralisados com a expectativa do que aconteceria e meu coração saltava no peito. Observamos o trenzinho fazer uma curva à direita, ao lado dos cangurus, e pouco a pouco, vagão a vagão, sumir das nossas vistas. Meu coração parecia que ia estourar e frei Bertotti fez um sinal da cruz.

Não resisti e saí correndo como um louco. O velho frei ainda tentou falar alguma coisa, mas eu já estava longe. Corri como poucas vezes na vida e fiz a curva à direita, avistando o trenzinho cem metros à frente. Acelerei ainda mais o passo e, já sem fôlego, saltei sobre o estribo do trem, joguei o corpo para a frente e olhei para o último banco que continuava vazio. Nada. A pasta já não estava mais lá. Olhei desesperadamente ao redor, tentando descobrir alguém correndo, fugindo, com algo nas mãos, e não vi nada. Saltei do trem e continuei procurando. Só via crianças e mais crianças pelas alamedas arborizadas do zoológico.

– *Santo Dio* – lamentei-me, completamente sem fôlego. O ar parecia querer fugir de mim. – Isso parece não ter mais fim – desabafei em voz alta.

Mas tinha sim.

O som do celular tocando quebrou o silêncio dentro da nossa van, que trafegava pela Via Veneto. Frei Zanella mexeu no bolso do hábito para pegar o aparelho.

– *Pronto* – atendeu e apenas escutou. Não falou nada, nem esboçou a menor reação.

Por fim, desligou o celular e continuou em silêncio, paralisado.

– Motorista, pare imediatamente o carro – ordenou Molina.

Surpreso com a ordem, ele fez uma manobra arriscada, quase batendo num Fiat, e parou numa ruazinha transversal. Suspirou, arrependido pelo que acabara de fazer. Foi uma sorte não ter provocado um acidente.

Ao lado dele, na parte da frente do furgão, frei Zanella parecia um boneco de cera. Parecia não ver nada. Imaginávamos o que podia ser, mas não tínhamos coragem de perguntar.

– Frei – chamou Molina –, já está em condições de falar?

Frei Zanella fez um imperceptível movimento de cabeça e suspirou profundamente.

– Ele ligou para o mesmo telefone, como tinha prometido. Disse que o diário que entregamos a ele é verdadeiro, mas não é o que ele precisa. E disse que nós sabíamos disso. A opção foi nossa. Encerrou dizendo para procurarmos o que merecemos por tentar enganá-lo nas Catacumbas de São Calisto.

– *Dio Santo!*

Estávamos todos inertes. Os carros passavam lentamente por nós, olhando furiosos para dentro do furgão porque atrapalhávamos o trânsito. O nosso motorista não entendia nada.

Foi Molina quem rompeu o mutismo:

– Motorista, conhece as Catacumbas de São Calisto na Via Appia Antica?

– Conheço.

– Então vamos para lá imediatamente.

– Sim, senhor – e ligou o furgão.

Molina virou-se para frei Bertotti e pegou em sua mão.

– O senhor está bem? – perguntou.

O frei fez apenas um sinal afirmativo, sem levantar a cabeça.

– Eu não acredito que isso tenha acontecido – murmurei. – Não posso acreditar. Meu Deus.

Meu amigo me olhou com um ar triste e ao mesmo tempo ainda atônito.

– Já tive contato com aquele homem, vinte anos atrás, junto com seu pai – disse. – Você tem conhecimento disso, pois já conversamos sobre o assunto. Você mesmo já constatou que o ferimento de seu pai feito no passado é igual ao meu, agora – e instintivamente mexeu o braço do ombro ferido, o que lhe causou dor. – Seu pai foi muito corajoso na época, mas uma verdade seja dita. Você, Antonio Rossato, está sendo muito mais do que ele foi. Muito mais corajoso e determinado do que seu pai, que Deus o tenha. Você está fazendo muito mais do que descobrir um segredo de família. Você está ajudando a todos nós.

– Mas não pude ajudar frei Calloni – retruquei com lágrimas nos olhos.

– Não se culpe – respondeu Molina. – Você...

– Você é o último dos culpados, meu filho – tomou a palavra frei Bertotti, levantando o rosto e olhando para mim. – Antes de você, há muitas pessoas, muitas atitudes, muitas decisões não tomadas durante anos, muita fraqueza, muitos anos de negligência. Também eu venho antes, assim como todos nós. Deixamos que um monstro crescesse em nosso seio.

– Eu ainda não consigo acreditar que isso possa ter acontecido – repeti, enxugando as lágrimas.

– Ninguém quer acreditar, Rossato. Ninguém quer. Vamos rezar para que seja um blefe. Uma mentira daquele desgraçado.

Passamos o resto do trajeto em silêncio, cada um a seu modo, pedindo a Deus que não deixasse aquela barbaridade ser verdade.

Cruzamos pela Porta San Sebastiano e a van avançou rapidamente pela via, subindo depois a ladeira até a entrada das Catacumbas de São Calisto. A aglomeração de pessoas em frente ao local nos deixou preocupados. Algumas mulheres choravam e escutamos o barulho de uma sirene logo atrás de nós. Abrimos caminho entre as pessoas e, em um canto, vimos o que parecia ser um corpo coberto com duas folhas de jornal. Adiantei-me aos outros e, horrorizado, levantei o jornal.

Era verdade.

O corpo era de frei Calloni e ele ainda tinha uma expressão de medo no rosto. Tornei a cobri-lo com o jornal e em seguida apareceram dois *carabinieri* querendo afastar todos do local. Ainda ouvi outra sirene ao longe.

– *Per favore, per favore* – dizia o policial, sinalizando para que todos saíssem.

Levantei e fiz um sinal afirmativo com a cabeça para os três. Molina e os freis ficaram paralisados, sem saber o que fazer ou pensar. Na verdade, ninguém conseguia esboçar nenhuma reação. Durante horas ainda continuei ouvindo na minha cabeça a voz rascante do *carabiniere* pedindo pelo rádio:

– *La polizia scientifica, la polizia scientifica, per favore.*

Dessa vez não havia som nenhum na sala de estar de Molina. Nem mesmo Stravinsky. Mal tocamos na comida, que pedimos pelo telefone, e Igor insistiu em saber o que estava acontecendo. Tivemos de contar a ele. Frei Calloni fora quem mais lhe havia feito companhia quando teve de ficar abrigado na sede da Ordem.

– Você não comeu nada – notou Molina.

– Você também não – respondi.

– Mas eu tenho estoque de gordura sobrando para ser queimada – tentou brincar.

Nem ele mesmo riu.

Dessa vez, Igor resolveu nos fazer companhia na sala. Deve ter achado que o pai precisava dele. Resolvia problemas de matemática enquanto Molina estava instalado em sua poltrona e eu, no sofá.

– Leia isto – disse ele, jogando uma folha de papel dobrada para mim com o braço bom.

Desdobrei-a e li:

TUDO QUE COMEÇA DEVE ACABAR PARA RECOMEÇAR;

TUDO QUE NASCE DEVE MORRER PARA RENASCER.

– O que é isso? – perguntei curioso.

– Um preceito dos templários.

– Templários? E onde estava isso?

– Preso ao hábito de frei Calloni. Ele morreu com esse preceito colado ao corpo.

– E como você tem esse papel?

– É apenas uma cópia. O original está com os *carabinieri*. Disseram que é uma pista importante.

Fiz um muxoxo demonstrando que ainda não tinha entendido.

– Você lembra o ano em que a Ordem de Nossa Senhora das Mercês da Redenção dos Cativos foi criada?

Fiz um novo muxoxo.

– A Ordem foi criada em 1218 depois de um sonho de Pedro Nolasco. E a Ordem dos Cavaleiros do Templo foi fundada em 1119 em Jerusalém e depois suprimida pelo papa Clemente V em 1312.

– Papa Clemente?

– Exato, outro Clemente. Porém, não é para isso que quero chamar sua atenção.

– Então o que é?

– De 1119 até 1312 são cento e noventa e três anos de existência dos Templários. A Ordem das Mercês foi criada em 1218, ou seja, noventa e nove anos depois e noventa e quatro anos antes do fim. Praticamente no meio da existência dos Templários, no auge de sua atuação.

Não conseguia entender aonde ele queria chegar e Molina percebeu.

– No começo – e ele enfatizou bem as palavras –, a Ordem foi criada sob a inspiração dos templários, com seus usos e costumes. O Operador é uma espécie de templário moderno. Ele foi criado e treinado para ser um templário. Você compreende?

Os olhinhos azuis de Molina estavam agitados e eu tentava absorver todas aquelas informações.

– Por isso as palavras desse tal preceito no corpo do frei? – perguntei finalmente.

– Exato. Lembra-se de quando viu rapidamente o Operador por trás, lá nas Termas de Caracala? Você disse que ele usa cabelos curtos.

– Sim e daí?

– Esses cabelos curtos não são um corte moderno. Entre as regras dos cavaleiros templários estava a proibição de se usar cabelos longos. E isso é apenas um exemplo de preceito dentre tantos outros que o Operador certamente segue. E aquele monstro, pode acreditar, deve rezar sete vezes por dia como há oitocentos anos os templários faziam.

Molina falou com tanta convicção que até Igor parou de fazer seus cálculos para prestar atenção no pai. Eu começava a entender o que ele explicava, mas não compreendia o que ele estava querendo dizer com tudo aquilo. Seus olhinhos azuis dançavam de lá para cá.

– Ele escolheu as catacumbas como local para a morte de frei Calloni porque queria homenageá-lo.

– O quê? – reagi horrorizado.

– É isso mesmo que você escutou. Ele julga a morte do frei um sacrifício necessário para a causa e quis homenageá-lo, pois vários papas estão enterrados lá.

E, para os mercedários, o essencial é a redenção da alma; a redenção do corpo é só um meio de consegui-la.

– Deus do Céu – suspirei –, estamos andando em círculos.

Dessa vez foi Molina que não entendeu o que eu quis dizer.

– Estamos andando em círculos – repeti. – As coisas acontecem e não saímos do lugar. Estamos aqui de novo, falando sobre ele, sem saber onde está o diário e sem saber o que fazer.

– Mas agora ele poderá ser formalmente acusado de assassinato – disse Molina.

– Isso se for descoberto e preso, meu amigo – adverti. – O que não está sendo uma tarefa fácil.

Molina ficou absorto durante alguns instantes e depois, com dificuldade por causa do ombro, virou-se para o filho, que distraidamente acompanhava a nossa conversa.

– Acho que está na hora de ir para a cama, filho. Você sabe, amanhã voltam as aulas.

– Está bem, *papà* – respondeu Igor recolhendo seu livro e um caderno. Deu um beijo na testa do pai.

– *Buona notte.*

Ficamos sozinhos na sala.

– Já tomou seu remédio? – perguntei.

– Bem lembrado – ele disse. Sacou então do bolso uma caixinha de onde tirou um comprimido, engolindo-o sem água.

Enquanto guardava novamente a embalagem no bolso, mirou seus olhinhos azuis sobre mim.

– Tenho a impressão de que você quer me dizer alguma coisa.

Sorri, vencido. Aquele italiano, meio espanhol, já me conhecia bem.

– A caminho das Catacumbas de São Calisto, você disse que fui muito mais corajoso e determinado do que meu pai.

Molina terminou de ajeitar a embalagem do remédio no bolso e acariciou o próprio ombro, dando sinais de dor.

– E?

– E agora eu gostaria de saber se você realmente pensa isso ou se falou apenas no... calor dos acontecimentos. Afinal, não tínhamos tanta certeza de que tudo acabaria como acabou. Estávamos todos nervosos naquela hora.

Ele olhou diretamente para mim, sem disfarçar um pouco de mau humor.

– Eu não deveria – afirmou –, mas posso dizer que gosto mais de você do que de seu pai.

Fiquei no ar. Não saberia dizer se aquela afirmação era um elogio ou não.

– Então, talvez tenha falado aquilo só porque "gosta mais de mim do que de meu pai" – concluí.

Molina sorriu.

– Até quando você vai lutar contra seu pai, Rossato? Quando você vai realmente deixá-lo descansar em paz? Deixe-o realmente partir para *você* poder descansar. Ou acha que eu acredito que atravessou o oceano inteiro e está até agora aqui para voltar e dizer à vovó o que ela quer ouvir? Se você acredita nessa versão, eu não – e levantou-se de sua poltrona com dificuldade. Ainda quis observar a minha reação ao que ele tinha dito, mas logo desistiu e sussurrou. – *Buona notte.*

Dificilmente aquela seria uma boa noite de sono.

– Alô! – ouvi a voz sonolenta.

– Estou morrendo de saudades.

– Alô, quem? – a voz estava despertando.

– Eu te amo.

– Ah, você. Quase morri de susto agora, sabia?

Pela maneira de falar, percebi que já estava sorrindo apesar do sono.

– Então, vou repetir. Eu te amo.

– Eu também, meu amor. E cada vez mais.

– E o nosso bebê?

– Engordei mais quinhentos gramas, ele vai melhor do que nós.

– *Deo gratias.*

– O quê?

– Nada, é só uma expressão em latim. Quer dizer "graças a Deus".

– Você deve estar aprendendo muitas coisas aí na Itália.

– Muitas. Até o que não imaginava que pudesse aprender.

– Como assim, aconteceu alguma coisa? Sua voz está um pouco diferente.

Que vontade eu senti de contar tudo a Carolina. Falar à vontade, relatando o que havia acontecido desde a minha chegada, mas me contive de novo. Não adiantaria nada e só a deixaria ainda mais preocupada.

– Não aconteceu nada de excepcional, não se preocupe. Se a voz está um pouco diferente deve ser por causa da poeira que há no Instituto Histórico. Lembra da poeira que falei? Pois é assim mesmo. Papéis velhos e muito pó.

– Sua avó tem ligado todos os dias para saber notícias suas.

Suspirei.

– E o que você tem dito?

– Que você está trabalhando bastante e que está tudo bem. E que volta logo – Carolina fez uma ligeira pausa antes de continuar. – Pelo que você disse antes, a esta altura você já deveria estar a caminho de casa. O que está acontecendo?

O tom de voz dela agora era sério.

– Nada – respondi simplesmente.

– Como nada? Você até se esqueceu da diferença de quatro horas entre a Itália e o Brasil. Pode ser cedo aí, mas aqui ainda é madrugada. Você está aflito, eu sinto isso.

Nunca consegui esconder nada dela. Nunca, durante muito tempo pelo menos. Ela sabia que eu ia fazer uma pausa antes de falar.

– Meu pai esteve aqui em Roma vinte anos atrás – revelei.

– Você nunca me contou que seu pai tivesse ido a Roma. Também foi por causa do seu bisavô?

– Não lhe contei simplesmente porque eu não sabia. Ele escondeu tudo.

– Não estou entendendo nada, querido.

– E eu também não. Por isso a minha demora, por isso pareço preocupado.

– Pode ser, mas não é para tanto, querido. Seu pai sempre foi de poucas palavras. Talvez fosse um segredo para ele. Não sei...

– Eu também não sei, mas quero saber – respondi torcendo para que aquela revelação fosse o bastante. Não estava mentindo e ela não ficaria preocupada, como ficaria se soubesse tudo o que realmente aconteceu.

– E como você descobriu isso? – ela quis saber.

– Há registros no Instituto Histórico – menti.

– Quer que eu conte para sua avó?

– Não, melhor não falar nada. Os freis estão me ajudando.

– Ai...

– O que foi?

– Pena que é pelo telefone. Ele está me chutando agora.

– É mesmo?

– E forte.

– Quem sabe ele não está incomodado por estar de pé de madrugada.

– De pé? Muito engraçadinho você.

Voltei a perceber o sorriso dela pela maneira de falar.

– Infelizmente, tenho de desligar.

– Infelizmente – Carolina repetiu.

– Eu te amo.

– E eu também te amo.

– Um beijo.

– Outro maior ainda. E... querido, a respeito da viagem do seu pai – disse Carolina como quem não quer nada –, hoje li uma frase muito bonita, já nem me lembro onde. Dizia: “Quem julga as pessoas não tem tempo para amá-las”. A frase é da Madre Teresa de Calcutá. Fique com Deus, meu amor – e desligamos.

Não era à toa que eu amava tanto aquela mulher.

Deus, ela disse.

Ele nunca esteve tão presente na minha vida como agora. Acho mesmo que, até bem pouco tempo, eu não dava a mínima se Ele sequer se importava comigo.

"Pensar em Deus é desobedecer a Deus,

porque Deus quis que não o conhecêssemos.

Por isso se nos não mostrou..."

Lembrei de repente dos versos do poeta Fernando Pessoa. Acho também que agora, cada vez mais, queria desobedecer a Deus.

As pessoas costumam pensar que os gêmeos Remo e Rômulo são os fundadores de Roma, mas não é verdade. Segundo a lenda, eles descendiam de Eneias, filho do deus Marte com uma vestal, filha do rei de Alba. Logo após o nascimento foram lançados ao rio Tibre numa cesta e depois recolhidos por uma loba que os amamentou até serem adotados por um pastor. Foi Rômulo quem fundou uma cidade no monte Palatino, traçando um sulco na terra que demarcava seus limites. Assim nasceu Roma. Remo, certo dia, atravessou esse sulco e zombou de Rômulo, que, furioso, matou o irmão. São atribuídas a ele as primeiras instituições políticas e militares de Roma, assim como sua organização e os esforços para povoar a cidade. Ainda segundo a lenda, Rômulo desapareceu misteriosamente durante uma tempestade.

Fechei o livro, um das centenas que estavam nas estantes de Molina, e achei curiosa a ironia. Também era por causa de uma história, de uma lenda, sobre um irmão que matou o outro, que eu estava em Roma, a cidade de Rômulo.

O cheiro estava bom. E para melhorar ainda mais o café da manhã, Molina serviu *maritozzos.* Igor se despediu e foi para a escola. Meu amigo seguiu o filho com olhos preocupados até que ele saísse e cofiou suas suíças num gesto nervoso.

– Fico admirado em ver você deixá-lo ir à escola normalmente – notei. – Não tem medo?

– Não podemos ser reféns dos nossos medos, Rossato – afirmou Molina. – Temos de enfrentá-los, sempre.

Tomei outro gole de café. Ele não parecia estar de bom humor. Porém, logo pigarreou e me ofereceu mais pão doce.

– Desculpe, não estou me sentindo muito bem. Dormi mal esta noite, apesar do cansaço. E depois, já não sou mais nenhum garoto.

– A noite também foi difícil para mim, quase não dormi. E há meia hora liguei para Carolina, esquecendo totalmente da diferença de fuso horário.

– E como ela está?

– Bem, o bebê está se desenvolvendo normalmente, dentro dos padrões.

– *Deo gratias* – suspirou Molina.

Achei curioso ele também usar aquela expressão que eu tinha tirado não me lembrava de onde.

– Sabe – disse Molina servindo-se de mais café –, quando o bebê nascer, a vida de vocês vai mudar completamente. Foi assim com Madeleine e eu. Bem... – ele sorriu, encabulado. – Acho que é assim com todo mundo.

– Contei a Carolina sobre o meu pai ter vindo a Roma vinte anos atrás e eu não saber de nada.

– E por que você fez isso?

– Eu tinha de contar algo, ela sabe que as coisas não estão indo bem. Ela me conhece. Só não posso deixar que saiba de tudo.

– Rossato... – pigarreou novamente Molina –, sobre o que falei ontem à noite, gostaria de lhe pedir desculpas. Eu estava cansado e... chocado com tudo o que havia acontecido. Me perdoe.

Aqueles olhos azuis me fitaram pesarosos, mas eu sabia, lá no fundo, que ele tinha razão. Levantei-me da cadeira e fui até ele para lhe dar um abraço. Molina me deu três tapinhas nas costas.

– Eu não saberia o que fazer aqui em Roma se não fosse você. Talvez nem vivo estivesse – sussurrei.

– Não fui eu sozinho, pode estar certo.

Voltei ao meu lugar e me sentei, servindo-me de mais café para fazer alguma coisa. Ainda mexendo vagarosamente com a colherzinha, perguntei:

– Você acha que devemos ir até a sede da Ordem?

– Acho, eles também devem ter passado uma noite difícil.

Continuei virando a colherzinha, como se o açúcar não se dissolvesse nunca, relembrando a cena ao encontrar o corpo de frei Calloni nas catacumbas, e senti um arrepio.

Ao entrarmos na sede, o quadro da Virgem não me pareceu tão resplandecente como antes. Frei Zanella estava sozinho na sala e nos recebeu com poucas palavras, chamando pelo seu superior logo em seguida. Permanecemos todos em silêncio enquanto esperávamos.

Frei Bertotti parecia outro homem, repentinamente mais velho, encurvado, de rosto macilento, o olhar sem vida. Mancava ao andar, o que eu não chegara a notar antes. Sentou-se e me pareceu estar menor em relação à cadeira de espaldar alto, em comparação com a última vez em que o havia visto. Teve de limpar a garganta para conseguir falar e, mesmo assim, sua voz era baixa, fraca.

– *Buongiorno* – disse quase num sussurro. – Se é que é possível haver um bom dia depois de vermos tamanha atrocidade.

– O senhor tomou os remédios, frei? – perguntou frei Zanella.

– Tomei – respondeu secamente, num tom de quem não gosta de ter ama--seca. – Todos eles – e fez uma pausa para continuar a falar. – O que faremos agora, senhor Molina? – Depois olhou para mim. – Senhor Rossato? Vocês têm mais alguma ideia brilhante?

Estranhei o tom de ironia vindo do frei. Molina deve ter pensado o mesmo porque respondeu de imediato:

– Eu entendo que o senhor esteja abalado com o que aconteceu, frei, mas se fatos como esse podem ocorrer é porque a Ordem tem sido negligente, ou até mesmo incentivadora de homens como esse louco, que acaba de fazer o que fez. O senhor mesmo, antes de termos a confirmação do fato, fez um *mea-culpa*. Estou errado?

Frei Bertotti não respondeu e não quis encarar ninguém, fixando o olhar sobre o que havia na escrivaninha, embora de fato não estivesse vendo nada.

– Estamos preocupados com os desdobramentos dessa situação – frei Zanella tomou a palavra. – Pela primeira vez na história da Ordem, um operador se volta contra a própria instituição, e de maneira gravíssima, tirando a vida de um frei. O que mais ele será capaz de fazer?

Frei Bertotti nos observava enquanto frei Zanella fazia suas ponderações. Embora cansado, ele demonstrava que ainda tinha disposição para lidar com o assunto. Apesar da idade, ainda queria estar à frente dos acontecimentos.

– O que frei Zanella está querendo dizer – ele retomou a palavra – é que precisamos tomar uma atitude a respeito, é preciso que saibamos o que fazer. Resumindo, precisamos nos inteirar de tudo o que sabem a respeito desse diário e dos escritos de frei Franco Rossato.

Molina e eu trocamos olhares.

– Os *carabinieri* estão investigando o assassinato, mas não fazem a menor ideia de que existe uma organização fundamentalista por trás disso e muito menos que um dos membros seja um louco descontrolado. Temos de ajudá-los, mas sem expor demais a Ordem – explicou frei Zanella.

Trocamos olhares novamente. Aquilo tudo era muito mais doloroso para Molina do que para mim. Queria que ele tomasse uma decisão, não eu. A história toda tinha evoluído de uma maneira que ia além da vontade de uma única família.

O ditado que diz que os olhos são o espelho da alma mostrou-se mais verdadeiro do que nunca. Acho até que já sabia as palavras que Molina ia dizer:

– É verdade, frei. Sabemos muito mais do que contamos até agora – admitiu.

Os dois freis procuraram disfarçar a satisfação que sentiram ao ouvir Molina. Frei Bertotti ajeitou-se melhor em sua cadeira de espaldar alto.

– O que exatamente o senhor está querendo dizer com isso? – indagou frei Zanella, demonstrando ansiedade.

Molina olhou mais uma vez para mim para se certificar de que eu concordava.

– Rossato não conseguiu terminar toda a leitura dos escritos do irmão de seu bisavô, mas ainda assim chegou à conclusão de que falta uma parte, um conjunto de textos que são exatamente os mais perigosos, aqueles que revelam informações que interessam até hoje aos envolvidos.

– Principalmente aos fundamentalistas – emendou frei Bertotti.

– Exato. Porém, ele deixou pistas onde esses escritos possam estar. Frei Rossato tinha plena consciência de que aquela parte de seus diários tinha de ser resguardada.

– E que partes são essas? – frei Zanella quis saber.

– Rossato, por favor, o poema.

Tirei do bolso minha carteira, a única coisa que tinha conseguido permanecer em boas condições depois do desastre nos esgotos de Roma, e tirei a folha de papel, cuidadosamente dobrada, em que havia feito as anotações. Li em voz alta todo o trecho e os freis ouviram atentamente cada palavra.

– Mas essa é a *Divina comédia* – espantaram-se.

– Em parte.

– Como assim?

– Releia os dois últimos tercetos, por favor.

Reli e os freis nos observavam com ar de interrogação.

– Esses dois tercetos não existem na *Divina comédia* – afirmou Molina. – São tercetos criados também em *terza rima*, mas não foram escritos por Dante Alighieri. Foram escritos pelo frei Franco Rossato e, ao que tudo indica, são a chave de onde está o diário.

Dessa vez foram os freis que se entreolharam. Não pareciam muito convencidos.

– Isso tudo está me parecendo um pouco fantasioso, senhor Molina – disse frei Zanella.

Frei Bertotti permaneceu calado.

– "Ao chão de três eras" e "inclementes clementes" não dizem nada aos senhores? – perguntou Molina.

Frei Zanella balançou a cabeça num gesto de dúvida e ceticismo enquanto o religioso mais velho continuava impassível.

– Frei Franco não iria inserir à toa este único poema em meio a todos os seus escritos – dessa vez fui eu quem falou. – E eles são a chave, a indicação, sobre onde estão os textos que faltam.

O silêncio deles era exasperante.

– Repita os tercetos, por favor – finalmente disse frei Bertotti.

Repetiria quantas vezes fosse necessário.

A verdade que faz os enlouquecidos tremer,
Ao chão de três eras dos malditos
Inclementes clementes foi confiada de ter.

A clemência laureana, sejam benditos.
Os cantos de nosso poeta maior hoje
Foram ao encontro de nossos aflitos.

Frei Bertotti suspirou.

– Seria a Basílica de San Clemente com seus três diferentes períodos históricos? – perguntou.

– *Giustissimo* – Molina quase gritou. – Com a ajuda de vocês, acredito que agora seja possível se fazer uma busca aprofundada e, assim, descobrir os escritos.

Frei Zanella ainda se mostrava reticente. De pé, com os braços cruzados, observava a todos nós. Veio então até mim e fez um movimento pedindo a folha de papel. Entreguei-a e ele leu cuidadosamente.

– Como nunca percebemos isso? – ele perguntou, sem tirar os olhos do papel.

– Alguém já disse que os melhores segredos estão escondidos à vista de todos – lembrei as palavras de Molina.

– O senhor realmente acredita nisso, frei? – dessa vez ele perguntou, olhando para seu superior.

Frei Bertotti respondeu primeiramente com os olhos e só depois falou:

– Espero que sim. A morte de frei Calloni não pode ter sido tão fortuita, deve ter um fundamento, embora nenhum de nós possa desvendar os desígnios de Deus.

Frei Zanella me devolveu a folha de papel e eu a guardei cuidadosamente na carteira.

– Só mais uma pergunta – disse ele.

Eu era até capaz de imaginar qual era.

– Vocês já sabiam disso quando foram para a Basílica San Giovanni in Laterano? – perguntou.

Acertei em cheio.

– Sim, aquela foi uma tentativa de criar uma armadilha para pegar o Operador. Infelizmente, não foi bem-sucedida – respondeu Molina, mexendo o ombro ferido como para recordar as consequências do erro.

Frei Zanella fez uma pausa e olhou para o chão antes de afirmar:

– E quem garante a mim, ao frei Bertotti e a toda a Ordem que os senhores agora estão falando a verdade?

Olhei surpreso para Molina, que não esboçou nenhuma reação. Frei Bertotti é quem ficou surpreso e tentou dizer:

– Acho que agora não é a hora...

– Gostaria que não fosse, frei. Desculpe-me interrompê-lo. Mas eles já fizeram isso antes e quem garante que não estão fazendo novamente? E mesmo essas indicações de "três eras", isso pode significar muitas outras coisas, pense bem. Acho que temos de analisar tudo com muito cuidado.

Torci para que Molina soubesse o que dizer, porque eu não sabia. Frei Bertotti ficou em silêncio, certamente julgando que tudo o que frei Zanella dizia podia ter razão de ser.

– Entendo a sua posição, frei – respondeu Molina acariciando o próprio ombro. – Provavelmente, eu faria o mesmo.

Mas frei Zanella não ficou satisfeito com a resposta.

– Foi necessária a morte de um frei – perguntou ele – para que vocês passassem a confiar na Ordem? O fato de você ter abandonado a instituição o deixou tão ressentido que passou a desconfiar de todos nós, Molina?

Aquelas palavras amargas bateram em cheio no meu amigo. Ele chegou a apertar com força o próprio ombro dolorido e seus olhos azuis demonstraram medo. Coisa que poucas vezes percebi nele nesses dias tão violentos. Gostaria de ajudá-lo, porém não sabia como.

– Frei Zanella – principiou Molina alcançando todos com o olhar –, foi por amor que há muitos anos deixei a Ordem, depois de outros tantos vividos aqui dentro. E não o contrário. Dediquei vários anos da minha vida religiosa a esta Ordem e tenho orgulho de tê-lo feito. Ademais, serei eternamente grato por tudo o que recebi aqui. Apesar do meu afastamento, só dedico orações de agradecimento à Ordem e à Virgem Santíssima. O próprio amor que senti pela minha mulher, Madeleine, acho que foi obra e graça de Maria. Porém, como disse frei Bertotti, não desvendamos os desígnios de Deus e ela se foi, deixando comigo um filho maravilhoso a quem dedico toda a minha vida e o meu amor. Não tenho nenhum ressentimento em relação à Ordem. Ao contrário, minha saída foi difícil, muito meditada, uma vez que eu estava trocando um mundo por outro completamente diferente. E não fiz isso por não querer mais a Ordem, e sim por querer ainda mais o amor de Madeleine. Não é justo que o senhor pense assim.

Frei Zanella não reagiu. Parecia antes tão seguro de si, tão combativo, que era estranho agora olhar para ele. Imóvel, olhando para baixo, talvez procurando, e não encontrando, palavras para responder. O silêncio da sala só foi quebrado depois que frei Bertotti pigarreou.

– Acho que frei Zanella exagerou em suas afirmações – ponderou.

– Talvez devêssemos ir para casa – comentei. – Penso que aqui não é o nosso lugar. Melhor irmos embora.

– Incrível – sussurrou de repente frei Bertotti com surpresa.

– O quê? – perguntei.

Frei Bertotti me olhava fixamente, como se estivesse espantado por eu estar na sua frente.

– Incrível como você é parecido com seu pai. Achei isso desde a primeira vez em que veio aqui.

– Meu pai? – surpreendi-me, lembrando de imediato das palavras de Molina. – O senhor o conheceu?

– Ele disse essas mesmas palavras – falou, sem se importar com a minha pergunta. – Essas mesmas palavras, vinte anos atrás: "Penso que aqui não é o nosso lugar". Incrível.

E por que não me disse isso antes?

– Por uma série de razões. Eu nunca poderia imaginar que essa história tomaria o vulto que tomou. O episódio com seu pai foi desagradável à época e você me fazia lembrar que o que ocorreu com ele foi causado por um homem perigoso. O que não poderíamos imaginar é que o mesmo sujeito acabaria perpetrando esse crime bárbaro contra frei Calloni, tantos anos depois. Mas agora não adianta pensar em mais nada disso. O pior já aconteceu.

– Desagradável? – repeti incrédulo.

– O episódio com seu pai? Sim, foi apenas isso: desagradável. Ao passo que com você tem sido desastroso.

– E pode ser pior ainda – acrescentou Molina, para surpresa de todos.

– Do que você está falando?

– O senhor está enganado quando diz que o pior já aconteceu. Infelizmente, talvez ele ainda esteja por vir. O Operador é um fanático treinado e está totalmente fora de controle. Não acredito que o pior já tenha acontecido.

– Deus do Céu, não posso crer – reagiu frei Berttotti.

– O senhor acha mesmo isso? – voltou a falar frei Zanella. – Acredita que ele seria capaz de...

– Eu não tenho a menor dúvida – afirmou Molina, sem parar de acariciar o próprio ombro.

– E o que podemos fazer?

– Descobrir onde está esse diário, levá-lo a público e acabar logo com tudo.

– Meu Deus, nunca pensei que iria chegar a essa idade para ainda ver esse tipo de coisa acontecer conosco – lamentou-se frei Bertotti.

– Isso se realmente existir um diário para ser descoberto – me ouvi dizendo de repente.

– O quê? – todos se surpreenderam.

Perplexos, os três olharam para mim.

– O que você disse?

– Não entendo...

– Explique melhor o que está afirmando – exigiu Molina.

– Não sei... foi uma ideia que acabou de me ocorrer. E é estranho pensar assim... E se não houver outro diário? E se for mais um truque de frei Franco? Pistas falsas para levar quem quer que seja a pensar que deve perseguir o que não existe de verdade. Um falso caminho.

Os três continuavam me olhando, perplexos.

– Você acha que isso é realmente possível? – frei Zanella perguntou.

– Isso é ainda mais terrível – disse frei Bertotti com os olhos pregados no teto. – Significa que a vida de frei Calloni foi perdida em vão. Deus do Céu, que horror.

– Isso muda tudo, mas não pode ser descartado – raciocinou Molina.

– Frei Franco era um homem culto e já demonstrou também que era muito esperto. Estava envolvido em algum conflito interno dentro da Ordem e não podia se pronunciar. Registrou tudo em seus diários e escritos, mas queria que a parte mais importante ficasse a salvo de pessoas que poderiam querer ver tudo destruído.

Os freis e Molina ainda se acostumavam à ideia e estavam pensativos. Na verdade, eu mesmo também tinha de me acostumar a ela. Chegava a ser assustadora a mudança de rumo dos acontecimentos.

– O que devemos fazer agora? – perguntou frei Zanella.

– Se tomarmos essa hipótese como possível, fica a pergunta: se não há outro diário e tudo foi uma falsa pista, esses escritos estão onde? No próprio corpo dos diários e cartas que nunca saíram da Ordem? – questionou Molina.

– Eu não cheguei a ler todo o material. Pode ser que...

– Não estaria tão à vista assim, Rossato – Molina me interrompeu. – E, lembre-se, não foi apenas você quem colocou os olhos sobre o material, apesar de ser o único Rossato por aqui. Não é, frei?

Frei Bertotti fez um simples sinal afirmativo, constrangido.

– O que um religioso deixa não pertence apenas à família, mas também à Ordem – argumentou frei Zanella, zangado com a insinuação de Molina.

– Se o material foi considerado reservado por quatro gerações, nem a Ordem poderia lê-lo antes do tempo. E sabemos que não foi bem assim que aconteceu – respondeu Molina com os olhos fixos no frei, que não teve coragem de encará-lo.

Frei Bertotti intercedeu:

– Não precisamos que ninguém nos dê lições sobre as regras de nossa Ordem, senhor Molina. Vamos nos ater aos nossos problemas, por favor.

Um silêncio constrangido e constrangedor tomou conta da sala. Só foi quebrado quando o velho religioso pegou o telefone e teclou três vezes.

– Frei Brandini, por favor, traga todo o material referente ao frei Franco Rossato aqui para a sala do frei Zanella. *Grazie* – e desligou.

Agora sim toda a história dos Rossato seria revirada de cima a baixo.

– Se a família Rossato concordar, é claro – comentou o frei com uma pitada de ironia na voz.

Dessa vez, fui eu quem fez um sinal constrangido de cabeça, concordando.

Após alguns minutos o telefone tocou e frei Zanella atendeu. Ouviu durante alguns instantes e depois se virou para seu superior.

– É frei Brandini. Ele diz que o material é grande e que seria mais seguro se pudéssemos ir até lá, em vez de o material vir até aqui. O que o senhor acha?

– Está bem – respondeu rápido. – Diga ao frei que estamos indo até lá agora.

O frei obedeceu e desligou em seguida.

– Alcanço os senhores em poucos minutos – disse frei Bertotti. – Está na hora de tomar outro remédio e um velho como eu tem de seguir as recomendações médicas. Frei, por favor, acompanhe os nossos amigos.

– Sim, senhor – e frei Zanella abriu a porta da sala.

Agora eles estavam com pressa. Conviveram durante séculos com fundamentalistas enlouquecidos e agora queriam resolver o problema o mais rápido possível.

Seguimos pelo corredor escuro até os arquivos e, dessa vez, não olhei para o quadro de Nossa Senhora. Frei Brandini esperava por nós. Todo o material estava sobre as mesas e as luzes, acesas. Notei que ele ficou surpreso ao ver Molina, mas não comentou nada. Frei Zanella olhou para o grande número de caixas de papelão especial dispostas sobre as mesas.

– Será como procurarmos uma agulha no palheiro – disse.

– Nem tanto – redargui. – Já li boa parte desse material e sei dizer o que de fato não vai nos interessar no momento. E há outros trechos que, ao contrário, deverão ser lidos e relidos.

– Talvez levemos dias – constatou o frei.

– Talvez – concordei.

Olhei para Molina porque ele estava em silêncio e percebi a maneira como olhava para todo aquele material. Ao contrário de mim, que mal conhecia a história da minha própria família e para quem aqueles diários e cartas eram apenas parte de um problema que eu achava que poderia resolver facilmente com a minha vinda para a Itália, Molina, ao contrário, acompanhava a história e o segredo dos Rossato há anos. Aliás, não só ele como seu pai e seu avô, que havia iniciado tudo cento e vinte anos atrás. Por isso, olhava com admiração e respeito para o amontoado de caixas.

– É extraordinário que tudo isso tenha se conservado durante todos esses anos – comentou, enquanto folheava a Bíblia de 1871.

– As luvas, senhores – avisou frei Brandini, passando os pares para nós. – Esse material não pode ser manuseado sem elas.

Enquanto colocávamos as luvas, frei Bertotti chegou e também as calçou, olhando com preocupação para as caixas.

– É mais sábio de nossa parte trabalharmos em nossos arquivos primeiro e depois pensarmos na Basílica de San Clemente. Rossato, Molina, vocês têm alguma ideia de por onde podemos começar?

Fui direto para a caixa número três, a que tinha os papéis catalogados de 1883 a 1886, data da viagem ao Brasil, e de onde tínhamos tirado um diário para entregar ao Operador.

Passamos horas lendo, relendo e discutindo trechos, fragmentos dos diários e até mesmo curtos parágrafos que achávamos que poderiam esconder algum tipo de informação.

Todos sabiam o que procurar, menos eu.

Naqueles escritos estava muito claro que meu bisavô não tinha nenhuma responsabilidade pela morte do irmão, o frei Franco Rossato. Tudo havia sido um acidente, fruto da discussão por causa da enorme paixão proibida que meu bisavô nutrira por uma índia, mas o frei se aproveitou desse acidente para se fingir de morto e retornar à Itália sem que ninguém soubesse, para assim continuar a combater os fanáticos que naquela época infestavam a Ordem, ainda mais do que hoje. Mesmo sua viagem para o Brasil tivera como real motivação fugir do centro das discussões e dos acontecimentos em Roma, e não simplesmente ajudar o irmão que se recusava a ir para o Brasil. A visita à família na América servira como pretexto para sair da Itália.

– Isto sim é novidade para mim – reagi surpreso com o que lia. – Quem poderia imaginar isso? O frei interessado em sair de Roma e a viagem para o Brasil ser apenas uma desculpa. E, ainda por cima, sua suposta morte estar ligada diretamente ao motivo de ele ter feito a viagem com meu bisavô.

Nenhum dos três fez comentários e, de repente, me ocorreu uma ideia.

– Molina, você sabia disso, não sabia?

Ele fez que sim com a cabeça.

– Tinha conhecimento, sim. Mas achava que você deveria descobrir por si mesmo – respondeu.

– Imagino, então, que há muito mais para eu descobrir – emendei, num tom que deve ter sido mais acusatório do que eu mesmo tencionava empregar, porque os três permaneceram calados.

Passamos mais algumas horas lendo e relendo aquela letra miúda, há mais de um século incrustada no papel. Um trecho chamou minha atenção, pois fora escrito com tinta diferente.

Era do Evangelho segundo Mateus, do Novo Testamento. Os Falsos Profetas. Dizia:

"Acautelai-vos dos falsos profetas, que se vos apresentam disfarçados de ovelhas, mas por dentro são lobos roubadores. Pelos seus frutos os conhecereis. Colhem-se, por ventura, uvas dos espinheiros ou figos dos abrolhos? Assim toda árvore boa produz bons frutos, porém a árvore má produz frutos maus. Não pode a árvore boa produzir frutos maus, nem a árvore má produzir frutos bons. Toda árvore que não produz bom fruto é cortada e lançada ao fogo. Assim, pois, pelos seus frutos os conhecereis..."

Já era tarde quando chamaram um táxi para nós. Ninguém mais tinha condições para continuar com a leitura e frei Bertotti menos ainda. Durante o caminho para casa, passamos pelo Coliseu todo iluminado à noite e ele parecia ainda mais grandioso e belo. Na verdade, a noite estava mais agradável do que nunca para mim e apoiei a cabeça na janela do táxi, como as crianças fazem, embevecido com o que tinha na cabeça e com a visão noturna do Coliseu. Finalmente, resolvi falar:

– Sei onde está o diário de frei Franco.

Molina olhou atentamente para mim e ajeitou melhor sua *coppola* na cabeça antes de perguntar:

– Foi por isso então que você mentiu? Inventou essa história de que pode não existir o diário para ganhar tempo?

Dei um grande sorriso. Eu deveria ter imaginado que Molina já me conhecia o suficiente para saber quando eu estava mentindo ou não. Ou será que ele já me conhecia porque conhecera meu pai?

– Exato – respondi.

– E onde ele está?

Mesmo sem continuar olhando, a imagem do Coliseu iluminado não saía dos meus olhos.

– Em Valdagno.

Capítulo 12

O Frecciargento cortava o norte da Itália a 280 km por hora. Eu tinha de ir de Roma a Pádua e fazer baldeação para seguir viagem até Vicenza, onde pegaria um ônibus para Valdagno. Estava voltando à terra de onde os Rossato haviam partido há mais de quatro gerações em direção ao Brasil.

Tentei imaginar como seria atravessar um oceano imenso num navio precário, sem saber o que se encontraria pela frente, pois o desconhecimento sobre o Brasil era total na época. Além disso, enfrentar uma terra virgem, o calor tropical, a fome. Difícil de imaginar. E Paolo Rossato, irmão de meu bisavô, havia passado por tudo isso, apenas acompanhado de sua mulher grávida. Olhei pela janela do trem e a paisagem hoje na Itália também era muito diferente da que existia naquela época: um verde sem fim de plantações imensas, lindos vinhedos, enormes torres de energia, pontes fabulosas e túneis fantásticos.

O homem sentado ao meu lado abriu seu exemplar do *Corriere della Sera* e pude ler algumas manchetes na primeira página daquele jornal sobre as próximas eleições na Itália. Lembrei as palavras de Molina quando ele disse pela primeira vez que os segredos contidos no diário poderiam mudar a história das eleições italianas e achei que era um exagero, uma maluquice dita por um sujeito de suíças enormes. Mas tudo o que tinha acontecido depois provara o contrário. A gravidade dos acontecimentos vinha mostrando que não era exagerada a tese do meu amigo e que a luta pelo poder é sempre suja, onde quer que ocorra. Ainda mais quando entra no jogo um fanático fundamentalista que começa a agir sem o menor controle.

Agora eu sabia o que procurava. Antes de eu sair, Molina abrira um livro grande para me mostrar a ilustração de um religioso. Era o frei Pedro Armengol Valenzuela, mestre-geral da Ordem de Nossa Senhora das Mercês entre 30 de janeiro de 1880 e 3 de agosto de 1911. Considerado o grande restaurador da Ordem, também foi o primeiro a governar a partir de Roma e não da Espanha, como os anteriores. "Foi ele quem, praticamente, recriou a Ordem", explicou Molina, que batia o dedo de leve sobre a página. Quando assumiu, a Ordem tinha apenas dois conventos na Itália e alguns outros na América do Sul, com poucos religiosos. Ele inaugurou mais de quarenta conventos e atraiu centenas e centenas de jovens para a Ordem durante seus trinta e um anos como mestre-geral. O jovem frei Franco Rossato foi seu secretário particular por alguns anos.

"Naquela época, o papa era Leão XIII, que reprovava as sociedades secretas e os fundamentalistas", continuou com sua explicação. Em sua encíclica *Humanum genus*, de abril de 1884, Leão XIII condenou com veemência todas as sociedades secretas e suas doutrinas, incluindo a maçonaria, comparando-as a um inimigo que sai das trevas de uma conspiração oculta. Um ano depois dessa encíclica, em 1885, o cardeal Eduardo Howard, Protetor da Ordem, reconhecendo o trabalho do frei Valenzuela na restauração da instituição, apresentou ao Santo Padre a conveniência de prolongar o governo do mestre-geral, baseado na bula *Nuper pro parte.* E Pedro Armengol Valenzuela também era um veemente crítico das sociedades secretas e dos fundamentalistas, chegando mesmo a tomar medidas, dentro do âmbito da Ordem, contra os fanáticos das Ordens Terceiras. Em 1º de maio de 1885, o papa aceitou o pedido do cardeal Howard, decisão que foi comunicada à Ordem por decreto da Congregação dos Bispos e Regulares, no dia 8 do mesmo mês. Somente uma semana depois. O que aconteceu para que a decisão de Leão XIII chegasse à Congregação somente depois de sete dias? O que houve de tão terrível durante essa semana que precisa continuar em segredo? É o que está registrado nos diários do secretário do mestre-geral, frei Franco Rossato. O diário que o Operador tanto deseja.

Àquela altura do trajeto, meu companheiro de viagem ressonava depois de ter lido o jornal e eu também ouvia o rumor de conversas em voz baixa enquanto o trem avançava veloz pela *pianura padana.*

Eu tinha dormido pouco na noite passada. Aliás, tínhamos, porque sei que Molina também não conseguira pregar o olho. Expliquei a ele como foi o momento em que percebi tudo, a revelação, sobre o local onde o diário estava. É claro que eu poderia estar errado, mas achava difícil, improvável, que dessa vez estivesse enganado. E, mais uma vez, me lembrei da frase que diz que os grandes segredos estão escondidos à vista de todos. Valdagno, o *paese* onde tudo havia começado.

Meu pai aparentemente não conhecera Valdagno. Eu sabia que, agora, qualquer afirmação sobre ele podia parecer duvidosa, depois do que tinha descoberto em Roma, mas quem garantiu isso dessa vez foi Molina. Ele tinha voltado ao Brasil sem a certeza de que o avô não havia matado o irmão. Não conhecera Valdagno, não cumprira sua missão. Era eu quem estava realizando tudo isso, vinte anos depois. Queria que ele estivesse aqui para ser testemunha de que eu estava concretizando o que ele não tivera capacidade de fazer. Não era isso o que ele sempre dizia? Que eu não me empenhava, que nunca conseguia terminar o que começava? E, mesmo quando não dizia, só o seu olhar já revelava a incredulidade de que eu conseguiria terminar bem o que quer que estivesse fazendo.

Ele ficaria satisfeito de me ver em Roma tendo a certeza de que seu avô não fora um assassino? Ficaria feliz em me ver em Valdagno? Eu deveria achar que sim, mas não tinha certeza de mais nada. Não depois daquele velho vídeo em VHS em que nem parecia ser o meu pai ali. Pedindo para que eu continuasse o que ele não conseguira fazer.

Desci em Pádua para fazer a baldeação e tive de esperar para pegar outro trem até Vicenza. Senti uma vontade imensa de falar com Carolina e de saber sobre o bebê. Olhei o relógio para me certificar de que daria tempo.

– Alô.

– Estou com saudades – eu disse de imediato.

Ouvi um suspiro de alívio antes que ela falasse.

– Eu também, meu amor. Parece que você não volta nunca.

– Estou indo para Valdagno.

– A cidade de onde sua família veio? – ela perguntou em tom surpreso.

– Isso mesmo. Fica ao norte, na região do Vêneto.

– Mas por quê? A Ordem não é em Roma?

– É em Roma, mas frei Franco ainda tem algumas surpresas.

– Surpresas, como assim? Você está falando de um homem que morreu há cento e vinte anos.

– Há quase cento e vinte anos, você quer dizer. Já lhe contei que ele não morreu de fato em 1886.

– Que seja, mas foi há muito tempo, de qualquer maneira. Como ele ainda pode ter surpresas?

– A história é longa, querida. E só vou poder contá-la por inteiro quando estiver com você em nossa casa. E o bebê? – perguntei para mudar o assunto.

– Chutando muito. Está bem, e a última ultrassonografia mostrou que ele é perfeito. Mas... não mude de assunto, querido, eu conheço você. Pela sua voz, você parece preocupado. Há algo que eu deva saber?

Mesmo não tendo tantos anos de casamento, às vezes parecíamos ter. Um conhecia o outro muito bem.

– Há muitas coisas que você tem de saber, mas, como falei, isso só vai ser possível quando eu estiver em casa. Meu trem sai daqui a poucos minutos e tenho de me despedir.

– Te amo – ela disse.

Respondi que também a amava e ela deve ter desligado surpresa, estranhando o fato de que, pela primeira vez, eu me despedi pedindo que ela rezasse por mim.

Situada por um lado nos pré-Alpes e por outro ao pé dos montes Berici, Vicenza se distingue pela grande quantidade de construções renascentistas, especialmente projetadas pelo célebre arquiteto Palladio, do século XVI, sendo chamada de Veneza Menor. Antigamente seu nome era Vicetia e a cidade conheceu um grande crescimento entre os séculos XV e XVI, quando fazia parte da República de Veneza. Atualmente, tem mais de 100 mil habitantes e é considerada uma das cidades mais ricas da Itália.

Por não saber onde colocá-lo, guardei no bolso o folheto turístico sobre a cidade, enquanto esperava o ônibus sair para Valdagno, a minha última parada naquela viagem. Pelo menos era o que eu esperava.

Respirei fundo na hora de subir no *pullman*. Estava me sentindo cada vez mais nervoso, um friozinho no estômago que ia aumentando a sensação de estranheza que toma conta da gente quando vai fazer alguma coisa importante. Tudo isso indicava que eu estava no caminho correto. O diário estava em Valdagno, escondido na Basílica de San Clemente. A cidade também tem uma igreja dedicada a San Clemente pelo simples fato de ele ser o padroeiro de Valdagno. Como fomos idiotas em não perceber isso antes. Quando o terceto colocado no meio dos versos de Dante Alighieri diz:

> À clemência laureana, sejam bem ditos.
> Os cantos de nosso poeta maior
> Foram ao encontro de nossos aflitos.

Frei Franco estava indicando tudo, pois o nome de batismo do mestre-geral Valenzuela era Laureano, mudado no claustro do convento para Pedro Armengol. Ou seja, seus "cantos" estavam com "nossos aflitos". Quem conhecia os Rossato sabia o que isso queria dizer. O que quer que fosse estava na Basílica de San Clemente, construída pelos aflitos membros da família Rossato, em Valdagno.

Em meio ao barulho das pessoas se despedindo e se acomodando no ônibus, sentei ao lado de uma senhora magrinha, de idade, que me olhou assustada. Compreendi que ela estava acompanhada por alguém e ofereci a uma moça, que devia ser sua filha, o meu lugar. Elas me agradeceram muito e troquei de assento, me instalando um pouco mais à frente.

A viagem seguia tranquila. O ônibus percorria as estradas bem cuidadas do Vêneto enquanto eu observava a paisagem. Lembrei de Molina recomendando que eu tomasse cuidado, da mesma maneira que um pai preocupado recomenda atenção ao filho. Ele se despedira com um longo abraço, desejando-me sorte. Disse que ia voltar à sede da Ordem e inventar uma desculpa qualquer sobre mim, ficando lá e estudando os diários junto com os freis, para ganhar tempo até perceberem que eu não apareceria.

"Tempo, tempo, tempo, que maluquice", pensei, enquanto observava o asfalto correr sob as rodas do ônibus. "Um segredo de cento e vinte anos será descoberto em poucas horas."

Senti um aperto no estômago e um nó na garganta. Como eu poderia ter tanta certeza de que os escritos estavam em Valdagno? Nem eu mesmo sabia como tinha essa certeza. Eu simplesmente *sabia.*

Valdagno: 5 km, informou uma placa.

Mais um pouco e estávamos em meio a ruas, casas, cartazes, pessoas e veículos. Peguei a mochila com uma muda de roupa que Molina me havia dado e, enquanto a alcançava, mesmo sem olhar, senti que a senhora magrinha me observava com um esboço de sorriso. Achei estranho e desci a escada rapidamente, pondo os pés em Valdagno e lembrando, curiosamente, do gesto do papa João Paulo II, que beijava o chão dos lugares que visitava.

– *Vuoi un tassì, signore?* – perguntou, de repente, uma voz às minhas costas.

Virei-me e vi um sujeito baixinho e gordinho, com um cabelo grande penteado para trás, bigodes fartos e uma grossa aliança no dedo.

– *Vuoi un tassì?* – repetiu, sem entender minha demora em responder.

– *No, grazie* – respondi de imediato e me corrigindo em seguida. – *Si, si, per favore. Scusa. Vorrei andare al Duomo di San Clemente.*

– *Oggi? Impossibile* – ele disse.

– Impossível? – fiquei surpreso. – *Come mai?* Como assim?

– Hoje é a grande festa do *signore* Carnielli – explicou. – Ele completa cem anos de idade e estão preparando San Clemente para a missa. O senhor sabe como é: limpeza, decoração especial, essas coisas.

– Está fechada?

– Não, claro que não. É a casa do Senhor, está sempre aberta, mas agora está cheia de mulheres lá trabalhando, arrumando as coisas. Se o senhor quiser, posso levá-lo até a Chiesa di Santa Maria del Carmine que é muito bonita também. Foi construída em 1634 e...

– *No, grazie* – respondi.

– Ou se preferir a Chiesa di San Giuseppe que tem três altares...

– *No, grazie* – respondi de maneira mais firme.

– *Scusa* – e ele fez sinal de quem não ia mais dar opinião.

Pensei por um instante.

– Cem anos de idade – repeti para me acostumar com a ideia.

– *Si* – animou-se o taxista, percebendo que poderia voltar a falar. – Ele é uma pessoa muito querida em Valdagno. Foi até *sindaco del paese*, uns quarenta e cinco anos atrás, eu acho. Um homem muito bom.

Meus planos teriam de ser alterados. Seria impossível tentar achar o diário dentro de uma catedral cheia de mulheres preocupadas em preparar a igreja para a missa. Mesmo assim, pedi que ele me levasse até lá porque precisava dar uma olhada no local. O taxista, que soube chamar-se Breda, não parou de falar durante todo o percurso. Descobriu que eu era *brasiliano* e, por incrível que pareça, não falou sobre a Copa do Mundo.

O Fiat de Breda rodava com intimidade pelas ruas de Valdagno e a cada cem metros ele fazia sinal para alguém. Era um *valdagnese* que sempre vivera em sua cidade, exceto por um período de pouco mais de um ano, quando foi morar em Gênova para tentar uma nova vida e as coisas não saíram como ele esperava; então acabara voltando à terra natal.

– Isso aconteceu há mais de vinte anos – completou com um sorriso resignado. – Se fosse hoje, eu saberia lidar melhor com os problemas e a história seria outra. Mas acho que isso acontece com todo mundo, o senhor não acha?

Concordei com um gesto rápido para não ter de dizer nada, contudo eu compreendia perfeitamente o que ele queria dizer. E como compreendia.

Chegamos à catedral e vi um intenso movimento de pessoas entrando e saindo da igreja. Breda parou o carro.

– A missa é hoje? – quis confirmar.

– Hoje mesmo. Ele nasceu em 1906, o senhor já imaginou? E está completamente lúcido, bem de saúde. Primeiro, haverá a missa e depois uma festa no salão comunitário da cidade, onde outra tropa de mulheres está preparando a comida. Por que o senhor não participa?

Fiquei surpreso com a pergunta e o taxista continuou a falar:

– O senhor só vai visitar a catedral amanhã de qualquer maneira mesmo. Pode participar da festa hoje.

– Não sei – hesitei –, não conheço ninguém.

– Mas pode conhecer – retrucou Breda.

– Não entendi.

– O senhor vai ter de passar a noite num hotel, então pode ser no da família dos Carnielli. Automaticamente, o senhor será convidado.

– Não sei...

– Como o hotel é da família, todos que vêm para a cidade hospedam-se lá. Hoje já chegaram mais dois casais com filhos e um casal de namorados. E ainda vai chegar muito mais gente para a festa.

– Você sabe de tudo o que acontece na cidade.

– Valdagno é pequena e nós, que trabalhamos na rua, acabamos descobrindo o que acontece.

– Acho que você me convenceu. Leve-me até esse hotel.

Breda sorriu e ligou o Fiat.

O taxista tinha razão. Fui atendido no hotel por uma simpática senhora que já me convidou para a festa enquanto eu preenchia a ficha com meus dados. Ela era sobrinha-neta do aniversariante.

– *Brasiliano?* – ela reagiu alegre quando viu minha nacionalidade. – Cinco anos atrás estive no Rio de Janeiro. Foi a festa de virada de ano mais bonita que já vi na minha vida, com todos aqueles fogos.

Sorri e fui para o quarto, depositando a mochila sobre a cadeira. Lavei o rosto e deitei na cama para pensar um pouco. Peguei o celular e digitei o número de Molina. Ele atendeu com a voz de quem aguardava pela ligação.

– Já conseguiu examinar a catedral? – perguntou.

– Não, a igreja está cheia de gente preparando a decoração de uma missa para comemorar os cem anos de idade de um morador. Só amanhã vou poder examiná-la com cuidado. E na Ordem, como foi?

– Os freis fingiram acreditar que você não estava passando bem porque não tinham alternativa. Eles certamente sabem que aconteceu alguma coisa diferente. Devem estar preocupados.

– E o pior é que só amanhã vou poder ir para...

– Não diga nomes – cortou rapidamente minha fala Molina. – É melhor não falarmos muito.

– Entendi, você tem razão. Amanhã conversamos melhor. *Ciao.*

Desliguei o aparelho, preocupado. No caminho para Valdagno eu havia telefonado para Carolina, citando para onde estava indo. Será possível que o Operador já sabia onde eu estava? Não queria acreditar que fosse verdade.

Tomei um banho, troquei de roupa e desci. O hotel estava lotado com adultos e crianças zanzando de lá para cá. A senhora que me atendeu já não estava no balcão e um rapaz a substituía. Com certeza arrumava-se para ir à missa e à festa do tio-avô. Fui até a entrada observar o movimento e a cidade parecia agitada, mais do que eu presumia ser o normal. O sol começava a baixar e uma brisa refrescante atravessava as ruas, trazendo também um delicioso aroma de temperos. Pensava em comer alguma coisa antes de ir à missa quando o táxi de Breda passou levando passageiros e, dessa vez, fui eu quem fez sinal para ele, cumprimentando-o.

Vi alguns folhetos sobre o balcão da recepção e peguei um. Havia nele um mapa da cidade e uma breve descrição da história de Valdagno e seus pontos turísticos. Fui direto para o tópico que falava da catedral.

"Foi usada uma técnica de construção caracterizada por enormes paredes e um teto alto que está acima de qualquer janela para deixar passar toda a luz. O arquiteto Giovanni Bassano (1698-1797), criador e diretor dos trabalhos da igreja, deu ao complexo da catedral de San Clemente uma harmonia arquitetônica, iconográfica, de materiais empregados e de decoração poucas vezes encontrada em igrejas na Itália. Preocupados com as inundações do rio Agno, a igreja tem representados vários santos protetores, como à esquerda São Cristóvão e a seu lado o papa São Clemente, titular da igreja. À esquerda de Nossa Senhora estão São Nicolau e São Lourenço."

– Representação de San Clemente – sussurrei, sem conseguir me conter de alegria.

Só podia estar lá. Devia haver algum compartimento secreto aos pés da imagem do santo suficientemente grande para caber um diário. Se não for isso, eu teria de vasculhar a igreja toda, pedaço por pedaço, à procura dos escritos e isso despertaria muitas suspeitas. Pensei na possibilidade de procurar o padre e explicar *quase* tudo a ele, contar a história da suposta morte no Brasil de frei Franco e assim conseguir ajuda. Talvez fosse a única alternativa, mas, antes de colocá-la em prática, achei que deveria consultar Molina.

Coloquei o folheto no bolso e fui para a rua, onde ninguém pudesse escutar minha conversa. Digitei os números e Molina logo atendeu.

– Tenho más notícias – ele disse de imediato.

Fiquei surpreso e preocupado. Molina não era o tipo de homem que faz drama sem necessidade.

– O que aconteceu?

– Ele está aí – afirmou.

– O quê?

– O Operador está em Valdagno.

Não respondi de imediato.

– O Operador está em Valdagno – repetiu Molina destacando as sílabas. – Você tem de tomar muito cuidado.

– E como você sabe disso?

– Recebi uma mensagem anônima há poucos minutos. Já ia ligar para você.

– Mensagem anônima? – repeti incrédulo. – Isso não faz sentido.

– Faz sentido, sim. Talvez não para um leigo, mas para quem conhece a Ordem.

– E você acredita que seja verdade?

– Acredito – afirmou com uma convicção que soava pesada aos meus ouvidos.

Tirei o folheto do bolso e olhei para o papel sem ver mais razão para lhe falar sobre a imagem de San Clemente e a ideia de pedir ajuda ao padre.

– Se ele está aqui é porque sabe tanto quanto eu. Estamos os dois de mãos atadas.

– Mas as dele são as mãos de um assassino. E as suas, não.

– Até agora – respondi baixinho.

– O quê?

Não respondi.

– O que você disse? – Molina estava alarmado. – Nem pense em fazer uma bobagem dessas. Quem tem de cuidar daquele louco é a polícia, é a justiça, não você. Além de tudo, ele é um homem treinado, o risco seria muito grande. Esqueça, se é isso que está pensando. Ouviu, Rossato? Ouviu o que eu disse?

– Fique tranquilo – respondi simplesmente.

– Seria uma loucura.

– Eu sei...

– Seu pai desaprovaria completamente.

Meu pai. Talvez fosse por ele mesmo que eu faria isso. Para acabar definitivamente com aquela história, para vingar o ferimento dele vinte anos atrás...

– Rossato – Molina interrompeu meus pensamentos –, nem pense nisso.

– *Ho capito* – respondi.

Molina esperou para continuar.

– Muito bem. Ligo para você mais tarde. E, Rossato, aproveite a missa para rezar um pouco. *Buona serata* – e desligou.

Olhei para o celular antes de colocá-lo no bolso, como se pudesse ver o rosto de Molina através dele. Eu estava me sentindo muito cansado. Extremamente cansado, física e emocionalmente. Eu mesmo não saberia dizer quanto minhas decisões estavam sendo tomadas por influência desse profundo cansaço. O tom de voz firme que usei para responder a Molina foi mais para fora do que para dentro. Intimamente, eu não tinha a menor certeza de que não iria fazer uma loucura.

Vi novamente Breda passando com seu táxi, sem passageiros dessa vez. Não consegui brecar minha mão e fiz sinal para que ele parasse. O Fiat deu uma freada brusca e retornou. O taxista olhou para mim surpreso.

– Aconteceu alguma coisa? – perguntou.

– Preciso de uma informação – respondi, fitando intensamente aquele rosto redondo.

Breda percebeu que havia alguma coisa diferente e perguntou desconfiado:

– Que informação?

Cheguei mais perto dele e abaixei para alcançá-lo pela janela do carro.

– Você disse que Valdagno é uma cidade pequena e vocês que trabalham na rua sabem de tudo o que acontece. O que preciso saber é se hoje chegou um homem aqui em Valdagno, sem família, sozinho, como eu mesmo.

– Hoje pela manhã?

– Provavelmente.

– E por que o senhor precisa saber disso? – Breda olhou ainda mais desconfiado para mim.

Suspirei.

– É uma longa história e não tenho condições de contá-la agora. Preciso apenas que você confie em mim. Esse homem é perigoso e todos em Valdagno estão correndo risco.

Breda apertou os olhos enquanto avaliava a situação.

– O senhor é da polícia?

– Não, não sou.

– É da Máfia?

– Também não.

– Não quero encrenca para o meu lado.

– Não terá – respondi rápido. – Preciso apenas dessa informação e nada mais. Espero que saiba que estou do lado certo, de quem se preocupa com o outro. Esse homem a quem procuro é um louco.

Notei que ele ficou impressionado quando eu disse a palavra "louco". Pensou durante mais alguns instantes e ligou o Fiat.

– Vá para o hotel e me espere. Volto já – e saiu.

Eu queria me arrepender do que começava a fazer, mas não conseguia.

Breda voltou rápido, de fato. Eu estava sentado no saguão do hotel, pensando em tudo o que estava acontecendo, quando ele entrou cumprimentando o rapaz da recepção e se sentou ao meu lado. No mesmo instante me lembrei da primeira vez que tinha conversado com Molina no hotel em Roma.

– Foi mais fácil do que eu pensava – comentou.

– Chegou alguém sozinho em Valdagno? – perguntei, ansioso.

– Uma hora atrás. Veio de carro, mas parou para pedir informações. E, ao contrário de todos que chegam, não quis ficar aqui e preferiu ir para um hotel mais distante.

Só podia ser o Operador.

– Seu amigo comentou mais alguma coisa sobre ele? – perguntei.

– Não... – ele fez um muxoxo –, quer dizer, parece ser uma pessoa comum. A única coisa que ele notou é que o homem é alto.

– Alto? – repeti, alarmado.

– Isso mesmo. Confere com quem o senhor está procurando?

Fiz distraidamente um sinal afirmativo.

– E onde é esse hotel?

– A quinze minutos daqui.

Ainda tentei resistir, entretanto me ouvi dizer:

– Me leve até lá.

– O senhor disse que o homem é louco – avisou o taxista.

– Por isso mesmo. Alguém precisa detê-lo.

Durante os quinze minutos do trajeto até o hotel, contei para Breda, de forma resumida, tudo o que aconteceu comigo desde que cheguei a Roma. Ou melhor, quase tudo. Omiti as informações sobre o meu pai e a velha fita VHS. Breda ouvia atentamente e, de tempos em tempos, cofiava o vasto bigode enquanto dirigia.

– O senhor é um Rossato – admirou-se.

– Você conhece os Rossato?

– Não – e titubeou –, quer dizer, sim, me lembro de já ter conhecido alguém com esse sobrenome. Mas, se estou entendendo bem, esse homem que o senhor vai encontrar agora é quem sequestrou o garoto, feriu seu amigo e matou o frei.

Assenti com um gesto de cabeça em meio à escuridão, pois a noite já tinha caído e o Fiat avançava por várias ruas estreitas.

– E, pelo que entendi, o senhor desconhece o homem. Nunca viu seu rosto.

– Exato. Mas tenho certeza de que é ele quem está nesse hotel. Posso sentir isso.

– O senhor tem de ser muito cuidadoso.

– Vou tentar.

A mão de Breda vacilou, contudo acabou abrindo o porta-luvas do carro e tirando um revólver.

– Valdagno é uma cidade tranquila – explicou, enquanto segurava a arma –, mas quem trabalha na rua, e principalmente à noite, nunca sabe o que vai encontrar. Tome, pode levar.

Recusei.

– Leve – insistiu o taxista. – É velha, porém funciona. Tenho um amigo que gosta de armas e sempre cuida dela para mim.

– Não posso aceitar.

– E como o senhor vai enfrentar esse louco? – perguntou Breda, olhando diretamente nos meus olhos.

– Se acontecer alguma coisa, você pode ser prejudicado por causa da arma – adverti.

– Este revólver não tem registro. Ninguém sabe da existência dele, exceto o meu amigo.

Sopesei a arma com a mão espalmada e achei que era leve demais, simples demais. Boa demais. Com ela eu poderia acabar com aquele pesadelo de uma vez por todas. Senti um arrepio na espinha.

O Fiat parou em frente a um casarão antigo com uma pequena plaqueta na frente. A rua era escura e disfarcei o revólver nas sombras do automóvel. Breda continuava me observando, esperando pelo meu sim.

Olhei para a arma e me lembrei de meu pai, de como ele tinha horror a armas. Se alguém chegasse com uma, ele pedia imediatamente que a guardasse e fazia um sermão sobre o perigo. Nessas ocasiões, eu podia enxergar claramente nos olhos dele o medo, o pavor.

Foi então que percebi uma coisa em mim mesmo. Não só compreendi, como *senti* compaixão pelo temor enorme que meu pai tinha das armas. Não quis me sentir mais corajoso do que ele, não senti satisfação por meu pai ter medo. Não tentei vencê-lo. Passando a mão pelo aço frio do revólver fiquei pensando se não era assim que poderia recomeçar uma amizade entre pai e filho. Uma amizade que nunca existira como deveria.

– O que o senhor vai fazer agora? – perguntou Breda, cortando o fio dos meus pensamentos.

– Não sei... – tive de confessar.

– E se não for ele? O senhor já pensou nessa possibilidade?

O taxista ia começar a me encher de perguntas que eu não estava disposto a ouvir. Abri o tambor do revólver com um gesto brusco e Breda levou um susto. As seis balas estavam lá dentro, como deveriam. Fechei o tambor e pus o revólver na cintura.

– Já pensei em tudo e, se você quer saber, não tenho nenhuma resposta para essas perguntas.

– É melhor o senhor pensar um pouco mais. Voltamos ao hotel... – e ele fez menção de ligar o carro.

– Não – atalhei de imediato. – Você volta para lá e eu fico aqui mesmo.

– Acho que o senhor não está em condições de...

– Não se preocupe, estou bem.

– Mas...

– Já disse que estou bem. Você não entende, não é?

Breda pregou os olhos em mim, querendo compreender o que eu dizia.

– Eu sempre fiquei na defensiva. Sempre. E agora tenho a chance de tomar a iniciativa, de pegar esse sujeito de surpresa, resolver o problema. Sozinho.

– Mas talvez não seja a hora certa – tentou argumentar Breda, achando que eu me referia apenas àquele momento e não a toda a minha vida.

Um carro então passou por nós, iluminando a rua por alguns instantes.

– O senhor está nervoso, talvez seja melhor voltarmos. A missa está sendo celebrada agora, podemos ir até lá.

Lembrei de Molina dizendo para eu aproveitar a missa para rezar um pouco. Ele também ficaria satisfeito com o fim do Operador depois do que tinha acontecido com Igor e com ele mesmo.

Abri a porta do Fiat. Apesar de me conhecer há poucas horas, o taxista já me pedia com os olhos que eu não saísse daquele carro.

– Eu não deveria ter lhe mostrado a arma – murmurou Breda, arrependido.

Saí do táxi com o revólver na cintura e abaixei-me para falar com ele.

– É melhor você ir embora para não se envolver mais – aconselhei.

Breda ainda tentou resistir, permanecendo calado.

– Pode ir embora, vá – e dei dois tapinhas na lataria do carro.

Depois de uma pausa, o taxista ligou o motor e partiu vagarosamente. Agora eu estava sozinho naquela rua escura, com uma arma na cintura, e pronto para fazer o que eu mesmo sabia que não deveria. Todavia, não conseguia resistir à marcha dos acontecimentos.

Pensei em Rafael e pedi por mim.

Senti falta de ar e respirei fundo. Meus gestos estavam lentos.

O bolso da calça vibrou e não quis atender. Quem quer que fosse era insistente. Peguei o celular e constavam duas chamadas não atendidas. Eram de Molina.

– Graças a Deus você atendeu agora. O Operador foi preso pelos *carabinieri* – ele disse de um fôlego só, sem respirar.

– O quê? – e também não consegui respirar mais.

– Finalmente, a Ordem contou o que devia sobre o Operador para a polícia e os *carabinieri* também seguiram as pistas da morte de frei Calloni. Chegaram a um homem. Esse suspeito detido com certeza é o Operador.

– *Deo gratias* – consegui dizer.

– Rossato, onde você está?

Olhei para a fachada do casarão antigo, envolto pela escuridão da rua, antes de responder:

– Em frente à catedral.

– Você está indo à missa?

– Estou – respondi, sentindo uma lágrima escorrer pelo rosto.

– Que bom – respondeu Molina. – Boa missa, meu amigo. Não é todo dia que se vai a uma festa de aniversário de cem anos.

– *Grazie* – e desliguei.

Molina deve ter estranhado eu não prolongar a conversa para obter detalhes sobre a prisão do Operador, mas eu não tinha condições para isso naquele momento.

Ao guardar o celular no bolso, toquei no ferro maciço do revólver e levei um susto como se tivesse levado um choque. Um choque de realidade. Tanto Deus como os próprios homens jamais iriam me perdoar se eu tivesse feito o que tinha intenção de fazer.

– *Deo gratias.*

Quando entrei na igreja cheia de gente, já no final da missa, Breda me viu e exibiu uma expressão preocupada. Fiz sinal de que estava tudo bem e ele pareceu ficar mais tranquilo. Curioso esse meu novo amigo. Eu o conheço há apenas poucas horas e, no entanto, ele já teve uma influência enorme sobre mim e parece que nos conhecemos há séculos.

As pessoas começaram a sair da igreja vagarosamente e muitas repararam em mim, um desconhecido. Juntei-me ao grupo dos que se retiravam e encontrei Breda fumando lá fora. Tinha os olhos ansiosos.

– Como foi lá, senhor Rossato? – perguntou.

– Não aconteceu nada

– *Come mai?*

– Prenderam o verdadeiro Operador em Roma.

– *Scusa* – disse ele, fazendo cara de quem não estava entendendo nada.

E nem podia mesmo entender.

– O verdadeiro louco a que me referi, na verdade, não está em Valdagno. Foi preso em Roma – expliquei.

– *Grazie Dio* – desabafou Breda.

– Sim, graças a Deus – repeti. – E muito mais coisas que nem imaginamos vão resultar dessa prisão.

– Ótimo – disse Breda dando uma última tragada e jogando o cigarro fora. – Agora podemos ir ver o *signore* Carnielli.

– Não sei se vou à festa, estou cansado – respondi.

Breda sorriu.

– O senhor não entendeu. É o velho Carnielli que quer vê-lo e pediu que o levasse até a festa para conversar com o senhor.

– Ele quer me ver? Por que se eu não o conheço? – reagi, surpreso.

– O senhor não o conhece, mas ele parece conhecer bem os Rossato.

– O que você contou a ele? – perguntei, sentindo-me traído por Breda.

– Nada, o senhor não precisa se preocupar. Há meses que não troco uma palavra sequer com ele.

– Então como...?

– Valdagno é uma cidade pequena, o senhor sabe.

– Claro – e cocei o queixo. – Mas por que ele iria querer falar comigo justo na sua festa?

– Não sei, mas o senhor logo vai descobrir – e fez sinal para que seguíssemos caminho junto com a multidão que ia em direção ao salão comunitário, quase vizinho à igreja.

Se metade da cidade já estava no salão, a outra metade chegava agora, lotando o espaço. Colocaram uma mesa comprida, coberta com uma toalha branca, e o *signore* Carnielli sentado no centro, ao lado dos filhos e netos. Sua esposa tinha falecido há pouco mais de dez anos, como explicou Breda. Vestido com terno e gravata, sem largar a bengala, conversava com uma mocinha que tinha um gravador na mão.

– É a repórter do *Il Giornale di Vicenza*, que vai escrever sobre os cem anos dele – também explicou Breda. – Esta é a hora de tomarmos um bom vinho – falou alto por causa do barulho.

Pegou dois copos de vinho tinto e me entregou um, dando seu primeiro gole e estalando a língua para demonstrar seu prazer com o vinho da terra. Circulamos um pouco pelo salão e ouvi conversas em italiano e em mais dois ou três dialetos diferentes. Muitos conversavam sobre as eleições que se aproximavam e outros, sobre a Copa do Mundo. O barulho das conversas era alto e as gargalhadas, constantes. Breda me deixou por alguns instantes para pegar mais vinho e também *bruschetta.*

Observando o salão, localizei a mãe e a filha a quem cedera o lugar no ônibus para Valdagno. A velha senhora continuava a me olhar da mesma maneira estranha e, apesar da idade, também tomava seu vinho. Depois de comermos a *bruschetta*, o taxista levantou o copo, sugerindo um brinde:

– À prisão do homem que tanto perturbava o senhor – e batemos as taças.

Se o vinho já era bom, com aquele brinde ficou ainda mais delicioso. Lembrei-me de Carolina e imaginei quanto ela gostaria de estar numa festa como aquela.

E se eu não encontrasse o diário de Franco Rossato na catedral? E se, de fato, ele não existisse? Afinal, ainda havia algum segredo dos Rossato para ser revelado?

Breda pareceu adivinhar meus pensamentos.

– A *ragazza* do jornal terminou a entrevista. Vamos até o *signore* Carnielli.

Quando vencemos a multidão, Breda falou alguma coisa no ouvido do aniversariante. O velho Carnielli pousou os olhos em mim e sorriu.

– *Buona sera* – disse.

– *Tanti auguri* – parabenizei-o.

– *Grazie* – respondeu ele, me olhando dos pés à cabeça. – *Sei un Rossato.*

– *Si.*

– E quer ir à catedral para pegar o diário de frei Franco Rossato – afirmou de repente.

Tive de me refazer do susto. Desviei meu olhar do velho para Breda e depois retornei ao aniversariante. Cheguei a achar que não tinha ouvido bem. Podia parecer bobagem, mas fiz umas contas rápidas de cabeça. Afinal, eram cem anos. Bobagem mesmo, seria impossível.

– Como...? – balbuciei.

– É uma longa história e este lugar está muito barulhento. Vamos o escritório – e fez sinal para que um dos filhos o ajudasse.

– Mas... a festa – tentei dizer.

– Ela pode continuar um tempo sem mim. E depois, há quase um século espero para contar isso a um Rossato.

Apoiado em um senhor que, sem fazer perguntas, nos levou até o acanhado escritório do salão comunitário, fechamos a porta e o barulho diminuiu muito.

– *È meglio così* – suspirou sentando-se, ainda com a bengala nas mãos.

Voltou a me observar com um sorriso nos lábios.

– A vida é engraçada – e riu, remexendo sua bengala. – Esperava por você antes mesmo que nascesse. Aliás, não só você; essa espera vem de antes mesmo de seu pai nascer. E foi preciso eu completar cem anos para que isso acontecesse. Quem sabe agora Deus permita que eu parta – e riu mais ainda.

– O senhor sabe de tudo, então.

O velho Carnielli encheu os pulmões de ar antes de começar a falar:

– Meu pai, quando garoto aqui em Valdagno, assistiu a muitas missas do futuro frei Franco Rossato, realizadas nas pedras perto da casa dos dois vizinhos. Vizinhos e muito amigos. Aposto que nenhum de vocês sabe, mas Franco não trocava cartas apenas com Antonio quando estava no seminário, mas também com meu pai. Aliás, não só durante o tempo do seminário, como também fora dele, falando sempre sobre suas dúvidas em relação à Ordem, o que não comentava com a família para não deixá-los preocupados. Você sabe sobre as missas de Franco quando garoto, não sabe?

Fiz sinal que sim, sem ter certeza de nada. Queria apenas que ele continuasse a falar.

– Você é bisneto de Paolo ou de Antonio Rossato? – perguntou.

– De Antonio.

– O último Rossato a partir para o *Brasile*. Acho mesmo que ele só foi porque o irmão frei o acompanhou na viagem – explicou.

– Viagem feita apenas como álibi para a necessidade que tinha de sair de Roma – completei.

– É uma opinião – constatou Carnielli admirando sua própria bengala – e, como em toda família, um pouco dura demais com os seus, com o próprio sangue.

Carnielli parou então de admirar a bengala e olhou para mim diretamente.

– Frei Franco, na verdade, foi um homem excepcional, melhor do que você e eu juntos, melhor do que toda Valdagno. E isso desde criança, desde quando ele, seu bisavô e meu pai brincavam de celebrar missas. Meu pai tinha uma profunda admiração por ele. Profunda, de alma. E transmitiu essa admiração para mim. Como também transmitiu o segredo.

– O diário?

– Isso mesmo, a guarda do diário. Um dia, segundo meu pai contava, quando todo mundo achava que frei Franco estava no *Brasile*, ele apareceu em Valdagno procurando meu pai. Disse que dentro de pouco tempo iriam aparecer notícias sobre a sua morte. E que meu pai não se espantasse se dissessem que foi o irmão dele, Antonio, que o matou. Ele queria, pelo menos durante algum tempo, deixar que todos pensassem assim. Entregou um diário com capa de couro para meu pai e pediu que ele o guardasse na catedral de uma maneira que ninguém pudesse descobri-lo, pois talvez demorasse para que outro Rossato viesse pegá-lo.

– Ele nunca imaginaria que se passariam cento e vinte anos para que isso acontecesse – comentei, encantado pelas palavras do velho Carnielli.

– Não tenha dúvida. Nem ele e nem ninguém.

– E o senhor sabe o que o diário contém?

– Nunca o li, apenas imagino o que possa ser.

– Um frei da Ordem foi assassinado por causa dele – afirmei.

Ele deixou de prestar atenção na bengala e olhou para mim de novo, surpreso.

– Então, não há apenas o segredo dos Rossato naquele diário. Há muito mais.

– Infelizmente, sim.

– E você é o primeiro da família que vem à Itália para conhecer esse segredo?

Eu quase respondi a verdade, mas me contive.

– Sou – respondi simplesmente.

Senti uma necessidade súbita de proteger meu pai, de não deixar que pensassem que ele havia fracassado. Achei que devia isso a ele.

– Meu pai – o aniversariante continuou a história – pediu ajuda ao padre Francesco, que já estava velhinho na época, para esconder o diário num local seguro dentro da igreja. Escolheram o púlpito, lembrando os tempos de criança quando o menino Franco fazia das pedras o seu púlpito. O estreito assoalho foi elevado alguns centímetros e o diário permanece lá desde aquela época. Para você remover o assoalho é só levar isto – e tirou do bolso o que parecia ser uma moeda.

Aproximei-me de Carnielli e peguei o que ele tinha na mão. Era, realmente, uma moeda da época.

– No canto direito do púlpito, você vai encontrar uma fenda. Preste atenção porque ela é muito discreta. Insira esta moeda e puxe a tábua do assoalho que vai se deslocar o suficiente para mostrar um pacote de couro. O diário está lá. Meu pai me fez decorar isso há oitenta anos.

– Eu não sei o que dizer – confessei num misto de alegria e tristeza que não saberia explicar.

O velho Carnielli suspirou.

– Às vezes a vida espanta a gente, meu filho – afirmou, voltando a prestar atenção na sua bengala. – E depois a gente ainda fica com saudades do espanto.

Estendi minha mão para ele.

– *Signore* Carnielli, não sei se depois de mais de um século um simples agradecimento possa ser suficiente, mas é o que eu posso lhe oferecer. *Grazie.*

Ele apertou minha mão e percebi que seus olhos também estavam marejados.

– Bom... – ele enxugou os olhos com a manga do paletó. – *Ecco,* está feito. – Ele se levantou com ajuda da bengala. – Agora, preciso voltar à minha festa. Afinal, não é todo dia que se comemora o primeiro centenário de uma pessoa – e sorriu, fazendo menção de sair.

Antes ainda quis perguntar uma coisa.

– *Signore* Carnielli, o senhor já estava com a moeda no bolso. Como sabia que eu viria hoje?

Ele sorriu.

– Valdagno é uma cidade pequena. *In bocca al lupo* – e abriu a porta, por onde todo o barulho da festa entrou novamente, por um momento.

Fiquei sozinho no escritório com a moeda na mão e percebi que estava perto de acabar com aquele pesadelo. Um misto de alegria e tristeza inundou meu coração e eu não sabia explicar a razão. Queria muitíssimo correr para a catedral de San Clemente e, ao mesmo tempo, minhas pernas fraquejavam.

Pensei em Rafael e ia começar a rezar quando ouvi que o barulho da festa ficara mais forte de novo. Era o taxista atrás de mim. Acho que o arcanjo Rafael estava cada vez mais rápido.

– Tudo bem com o senhor? – perguntou. – O *signore* Carnielli me disse que o senhor pensa em ir à catedral.

Concordei primeiro com um gesto e só depois achei voz para reafirmar:

– Queria que você me ajudasse. E vamos precisar acender as luzes. A esta hora já devem ter desligado tudo.

– O padre não vai se importar.

Breda abriu a porta de novo e saímos do escritório. O salão parecia ainda mais cheio e várias pessoas conversavam com o aniversariante, que ainda olhou para mim e acenou. Acho que nunca vou esquecer aquele gesto.

Saímos do salão comunitário e observamos que a catedral estava totalmente iluminada. Breda ficou surpreso.

– Olhe só, tudo aceso até agora. Deve ser por causa do aniversário do *signore* Carnielli.

– Deve ser, meu amigo – concordei com um sorriso nos lábios.

Entramos na catedral e não havia ninguém lá dentro, apenas a imensidão do espaço e o silêncio profundo. Aquele silêncio era a voz de Rafael, eu podia sentir. Observei o púlpito à direita de quem entra na igreja e subi uma escadinha. O assoalho era de madeira escura e comecei a procurar a fenda que o *signore* Carnielli havia dito. Apalpei o canto direito do púlpito e nada encontrei. Tentei de novo. Breda me observava com curiosidade.

– Precisa de alguma ajuda? – perguntou.

– *No, grazie*. O espaço é pequeno para dois poderem se mexer... ei...

– O que foi?

Levantei a cabeça.

– Achei o que eu queria – respondi sacando a moeda do bolso e inserindo na fenda. Senti um discreto movimento sob o assoalho.

– E agora? – perguntou Breda.

Santo Deus, o que eu deveria fazer agora?

Um pedaço do assoalho estava levemente mais alto e, firmando com os dedos, levantei-o como se fosse uma portinhola. Logo abaixo, senti uma espécie de embalagem de couro. Abri e tirei de dentro um diário de folhas amareladas, preenchidas com a caligrafia que eu já conhecia.

– Deus do Céu, é o diário – sussurrei. – *E agora?*, perguntei-me de novo.

Uma avalanche de recordações e pensamentos ocupou minha cabeça. Lembrei de minha avó e de sua necessidade de provar que o pai não tinha matado o próprio irmão. Naquelas folhas velhas e amareladas estava toda a verdade que ela precisava saber. Pensei em meu pai, que, vinte anos atrás, quisera fazer o que eu estava fazendo, mas não tinha conseguido. Pensei em Molina, que acompanhou durante grande parte de sua vida a saga dos Rossato. Também pensei na morte e na violência praticadas por causa daqueles escritos. Lembrei de minha mulher, do nosso filho por nascer e de tudo o que me acontecera em Roma.

Levantei-me e, com o diário nas mãos, observei a catedral do ponto de vista do púlpito. A igreja parecia ainda maior e imaginei, por um instante, a nave tomada de pessoas. Senti um arrepio e vi Breda, que me observava lá de baixo, curioso. Emocionado, quis compartilhar um pouco o que eu sentia.

– Você conhece o arcanjo Rafael, Breda? – perguntei em voz alta.

– Conheço. É por causa dele que tenho o meu nome – respondeu o taxista, levemente.

– O quê? – espantei-me.

– *Si, mio nome è Raffaele Breda.* O senhor já sabia?

– Santo Deus – reagi, tendo um acesso de riso e olhando para o alto, para o teto grandioso da catedral de San Clemente em Valdagno, erguida pelos meus antepassados, e agradeci por tudo que vivi e ainda vou viver, mostrando-me grato e me sentindo em estado de graça naquele momento.

– *Deo gratias* – falei em alto e bom som.